程嘉莹 / 著

东方大戏院 唐人街

中国出版集团
中国民主法制出版社

全国百佳图书
出版单位

图书在版编目（CIP）数据

唐人街东方大戏院 / 程嘉莹著 . — 北京：中国民主
法制出版社，2025. 4. — ISBN 978-7-5162-3898-1

Ⅰ. I247.5

中国国家版本馆 CIP 数据核字第 202537KF03 号

图书出品人：刘海涛
出 版 统 筹：石　松
责 任 编 辑：刘险涛
文 字 编 辑：高文鹏

书　　　名 / 唐人街东方大戏院
作　　　者 / 程嘉莹　著

出版·发行 / 中国民主法制出版社
地址 / 北京市丰台区右安门外玉林里 7 号（100069）
电话 /（010）63055259（总编室）　63058068　63057714（营销中心）
传真 /（010）63055259
http: // www.npcpub.com
E-mail: mzfz@npcpub.com
经销 / 新华书店
开本 / 16 开　710 毫米 × 1000 毫米
印张 / 23　字数 / 359 千字
版本 / 2025 年 5 月第 1 版　　2025 年 5 月第 1 次印刷
印刷 / 三河市宏图印务有限公司

书号 / ISBN 978-7-5162-3898-1
定价 / 88.00 元

我远来太平洋的意义，不是遇见金山，而是为了遇见你。

自古有情定遂心头愿，

只要坚心宁耐等成双。

山水无情能聚会，

多情无信肯相忘。

——广东木鱼书《花笺记》

引　子

　　1906 年 4 月 18 日清晨 5 时许，美国旧金山唐人街。

　　天色阴郁。富丽堂皇的皇家大戏院褪去了前一夜的繁华，戏班子的伶人们还在混沌中沉睡，大门"吱扭"一声被推开，一位华人少年扶着一身酒气的中年华人男子踉跄着走进来。少年小声说："哎哟，三师兄你小心点，他们就快要起来练功了，被班主发现我们偷偷溜出去一整夜就完蛋了。""怕什么，哼，我是角儿，我回来晚怎么了？班主也得让我三分，我连着唱了几天大戏，出去放松放松不行吗？"中年男子口齿不清地说。"嘘，行，行。"少年悄声说。

　　少年扶着男子登上了楼梯，忽然楼梯摇晃起来，少年扶着脚步不稳的男子，两人双双跌倒，趴在楼梯上。

　　"你怎么回事？你又没喝酒。"

　　"师兄，这楼梯在晃啊！"

　　"胡说！楼梯怎么会晃！"

　　楼梯剧烈地摇晃起来。少年爬起来看向四周，院子里的树木也在晃，树枝在剧烈摇曳，小仓房上的瓦砾纷纷跌落到地上，噼里啪啦地直响。

　　"啊！妖怪！师兄！飞沙走石，是不是妖怪来了！""哪来的妖怪！这都快天亮了！"中年男子揉了揉眼睛，清醒过来，顿时喊起来："地震！这是地震了！""啊！那，怎么办？""快跑啊！""可班主和师兄师姐他们都还在睡觉！""快把他们叫起来！"男子踉跄着跑下楼梯，向外跑去，之后又折回来，左思右想，蹲在一块大石头旁边。

　　"地震了！"少年惊慌失措向楼上边跑边喊。楼上一阵喧哗，戏班子里的人衣衫不整地跑出来，大喊着"天哪！地震了！"他们跑出了院子，跑到大街上。

　　整条街的人们仓皇着从所有的角落，从四面八方涌出来，又向四面八方仓皇奔跑。人们的叫喊声，小孩子惊恐的哭泣声，不绝于耳。天地之大，人们只想寻一个安身之所。女娲娘娘会补天，但这一回不是天漏了，是地陷了，女娲娘娘的神力也救不了人类。天地早就酝酿了一场可怕的浩劫。整个世界都在摇摆，都在旋转，都在震荡。高楼坍塌，树木折断，瓦砾从天而降，人们惊慌无措地奔跑，奔跑……在短短65秒内，仿佛有一只巨兽将整个沿街的楼房全部推倒，它轻而易举地就摧毁了人类辛勤建造的家园。"我们的家没了！"小孩子坐在地上哭泣着，喊着。但这才刚刚开始。天穹越来越阴郁，很快，人们便看到了火光。从小的火焰，到连成片的巨大火焰，再到连绵不绝火的天幕，誓要将这里人类的家园焚烧殆尽，不留一点生机。皇家大戏院的瓦砾和碎片带着它的繁华在火焰中化成片片飞羽，终而陨落。墨色的浓烟不断升腾，在云中翻滚，不知是阴云裹挟了浓烟，还是浓烟裹挟了阴云，巨大而绵长的火焰凶猛地燃烧，将房屋瓦砾树木纷纷吞噬，渺小的人类四处逃亡，在铺天盖地的火海中寻觅渺茫的生机。

拄拐的茶楼跛脚老板匍匐在地上，拐杖已不知所踪。洗衣店的小夫妻望着被烧毁的店铺痛哭流涕。皇家大戏院戏班子的师兄弟们早已跑散，只剩下班主和少年艰难地穿越人海。

直到20日早晨，苍穹像终于从混沌中苏醒过来，不再继续纵容跋扈的火焰，以一场滂沱大雨熄灭了持续三天的大火，结束了这场惊天浩劫。

唐人街成为一片废墟。

目录

第一章　侨笙

他们从遥远的唐山
越过太平洋
来到这里
而我在梦魇中归家

——《日记·叶侨笙 1910》

1

我是谁？

叶侨笙从 5 岁起就开始想这个问题。但也只是偷偷地想。他不知道什么时候能有答案，但他从来没放弃寻找答案。他不敢问家里的任何一个人，不敢问父亲母亲，两个姐姐，也不敢问家里的佣人们。尽管他们都很爱护他，尤其是父亲，疼爱他如同珍贵的珠宝，这份疼爱，甚至让二姐嫉妒。所以他怎么能伤了父亲的心呢，在他们心里，他便是叶家的长子，是这个世上最重要的"存在"。

在旁人眼里，叶侨笙面容俊朗，明媚得如同清晨的密西西比河，一头长及下颌略带弯曲的黑发，像海藻一样蓬勃旺盛，一双炯炯有神的眼睛像极了父亲叶江南，然而他的眉间悄悄隐藏着的几缕忧郁与他明朗的双眼有些不协调，让人说不出有哪里不对，这点不协调使他与其他的少年完全不同，成为人群中气质最特别的一个。作为华人富商叶江南的公子，叶侨笙是矜持的、优雅的，带着与生俱来的尊贵，与很多唐人街的华人少年完全不同。即便是和白人少年在一起，他也毫不逊色。很多华人少年是惧怕白人少年的，和白人少年在一起，难免心中会露怯，而叶侨笙和白人少年在一起，丝毫没有惧色，那种尊贵和教养让白人少年也心生向往。叶江南也一直以儿子为骄傲，殷殷盼望着他长大。

叶侨笙的英文名字叫威廉，但他还有个名字叫阿盛，是长存于他心底的名字，鲜有人叫起，他却从未忘记。或者，这十几年来，叶先生和叶太太是故意忽略和忘记这个名字，但这个名字自出生起就刻在他的骨血深处，与他从未分离。他一个人的时候，常常会一遍一遍地念着这个名字"阿盛、阿盛"，泪水纷纷落下，他像女孩子那样哭泣，只是，将毛巾塞在嘴里，让哭声被自己吞咽下去。尽管被很多的爱笼罩，阿盛还是会时时刻刻感到孤独无助，沮丧、无奈、悲伤、悲痛、痛苦，这些书上的词汇他在自己很小的一段人生里都体验过了，因而阿盛常常被梦魇所困，很多年来都难以治愈。

那个清晨阿盛是在睡梦中被颠簸醒的，他睁开眼的时候，听到周围一片嘈杂，到处是狂喊声。他伏在阿爸的肩头，阿爸的喘息声那么大，像口中有火苗在旺盛地燃烧。果然，很快就看到火光，到处都是火海，迎面的人们蜂拥而来，将他从阿爸的怀里撞下来。奔跑着的阿爸和阿妈停住脚步回头寻他，怎奈人群拥挤，小小的阿盛跌落在人群里，被人潮裹挟着奔向另一个方向。阿爸和阿妈在人海的洪流中渐渐远去，他们撕心裂肺的哭喊声被淹没在巨大的喧嚣里，倏而不见。阿盛坐在地上，惊恐地看着前后左右纷至沓来的鞋子，男人女人的腿构筑了一个密不透风的丛林。他抱紧自己蹲坐成小小一团，惊惧地承受着来自四面八方的拳打脚踢，渐渐昏厥过去。

阿盛是在一个温暖的怀抱中醒来的，有人在说中国话。抱着他的人说："真好，真好！"旁边的人说："天哪，先生，太像了，我的天哪！"阿盛幽幽睁开眼，抱着他的人慈爱地看着他说："不是像，就是，就是，老天恩泽，福佑我叶家，我的儿子，回来了！"

阿盛是被叶江南抱回家的。叶太太一见到阿盛便热泪盈眶，惊喜地问："这是？这不是？""这是我们的儿子呀！""真的是，侨笙？""对，就是侨笙。""可是这到底是怎么回事啊？""侨笙只是被我们弄丢了，我终于又把儿子找回来了！""天哪！这真是太好了啊！真是太好了啊，让我抱抱我的儿！儿啊！妈妈想你想得好苦啊！你终于回来了！"

叶太太陈浣旁边站着叶江南的两个女儿，10 岁的大女儿叶佐伊见此情景也落下泪来。9 岁的二女儿叶艾米却撇了撇嘴，嘀咕道："哼，骗人的把戏，休想骗得了我！"说完便上楼去了。

阿盛被叶太太紧紧地抱在怀里，他只觉得那份炽热就像这两天的大火一样正在燃烧，他很害怕烧到自己，但怎奈那火势已起，弱小的他刚刚才苏醒，丝毫没有任何力气挣脱。他疲惫地闭了闭眼，又努力张开。"这是哪儿？"他虚弱地问。"这是你的家，我的孩子。欢迎我的儿子回家！"叶江南慈爱地说。

"哦。"阿盛的喉咙里就费力地挤出这一个字，便在叶太太的怀里睡去了。他的呼吸均匀，小小的身体已经知道，自己抵达了一个安全之地。

阿盛再次醒来，发现自己躺在绵软的床上，房间里笼罩着橘红色的光。叶太太坐在床榻前的椅子上，温柔地看着他。

"你醒了？我的孩子，一定是饿坏了。快，阿灿，去厨房把饭菜拿过来给他吃。"年轻的女佣人阿灿应声小跑着出去了。叶太太伸手慈爱地抚摸他的脸庞："吓坏了吧！回来就好，回来就再也不用害怕了，阿爸阿妈都在你身边。"

这个称自己是阿妈的女人坐在橘红色的光线里，她穿着浅橘色的元宝领锦缎上衣和杏色百褶裙，宽大的袖子里露出一截洁白的手臂，手臂上戴着绿色玉镯，手上戴着一枚同样绿色的玉戒，纤纤玉指格外美丽。她一脸温柔与和善，像人间的活菩萨，但于阿盛却是陌生的，无法拯救他。阿盛的脑海里在想另一个女人，一个一颦一笑、连呼吸都无比熟悉的女人。那个女人穿着粗布短袄和粗布裙子，不如眼前的女人华丽，也不如眼前的女人漂亮，但在阿盛心里，那个女人才是最美丽的，那个女人才是他的阿妈。此刻，他是多么想念她啊！

阿盛动了动嘴唇，却什么也没说，只是，泪水扑簌簌地落下来。

"饭来咯！"阿灿端着饭菜走进来，将饭菜摆到床前小桌上，"少爷，快吃饭吧！夫人特意让给准备的燕窝汤和莲子羹，给你好好补一补。"

"瞧这小脸瘦的。来，阿妈喂你喝。"叶太太用手帕给阿盛擦了泪，又端起汤碗拿起勺子舀了一口喂过来。阿盛看了她一会儿，便张开口。

"哎，真乖。"

阿盛第二天早上随阿灿下楼去吃早饭，站在楼梯上向下望，叶家一家人都已就座，叶先生、叶太太、叶佐伊和叶艾米都在向上望着他。阿盛看见客厅玄关的墙壁上挂着一张大照片，他吓了一跳，愣在那里，照片上的小孩不是他吗？叶江南看见阿盛的犹疑，忽然起身说："哎哟，对了，以后要给儿子再重新拍更好的照片了，这张太旧了，就先不挂在这里了。"他一边说一边将照片摘下来，拿着它向里间走去。

叶太太并未反对，她的注意力都在阿盛身上。她站起身迎过来说："快来，侨笙，我们一起吃早饭，这是你回来后的第一顿早饭呢！你就坐在阿妈和阿爸身边。艾米，你往那边一点，让弟弟坐这里。"

"哼！凭什么？"艾米不情愿地挪动了位置。

"你阿爸好不容易才把弟弟找回来，我们终于团聚了，阿妈和阿爸呀，要把弟弟失去的都给他补回来。"叶太太耐心地说。

"哼，又不是真的！"艾米小声说。

"什么？"叶太太问。

"我什么也没说！吃饱了！"艾米摔了筷子跑远了。

叶家有很多中国瓷器，从宽绰的客厅一直到每个房间，甚至到厨房，都摆满了各种尺寸大小的瓷器。从高大贵重的彩色花瓶，到餐桌上洁白的餐具，都是阿盛从未见过的漂亮瓷器。阿灿和另一个叫阿蔷的佣人每天用软布小心地擦拭那些瓷器，阿盛甚至隐隐担心，生怕她们一不小心就将这些瓷器打碎了，因为它们实在太薄了，也太精致了，稍稍不注意，似乎就会弄坏。阿盛有一次听阿灿对阿蔷说，小心点，千万别弄破了，这些都是叶先生好不容易从唐山一点一点运回来的。本来叶家有更多的瓷器，但那场大火将叶家在旧金山的家也烧毁了，瓷器也在大地震中损毁无遗。叶先生每次回到唐山，都会带回一些来，有时候也会给朋友带回来一些上等的瓷器做礼物。

阿盛听到这些，心里很惋惜，替那些被损毁了的瓷器，但又隐约有一丝欣慰，原来大火不仅吞噬了自己的家，连叶先生这样的家也没能逃脱。阿盛想到这里，使劲摇了摇头，这邪恶的念头让他有些讨厌自己，但他还是真切地感受到了一些欣慰，于是释然地长吁一口气。

叶家的客厅里摆放着风琴和古筝，艾米和佐伊在吃完早餐或者晚餐，甚至随便什么时候，都会去弹奏一会儿，就会有优美的旋律从她们修长的手指下流淌出来。佐伊耐心地告诉阿盛，这是风琴，那是古筝。叶家客厅里并排摆放着两台古筝。艾米和佐伊每人一台。阿盛看不出来这两台古筝有什么区别，她们弹出来的曲子也大同小异，阿盛觉得叶家小姐实在是太浪费了。

她们什么都会。弹风琴和弹古筝是完全不同的，弹风琴的时候，她们端坐在琴凳上，右手轻轻放在黑白琴键上，脚踩踏板，静静等待几秒，然后忽然琴键上的手起了势，温柔地扬起，当然有时候也会猛烈地抬起，手落到键盘上，10个手指便开始在黑白键盘上跳起舞来。那舞或柔或急，美妙的音乐便荡漾在整个客厅，让阿盛久久地沉迷。但奇妙的是弹古筝，她们的古筝是叶太太教的。她们弹奏的时候叶太太会偶尔在一旁指点。她们会将手指戴上玳瑁长指甲，用玳瑁长指甲拨动古筝的琴弦。古筝只有21条琴弦，在她们手中却如千军万马在奔腾，她们的手臂高高扬起，又婀娜地落下，再急速地弹拨，那疾风骤雨便到了，又有山川河流和飞扬的瀑布，阿盛只觉得惊心动魄，物我两忘。佐伊和艾米也会经常跳舞，跳踢踏舞，她们说这是学校里最新的舞步。她们还会唱起最新流行的歌曲。

佐伊和艾米，现在已经是阿盛的两个姐姐，跟她们相比，他什么都不会，阿盛小心地和她们保持着距离。

叶太太是上海人，阿盛对上海没什么概念，但他猜上海一定是个很特别的地方，因为叶太太就是一个极其雅致的人，她的阿爸是上海一家缫丝厂的老板。她喜欢清静，不太爱出门，但是因为叶先生的关系也免不了有几个白人商人的妻子上门来喝茶并欣赏中国瓷器。叶太太不喜欢她们，但也愿意给她们看家里的宝贝。那些白人妻子每次都对叶家的瓷器和书画赞不绝口。

白人妻子们大多是在下午造访，叶太太会请她们在客厅里喝茶，也有一些时候在小花园里喝茶。她们坐在藤椅上，在山茶花和白玉兰、杜鹃花的香氛中悠闲地一边聊天一边喝茶，有时候喝热茶，有时候喝冰茶，里面放些许柠檬片，桌上精致的细瓷盘子里放着提前备好的椰蓉蛋糕、奶油蛋糕、夹肉面包及各种坚果。艾米说，这叫下午茶。阿盛猜，白人妻子应该是很懒的，上午根本起不来，所以只能下午才来。从这一点上来说，阿盛从心里是很佩服叶太太和她的两个女儿的。叶太太早上从不睡懒觉，总是一家人一起吃早餐。早餐之后，如果她叫两个女儿帮忙一起做蛋糕和面包，那么就预示着——下午那些白人妻子会来喝下午茶。叶太太平常是不怎么管厨房的，大部分事情交给阿灿去做，只有做甜点这一件事，叶太太一定要自己亲自去做。每次做甜点，阿盛都觉得是最热闹的时刻。叶太太、佐伊、艾米三个人都扎着五颜六色的围裙，将头发束好，再戴上白帽，保证一根头发丝都不能从帽子里溜出来，又戴上透明的胶皮手套。然后，接下来的工序就让阿盛眼花缭乱了，十几个鸡蛋在一个薄瓷器皿里经过她们又捣又戳变成了黄澄澄的糊糊，还冒着很多泡泡，若干个面团在面板上滚来滚去，经过她们灵巧的手，黄澄澄的糊糊和面团混成淡黄色的大面团，又在她们手里变成椭圆形、方形等各种形状。阿灿在一旁将坚果捣碎，又将捣碎的坚果用勺子一点一点分别放在每个面团上。面团都被整齐地排列在一个大托盘里，然后，叶太太小心地用刷子给每个面团涂上油，像是给面穿上淡黄色的衣服。阿灿已经将旁边的一个大玻璃器皿烧热，艾米戴着手套小心翼翼地将托盘放进去。每次都是艾米将托盘放进去，这应该是最后一道工序。放进去后，艾米会得意地说："OK，OK！"叶太太轻蹙的眉头终于舒展开来。佐伊只是期待地看着玻璃器皿里旋转的面团宽容地笑笑，过一小会儿她会吸着鼻子闭上眼满意地说："好香啊！"

是很香，阿盛也禁不住吸鼻子，厨房里飘来的都是又甜又腻的香氛，让人禁不住流口水。

"侨笙，进来吧，我知道你一直在偷看。"艾米高声说。"对，下次阿妈教你来做。"叶太太说。"他还小，等他长大点再说吧！"艾米不乐意地说。

来叶家的白人女眷们都很精致、讲究。她们戴着漂亮的帽子，穿着繁复的裙子。相比之下，叶太太的穿着就简单多了，她只穿旗袍，肩上再搭一条真丝披肩或者锦缎披肩，天冷的时候还有羊毛披肩。叶太太的旗袍是琳琅满目的，有真丝、香云纱、丝绒或者锦缎的面料，只锦缎就又分为织锦缎、七彩缎、闪光缎等不同种类。而样式又有很多种，元宝领的、立领的、波浪领，或者小方领的，斜襟、侧襟、琵琶襟等，简直让人眼花缭乱。袖口又从最初的倒大袖变成荷叶袖、波浪袖等。旗袍的领口、袖口和开衩上面精致小巧的一排盘扣飘飘欲飞，再配以巧妙的绲边，实在是妙趣横生。叶太太最喜欢戴景泰蓝的耳环和珍珠项链，她穿着高跟鞋或者低跟鞋，再仿佛不经意地用珠钗或发簪将头发在后面绾成一个发髻，袅袅娜娜，便有说不出来的妩媚，却又格外端庄。她身上的每一个细节都让白人女眷们赞叹不已。她在那些繁复的斑斓色彩中，反而玲珑俊秀，气质出尘。从她的身上，她们看到了东方美人的高贵。

白人女眷们都很喜欢叶太太的中国旗袍，有一次一个女眷还试穿了叶太太的旗袍，叶太太很大方，将那件旗袍送给了那个白人女眷。白人女眷高兴地直接亲了叶太太的脸颊。阿盛在角落里看得惊呆了。

叶太太对丝绸有着特别的骄傲，她会给她们讲起，丝绸最早起源于几千年前中国的一位杰出的女性，黄帝之妻，西陵之女，她在花园里种植白桑树以喂养蚕。蚕的幼虫吸吮桑树的汁液，长大成为茧，最后蚕蛾破茧成蝶，而它吐出的丝，经过加工，变成精美的丝绸。养蚕技术一直是中国人的秘密，直到唐代，一位嫁到西域的大唐公主第一次将蚕种和桑种带出了大唐。而后，丝绸大量流入印度、波斯，甚至更遥远的希腊皇宫。听到这里，几位白人女眷都会发出惊讶的"哇！""天哪！""真是了不起啊！"诸如此类的声音，叶太太的眼中就会饱含晶莹。阿盛觉得，那是幸福和感动，叶太太一定也想起了自己的阿爸和家里的缫丝厂吧。

叶太太对养殖蚕的过程非常熟悉，几个白人女眷也经常让她讲起从前家里养蚕的事情。叶太太就会呷一口茶，之后，将茶放下，微微停顿一下说："养蚕是很讲究的，我们会在养蚕的房间里摆上鲜花，蚕喜欢花朵的香氛和女孩身上的自然香气。蚕的胆子也小，我们都会小声说话，以免惊扰到它们。"

"哇？！这是真的吗？"白人女眷们异常惊讶。

"所以，你知道，你面前的这一方丝绸，经过了多么精心细致的培育。这还不算，这还只是蚕吐出丝的过程，接下来还有纺织、生产，把这些丝织成精美的绸缎，最后才能变成你现在手里的这匹绸缎。"叶太太不慌不忙地说。

"实在是太不可思议了。""华人的祖先实在是太有智慧了。"白人女眷们连连发出不可置信的惊叹。

"谁能否认我们的历史呢？谁也不能。"叶太太激动地得出最后的结论。

白人女眷们来喝下午茶的时候，如果艾米和佐伊恰好也在家，她们完全不是平常的样子。她们会穿上最漂亮的裙子，阿盛猜不出都是什么质地，有的是丝绸，有的不是，但她们的衣服都闪耀着光泽，她们换上长筒袜，配上丁字鞋、高腰鞋或者低腰鞋。佐伊喜欢让阿灿将她的头发梳成长发辫盘在头上，再缀上彩色的发卡。艾米有各种各样的发箍，宽的、窄的、蝴蝶结的、蕾丝的、丝绸的及各种阿盛描述不出来的漂亮发饰。艾米是齐肩的短发，后面是一个个长的空心卷。阿盛初来，还猜不出那是怎么弄出来的，不久之后他在叶先生书房里看见西方艺术作品图册，他发现西方宫廷里公主的头发就是艾米头发的样子，那么，艾米便是这个家里的公主喽！至少艾米自己是这样认为的。阿盛却觉得，佐伊才是那个真正美丽的公主。

叶太太给阿盛准备的衣服里，也有丝绸的，但阿盛喜欢穿那两件亚麻衬衫。他觉得亚麻离粗布似乎更近一些，至少，亚麻的质地在丝绸和粗布之间，既不太奢华又不太粗糙。仿佛是在叶家和自己从前的家之间寻找一种平衡，这种平衡被他找到了，他便心安了许多。

佐伊和艾米并不会坐下来和白人女眷们一起喝茶吃东西，她们只是走出来跟白人女眷们问个好，如果客人们在客厅里，她们偶尔会用风琴或者古筝弹奏一曲，然后，她们便会礼貌地离开。这是两位无比优雅有教养的华人小姐，她们举止端庄，落落大方，口中说着好听的英文或者中文，一颦一笑都透露着上层阶级的尊贵。白人女眷们都很喜欢她们，常常拉着她们的手，赞叹不已。叶太太似乎已经司空见惯了，脸上没有丝毫的骄傲神情，她只是温和地微笑。她眼中散发着的温柔光芒，让阿盛觉得，整个世界都无比安详，似乎从来没有过那场大火，也不曾发生过任何事情。佐伊和艾米很快从白人女眷们的注视下走出客厅，阿盛觉得好惋惜，他不明白，她们为什么花了那么多时间打扮，却只在客厅里待了几分钟就出来了，明明那些女眷们都在挽留，她们也没有吃自己花费了好多时间做的甜点。不过，她们出来后，便会飞奔去厨房吃叶太太留给她们的甜点。

叶太太真是个很厉害的人，她也会说英文。阿盛觉得，她说的英文甚至比白人女眷们说得还好听，那样绵软的一串声音发出来，让他想起羊身上的一圈圈毛卷。叶太太也会唱上几句粤剧，虽然没有阿妈唱得好听，但已经让白人女眷们入迷。

这几个白人女眷隔些天便要来叶家喝茶，阿盛觉得，令她们着迷的甚至不是这些华丽的瓷器和书画，而是叶太太。叶太太身上散发着令人着迷的气息，但无论如何，她比不上自己的阿妈，那个穿着粗布裙衫的阿妈，那个在大火之夜不慎将他丢失的阿妈，他还没有来得及认真审视的阿妈，就这样消失于他的世界，却永远在他的心里封了印。

叶太太唯一常去的地方是天后庙。阿盛身体复原后，叶太太做的第一件事，就是带他和两个姐姐去天后庙，她要给侨笙祈福。她喜滋滋地对叶先生说，能够找回侨笙，就是因为妈祖娘娘显灵了，她要更加虔诚才行。叶先生笑着说，妈祖是真的显灵了。叶太太去天后庙会穿着素雅的短旗袍和阔腿裤，以示尊敬。天后庙就在格兰特大道附近一个高楼的顶层。在一众华丽高楼的衬托下，这座建筑显得过于朴素，然而，在许多华人眼里，天后庙却具有神秘的力量。妈祖娘娘静静地坐在神龛里，慈祥地俯瞰众生，她会保佑来到美洲的所有华人平安和吉祥。阿盛对于妈祖娘娘并不陌生，从前家里的小角柜里也摆放着一尊妈祖娘娘的神像。阿盛还跟着阿妈跪拜过她。此刻阿盛再次看见妈祖娘娘，他找到了似曾相识的感觉，心里仿佛踏实了许多。叶太太拉着阿盛在神龛前的蒲团上跪下来，俯身磕头，虔诚地祷告。两个姐姐也跟着叶太太在旁边的蒲团上跪拜。叶太太闭着眼睛祷告了好久，才终于睁开眼睛说，真的要谢谢妈祖娘娘显灵了，我真的找到我的儿子侨笙了！阿盛也睁开眼来，他不敢说，他刚刚心里的祷告是，求妈祖娘娘保佑他早日找到他的阿妈和阿爸。叶太太拉着阿盛站起来，两个姐姐也祷告完毕，阿灿将两美元的香火钱放在香炉下面。叶太太领着他们走出天后庙，一边说这个楼梯实在是应该修一修了，一边紧紧拉住阿盛的手，生怕他再次不见。

叶江南和叶太太权当阿盛是个沉默的孩子，从不强迫他开口称呼阿爸和阿妈。叶江南更是在太太面前说尽了好话，让太太相信，是那场大火给儿子吓坏了，捡了一条命回来就是万幸，做父母的哪里还会对他计较半分？看他那浓密的睫毛下湿漉漉的眼睛，每逢艾米对他大声喊叫，就惊慌失措的眼神，哪里还舍得责怪于他？

叶江南和叶太太等候了 7 个月之后，终于听到叶侨笙叫了一声："阿爸，阿妈！"叶太太不敢相信自己的耳朵，叶江南感慨地笑了，他终于用那么多的爱，换来了这个小孩的信任和爱意。从此，他便真的是侨笙，是他的儿子了。

"可是，阿爸，我叫阿盛。"阿盛鼓足勇气又说。

"好，好，你叫阿盛，我的侨笙还叫阿盛！阿爸阿妈知道了！侨笙，阿盛，侨笙，阿盛！哈哈！"叶江南兴奋地将阿盛举起来，又抱起来抡圈。阿盛酝酿了许久的勇敢一下子泄了气，仿佛他叫阿盛这件事对他们来说根本不重要，他可以叫阿盛，也可以叫阿猫阿狗，那都不重要，重要的是，他必须是叶侨笙。阿盛有些头晕，他还想说，他不是那张照片上的那个孩子，那个是侨笙，而他只是阿盛。但小小的他恍惚觉得，叶先生对叶太太像对待小孩子一样，尤其在对侨笙这件事上。他说不上来，他总觉得，叶太太是真的相信了自己就是被找到的叶侨笙。侨笙、阿盛，阿盛、侨笙。他到底是哪个？阿盛不知道，他也不知道他的亲生父母在哪里，他们是否安好。原来，那场大火燃烧那一刻，便是他们骨肉分离之时，他们将天各一方，再难相聚。如果他早些知道，他就会早早醒来，不会在那一刻伏在阿爸的肩上睡觉，他会紧紧牵着阿爸的手，与他们永远在一起。阿盛被叶江南抡圈到头晕，两颗泪珠从眼中飞奔出去，无人知晓。小小的他懂事地笑了。

阿盛是叶侨笙了，于是，叶江南请来映像馆的人给侨笙拍了照片，洗成最大的尺寸，挂在了楼梯玄关的墙壁上。一个新的叶侨笙代替了从前的叶侨笙。

阿盛开始被梦魇缠绕。他在铺天盖地的大火中奔跑，眼看着大火将高楼一点点吞噬，那高楼断成几段倒塌下来，就要砸在他的身上。他无处躲藏，整条街上空无一人，只有他一个人被火焰追赶，火焰就要追上来，就要追上来。他大声喊叫："阿爸！阿爸！"但阿爸不见了，阿妈也不见了，只有那火蛇幸灾乐祸地狂啸而来……

"啊！阿爸，阿妈！"

阿盛大喊着从噩梦中醒来，浑身被汗水浸透。

"侨笙，侨笙！又做噩梦了吗？"叶江南和叶太太穿着睡袍跑进来，后面跟着阿灿。

"快，阿灿，拿毛巾和水来。"叶江南说。

"这孩子就是被吓坏了。唉，我可怜的孩子！"叶太太心疼地抱着他，轻拍他的后背，给他擦汗，喂他喝水，直到他平静下来，又拍着他入睡。

第二日，便有唐医走进叶家。从此，唐医常常到来，一来就是十几年。唐医是唐人街最著名的中医李博安，很多白人也常常请他看病，但是"神医"却看不好阿盛的病。

"这孩子啊，应该是心病。"

"哦，那可怎么治？"

"这孩子不爱说话吧，小小年纪心里藏事，长大了慢慢就好了。刚经历那么大的事，别说小孩子，大人也是要落下毛病的。我给开方子先吃着，慢慢调养，总归会好起来的。这小孩身体也太弱了。"

"谢谢兄弟了。"

"跟我还客气什么？夫人可还好，没受什么惊吓吧？"

"还好，正好，一会儿你再给她看看。"

"还是你跑得快，亏得你带家人跑到奥克兰来了。就先在这儿住一阵子吧，旧金山唐人街整条街都给毁了，那么多华人还不知道去哪儿。"

"唉，真没想到，竟然会有这么大的地震和火灾。"

"百年不遇啊……"

阿盛听不懂他们在说什么，他只知道，这个医生，是来给他看病的，他得了很重的病。

阿盛知道在这所房子里他是安全的，除了两件事困扰他。第一件就是他常常被噩梦惊醒，第二件是艾米常常暗地里找他的麻烦。艾米有时候会偷偷钻到他的房间里来质问他，为什么要冒充他的弟弟，他的到来夺走了父母对她的爱，所以她讨厌他。艾米说，侨笙早就病死了，死了两年了，叶太太因为伤心过度，精神得了病，一直说侨笙还活着，总是让叶先生去找侨笙。阿盛好像就懂了，难怪叶先生在废墟里发现奄奄一息的他才会那么喜出望外，难怪叶太太真的相信他就是叶先生找回来的侨笙。叶太太宁愿相信儿子还活生生好端端活在这世上的谎言，也不能接受他早已离开人世的事实。而叶先生也宁愿忽略阿盛所有的过往，只要他在叶家，这便是天大的喜事。

阿盛哭了。因为，他忽然弄懂了一切；更因为，他的阿爸和阿妈失去了他们唯一的儿子，他们将永远也找不到自己的儿子了。他们成了丢失儿子的叶先生和叶太太。

"你哭什么？冒牌货，我可没欺负你啊！"艾米赶紧跑了出去。

阿盛成为叶侨笙的大半个月后，身体已无大碍。叶先生和叶太太有意给他自由，以便尽快适应新的生活，特意出去了两天，只留三个孩子和佣人在家。叶先生临行前特别嘱咐佐伊要照顾好弟弟和妹妹，又警告艾米万不可欺负弟弟，否则他们回来会重罚的。艾米一脸乖顺地送他们上车离开，转身就一脸笑意地说："侨笙，爸比妈咪不在家，二姐带你好好玩啊！"阿盛迟疑地点点头。艾米得意地笑笑，便吹着口哨跑回屋子去了。

"艾米，我警告你，别想动坏主意。"佐伊牵起阿盛的手。阿盛冰冷的小手被佐伊手中的温暖包围，阿盛紧紧握住叶佐伊的手，像抓住唯一的救命稻草。多年以后，阿盛一直记得那一刻佐伊手中的温度，并不炽热，但足够融化坚冰。

午饭是姐弟三人一起吃的。偌大的餐桌上缺少了叶先生和叶太太，阿盛觉得整间屋子都空荡荡的。艾米明明一眼都没看阿盛，只是心无旁骛地吃着面前的饭菜，阿盛却时时感觉到危险的气息在隐约升腾。他小心地吃着，一边用余光瞄着艾米。房间里安静极了，佐伊和艾米都在大口大口地嚼着饭菜，却丝毫听不到任何声响，这安静像一张极其稀薄的皂荚泡泡，却是保护他的屏风，阿盛生怕一不小心手里的汤匙将这屏风戳破，那危险的气息便会将他吞噬掉。终于，艾米抬起头对佐伊微笑说："我吃完了。"然后她站起身，又扭过头伸手拍拍阿盛的肩膀说："你吃得好慢！"艾米微笑着转身上楼去了，又吹起了口哨。阿盛呆愣了好一会儿，只觉得那层皂荚泡泡终于被戳破了，但还好，他还没有被吞噬，那危险的小兽越跑越远了。只是，一直到吃完饭，阿盛仍旧觉得艾米的手还压在自己的肩膀上，沉重得不得了。

午饭过后通常是要午睡的。佐伊牵着阿盛的手，将阿盛送回到他的房间，像叶太太每天那样，帮他将薄纱的窗帘拉上，帮他盖好被子，然后走出去，关好门。但阿盛躺在床上却睡不着，他总觉得危险的气息就在不远不近的地方，艾米的手又重新压回自己的肩上。果然，半小时之后，佐伊当然已经睡熟，阿盛的门却悄然开了，艾米溜了进来。阿盛睁着眼睛看着艾米一步一步走近床边，眼中含着笑，带着一丝狡黠。艾米头上的公主卷用皮筋高高束起，戴着蝴蝶结的头箍，穿着蓝色条纹短裙、丁字鞋和长筒袜，显然是经过了一番打扮。

阿盛不敢动，仿佛肩上艾米的那只手忽然加重了力道。

"侨笙。"艾米顿了一顿，说，"今天我带你去个好玩的地方好不好？"

阿盛还是不敢动，他不知道该点头还是该摇头。

"反正你也没睡，这个时候，他们都在睡觉，佣人们也在睡觉，正好我们可以自由，我带你去个好地方见识一下。"艾米忽然又凑近了他的脸，仔细地看了看，有点慨叹地说，"唉，我的上帝呀，这简直是天衣无缝啊！好吧，既然你是侨笙，侨笙自然该是什么都知道的，来吧！"她伸出双手抓住阿盛的双臂，一下就拉着阿盛坐了起来，"走啦走啦，快点！佐伊会睡1小时，这1小时内我们可以干很多事呢！快点！"阿盛像个木偶一样被艾米拉着穿上了鞋子，跟随她走出房间，走下楼去。

阿盛跟随艾米来到楼下客厅，从客厅旁边的边厅穿过一条长廊，在长廊的尽头，还有一个向下的楼梯，顺着楼梯再向下走，头顶的光线一点一点消失，脚下越来越暗淡，隐约听见喧嚣声。走到楼梯的尽头，喧嚣声大起来。艾米推开一扇门。阿盛惊呆了！那扇门里，是一个很大很大的房间，房间里有好多好多华人，有男人、女人，也有小孩，他们挤挤挨挨地或坐或卧在木板床上，他们有的衣衫不整，有的身着粗布麻衣。有一两个人在捧着书看，也有男人们三五成群地蹲在地上打牌，更多的是三三两两地聊天说话。女人们大都沉默不语，暗自神伤，小孩子们也很听话，只是呆望着四周，眼神凝滞。

艾米和阿盛没有说话，喧嚣声却渐渐停滞，空气一下子凝固了。所有人都向门口看过来，看这一位美貌的女孩和这一位身着华服的男孩。阿盛茫然地看着他们，不知所措，艾米却很享受被大家欣赏的眼神。她沉默了片刻，咳了一下大声说："大家有什么需要尽管说。我爸比会尽量帮助大家的。"

"是叶小姐啊，真是谢谢叶先生了！""谢谢叶先生的救命之恩啊！"大家纷纷说。

"大家不必客气，都是华人，我爸比说，我们是一家人呢！我爸比今天有事，他回来就会来看各位。大家有什么需要尽管说。"

"谢谢啊！""真是谢谢叶先生了！"

艾米满意地点点头，拉着阿盛转身，关上门，又拉着阿盛向楼上的台阶走去。阿盛只觉得腿是软的，头上开始冒汗，每一步都重如千斤。艾米看着阿盛的样子笑出声来，伸出手，拉他，一步一步登上楼梯，终于到达一层客厅边厅的走廊尽头，从走廊走到了边厅，又走回客厅。艾米却没有拉着阿盛上楼，而是从客厅又推门走了出去。

来到叶家大半个月来，阿盛还是第一次走出房子。外面，是绿油油的宽阔草坪和小树林，草坪的尽头是高高的围墙和铸铁的大门。艾米拉着阿盛绕到房子的西侧，向远处草坪上的几个棚子走去。有一两个男人蹲坐在棚子外正在说话，他们看见艾米和阿盛走来，都站起身，以恭敬的目光迎接。

"阿伯最近在这里可还住得惯？"艾米说。

"住得惯，住得惯。"两人说。

"那就好。"艾米点点头。他们掀开棚子入口的厚厚毡布，艾米拉着阿盛走进去，阿盛再一次看到了好多人。从外面看起来不大的棚子，里面居然也挤进了20多人，大家都挤挤挨挨地坐在一起。

"我是来看看大家，有什么需要尽管说。我爸比回来会安排的。"艾米不慌不忙地说，俨然一副大人口吻。

"已经很好了，很好了！""真是谢谢叶先生的救命之恩！"众人纷纷说。

"不必客气，我们华人都是一家人。那我们先告辞了。"艾米像巡查官员完成了巡视，迈着雄赳赳的步子拉阿盛走出棚子。阿盛像个牵线木偶在后面跟随着艾米，跌跌撞撞。

终于走到草坪中央，艾米忽然停住脚步，回头对阿盛说："知道他们都是谁吗？"

阿盛摇摇头，恐惧一点一点升腾。

"在地下室里的那些华人和在棚子里的这些华人，他们都是爸比在旧金山大火后救过来的人。爸比租用了一艘轮渡，所有能登上来的华人，爸比都收留了，他把他们带到奥克兰来了。他们的家都被大火烧毁了，都已经无家可归了。"艾米一个字一个字地说。

阿盛的鼻腔开始泛酸，有汹涌的大水正在奔腾。

"我猜，"艾米压低声音说，"你也是无家可归了吧！我不知道爸比是从哪里找到的你，但你根本不是侨笙，谁都休想骗过我！我的弟弟侨笙是多么可爱机灵！是我最爱最爱的弟弟，你不是他，你永远都不可能是他！你只不过是这些人中的一个！你只不过是我爸比大发慈悲救过来的一个野崽子而已！你不该在侨笙的房间里，你应该在地下室，应该在这棚子里，知道吗？你应该跟他们在一起，而不是跟我们！"艾米激动起来，她的手颤抖起来，她使劲推了阿盛一把，阿盛一个趔趄，倒在地上。艾米哭着跑进房子里。

阿盛倒在地上，并没有起来，他鼻腔里的汹涌大水喷薄而出。他是该在地下室的，他是该在棚子里的，那些华人是他所熟悉的，是他所亲近的，他们的粗布麻衣，他们朴实的笑容，都是自他出生便刻在记忆里的，早已弥漫了他小小生命的每一个角落。而现在的他，拔地而起，变成了另外一个陌生的自己，他从一个世界进入了另一个新世界，却分辨不出到底是升腾还是坠落。这命运的诡谲让小小年纪的阿盛惊惧错愕，他到底是谁呢？他的阿爸阿妈究竟在哪个好心人的地下室呢？

佐伊睡醒后去楼上叫阿盛起床，推开阿盛的门，却发现阿盛不在房间，便急匆匆推开艾米的门。艾米正佯装睡觉。佐伊一把掀开她的被子，质问她："侨笙在哪儿？"艾米诧异地说："侨笙没回房间？"艾米说完就知道自己暴露了，便推脱说："我好心带他去外面草坪玩了。"佐伊大喊阿灿和家里的佣人，大家一起分头出去找。阿灿找到躺在草坪上的阿盛的时候，阿盛已经昏迷，脸上都是鼻涕泪痕。阿灿赶紧掐了阿盛的人中，好一会儿，阿盛才幽幽醒来，却闭上眼睛再不肯睁开。佐伊让人将阿盛抱回房间，又让人去请大夫，她守在阿盛的床边，像叶太太一样，坐在床边的椅子上看护着阿盛，一动不动。

大夫来给阿盛诊过脉，说是忧惧过度，无大碍，注意休息就好，还给开了方子。佐伊让阿灿给阿盛熬了药，喂阿盛喝下。好不容易捱到黄昏，叶先生和叶太太终于回来了，佐伊才算大大地松了一口气。叶先生和叶太太问了原委，阿盛什么话也不说。艾米撒谎说："我带阿盛去地下室和棚子里看了看，然后他就这样了，我也不知道怎么回事，我很抱歉。"叶先生生气地说："你什么都不知道对吧？艾米，罚你跟工人去给难民购买食物！"艾米偷偷贴着阿盛的耳边说："我永远都不会原谅你！"说完狂奔而去。阿盛看着她满头的卷发飞舞着，他又想起叶先生书房里那本《希腊神话》中的潘多拉。

2

艾米对阿盛的敌意是在第二年两个弟弟到来之后结束的。

第二年春天的一个清晨，大家吃早饭的时候，叶江南忽然兴奋地向大家宣布："我打算带侨笙回唐山！"

这可是天大的消息！要知道，唐山对于所有身在海外的华人都具有极致的吸引力。那是佐伊和艾米自出生起就听爸比、妈咪和长辈们经常说到的神圣之地，所有的海外华人都来自那里，他们身上流的血脉来自那里，他们根深蒂固的思想和大部分习惯来自那里，那里有最美的山河和日出，那里有不同颜色的土地。叶江南不止一次地说过，将来会带他们回去，回到唐山；或许，永远都不再回美国，不再回旧金山，也不再回奥克兰，永远留在那里。叶江南曾无数次许诺会带孩子们回去看看，即便是只看一眼，也要知道自己的根在哪里。可是他又说，需要找到合适的时机。他只是一个人回去，毕竟他是商人，他需要偶尔回去和唐山的人洽谈生意。每次一走，就是一个半月，甚至更长时间。

可是，此刻，叶江南却说，他要带侨笙回唐山！这自然是让佐伊和艾米震惊的消息。那也就是说，这是合适的时机。

艾米立刻说："我也要去！"

"你和姐姐要上学，先等等，这次先带弟弟去。他是男孩子，将来要做大事的。他的胆子太小了，这怎么行，爸比得带他到处闯荡闯荡，多长些见识。"叶江南说。

佐伊思考了一会儿说："艾米，爸比说得对，爸比将来会带我们回去的。"

叶江南释然地说："佐伊总是能体谅爸比，真是个好女儿。"

"哼，我就不做好女儿！"艾米赌气地说。

叶太太疼爱地抚摸着艾米的脸蛋说："艾米是最聪明的女儿，就是太调皮。"

"侨笙，阿爸带你回唐山，好不好？"叶江南摸了摸阿盛的头。阿盛点点头，没有说话，他什么都不用管，他的人生叶先生已经都安排好了，他只需要去照做就是了。

"这次回唐山，是要办一件大事。"叶江南又说。

"真的稳妥吗？"叶太太担心地说。

"放心，我都安排妥了。"叶江南又说。

几日后的清晨，叶江南牵着阿盛的小手踏上了驶往唐山的邮轮。阿盛困意正浓，进了舱房之后倒在床铺上便睡过去了。小小的人，像是难得逃脱牢笼，疲惫至极，一连几日，除了吃饭，其余时间都在睡觉，海面的颠簸竟也没能干扰他的睡眠，自然，也没有晕船的迹象。叶江南也不打扰他，随他去睡。几日后，阿盛似乎睡够了，叶江南便带他到甲板上看风景。

"大海好大啊！"阿盛说。

"是啊，大海很大。在海的尽头，就是唐山了。"叶江南说。

"唐山什么样啊？"阿盛好奇地问。

"到了唐山，你就知道什么样了。"叶江南慈爱地看着他。

阿盛只觉得又过了好久，才终于下了船。叶江南一只手牵着他，另一只手拎着皮箱下了船。叶江南说："侨笙，我们到唐山了！""这就是唐山？"阿盛诧异地看着四周。他知道唐山和旧金山的区别在哪里了。这里目之所及都是华人，他们都是黄皮肤黑眼睛，头后扎着一根长辫子，他们穿着长衫马褂，有的戴着草帽，也有衣衫华贵者，摇着扇子，款款而行，身后跟着挑担子的仆人。女人们花枝招展，穿着颜色鲜艳的长衫裙子，她们的头上戴着晶莹耀眼五彩斑斓的珠钗，擦肩而过，闻得到扑面而来的香氛。他又想起了阿妈，阿妈也是头上戴着这样的珠钗，阿妈的身上也散发这样的香氛，每每投入她的怀抱，像是将脸埋在了花蕊之中，柔软，芳香，醉人。走过长长的栈道的时候，他看见很多搬东西的苦力，他们都穿着短马褂和黑马裤，有的将辫子盘在头顶，他们眼中的善良淳朴是他极其熟悉的，从他的阿爸眼中他看到过无数次。阿盛不由得停住脚步。

"侨笙，累了吧？来，阿爸背你。"叶江南在他身前蹲下来。阿盛迟疑了片刻，爬上他的背。阿爸也是这样背过他的，只是，阿爸的背要更宽些。阿盛慢慢将双手环住叶江南的脖子。阿爸每次背阿盛，阿盛都会挠他的脖子，阿爸会痒得笑起来。阿盛却没有挠叶江南的脖子，他只是乖乖地双手紧握，趴在他的背上感受那背部的温暖，以及阳光的炽热。

刚走出栈道，就有人喊"叶先生，叶先生，可算等到你回来了！"叶江南将阿盛放下来，牵着他向来人走去。

"吴阿弟，怎好劳您大驾！"叶江南客气地说。

"诶，等待仁兄好久了啊！两年未见，可还好？哎哟，这小公子都长这么大了，简直跟你是一个模子刻出来的！哈哈！"吴先生一身藏青色绸缎衣裤，戴着黑色缎面瓜皮帽子，脑后垂着一根长辫子。

"还好还好，前年一场大火差点将旧金山烧个遍，一晃两年没回了。"叶江南感慨道。

"知道仁兄思家心切，我就先送仁兄和小公子回老宅，等明日，我再来接你，我们一块儿喝几杯！"吴先生说。

"阿弟总是体谅，实在感谢！"叶江南抱了抱拳。

"来来来，小公子，阿伯抱你上车。我们回老家。"吴先生将阿盛抱到车上。

车子一阵颠簸之后，叶江南抱着阿盛在一所大厝前下了车。大厝宅门大开，里面早有人跑出来迎接。跟吴先生道别后，叶江南牵着阿盛的小手走进宅门。

"三叔回来了！三叔回来了！"有人一路小跑向房子里面跑去。很快，很多人跑出来。

"是江南回来了？！"两个老人急急忙忙走出来。

"阿爸、阿妈，是我回来了！儿子不孝！"叶江南跪在地上。阿盛一看，急忙跟着也跪下来。

"哎呀，快起来快起来，别吓着孩子！这是侨笙？"

"是啊，是侨笙，侨笙，快叫阿爷、阿嫲！"

"阿爷！阿嫲。"侨笙乖顺地说。

"唉，真好，真乖的孩子，都长这么大了！快，我们回屋说！快，告诉厨房做饭啊，江南回来了！"

阿盛吃过了午饭便又睡着了，直到傍晚才醒来。他睁开眼，屋里已经掌灯，叶家人围坐在桌旁正在说话。

"江南，真的能行？"

"放心吧，阿爸，阿妈。"

"荣达、荣闵，你们跪下给三叔磕头！"一个男人说。

"谢谢三叔！"两个小孩跪了下来。

"到了那边就不能再叫三叔，叫阿爸，以后，三叔就是你们的阿爸，记住了没有？"

"记住了，阿爸。"

"大哥，大嫂，你们真的舍得？"

"舍得的，舍得的，还不是为了孩子能有个好前程。"

"都是一家人，江南，孩子们能跟随你去美国，是他们的福分，不用多想。"

"那好，等我们走了以后，你们务必要把这个背下来，一个字都不可以错。移民局会查问，通过了移民局的检查，才能在美国落下来。"

"是，三叔！"

"还叫三叔，叫阿爸！"那个男人踢了一个男孩一脚。那男孩顿时一个狗啃泥，"哎呦"一声，把大家都逗乐了。男孩向阿盛的方向看过来，阿盛赶紧又闭上眼睛装睡。叶江南说："以后，你们就是三兄弟了。"

阿盛记住了那两个小孩。

翌日，吴先生的车早早就到了。吴先生还带来自己的公子吴俊林一起，接叶江南和阿盛来到一家酒楼，两个人便开始聊起来。他们说船啊，货啊，上海啊，广东啊，阿盛听不懂，两个小孩就在一旁玩起来，直玩到天昏地暗，太阳已经快落山了，两个大人才站起身说要带他们换个地方。

那个地方是戏院，阿盛似曾相识。阿盛的阿爸和阿妈曾经抱着他去过唐人街戏院。那个戏院叫皇家大戏院，富丽堂皇，甚至比眼前这个戏院还要豪华。究竟什么叫豪华他还不知道，只是知道，凡是光闪闪的东西就应该是豪华。戏院里耀眼的一切都让他觉得炫目，灯光、舞台，还有穿上戏服的光闪闪的人，以及他们光闪闪的声音，像太阳镶上了金边，让人神迷。可是，那场大火，将所有的豪华都烧毁了，唐人街的一切豪华都不见了。他以为再也看不见那些光闪闪的东西。而此刻，在唐山，在这里，再次遇见那样的豪华，阿盛喜出望外。

吴先生带他们去了楼上的厢房雅座。坐在厢房里，他们可以一边喝茶聊天一边看戏，向下望去，一楼的座位已经渐渐被客人坐满。阿盛趴着栏杆向下望，他的阿爸阿妈带他去看戏是坐在楼下的，是跟那些人坐在一起的，他们坐在靠后的座位，因为靠后的座位票钱比较便宜。现在，阿爸和阿妈是不是也在下边？阿盛伸长了脖子使劲向下望，他一个一个地看过去，距离有点远，看不清后面的人。

"侨笙，过来，那里太危险，你坐在这儿，这个位置看舞台是最好的。"吴先生说。

阿盛不情愿地走过来，坐下，眼睛还在瞄着下面后排的座位。

很快，舞台的灯光大亮，大幕拉开，戏要开场了。二胡、高胡、锣鼓声渐次响起，身着彩衣化着精致面妆的女伶款款登上舞台，开腔便是惊人，声音亮闪闪的，贯穿阿盛的脑海，头上亮闪闪的发饰让人移不开眼，两只水袖一抖一扬，阿盛的魂魄都跟随了去。阿盛并不知道她在唱什么，却看得呆了。阿盛的记忆里鲜少有炫目的东西，只是，那一年，父母带他去了几次皇家大戏院，那几次的光闪闪留在他的记忆里，是那么璀璨。那份璀璨今天再次闪烁，这一次，将会永远闪烁下去。

那一天的阿妈也是光闪闪的。阿妈特意穿上最美丽的衣裙，将发髻打开，她的头发垂下来，像海水一样长。她用发梳仔细地梳理长发，然后又重新一丝不苟地梳起，她在发髻上插上最贵重的珠钗，戴上最好的耳环，又用红纸印红了嘴唇，阳光照在她的脸上，为她的脸涂上一层幸福的蜜。那天是阿爸抱着阿盛的，因为阿妈怕阿盛将她的衣裙弄皱了。阿爸宠溺地看着阿妈，说："我来抱儿子，你一会儿好好看戏。"阿妈说："我也会唱呢！"她就开口唱起来。阿盛从来不知道阿妈的嗓门原来是很高的，开腔的时候，那声音直冲云霄，也镶上了金边，光闪闪的。

阿盛忽然看见阿妈走上了舞台，一个转身，身着彩衣戴着金灿灿的发饰唱起来。她款款移步唱道："我的儿啊！"

阿盛忽然喃喃道："阿妈……"

台上的高音忽然停止了，众人喝彩起来："好！""好！"阿盛才猛然回过神来。

"这是最新的角儿，陆卿。如何啊，叶兄？"吴先生小声微笑问。

"相当了得，是不是很好看啊，侨笙？"叶江南开心地说。

阿盛神情恍惚，还在刚才的情境中，他呆呆地看着舞台，并未听见叶江南的话。

"看来侨笙是喜欢看戏呀！"叶江南笑了。

"侨笙，让你阿爸开个戏院，你天天看戏！哈哈！"吴先生又说。

阿盛忽然转过身来说："真的吗？阿爸？！"

叶江南愣了愣，思忖道："好啊！那阿爸以后就开个戏院，送给你好不好？"

"好！"阿盛使劲点点头。叶江南诧异地笑了。

"她叫什么呀？"阿盛指着舞台上的女伶问。

"陆卿。怎么了？"吴先生说。

"她唱得真好听。"阿盛说。像我阿妈唱的一样。他没说。

几日后，叶江南带阿盛返回美国奥克兰。在船上，叶江南发现，侨笙不再沉迷于睡觉，他开始看风景，脸上也开始露出笑容，小小的身体像被注入了灵魂，有了生机。他欣慰地叹息一声。

两个月后的一天傍晚，叶江南开车带了两个小孩回来。这两个小孩阿盛见过，就是上次回唐山，叫叶先生三叔的那两个小孩。

两个小孩跟随叶先生走进客厅。叶太太早已在客厅等候，看见他们，欣喜地说："来了，来了！真好，真好！"

阿盛仿佛看见了一年半以前的自己，也是如他们这般胆怯和无助。但，他们，毕竟比自己要强很多的吧，他们是管叶江南叫"三叔"的小孩呢！他们来自唐山的叶家老宅，他们身上流着的血和叶佐伊、叶艾米是一脉的。

"三婶！"一个小男孩叫了一声，立刻被另一个掐了一把。

"哦，阿妈！阿妈！"那个小男孩赶紧改口叫道。叶太太笑了笑："真是乖孩子，都是聪明的孩子。快坐快坐，累坏了吧！阿灿，快去准备饭菜。"

佐伊和艾米跑过来。佐伊小声问叶太太："妈咪，这是怎么回事？"

叶太太说："佐伊、艾米，这是你们的两个弟弟，大弟弟叶荣达比侨笙小一岁，小弟弟叶荣闵比侨笙小两岁。这回，我们全家团圆了。"

艾米不乐意地说："妈咪，你什么时候又生了两个弟弟，我怎么不知道？我们家是收容站吗？"

"艾米，胡说八道什么呢？你敢到外面瞎说看你爸比怎么惩罚你！"叶太太瞪起眼来说。

"哼！"艾米气哼哼地走了。

阿盛不知道这两个弟弟的到来对他来说是好是坏，有了这两个弟弟之后，他便是更加多余的人了，恐怕艾米会更加讨厌他了吧。叶江南和叶太太的爱又多了两个人来分，恐怕能分给他的会少很多了吧！不过，他本来就不属于叶家，总归是个局外人。阿盛又释然了。

叶太太重新分配了房间，整个二层都属于三兄弟了。阿盛仍然住在侨笙的房间没动，只是艾米的房间让给了荣达，艾米不得不和佐伊一样，住到了三层。艾米不依不饶，挑剔地说自己的新房间小得像兔笼子，远不如姐姐的房间大。佐伊只好将房间让给了她，自己搬到了隔壁。

阿盛没有想到，第二日中午，艾米偷偷跑到他的房间里。阿盛坐起来，警惕地看着她走过来，坐到床边。阿盛立刻往另一侧挪了挪。

"瞧你怕成这样，我有那么吓人吗？我是来给你送糖果的。就给你一个人。"艾米说着，将手里的两颗水果糖递过来。

"我不吃，你自己吃吧。"阿盛说。

"嘻，真好笑。爱吃不吃。对了，我跟你说个秘密。"艾米神秘地说。

"什么……秘密？你还是别告诉我了，我不想知道。"阿盛警觉地说。

"我就想告诉你。"艾米挑衅地看着阿盛。

"哦。"阿盛收回目光。

"你说，我们好好的，干吗又多出来两个弟弟？有你一个还不够？爸比和妈咪怎么想的？"艾米提高了一下嗓门。

阿盛不敢回答。

"我告诉你，其实他们根本不是我弟弟，他们是……"艾米看了看门，顿了一下。

"啊，别说。我不知道，我什么都不知道。"阿盛赶紧打断她。

"胆小鬼！其实他们是我大伯的孩子！是因为大火烧毁了唐人街华人的档案，所以华人，包括我阿爸，就趁着这个机会，给他们编造了假档案，让他们冒充是爸比和妈咪的孩子。骗过移民局，他们就可以在这里生根了，就成了我弟弟了。你说好笑不好笑，移民局那帮蠢货居然就真的信了。现在，我爸比和妈咪让我们所有人都相信，他们就是我弟弟，你说好笑不好笑。我妈咪有没有大肚子我不知道吗？"艾米从床边下来，焦躁地绕着床走来走去。

"我什么都没听见！"阿盛捂着耳朵跑了出去，一直跑下楼去，却迎面撞上刚进来的叶江南。

"这是怎么了，侨笙？是不是艾米又欺负你了？艾米！"叶江南冲楼上喊。

"没，没有。"阿盛胆战心惊地站住，不敢看叶江南。

艾米懒洋洋地走出门来，慢吞吞地走下楼梯，嘴里还吃着水果糖："我就跟他说了个笑话，就把他吓成这样，真是胆小鬼，没意思！"

"艾米说的是真的吗？"叶江南怀疑地问阿盛。

"是真的。"阿盛点点头，又低下头。

"好吧，侨笙，别怕，艾米欺负你，就告诉我，别怕。"叶江南蹲下来说。

阿盛点点头。

临睡前，艾米又悄悄来了。这一次，她捂住阿盛的嘴说："胆小鬼，我还没说完呢，你跑什么呢？我是来跟你和好的。又来了两个弟弟，他们跟你不会是一伙的。你需要我。我会帮你的，笨蛋。我会和你一伙的，佐伊自然是跟我们一伙的。哼，他们别以为叫了声阿爸阿妈，家就是他们的了。有我艾米在，休想！"

她松开手掌。阿盛喘息了一会儿说："可是，你为什么帮我？他们，是你大伯的孩子。"

"嘿嘿，因为，你是侨笙。你不会懂的。"艾米神秘地说。

艾米说完就出去了。阿盛久久不能明白，为什么他们是同宗的血脉，艾米却跟他们不亲，反倒要改变立场，跟自己一伙。

阿盛想起来阿妈以前说，有一种人，什么都知道，闭着眼睛诵一会儿旁人听不懂的话，便能猜到一个人的前世今生，也能知道这个人的未来运数，知道他会遇到什么，劫难和幸运都逃不过他的眼睛。这样的人是"巫婆"。那么，什么都知道的艾米大概就是小巫婆。她既是公主，又是潘多拉，还是巫婆。阿盛偷偷地笑了。

3

艾米果然猜中了。荣达和荣闵兄弟俩到来不久，阿盛渐渐感觉到了不同。二弟荣达敦厚一些，三弟荣闵要机灵多了。跟荣闵比起来，阿盛常常觉得自己简直就像个笨蛋。荣闵从来的第二天便跟随上了潮流，立刻改口和艾米一样，称呼叶先生和叶太太爸比和妈咪了。每天早上他下楼的时候，荣闵已经在帮阿灿摆放餐盘，也会为叶先生和叶太太端来咖啡，并且将早报放在桌上叶先生的位置。叶先生和叶太太到来，他会甜甜地喊："爸比早，妈咪早！妈咪今天好漂亮！"叶先生和叶太太便会心情好地称赞一句："荣闵真乖！""孩子们早啊！"每逢这时，荣达都憨憨地张着嘴巴乐，仿佛叶先生和叶太太那句话是称赞他的。佐伊会微笑着重复一句："早啊，爸比、妈咪！"艾米则会不屑地翻翻眼珠，将自己的餐具摆好准备吃饭。似乎只有阿盛是格格不入的，还老土地叫叶先生和叶太太"阿爸、阿妈"，"爸比"和"妈咪"这两个词阿盛觉得实在是太陌生了，他还是执意继续称呼阿爸和阿妈。阿盛只是看看荣闵，又看看叶先生叶太太，然后低下头沉默。

两个弟弟来到的第三天晚上，叶江南便给唐山写了信。他将三兄弟都叫到书房，看他给唐山写信。这无疑是一件重大的事情。叶江南坐在宽大的软椅上，桌上早已铺好信纸，叶太太站在叶先生身旁，极其仔细地为他研磨。在橘红色的灯光下，她连映在墙壁上的剪影都那么温柔。叶江南让三兄弟站在他的另一侧，阿盛心中激动起来。

叶江南拿起笔，蘸好墨，在那信纸上勾勾画画，方块字便顺着他的笔端像蜿蜒的河水汩汩流淌，直到那一张信纸被黑色的墨汁铺满。那些方块字带着初生的墨香生机勃勃，充满力量，也饱蘸着橘红色光晕的柔情。

叶江南放下毛笔，轻轻吹了吹信纸，然后，念了一遍：

阿爸阿妈在上，我等已于前日抵美。荣达荣闵两兄弟顺利通过移民局核准，现已妥善无忧。两兄弟天资聪慧，且有兄弟姐妹同住，顺应美国生活并非难事，不日将开始学校生活。盼养育成人，光耀我叶家。一切当全力而为，大哥大嫂阿爸阿妈勿念。江南敬上

信纸的内容阿盛不能完全领会，叶江南也并未解释，他只是耐心地等字迹干透，将信纸对折，小心地放进一个信封，又在信封上小心地写了很多方块字。

阿盛知道，这些信封里的方块字是要跨越海洋飞回到唐山去的，像黑色的海鸥，一直飞一直飞，直到落到那个叶家老宅，落到那里每个人的手上、心上。

阿盛心里羡慕起荣达和荣闵来，他们还有阿爸和阿妈隐藏在唐山，尽管他们不会来美国，但他们一直在那里，荣达和荣闵也一直知道他们在那里。而他，即便自己学会了写方块字，学会了写信，那些方块字也是不知道寄到哪里去的，心上的海鸥也是漫无目的地飞翔，漫无目的地寻找。

叶先生对叶太太说，男孩子是要见世面的。他经常开着那辆福特车带着兄弟三个出去玩。荣达和荣闵很期待和叶先生出去玩。阿盛也很期待，但没人知道，他真正期待的是每次出去玩之后他们会到餐馆吃饭。叶江南带他们去很多高级餐厅吃洋人的西餐，教他们用刀叉和喝红酒，也带他们去咖啡厅喝美式咖啡。荣达和荣闵对新鲜世界很好奇，适应也很快，阿盛却总觉得西餐冷冰冰的，不太合胃口。他喜欢叶先生带他们去吃中餐，叶先生自己还经营着一家叫"翡翠楼"的高级中餐厅，那些精致的菜肴和美味让他垂涎欲滴。但阿盛更喜欢小餐馆的中餐，他常常流连忘返。在小餐馆里，叶江南好奇地看着大快朵颐的阿盛，好奇地问：

"阿盛，怎么喜欢在这小店里吃，高级餐厅的中餐不好吃吗？"阿盛看着叶先生，眨眨眼，微笑说："还是这里的好吃，我喜欢这里。""真是扫兴！"荣闵会撇撇嘴说。阿盛会垂下头自顾自地享受盘中的饭菜，没人知道他暗自心伤。他总是坐在对着门口的方向，因为在那里可以看见每一个走进餐馆的人。他在寻找。他从未停止寻找。记忆里，小小的阿盛就生长在一家小餐馆里，每天清晨阿爸和阿妈早早地起床，便开始一整天的辛劳。晨阳初升，便开始有人三三两两地走进来吃早餐，阿爸热情地招呼，阿妈勤快地端上热腾腾的饭菜，客人们边吃边聊。阳光从餐馆的窗口射进来，小小的他在烟尘中醒来，坐在餐馆的一角，一边看阿妈忙碌一边自己玩石子。直到有一天，大火烧毁了那个小餐馆，他再也找不到那个小餐馆。阿盛常常想，或许阿爸和阿妈又在哪个小餐馆里等着他。他只要一家一家地找过去，总会找到他们的。于是，每次出去玩他都会要求叶先生带他们去小餐馆。阿盛在等待一个时刻，他踏进哪个餐馆，坐下来，忽然从后面厨房有人端着热面走出来喊一声："呀！是我的儿子！我终于找到你了！"叶先生已经带他们去过好多家小餐馆了，可是每次，他直到吃完，也没有等来一个向往的身影和亲昵的问候，那个时刻始终没有到来。但是，奥克兰那么大，小餐馆那么多，总会找到的吧！每次吃完，阿盛都很失落，但他不敢表现出来，这是他自己的秘密，他必须小心保护好。

阿盛感觉得到，叶先生对他要比那两个儿子好多了。尽管，其实他和叶先生并不存在什么血缘关系，倒是那两个，才是和他有血缘关系的，但显然叶先生和叶太太都不这么认为。而荣达和荣闵甚至还以为阿盛真的是叶先生的亲生儿子，没有人告诉他们，他是叶先生从废墟里捡来的小孩。只有艾米总是洞若观火并且了然地看着一切。

叶先生开心和不开心的时候经常会哼唱起一首曲子，叶太太说那是一首叫《花笺记》的木鱼歌，是唐山老家人人都会唱的歌：起凭危栏纳晚凉，秋风吹送白莲香。只见一钩新月光如水，人话天孙今夜会牛郎。细想天上佳期还有会，人生何苦捱凄凉。得快乐时须快乐，何妨窃玉共偷香？叶先生每次唱的时候，要自己拍手作拍，一字一顿地唱起来。每次叶先生刚一起调，叶太太就会沉迷地看着他，眼角眉梢盈满笑意。叶先生便会受到鼓励一般，大声唱起来。只是，叶先生也只是唱上这几句，便作罢，就没有下文了，就像每次小酌尽了兴。可是他不知道，阿盛并没有尽兴，他还想听下去。阿盛不知道那是一首什么样的曲子，竟然有这样大的魔力。不久，阿盛便在叶先生的书房，翻到了一本线装本的旧书，封面已经发黄破旧，显然被翻看过很多次。书的封面上正是"花笺记"三个字。阿盛激动地翻看，开篇的几句正是：起凭危栏纳晚凉，秋风吹送白莲香。阿盛欣喜若狂，悄悄地将它拿到了自己的房间里。他笃定地认为，这本书里藏着巨大的秘密，能够让人快乐，也能让人悲伤。这本书，或许是他解读叶先生和叶太太的密码。

这个夏天，叶太太提议，叶先生请来非常专业的摄影师为全家照了合影留念。叶江南特意让映像馆洗印了好几张，还特意放大了一张，就摆在他的书房里。

这一年的冬天是令阿盛难忘的。圣诞节的那天，叶先生让人抬进来一棵偌大的圣诞树，上面缀满漂亮的小电灯，闪烁不停，像天上的星星。阿盛第一次看见那么大的圣诞树，也第一次收到圣诞老人的礼物，他从未见过那么多的礼物。

除夕夜，叶先生开着凯迪拉克载着一家人来到唐人街上。街上的橱窗都已经被五彩斑斓的纸带和窗花装饰一新，彩带在空中任意飘荡，花纸屑如天女散花般频频撒落。众多的华人纷纷赶来，许多白人也聚集而来，鞭炮和烟花在空中燃爆，在夜空中留下繁花和热烈。这是东方的文明，那一刻，每个华人心里都在沸腾。继而午夜钟声响起，大家齐声高喊："新年快乐！"汽车喇叭也来伴奏，为这新的一年而欢歌。

那个夜晚，阿盛记得最清晰的是那场舞龙表演。叶先生说，华人都是龙的传人。龙长什么样子，阿盛没见过，但按照叶先生的说法，龙是一定存在的，至少是存在过的。只不过，有可能，后来龙做了神仙，就身处高得无涯的天际苍穹之中，普通的凡人是无缘得见的。但龙一定会保佑它的子孙后代福寿绵延。

"那我们离开了唐山，在北美洲这样远的地方，龙还会保佑我们吗？"阿盛问。

"当然。龙是神龙，会遨游于天际，区区太平洋对于龙来说根本不值一提。

神龙一秒就能遨游8万里，它就在北美洲上空俯瞰这里的中国人，自然也会保佑我们的。"叶先生说。

眼前那长长的黄色游龙，尽管是人工制作出来的，却给阿盛以极大的快乐和幸福。这便是中华龙的样子。它有威武的龙头、蜿蜒的身躯和长长的尾巴。它目光炯炯地凝视人间，尽管现在看到的龙眼是用灯泡做的。阿盛相信，眼前的龙就是替天上的龙下凡来体察民情。夜已深，阿盛还是不愿睡去，他要守着这个夜晚。他侥幸地想，毕竟龙的替身已经在眼前，万一天上的龙真的下凡来寻访，他就会看得见。那该是多么大的幸运！那他应该是最幸运的人了吧！那么，保佑中华子孙的神通广大、无所不能的龙，一定知道他的阿爸和阿妈在哪里的吧？如果龙来了，他一定要问一问，或许龙也会载着他一下就飞到他阿爸阿妈的身边，让他们团聚。

在阿盛心里，叶先生似乎什么都知道。因为龙的故事，阿盛的心里对叶先生生出许多好感来。阿盛也相信龙的存在。叶先生说，在遥远的唐山，在皇帝的紫禁城里到处都雕刻着龙，屋脊之下雕梁画栋，龙的身影无处不在，代表皇帝的至尊。皇帝的皇袍绣满飞龙，金色的龙与银色的凤凰共同飞舞，是为"龙凤呈祥"。阿盛没见过紫禁城，但阿盛小时候见过舞台上的皇帝、妃嫔和大臣，见过舞台上那些穿着蟒袍玉带的人，他们的蟒袍上绣着龙，以及形似龙的蟒。那些人，都光闪闪的。阿盛又一次次地想念从前的皇家大戏院和阿妈。

尽管艾米曾不止一次地跟阿盛炫耀过，说叶江南是个了不起的人物，但阿盛对于叶江南的了不起是在过了好久之后，去过叶家奥克兰的罐头厂才切身感受到的。那一天，叶江南兴致勃勃地开车带着他们三兄弟走进偌大的三文鱼罐头工厂，阿盛从未见过工厂，从未见过那么多人聚集在一起。他惊呆了。原来在美国的华人有这么多！阿盛看到好多华人男子在紧张地忙碌着。因为工厂里温度相当高，他们都将长长的发辫盘在头上，头上汗水直流。他们上身穿着马褂，脚上套着胶皮长靴。华人都在忙碌，叶家父子的到来丝毫没有引起他们的注意。他们的目光像是被粘在手中的鱼和身旁的机器上。工厂里有好多鱼堆，每一个鱼堆里的鱼都多到数不清。华人们切下鱼头，将鱼收拾干净，扔进池水。硕大的炉火燃烧沸腾，工厂里的热气夹杂着鱼腥味扑面而来。

阿盛的胃里开始不舒服，但他努力地去看那些男人。这些长辫子、汗流浃背的男人阿盛似曾相识，他们实在是太多了，阿盛一个一个看过去。阿盛觉得，他的阿爸也可能在他们中间，他的阿爸干活忙起来也是要将长辫子盘在头顶的，干完了活，才会把长辫子放下来。阿妈有空的时候会给阿爸洗头发，重新梳起辫子，那需要好大的工夫。

阿盛觉得自己也应该是和他们差不多的，而不是像现在这样穿着华贵的衣裤，留着松散的短发。阿盛有点想念自己的辫子。他的辫子也是很长的，但是可惜，在他来叶家的半个月后，叶先生和叶太太有一天给他剪掉了。剪掉之后，叶太太惊喜地说："哎呀，真好看啊，侨笙，像个洋娃娃！"叶太太亲昵地亲了他的左脸颊。叶先生也欣慰地说："没想到，侨笙这自来卷短发真是好看。"阿盛那一刻才想起来，那张大照片上的侨笙就是这样的短发，只是，真的侨笙应该不是卷发，而自己的头发却是微微带卷的，这应该是他们唯一的不同吧！这一点不同，却没有使叶先生和叶太太懊恼和生气，反而欣喜。阿盛看着镜子里陌生的自己，好像一下子变成了白人小孩的自己，没有欣喜，没有怨怼，心中甚至一点微澜都没有。这下，他从头到脚都变成了另一个人，他叫叶侨笙。

叶先生和叶太太对荣达和荣闵就没有这么宽容了。他们来到叶家的当晚，叶先生和叶太太就给他们剪了辫子，夫妻俩夸赞两个小孩短发好看，阿盛却看见荣达眼中隐隐闪着泪光。叶先生见了，蹲下来跟他们耐心地解释说："小家伙，不要不开心，你们从现在起就是叶江南的儿子了，叶江南的儿子可不应该留长辫子的华人小孩，你们的长辫子会暴露你们的身份。从今往后，你们兄弟两个，是我叶江南的少爷，在这美国，我们是华人中的佼佼者，我们是与白人同等的人。你们记住了！"

为了让侨笙能尽快好起来，几年间家里没人敢提及那场大火。荣达和荣闵是后来的，原本对那场大火一无所知，但机灵的荣闵还是渐渐感觉到了侨笙身上的不同寻常。有一次荣闵半夜被一阵喊叫声惊醒，仔细听，喊叫声来自隔壁，是侨笙。他立刻起来，蹑手蹑脚来到侨笙的门口仔细听，听到侨笙大声喊叫，似乎正在经历一场生死磨难，他绝望地呼喊"阿爸，阿妈！阿爸，阿妈！别丢下我！火！火！"然后便是大声啼哭。荣闵吓坏了，不敢推门进去看，也不敢离开。然后便看见叶太太惊慌失措地跑上楼来，一边跑一边喊："侨笙，别怕，阿妈来了啊！"叶先生也跟在后面，跑上楼来。荣闳慌忙跑回自己屋里，将门留了个小缝隙，惊讶地看着这一切。然后，上楼来的是阿灿、阿蔷和另外两个佣人。没一会儿，阿灿她们跑下楼去。阿灿打了电话，之后吩咐三个人几句什么，两个人便跑出去。阿灿又和阿蔷跑去厨房，一会儿阿蔷端着盆热水，阿灿拿着毛巾又上楼，她们拐进侨笙的房间。叫喊声终于停止了，夜又恢复了寂静，荣闳的心跳却安静不下来。那两个佣人出去干什么去了呢？20分钟后便有了答案。铁铸的大门隐隐地响了几声，尽管大门离房子很远，荣闳却立刻听到了，他听得那么清晰。他跑到窗口去看，只见两个佣人扶着一个背箱子的中年华人男子匆忙走进来。他们快步走进房子，匆忙上楼，然后，拐进侨笙的房间。

"你总算来了！"荣闳听到叶先生急迫的声音。"别慌，我看看。"来人说。然后是一片静寂，半分钟后，来人说："无大碍，最近恐怕又遇到什么事刺激到了，心里郁结始终不得解。这样吧……"荣闳明白了，这来人应该是个医生，那侨笙是有什么病吧？怪不得感觉叶先生和叶太太对他的喜爱多一些，尽管他们并未表现出来，但荣闳还是能够隐约感受得到。

第二日清晨，荣闳是被说话声惊醒的。他一下子坐起来，他想起昨晚的事来，立刻下床，推开门，站在门口向楼下看，便看见叶先生和佐伊、艾米都在餐桌前坐好了。他下意识地看了看侨笙房间的门，门是紧闭着的。他慢慢走下楼，走到楼梯中间的时候，便见到坐在叶太太旁边侨笙沉默的背影，连他的背影都在拒人于千里之外，但叶太太笑容可掬地对他说话，还慈爱地摸摸他的头发和脸庞。荣闳看了看荣达，荣达坐在艾米和佐伊的旁边，正在和佐伊说话。艾米也在沉默，但她的眼睛并没有沉默，一会儿向侨笙和叶太太那边瞟一眼，一会儿向荣达和佐伊那边瞟一眼。荣闳从楼梯上走下来。叶先生见到荣闳走下来便说："瞧，荣闳每天第一个下来，今天迟到了呀，我的早报呢？哈哈，快坐下，再晚，早餐就被我们大家吃光啦！哈哈！快，阿灿，开饭啦！"

"是，先生！"阿灿快乐地说。

荣闳茫然地看着每一个人，这和谐的气氛和他们每个人脸上的快乐让荣闳怀疑，仿佛昨晚做梦的不是侨笙，而是他。难道是他出现了幻觉？荣闳第一次沉默地吃了早饭。艾米看了看他，微微笑了。傍晚，荣闵终于按捺不住，偷偷找到艾米说："二姐，我能问你个事情吗？"艾米警惕地说："什么事？""大哥他，好像有秘密？"艾米立刻翻脸，呵斥他说："瞎说什么呢！侨笙就是小时候被吓到过，做梦而已，你想什么呢？""哦。"荣闵不敢再问，但他心里始终有疑惑，到底是什么样的惊吓能被吓成这个样子？

·····································

4

·····································

　　两年之后，有一次，李博安对叶先生说，解铃还须系铃人，侨笙这孩子惊吓过度，他倒是觉得，逃避不是办法，还不如让他回到那里。叶先生这些年来一直在忙于帮助旧金山唐人街重建，李博安前几日回去看过了，已经建得不错了。侨笙回到旧金山唐人街或许能慢慢好起来，他也要尽快重回那里开中医馆。叶先生说也正有这个打算。于是很快叶先生重新在旧金山格兰特大道购置了一栋别墅庭院，带领全家从奥克兰返回旧金山。这时，阿盛来叶家已经 7 年了。

　　一家人回到了久别的旧金山。唐人街已经重建得差不多了，不太像从前的样子，已经焕然一新。一路上天空蔚蓝如海，高大的橡树威严耸立，尤加利树挺拔芬芳，红色玫瑰盛开，罂粟朵朵，均为黄色，这是加州的神奇。"旧金山，我终于回来了！"阿盛心中说，"阿爸、阿妈，你们在哪里？这里的华侨两万余人，是否有你们的身影？"

　　唐人街南自卡尼街，北到鲍威尔街，其间涵盖三条街；西自萨克拉门托街，东至百老汇街，其间跨越五条街。杜邦街已经改名为葛兰德路，挤满古董铺、中餐馆、洗衣店、俱乐部、中国寺庙和算命摊子，也有咖啡店和许多杂货店，出售咸鱼、鳗鲞、蛇肉、酱油、鱼翅、燕窝、干鲍，以及其他来自广州和香港的货物。格兰特大道上商铺林立，高档餐厅、咖啡店和居民楼鳞次栉比，阿盛看得眼花缭乱。

　　福特车载着叶先生一家又从布什大街到百老汇街慢慢行驶，迎面走来几个衣着鲜艳的年轻华人女子。叶太太立刻将车窗的纱帘放下，不许孩子们向外看。可是阿盛还是从帘子的缝隙看到对面那少女模样俊俏，两只眼睛狭长晶亮，同伴和她朝着不远处望，不知在说什么，少女咯咯地笑了起来，狭长的眼睛眯起来，像乖巧的猫。车子很快驶过，她们身上的香氛却飘进了车里，久久都没有散去。

叶太太好一会儿才又拉开车的帘子。叶先生说："你们兄弟三个记着，这唐人街上有两个地方是不能去的，一个就是那里——妓院。"他用手指了指那两个少女正走进去的地方，"另一个就是那个挂着俱乐部牌匾的赌场。其余的地方，你们随便去玩。"

原来，那个乖巧猫一样的少女是妓女，阿盛心里一阵怅然。显然，妓女是肮脏的下等人，但那么乖巧的少女居然是肮脏的下等人，不由得让他很失落。

一路上，很多人都认识叶先生，纷纷走过来问候他，和他打招呼；也和叶太太打招呼，甚至还夸赞叶先生有福气，三个儿子都卓尔不凡。这样的称赞，叶先生和叶太太显然很受用，笑容一直挂在他们的脸上。

他们经过一座西式教堂——玛利亚教堂，从里面走出一个身穿黑袍、头戴黑色头纱的白人女子，后面跟随两个同样装扮的女子。前边的白人女子见到车上的叶先生便停下脚步，一边伸手快速在额前和胸前画了个十字，一边惊讶地说："叶先生？您这是全家回来了？"（英文）

"是啊，克莉丝汀牧师！好久不见。您这是要出门？"（英文）

"你知道的，总是有很多人需要救赎。"（英文）

"呵呵，真是辛苦牧师了！再会，克莉丝汀！"（英文）

"再会！"（英文）

三名黑袍女子从他们的车旁走过，渐渐走远。叶先生说："这是克莉丝汀牧师，唐人街心肠最好的牧师了。7年前的地震和大火之后，她曾把受灾的华人妇女安置在唐人街附近的教堂里，帮她们渡过难关。"阿盛又想起艾米曾带他到叶家的地下室，他看到的惊人一幕。那么多的华人挤在地下室里避难，叶先生从未提起，他其实才是心肠最好的人吧。阿盛向叶先生看过去，他突然发现叶先生的眼角有了细细的纹路。

"阿爸！"阿盛忽然叫了一声。

"侨笙，怎么了？"叶先生立刻关切地问。

"没什么。"阿盛握紧了叶先生的手，"对了，阿爸，你什么时候能带我们去看戏呀？"

"侨笙想看戏了，那阿爸想想，现在呢，没什么太好的戏看。以前呢，皇家大戏院还在的时候，这唐人街每天的观众啊人山人海的，华人和白人都跑来看，这条街彻夜无眠啊。如今重建之后这里没有戏院了，只能去别处看戏，戏呢，也都不是什么正经戏，因为没有正经的戏班子从唐山过来演出了。"

"那为什么没有戏班子来了？"侨笙问。

"唉，还不是因为《排华法案》，美国限制这里华人的数量。"

几日后，叶江南带一家人去看了戏，是著名的郎德山团的演出，但阿盛却对演出很失望，那完全不是他记忆里的中国戏，只不过是个杂耍团的演出。虽然演员们在舞台上竭尽全力地表演翻跟斗和各种高难危险的动作，引来阵阵喝彩，但阿盛总觉得缺少点什么。不久，叶先生又带一家人去看了另一场戏，是白人演的中国戏。台上的白人穿上中国人的戏服，画上中国人的脸谱，演绎中国人的打斗场面，但阿盛总觉得哪里有些怪异。阿盛忍不住问："阿爸，我记得中国戏好像不是这样的。""侨笙还真是记性好，阿爸就那年带你回唐山看过几场戏，都过去这么多年了，还记得。""怎么会忘呢，我什么都不会忘的。"阿盛喃喃地说，回避着叶先生的眼睛。叶先生只是点点头，沉吟了一下说："阿爸跟你说过的话，是不会食言的。"荣闵看看叶先生，又看看侨笙。侨笙，果然是不同的，是从小就最受宠的一个。这份宠爱，眼前的爸比是不会分享给自己和荣达的，他很确信。

阿盛果然快乐起来。搬来的第二天大清早，他就一个人跑去葛兰德路吃早餐。他跟着感觉走到那个从前的家的位置，那个小店铺的大门上方，贴着一个不大的红色牌匾，上面写着"粤记餐馆"。他心跳不止，屏住呼吸，慢慢挪着脚使足了力气推开门，脸已涨得通红。他迈了进去。

"阿仔，一个人吗？快进来。"一个华人女子站起身走过来，笑盈盈地说。

阿盛恍惚地看着她，半晌热泪盈眶，扭头就要向外跑。

"哎，阿仔，饿了吧？想吃点什么，包子？"女子说。

阿盛又停住脚步，回过身，慢慢点点头。

"好呀，那阿婶去给你拿包子哦！你等着。"阿盛在门边的位置坐下来，眼睛追逐她的身影走向厨房，片刻，又跟随那身影和笑容一步步回来。阿盛看着她有些着迷了。她并不是个姿容出众的女子，但她拥有和阿妈一样温柔的笑容。

"真好吃。"阿盛情不自禁地说。

"那就经常来。"阿婶又笑起来。

"好。"阿盛终于使劲点点头，笑了。

一个星期后的一个清晨，阿盛刚从"粤记餐馆"出来，便又看见克莉丝汀牧师了，她宽大的黑袍迎风飞舞，像一只硕大的黑蝙蝠。克莉丝汀不是一个人，她的身后是上次见过的那两个年轻的牧师，在她们身后，还跟着两个更加年轻的牧师。她们身材娇小，以至于黑袍像两片乌黑的云压在身上，她们的步履很慢。她们再走近些，阿盛看清了她们的脸庞，他惊讶地发现，这两个年轻的牧师就是上星期叶家人遇见的那两个年少的妓女。那个猫一样的少女如今被套上了黑色的套子。上一次克莉丝汀说，有很多人需要被拯救，难道说她们是她拯救来的吗？可阿盛从她们稚嫩的脸上，看不到一丝快乐，她们也如克莉丝汀牧师一样，戴上了黑色的头巾，脸上毫无表情。她们几个人穿着黑袍走在街上，像一个模子里刻出来的木头人，只有黑袍张牙舞爪地飞舞。从此，那个猫一样的少女便与彩色的衣衫、漂亮的头饰和这繁华的人间绝缘了。阿盛想不出来，从妓院到教堂不到500米的距离，从街这边的妓院走出，再走进街那边的教堂就拯救一个少女了吗？阿盛的眼中有温润的液体正在蔓延，他扭头跑了起来。

经过洗衣店的时候，恰好看见一个女孩提着纸袋子走出来，袋子里是洗干净的衣服。这个女孩昨天来叶家给叶太太送过衣服，叶太太还温柔地问她，你叫什么名字，她说，她叫夏美。夏美穿着朴素的衣裙，长头发只用手绢在脑后扎成一个高马尾，她应该是不需要拯救的女孩。还有那个咖啡店里的女孩冯桃桃，前几日他们一家还在店里喝了咖啡。冯桃桃每天都把咖啡店打扫得干干净净，一尘不染，她也一定是不需要拯救的女孩。只有那个猫一样的花枝招展的女孩是需要拯救的。

阿盛快速地跑过。

阿盛的心里忽然也唱起叶先生的《花笺记》：起凭危栏纳晚凉，秋风吹送白莲香。只见一钩新月光如水，人话天孙今夜会牛郎。细想天上佳期还有会，人生何苦捱凄凉。得快乐时须快乐，何妨窃玉共偷香？阿盛似乎有些懂叶先生了，此刻，似乎只有这样美好的韵律才能涤荡心中的难过和不平静。他轻哼起来，哼完，果然心情好了很多。

叶先生和叶太太对待五个孩子的教育是一视同仁的。三个男孩都到了上学的年龄，叶先生和叶太太将他们都送去了英文学校和华文学校。英文学校每天下午3点结束英文课程，之后他们去华文学校上课学习国语，周末还要学习粤语。英文学校的白人老师对待孩子们很好，但阿盛就是喜欢不起来他们，他每天从早上起来就盼望着快些到下午，这样他便可以在华文教室里大声地念起那些抑扬顿挫的方块字。那些方块字对他是有魔力的，不只是它们本身蕴含的韵律的魅力，更是因为，他很早便从母亲的口中听到过这些字，母亲温温柔柔地念起那些韵律，像在唱绵柔深情的歌。荣达和荣闳也不喜欢英文学校，是因为他们从遥远的唐山刚刚到来，还不曾接触过这陌生的语言。因而，他们只去了几日，荣闳便哭着跟叶先生提出来，不想去英文学校了，只去华文学校。叶太太软了心肠，叹了口气说："也是，他们才刚来，也没听人说过英文，自然是学得吃力些。"叶先生于是应允了他们暂时就只去华文学校，但一个月之后还是要去英文学校。叶先生又询问地看着阿盛，见阿盛并无难色，便慈爱地摸了摸阿盛的头说："那就早上侨笙一个人去英文学校吧，到了下午再和弟弟们一起去华文学校。"阿盛点点头："好！""要好好学啊！"叶江南又期盼地看着阿盛说。那一刻，阿盛恍然觉得叶先生是把无比沉重的担子递到了他的手上。阿盛使劲点点头。

可是三个男孩在华文学校并不太平。没过多久，一个傍晚，三个男孩并没有按时回来。叶太太下楼来诧异地问正在看报的叶先生：

"几个孩子怎么还没回来呢？平日里这时候早该回来了。"

"小孩子嘛，兴许多玩一会儿。一会儿就回来了。"叶先生继续看报。

又过了一会儿，三个孩子走进大门，就听见荣闳高喊："爸比，妈咪，快点来呀！大哥受伤了！"

"啊？"叶先生赶紧扔了报纸跑出去。叶太太也跑出来。

"怎么回事？侨笙，这是怎么了？"

阿盛的脸上印着脏手印，白衬衫掉落了好几颗纽扣，挽起的袖子裸露的胳膊上有两道血痕，裤子和鞋上满是泥污。他好像还一瘸一拐的，被荣达和荣闵两人扶着走进来。

叶先生难以置信地问："侨笙，这是，跟谁打架了？"

叶太太也不相信地问："侨笙你怎么会跟人打架？"

"不怪大哥，是他们欺负人。""对，是他们欺负我们，大哥才动手的。"荣达和荣闵赶紧说。

"究竟怎么回事？"叶先生问。

"哎呀，快先进去再说。我看看到底伤了哪里？唉，怎么会这样的。"叶太太心疼地说。

叶先生一把将阿盛抱起，快步向屋里走去，几个人跟在后面。

原来，是华人学生赵德顺今天下课的时候跟荣达和荣闵一起玩，不知怎么发生了口角，赵德顺便随口骂两兄弟是纸生仔。荣达和荣闵被吓坏了，以为这天大的秘密被揭开，立刻不知所措。赵德顺一看兄弟俩的脸色，便知道猜对了，于是高声喊叫："纸生仔！我现在就去移民局，把你们赶出旧金山！"

阿盛跑过来将荣达和荣闵挡在身后说："你骂谁是纸生仔！"

"他们啊！搞不好你也是纸生仔！哼！这学校里有小一半都是纸生仔，都是浑水摸鱼来的！哼！"赵德顺提高了嗓门说。

"你才是纸生仔！我也可以去移民局告你！"阿盛面不改色，高声喝道。

"你说谁是纸生仔！你才是！"赵德顺伸手推搡阿盛，跟阿盛扭打起来。两人没一会儿便倒在地上开始厮打，直到筋疲力尽。阿盛骑在赵德顺的身上，赵德顺才求饶说："我错了，我错了。"

阿盛将他揪起来说："对我弟弟说道歉！再敢侮辱说我弟弟是纸生仔，我的拳头你再试试！"

赵德顺哈着腰说："我说错了，我是说着玩的。再也不瞎说了。"

"哦，侨笙还很勇敢，哈哈！"叶先生欣慰地笑了，"这一仗打得对，还懂得保护弟弟。不过以后尽量不要动手了，有什么事情都不要怕，即便他们瞎说什么纸生仔，你们也不要怕，因为弟弟是堂堂正正的弟弟，根本就不是什么纸生仔。发生任何事，阿爸都会处理的，都交给阿爸就好了。"

"我的孩子们，你们不要以自己是华人而感到羞耻，相反，我们应该感到骄傲才对。我来给你们讲讲我们华人移民的故事。事实上，最开始的时候，美国是非常欢迎我们华人移民的，美国政府将华人移民视为座上宾。那个时候美国的报纸甚至说，中国人在他们中间算得上是最勤劳、最文静和最有耐心的人民。没有哪个国家的公民，能像中国人那样文雅而高贵。当时的市长还说，华人的到来是一个令人鼓舞的预兆，它预示着中美两个国家将展开友好的交往，希望更多的中国人以我们为榜样，横渡大洋，登上旧金山海岸，他甚至还希望我们华人将同胞带来。当时的《加利福尼亚信使报》上还说，他们在旧金山从未见过那样美好的一群人。我们是有节制、守秩序和遵守法律的模范，不仅是其他移民的模范，也是美国人的模范。"

"那么为什么，现在华人的处境这样糟糕？"荣闵不解地问。

"那不是我们的错。因为华人的勇敢、勤劳和隐忍的品格，而使华人优先获得了很多工作机会。相反，这里的其他种族，包括德国人、西班牙人、法国人，甚至美国人，这些民族中有些人懒惰和胆小，因而丧失了很多工作机会。"

"这不公平。"荣达说。

"所以他们害怕华人，因为华人其实是强大的。但是我们华人从来都是善良的，从来不欺负他族。所以你们应该骄傲，我们是华人的子孙。我们是华人。"叶先生说。

"好吧，爸比，我懂了。"荣闵说。

艾米晚上回来听说阿盛替两个弟弟打架，特意跑过来围着他转一圈，然后在他面前站定说："没看出来，你还是个莽夫！看不出你还是个大力士！小瞧你了。不过呢，你该不是真的要跟他们两个一伙吧？我告诉你，荣闵是不会把你当哥哥的，只不过，他进了叶家，为了要讨爸比和妈咪的喜欢，就不得不跟我们三个做做戏。他的哥哥只有一个，就是荣达。荣达比荣闵蠢多了，什么都得听荣闵的。荣闵最大的敌人就是你。你又很笨，你只有跟我和佐伊一伙，才对付得了他。"

"可是，为什么要对付他？"阿盛不解地问。

"你什么都不懂。"艾米又用失望的眼神看看阿盛，然后走掉了。

"小巫婆。"阿盛在心里骂了艾米一句，然后就开心了。

第二章　东方大戏院

舞台的帷幕徐徐拉开

然后，我看见了我自己

站在舞台上

却说不出话来

——《日记·叶侨笙1922》

1

　　阿盛是很感激叶江南的，不仅仅因为叶江南让他成为自己最心爱的儿子侨笙，更多的是，他带阿盛走入了剧场。在没有中国戏的岁月，阿盛迷恋上了西方戏剧。叶江南第一次带几个孩子去露天剧场看演出，上演的是莎士比亚的《王子复仇记》，荣闵一直在跟荣达猜测舞台上演员的下一个表情和动作，艾米不住地跟佐伊讨论女演员们繁复的裙子和首饰，以及她们脸上厚厚的脂粉。阿盛却看得一丝不苟，全神贯注。他觉得自己变成了舞台上那个悲伤的王子，一声声高亢的歌唱，在怒斥命运的不公和人间罪恶。他被舞台上演员们的表演震撼了。此后，阿盛便常常自己去剧场看戏，在那里他不仅看到了莎士比亚的戏剧，还有希腊戏剧，以及各种定期举办的演奏会。在演奏会上，他结识了几个白人同学比尔、罗斯特，他们组织了乐队，他学会了编曲及演奏单簧管和萨克斯。

　　叶江南从来就是个忙碌的人，从早忙到晚，从旧金山到唐山，忙到自己许下的承诺大概都忘记了。阿盛并不怪他，毕竟，他是华人社区领袖，每天有数不清的事情等待他的裁决，等待他的启程。阿盛少年时代说过的话早已经随风而去，连阿盛自己都要渐渐忘记了。然而阿盛没有想到——叶江南从来不会食言，对侨笙尤其是。如果不是叶江南还记得，阿盛恐怕接下来的人生就会与西方戏剧为伴了。

那一年已经是 1922 年了。春天刚刚到来，叶江南再一次登上邮轮匆匆赶赴唐山，临走时他神秘地说："我回来会给大家带回一个大礼物。"艾米笑笑说："爸比，还当我们是小孩子呢，你是带糖果啊还是杏仁酥啊？我们可都长大了，有点新鲜的没有？"叶江南哈哈大笑说："看来小玩意儿哄不住你们了，爸比这回给你们带个大点的礼物回来。""爸比，你回来给我买个跑车吧，我朋友都有！"荣闵笑嘻嘻地说。"就你贪心！"叶江南嗔怒道。"就是！从小到大数你玩具最多，储藏室都放不下了！"艾米提高了嗓门不满意地说。"我那些旧玩具我正打算都捐给教会或者救助会，可以给华人小朋友玩啊，那也不算浪费。对吧，妈咪？"叶太太摇摇头，对叶先生说："你小心身体，快去快回！什么礼物不礼物的，他们什么都不缺。""等我回来吧。"叶江南一脸春风地说，然后，才上了车。阿盛只是默默地看着他的车远去，车轮卷起地上的微尘在空中蔓延，而后消散。

一个半月后，叶江南回来了，却是空手而归。艾米不满意地说："爸比，你太过分了啊！还说大礼物，居然连一块糖果都没带回来啊？"荣闵又说："爸比是太累了，回来买一样的，旧金山什么买不到，是吧，爸比？那我的跑车？""住嘴！"艾米喝道。

"好了，孩子们，你们坐好，我真的带了大礼物回来。"叶江南笑眯眯地说，"咦？侨笙呢？侨笙！快点下来！"荣达噔噔噔跑了上去，将睡觉的侨笙从床上叫了起来。一会儿，侨笙揉着眼睛跟着荣达下楼。

叶江南慈爱地说："侨笙，坐下，坐阿爸身边来。"阿盛在他的身旁坐下说："阿爸，你回来了。"

"孩子们，我要送你们的礼物是，我要宣布的一个重要事情。侨笙，这件事情也是阿爸很早便答应你的事情。如今，时机成熟了。那就是，阿爸准备在唐人街建一间戏院，我们华人自己的戏院。"叶江南说。

"啊，阿爸，是真的吗？您还记得？"阿盛激动地说。

"当然，侨笙的话，阿爸每个字都记得，侨笙的每个愿望，阿爸也都会帮你实现。"叶江南说。

"哇，那太好了呀！我们可以去自己家的戏院看戏了！再也不用跑到别的街区去看戏了！"佐伊高兴地说。

"嗯，这个礼物还不错。"艾米想了想说。

"这礼物是只给侨笙的？"荣闵小心翼翼地问。

"哈哈，这戏院是我们叶家开的，那礼物当然是给你们大家的。是不是啊，侨笙？"叶太太说。

"是啊，是啊，是阿爸给我们最好的礼物。"侨笙点点头说。

"好吧，我接受。"荣闵有点失望地说。

"你爸比这次回唐山就是回去找戏班子去了，如今可算定妥了？"叶太太又问叶先生。

"八九不离十吧。去年移民局已经批准了两间中国戏院公司的申请案，唐山如今也废除了之前不准女伶登台的禁令，甚至还有了很多全女戏班，华人戏院和粤剧复兴的时候到了。"叶江南感慨地说。

"真是太好了。"叶太太说。

"但是办戏院是有风险的。我们要请戏班，要请演员。按照劳工部的规定，戏院要为每位演员缴纳 1000 美元的保证金，来担保他们有 6 个月的居留许可期。期满之后可以申请续签，但最多只能续签 3 年。演员的居留许可每 6 个月就必须续签。移民局和劳工部会对戏院的经营进行严密监视。"

"这么苛刻？"佐伊惊讶道。

"这美国政府也太霸道了吧！"艾米气愤地说。

"是的，美国人一向对华人很苛刻，但我们也要跟他们努力相搏。"叶江南叹口气说。

"早晚有一天，我会惩罚他们的！等着吧，这帮吸血的蠢货！"荣闵说。

"好吧，那可有跟哪个戏班定好了？"叶太太问。

"说好了，说好了，等我这戏院建成，邀请戏班子过来，我们这戏院在唐人街定会红火起来。到时候，这里的华人就又有戏看了。"叶江南说。

"那真是太好了，这都十几年了，没有戏院简直要闷死。"叶太太说。

"谁说不是呢！我们也算为唐人街的华人做一件好事。"叶江南说。

这是一桩伟大的事业，阿盛确信。阿盛的心里有暖流在奔腾，奔腾入汹涌的大海。

起凭危栏纳晚凉，秋风吹送白莲香。只见一钩新月光如水，人话天孙今夜会牛郎。细想天上佳期还有会，人生何苦捱凄凉。得快乐时须快乐，何妨窃玉共偷香？叶江南又起了调，叶太太牵起唇角，迷恋地看着他。

第二日开始，叶江南便带着阿盛开始为新戏院选址，地址就选在都板街的中心。阿盛站在那里，闭上眼憧憬着未来大戏院的种种，心驰神往。很快叶江南便买好了地，雇用了一位著名设计师，为大戏院设计了建筑图纸，又雇用了一批专门的建筑工人，打好地基，开始建造。阿盛看着一块块砖头叠加垒砌，渐渐变成一座座高墙，再渐渐变成一个漂亮宫殿。那些工人像摆积木一样，用砖石瓦块搭建起三层楼高的大戏院。唐人街的人都知道了，这里即将盖成大戏院，是我们华人自己的大戏院！大家都盼望着大戏院早日建成，早日演出。毕竟，距离唐人街皇家大戏院曾经的繁华已经过去了整整16年！很多华人老者拄着拐站在一旁慨叹："过得真快呀，16年过去咯！还以为唐人街再也不会有大戏院了，这下好了，叶先生真是大好人哪！"

大戏院正在飞速建成，却无人料到，在叶家大戏院即将建成之际，另一家戏院来到了唐人街。

那一日清晨，阿盛刚在"粤记餐馆"吃完早餐，正要走出门，迎面差点撞上一个小男孩。小男孩立刻说："对不起，先生。"然后向里面喊道："阿婶，阿叔，晚上去看戏吧！广泰大戏院今晚开始演出啦！就在杜邦街的汉江会馆。这是今天的戏桥，放在这里了，阿婶要去看呀！"

阿盛愣住了。

小男孩说完便扭身向外跑。阿盛一把抓住他说："你再说一遍，什么戏院？在哪儿？"

"广泰大戏院啊！今晚演出了！"

"唐人街哪有戏院？"

"嘿，人家广泰大戏院借的地方不行啊！咱们看的是戏，管人家戏院干什么？"

阿盛开始手心冒汗，又从少年手中要了一张戏桥。戏桥上清清楚楚地写着：顶级演员的新戏班，刚从唐山而来。广泰大戏院刚刚从中国广东接收了一批全新的华丽戏服和其他戏曲用品，并将于星期三开始，每晚在杜邦街的汉江会馆演出。阿盛心慌得厉害，他拿着戏桥便跑出来，跑到杜邦街，果然看到"广泰大戏院"几个字高悬在汉口会馆的三层楼上，可这个位置，几日前还只是写着"汉江会馆"。阿盛只觉得浑身的细胞都瘫软下来，他不自觉地流下泪来。

叶太太正在客厅里绣绢帕，见阿盛神情恍惚地走进来，便放下绢帕，问道："侨笙，这是怎么了？发生了什么事了？"阿盛没有回答，只是继续向楼上走去。叶先生走出来，问道："侨笙，站住，有什么事不能说？"阿盛停住脚，幽幽地说："完了，大戏院完了，被人抢了。"他慢慢走上楼去，戏桥从他的手中掉落。叶先生登上楼梯将戏桥捡起来，看了看，神色严峻地说："我去看看，你照看他。"说完便匆匆走出门，开车离去。

叶江南没多久就神情自若地回来了。叶太太担心地问："到底怎么回事？"叶江南向楼上望了望说："侨笙怎样？"

"一直没出来。"叶太太说。

叶江南向楼上走去，叶太太跟在后面。

荣闵和荣达从外面跑进来。荣闵大声喊着："爸比，不好了，出大事了！出大事了！"

"什么大事？！没有什么大事！"叶江南呵斥道。

"唐人街有大戏院了爸比，广泰大戏院今晚开始演出了，可我都不知道他们是什么时候来的，这还不是大事！人人都知道我们在建戏院，倒被别人不声不响地抢了先，这还不是大事？！"荣闵又着急地说。

叶江南敲了侨笙的门，门并没锁，叶江南于是走进去，叶太太和荣闵也走了进去。房间里静悄悄的，侨笙躺在床上正睡着，他的眉头紧锁，仿佛正在经历折磨。

"侨笙。"叶江南叹息一声，轻不可闻。

"侨笙，有哪里不舒服吗？"叶太太轻声问。

"没，我很好。"阿盛睁开眼，疲倦地说。

"侨笙，不用担心，阿爸去看过了。广泰大戏院哪有自己的戏园子？他们只不过是租借了会馆的小楼演出，那个小楼位置就不开阔，面积又小，坐不下多少人，抢不了我们的风头。我们可是自己的戏院大楼，等我们的大戏院建好，又宽敞又漂亮，不愁票友不来的。做生意嘛，自然会有竞争攀比。这条街上开饭馆的就有多少家，每家不都做得挺好？又有多少洗衣店？哪个也没有因为别家存在就开不下去了。你们还小，做生意就是这样的了。我们不比谁先做，比的是谁做得好。"叶江南耐心地说。

"爸比，要不要我找些人来教训教训他们，让他们开不下去？我可是有朋友的。"荣闵忽然说。

"你少给我惹事！我警告你，你少跟那些无所事事的黑人混在一起，惹出什么乱子来，我跟你丢不起人！也别想着我会给你收拾乱摊子！"叶先生说。

"谁说我只有黑人朋友了！我也有白人朋友啊！那些黑人跟我很铁的，他们就是反抗白人的压迫，我支持他们。去他的《排华法案》，就欺负我们华人！再说了，大哥也有白人朋友啊！他有白人朋友就不许我有？"荣闵不服气地说。

"荣闵，你大哥的白人朋友是因为他们都喜欢音乐，他们是一个乐队。你不要惹事，听到没？你最近是不是常偷偷跟一个白人女孩在一起？告诉你离那个白人女孩远点！"叶太太说。

"哎呀，妈咪，爸比，我的事不用你们操心的！不用我费心那我可就不管了。那我走了！"荣闵不耐烦地说。

"去干什么？这个时间快吃饭了。"叶太太问。

"我还有事，重要的事。晚上见！"荣闵吹着口哨跑下楼去了。

阿盛昏昏沉沉地睡了过去，睁开眼的时候，就见到窗外一片霞光漫天，甚是好看。阿盛凝神看了一会儿坐起来，下床推开门下楼去。整栋房子静悄悄的，便喊了一声："阿爸，阿妈。"

好一会儿阿灿匆忙跑出来说："哎呀，大少爷你醒了，先生和太太今晚有个重要的晚宴，去参加了。"

"哦，那大姐他们呢？"

"两个小姐还都没回来，二少爷也出去了。"

"哦。"突然而至的自由，让阿盛忽然不知道自己该做什么了。

"大少爷，你想喝点什么吗？或者吃点什么？"

"哦，不用，我还不饿，也不渴。"

门铃响了起来，阿盛站起身走到门口，远远地看见大门口站着三个少年，他欣喜地回头冲阿灿说："我要出去了！"说完便跑了出去。阿灿担心地说："大少爷，你没穿外套！"

阿盛跑出大门，就被三个白人少年围抱住。

"啊哈，你们怎么来了？"阿盛说。

"侨，来找你去看戏呀！"比尔说。

"看什么戏？露天剧场开了？"阿盛问。

"嗨，侨，你是真不知道？瞧，这是什么？"保罗神秘地从衣兜里掏出一张彩色卡片纸，将它塞到阿盛手里。

"戏桥？你们怎么也有？"阿盛惊讶地说。

"哦，原来你早知道了？侨，那我们一起去买票吧。"韦斯特说。

"可是……"阿盛犹豫道。

"你怎么了？侨，这可是唐人街的中国戏呀！哦，我知道了，你家的大戏院还没开，被这家抢了先，哈哈，那有什么。走啦！你难道不陪我们去看吗？中国戏我们是看不大懂的。"

"可是……"阿盛还是犹豫。

"嗨，我们走啦！"比尔和韦斯特拉着阿盛一起走了。

广泰大戏院门口已经有很多人在排队买票，也有很多围观的人。穿制服的戏院伙计一边给围观的人分发戏桥，一边高喊："大家来看演出了！广泰大戏院今天开始演出了！唐山戏班子的演出啊！票友们赶快买票，数额有限，坐满不候啊！"比尔去排队，阿盛和保罗、韦斯特在稍远的地方等候，等了好一会儿，保罗才拿了4张票乐滋滋地走过来。时间还早，距离开场还有1小时，4个人先去找个地方吃了饭。吃过饭，夜幕降临，4个人又悠闲地回到戏院，戏院门口挂上了"票已售罄"的牌子，却仍有不甘心的票友还在此徘徊。

4个少年走进了戏院。这是个两层的小楼，里面正要开场，舞台上的灯光已经亮起，四周一片黯淡。座位已有半数被坐满，还有陆陆续续进来的人都在找座位。阿盛和三个小伙伴在中间靠边的座位上坐下来。阿盛抬头向上望了一下，上边的二层厢房已经坐满了人。大家的目光都含着某种敬意投向华丽的舞台。阿盛不经意地扫视了一圈后收回眼光，忽然诧异地又向右后方不远处看去，就见荣闵和荣达正坐在那里。荣达惊讶地张着嘴巴看着他，荣闵掩饰地躲闪了一下目光，而后又尴尬地笑笑。阿盛猛地回过头，看向舞台。然后，他的眼角余光看见有人从斜前方站起身，向他们这排走过来。那人一路带着香氛走到他们的身边，站定，之后，温柔的手臂伸过来，拉住他，同时，温柔的声音在耳边响起："侨笙，跟我回家。"阿盛缩了缩脖子，看了一眼三个伙伴，三个伙伴似乎什么也没看见，都僵着脖子看向空荡荡的舞台，像被魔法定住的木头人。阿盛缓缓站起身，跟着她慢慢向门口走去。她的姿态像极了优雅的天鹅，她就那样高傲地拉着她的弟弟走出了广泰大戏院。而后，便听见身后杂沓的脚步声，阿盛不用回头便知道，是聪明的荣闵带着荣达跟了出来。

一路沉默。几个人回到别墅，叶先生和叶太太参加晚宴还没回来，只有佐伊在楼上看书，听到他们的脚步声便走下来。

"你们怎么一起回来了？你们去哪里了？晚饭我一个人吃的。"佐伊说。

艾米拉着阿盛在沙发上坐下来。荣闵看了看艾米，便也拉着荣达在对面沙发上坐下来。

"不准坐！"艾米呵斥道。

荣达吓得立刻站起来，荣闵也站起身。

"干什么呢？艾米，为什么不让弟弟坐下？"佐伊问道。

"你们两个，自己做错了事自己说！"艾米又呵斥道。

荣闵和荣达面面相觑。荣闵心虚地说："我们，做错了什么？"

"做错了什么？你们去了哪里？"艾米又说。

"没错，我是去了广泰大戏院，可是侨笙也去了呀，再说你也去了呀！"荣闵顿了顿说。

佐伊惊讶道："什么？你们！"

"先别说侨笙。说说你们为什么去？"艾米不容辩驳地说。

"就是想看戏呀。"荣闵委屈地说。

"想看戏就可以随便哪个戏院都去吗？你们太随便了。"艾米气愤地说。

"那侨笙为什么可以去？"荣闵不满地说。

"侨笙去，我是知道的，我们中国有句话，知己知彼百战百胜。侨笙和几个朋友是去考察广泰大戏院的戏怎么样，也便于我们戏院了解对手，也方能做出对策，帮助我们自己的戏院做得更好。"艾米义正词严地说。

"那你……"荣闵还没说完便被艾米打断。

"而我去，是跟侨笙同样的原因，并且，我就是要去验证，你们两个是不是会去。一点心都不长的家伙，果然就去了，真是去看热闹去了。你们眼里心里还有没有我们自家大戏院？眼看着被人抢占了先机，还有心情去凑热闹。"艾米说。

"我说不过你，不过，你说的我也不信。"荣闵不服气地说。

"你爱信不信，总之，你们就是犯了大错。"艾米又说。

"唉，今天的事，万万不可让爸比和妈咪知道。不管你们是因为什么去的戏院，为了我们戏院也好，凑热闹也罢，以后都不要去了，至少，目前不要去了。爸比和妈咪知道了会很伤心的，唉。"佐伊摇摇头说。

"好的，姐姐，你说得对，是我考虑不周。"艾米说。

"都去睡觉吧。"佐伊说。

这一晚艾米没有来找阿盛，阿盛很怀疑，艾米真的是去监督荣闵和荣达的吗？艾米明明不知道他会去，为什么当着大家的面说她知道，并且还替他想好了去的理由。艾米实在是太厉害了。

2

翌日一早，阿盛下楼去的时候，一家人已经坐在餐桌前，就等他下楼吃早餐了。荣闵仍然如往常一样，在叶先生和叶太太身旁快乐地绕来绕去。叶先生和叶太太的脸上洋溢着笑容，艾米专心摆弄自己新裙子的袖子。佐伊喊了一声："侨笙来了，阿灿姐，吃早饭了！""来了！"阿灿和两个佣人将热腾腾的饭菜端上来。热气蒸腾，阿盛只觉得那蒸汽将他们都罩了起来，遮蔽起来，朦胧中他分不清现实和虚幻，一夜醒来，昨天的一切仿佛都成了幻觉，是那么不真实。似乎，昨天一切都未发生。

阿盛小心地在叶先生身旁坐下来，刚拿起筷子，叶太太便说："听说广泰大戏院昨天开始演出了，就在杜邦街。不知道昨晚的演出如何？"

"中午的报纸就会有评论出来了。现在呀，那些大评论家都在奋笔疾书呢！哈哈！"佐伊笑道。

"那我们的大戏院现在进展如何了？"叶太太问。

"我们的筹办申请在两个月前就已经提交给劳工部了，劳工部部长史密斯、劳工部部长秘书吉尔逊和移民局局长里尔克这几位，我们的唐纳律师已经都去拜访过了。戏院的照片我们也已经提交给了劳工部，但申请一直进展缓慢。几天前，几位华商律师和经纪人朋友也以他们的名义向劳工部提交了申请，支持我们申办戏院，但好像也没起多大作用。劳工部一直怀疑建戏院这件事有非法图利的欺诈嫌疑，还是对我们华人不信任啊！直到昨天劳工部才承认这个项目根本不存在什么欺诈嫌疑。哈哈，这些个蠢货！现在劳工部还在审核唐纳起草的申请书。"叶先生说。

"这么难啊……"艾米唏嘘道。

"这是在美国，华人做一件事没有那么容易的，关卡重重，但我们无论如何会成功的，相信我！对了，接下来我打算让侨笙参与整件事。你知道，戏院的创建源于阿爸对你小时候的一句承诺，阿爸要履行诺言，也要让你学会承担和成长。所以接下来，整件事你需要了解和经历。"叶江南说。

"好的阿爸。"阿盛说。

"爸比，我也可以帮你的忙的。"荣闵说。

"我知道，哈哈。你和荣达先好好读书完成学业，侨笙毕竟比你们大两岁，将来也是要接手戏院的，他现在是时候要去经历一些事了。"叶江南说。

"爸比，你刚才说，劳工部的部长秘书叫吉尔逊？"荣闵小心地问。

"对啊，怎么了？"叶江南说。

"哦，我的朋友……凯莉的父亲好像也叫吉尔逊，不知道是不是你说的那个人。如果是，那我可以让朋友帮忙啊！你想，她是他的女儿，她的请求她父亲能不答应吗？"荣闵说。

"凯莉是跟你混在一起的那个女孩？"叶太太问。

"妈咪，说得好难听，什么叫混在一起？我们，志趣相投，志趣相投！只是好朋友。"荣闵说。

"哪有那么简单？"艾米撇着嘴说。

"那倒是件好事了，哈哈，荣闵，你若帮阿爸办成，那可是大功一件啊！"艾米说。

"绝对不可以。我绝不允许我们叶家的儿子跟劳工部的人扯上什么关系。"叶江南说。

"就是，想想劳工部对我们华人多么不公，我们华人恨他们还来不及，你还要跟他女儿胡混！"佐伊说。

"哎呀，爸比，您想啊，劳工部为难的只是普通华人，但阿爸您不是普通的华人啊！您可是唐人街的首席公民，是华人社区领袖，成功的华人富商，劳工部和移民局还有很多的部门，哪个不得对您另眼相看？他们相对于我们叶家，其实是没什么的。如果真的能帮我们渡过这个难关，我们的戏院能尽快顺利开起来，那对我们唐人街和所有华人也是大功一件啊！"荣闵又说。

"不，荣闵，绝不！不需要你用这样的办法来帮助我们叶家办成这件事。我们开戏院是正大光明的事，我们的各种申请、手续都很健全，也没有违反美国法律，他们没有道理去反对和禁止。我们就要用正当的渠道去争取和奋斗，去建功立业，我们要在这片土地上堂堂正正地做人，做有尊严的华人！"叶江南又说。

"那，好吧，爸比，我知道了。"荣闵思忖道。

几个小时后，阿盛在叶先生公司大楼的办公室里，见到了唐纳律师，也见到了那封申请书的底版。阿盛隐约感觉得到，这份4页纸的申请书将决定未来戏院的命运。那上面明确写着：本申请的宗旨在于，将打破戏院男扮女装的传统表演方式，而采用男女同台演出的方式，因而完全符合美国的文化方式……旧金山华人社区庞大，有充分的必要开办第二间中国戏院。

"昨日广泰大戏院在唐人街的演出果然对我们的戏院产生了很大的影响。劳工部已经知道了这件事，自然有了新的借口，他们说唐人街已经有了一间中国戏院，政府担心再开第二间就会超过了社区能够容纳的上限而'过度'了。"唐纳忧心地说。

"哈哈，劳工部解决问题不行，提出问题却总是很迅速。"叶江南忽然笑了。

"还有。"唐纳顿了顿。

"还有什么？"叶江南问。

"移民局要约谈您。"唐纳说。

"好啊，侨笙，唐纳，你们随我一起去。"叶江南说。

隔日，阿盛随着叶先生坐车来到移民局。移民督查哈里森站起身毕恭毕敬地向叶江南问候，请他们在阔大的红木办公桌前坐下，他在对面坐下来，又让下属端来咖啡，之后开始了谈话。

"叶先生，您一直被誉为唐人街的首席公民，您无疑是唐人街的重要人士，更是在我们国家拥有显赫的社会地位，我们国家应该向您致敬，感谢您为美国创造的商业价值和带来的东方文化。您作为旧金山的华人社区领袖和杰出的商人，多年以来，您和您的伙伴们一直致力于促进旧金山的唐人街现代化，致力于提升唐人街的形象和改善华人的生活品质，您为唐人街做了许多许多的事情，这是我们有目共睹的。在您的倡导下，唐人街建立了银行、医院等很多重要机构。现在您准备创办一个中国戏院，以复兴华人娱乐和音乐生活，我非常赞赏和钦佩您的举措。但是，您的社会地位仍然无法阻挡外界对于您这项新事业的反对。恕我直言，新戏院引起了很多人的不满，甚至包括唐人街的传教士和教会组织，他们都在担心中国戏院会对社会产生不良影响。"哈里森说。

"教会？"叶先生诧异道。

"没错，是教会。他们将中国女伶划归为社会底层，并觉得戏院与帮会和犯罪有染。他们的信被转交给了劳工部审议。这是我从劳工部借过来的，你可以看一下，就算欠我一个人情，但你不要泄密。"哈里森说。

"那是自然。"叶先生点点头。

于是，阿盛看到了教会的那封信。

信中认为中国戏院的女伶是道德沦丧之人，对于纯洁女孩具有非常不好的影响，而中国戏院传播粗俗的东方文化，妨碍了美国社会对于提升中国人的精神意识的努力，更加损害了白人青少年的身心健康。信的署名为唐人街玛利亚教堂克莉丝汀。

阿盛心痛起来，因为这些英文字母分明就是长枪短矛，也是一支支利箭，纷纷向他的心口刺来。他久久地盯着落款的那个名字克莉丝汀，他的眼前又浮现出那个穿黑袍、脸上布满冰霜的救赎者，还有她身后被套上黑袍的猫一样的女孩。克莉丝汀披着乌云一路卷走许多个猫一样的女孩。

"哈哈。"叶先生看完忽然又笑了起来，"克莉丝汀这位老朋友真是有趣！我是不是可以理解为，戏院的弊病之一就是它们太受欢迎，大众的喜爱程度已经威胁到了他们同化和改造我们中国人的尝试和努力。"

"啊，这……"哈里森犹豫地说。

"哈哈，下次遇见克莉丝汀我要跟她好好讨教一下。"叶江南说。

"叶先生，已经给您看过了教会的反对意见，那么下面我有几个问题还需要请您回答。叶先生，你对东方大戏院的设想是什么？"哈里森问道。

"我的戏院即将竣工，届时将会邀请中国戏班到我的戏院里登台演出。"叶先生说。

"这座戏院的组织形式是什么？"

"目前是我个人出资筹建，至于今后要看您是否给它机会发展壮大。"

"唐人街现在已经有一间中国戏院了，你认为有必要再增添一间中国戏院吗？"

"风不吹，树不摇，否则我就不会平白花费10万美元来建一座新的中国戏院。"

"你对目前在旧金山的几间中国戏院有何看法？"

"他们的戏院做得都还好，但还不够好。"

"你的戏院里将上演怎样的戏？"

"最顶尖的东方艺术，高雅经典的中国戏。"

"你还有什么要补充的吗？"

"我已花费十多万美元，希望劳工部尽快批准我的申请。届时，非但旧金山8000华人、湾区1.3万华人能够欣赏到纯正经典的中国戏，广阔的美国社会也将为之倾倒。最后，期待您的支持和关注。"叶先生挺直的脊梁，让阿盛仿佛看到了1919年在巴黎和会上的顾维钧。

又大半个月之后，终于有一天傍晚，唐纳开车来到叶家别墅，激动地跑进来，气喘吁吁地高喊着："我们赢了！申请通过了！"叶先生站起身，紧紧拥抱了唐纳。

此时，戏院大楼已接近完工。东方大戏院获得了46名演员的配额，虽然演员数量不尽如人意，但终于，叶家的戏院冲破了重重阻碍成功创办，它叫东方大戏院。阿盛不知道荣闵在这个过程中有没有求助凯莉，但无论如何，申请成功了，阿盛心中狂喜着，期待着东方大戏院的繁华到来。

东方大戏院在唐人街华人的一片欢呼中揭开了它的面纱，戏院大楼整体颜色明艳夺目，豪华气派。大楼正面中心翘起的飞檐如大鹏展翅，在阳光的映照下富丽堂皇、气宇轩昂；大楼中间山墙四角的山脊蜿蜒起伏，凸显尊贵。隔日，东方大戏院的照片便登上了《旧金山纪事报》的显著版面。

阿盛站在东方大戏院大楼前，又想起从前的皇家大戏院来，另一个皇家大戏院诞生了，中国戏曲凤凰涅槃，从前的璀璨重生了！

两个星期后，一个中国广东戏班从中国香港起航，于半月后抵达美国旧金山。

第三章　小凤尾（上）

细想天上佳期还有会，人生何苦捱凄凉。

——木鱼书《花笺记》

1

几天之后的晚上，阿盛做了个梦，梦见小小的自己跟随阿爸和阿妈走进一家戏院，戏院高高的楼宇上高悬着"东方大戏院"的牌匾，那牌匾上面金光闪耀，比一万盏灯还亮，照得四周如白昼。阿盛小小的身影被两个大身影牵着，走进楼宇，走到灯光闪烁的舞台前。阿盛骄傲地说："阿妈，阿爸，这是我的戏院，我的就是你们的，以后你们每天都可以来看戏。我还请了戏班子，专门给阿妈配戏，阿妈你每天都可以在这里唱戏。"阿妈惊喜地说："真的吗？那我们就可以在一起了，阿妈再也不会找不到我的儿子了。""是啊，我们终于在这儿团聚了。""我的好儿子！"阿妈瞬间身着戏服在舞台上唱了起来，她的声音真好听呀！她舞着水袖动情地唱着，阿爸看得呆了。忽然间大火又铺天盖地，大火向东方大戏院席卷而来。阿盛惊慌地喊："阿爸，火！"可是阿妈还在舞台上唱着。阿盛使尽了力气喊着"阿妈！不要唱了"！

"阿妈！阿妈……"阿盛惊叫着坐了起来，一身冷汗。阿妈仍然在唱，不，是有人在唱。阿盛安静了下来。

天刚蒙蒙亮，叶家的人还都睡着，从外面隐约传来女子的声音："咿咿呀呀。"

阿盛坐在床上仔细听了一会儿，便下床走出了房间。叶家别墅里一片寂静，是清晨的喧闹蓄势待发的寂静。阿盛蹑手蹑脚地走下楼梯，走出别墅，循声而去。他走上格兰特大道，声音便清晰起来，他的心脏开始激烈地跳动。他快跑起来，声音越来越近，指引他跑到都板街，跑到东方大戏院的门前。他的手颤抖起来，他的心脏就要蹦出来，他停顿了片刻，推开了戏院的大门。高亢的声音立刻将耳鼓冲灌盈满，他放慢了脚步。院子里有几位男伶和女伶在练功，他们各自翻跟斗、下腰、踢腿、挥舞长矛短剑。阿盛恍然大悟，原来戏班子昨晚已经到了。昨天叶先生吃早饭的时候说戏班子晚上会到，说完便急匆匆去办事了，也没有说是否需要阿盛去接一下。原来，戏班子已经安顿好，已经开始做演出的准备了。阿盛的嘴角微微漾出笑意。

那声音来自不远处尤加利树下背身而立的一个女子。女子身着粉红裙衫，身形窈窕，正在一边吊嗓，一边走台步。好美。原来，就是这个声音牵引他来到这里。一阵香氛袭来，不知是尤加利的味道还是女子身上的味道，阿盛有瞬间的恍惚，他忆起小时候阿妈身上的香氛。也不全是，阿妈身上的香氛不完全是香味，还有一点点烟火的味道，那种混合着烟火的香氛让他着迷，他却这许多年来都未曾找到有哪一种香氛是含着烟火的气息。他也见过很多女人了，叶太太和她的那些贵妇朋友身上的香氛是含有一种粉色玫瑰的花香，而不是红色的或者蓝色玫瑰。两个姐姐身上的香氛是一种比较清淡的花香，像橙花的嫩芽。还有白人女同学，她们身上的香氛浓烈狂野，充满诱惑，让他想起漫山遍野的黄色加州罂粟，还有火焰草。

"你找谁？"一个身着浅灰色长衫的中年男子从里面走过来，根据他的打扮和神态，阿盛判断他应该就是班主。

"是刘班主吗？我是叶侨笙。"阿盛顿了顿又说，"叶江南是我的父亲。"

"哎呀，原来是叶少爷啊！有失远迎，请恕小人不知。在下刘班主，昨晚刚到，还没有去拜见叶先生。"

"刘班主客气了。我也是刚好路过，进来一看。戏班子果然不同凡响，大清早就起来练功，功夫都很了得，真是让人佩服，无比期待登台演出呀！"

"啊哈哈，放心吧，我们都会尽力的，这里的每个人可都是好功夫。另外，我们还有名伶小凤尾。对了，小凤尾，过来一下！"刘班主向那女子喊道。

那女子缓缓转过身来，迟疑了片刻，便走过来。她并未着戏装，未施脂粉，却自带神韵，一双凤目中饱含万种风情，竟让这清晨的草木黯然失色。

阿盛只觉得自己的魂魄被那双凤眼吸了去，再也收不回来。他呆愣地看着女子袅娜地走到眼前，微微颔首一笑。阿盛的心里竟如雨后花开，换了一个新世界，它芬芳、美丽、姹紫嫣红，不可计数的花朵正在绽放。

"这是小凤尾，叶少爷。"刘班主说。

"叶少爷好！"小凤尾也不扭捏，微微屈膝给阿盛行了礼。

"哦……哦……你好。"阿盛好不容易才从那个新世界里走出来。

"快给叶少爷备茶，备早饭！"刘班主对后面的人说。

"哦，不必了，我……我去对面的餐馆吃。"阿盛忽然结巴起来。

"哦，那也好。我们刚到，厨房还准备得不够充分，叶少爷以后常来，届时定当好好款待叶少爷。"刘班主说。

"好的，不客气。"阿盛点点头。

"对了，替我感谢叶先生啊！我的大弟子仔樵在来的船上感染了风寒，移民局本来是要他滞留天使岛的，多亏叶先生的律师唐纳先生跟移民局斡旋，这才得以将他送到医院诊治，我们才可以昨晚顺利抵达。"刘班主说。

"好，我会向我父亲和唐纳转达你们的谢意的。"阿盛说。

阿盛头也不回地走出门，但他知道，他的心恐怕以后都将留在这里了，留在那棵尤加利树下。

起凭危栏纳晚凉，秋风吹送白莲香。只见一钩新月光如水，人话天孙今夜会牛郎。细想天上佳期还有会，人生何苦揎凄凉。得快乐时须快乐，何妨窃玉共偷香？阿盛哼唱起来。

阿盛没有去小饭馆吃早餐，他第一次有了散步的冲动，他要在这清晨里从脚下一直走到加州的尽头。远方有淡淡的薄雾，让远处的草木树林和花朵都有些朦胧，像被罩上一层薄纱。他走出了唐人街的尽头，向远方走去。

阿盛回来的时候，晨雾已经散尽，朝阳高悬在日空。叶家一家人已经坐在餐桌前，正要吃早餐。叶太太见阿盛精神抖擞地推门走进来，惊讶道："侨笙，那么早出去了？我们还以为你在睡觉，以为你最近课业太累，没敢打扰你。"

叶先生微微一笑道："侨笙，来吃早饭吧。"

"你干什么去了？"荣闵好奇地问。

"散步。"阿盛抑制住心中的激动说。

"散步？"艾米惊讶道，"你不是最不喜欢散步的？"

"孩子们，今天我要宣布一件大事情哟，你们准备好了吗？"叶先生说。

"什么事啊？"艾米好奇地问。

"今天起，艾米、佐伊和侨笙要帮我准备戏桥，我们的东方大戏院将于一周后开演了！戏班子昨晚已经到了，是小凤尾的戏班呦。"叶先生说。

"我的天哪！爸比，你太了不起了！我爱你！"艾米激动地跑过来亲吻了叶先生的脸颊。

"啊哈！真是太棒了！"佐伊也开心地拍手。

"阿爸，我刚刚，已经见过了戏班子，班主说感谢你和唐纳呢！"阿盛犹豫了一下说。

"啊？好啊，你偷偷去戏班子了！你不是说去散步了吗？"荣闵生气地说。

"我是去散步，正好顺便路过戏班子，就进去看了下。"阿盛轻描淡写地说。

"哼，从来都不去散步，一散步就正好路过，你可真是有心啊。"荣闵又说。

阿盛只是微笑，他觉得自己已经得到了宝藏，不论荣闵说什么，他都不会介怀。

"那爸比，我和荣达做什么？"荣闵又问。

"你们现在课业太多，过几天你们也可以过来帮哥哥姐姐忙。"叶先生沉吟着说。

"好呀，好呀。"荣达乐呵呵地说。

"好吧。"荣闵不乐意地说。

"现在我宣布，戏桥工作正式开始！从现在开始谁都不许打扰我们！"艾米忽然抬高嗓门说，然后，在大家讶异的目光下，拉着佐伊跑上楼梯，跑到三层，很快传来"砰"的关门声。

"哈哈！"荣达笑出声来。荣闵立刻瞪了荣达一眼，又偷偷瞄了瞄叶先生和叶太太，见叶先生和叶太太忍着笑意，荣闵才也笑出声来。阿盛也笑了。

第二天一大早，阿盛走下楼梯，就看见家里人都聚在餐桌前，几个孩子簇拥在叶先生和叶太太身旁。叶先生和叶太太在仔细看面前桌上的一张纸，纸上是已经设计好的戏桥。

戏桥最上方的装饰框正中写着戏院的名称东方最新著名男女班几个大字，大字的两旁分别是小字金山和大埠。大字的下方是戏桥的主体内容。从右向左依次为日期、时间和剧名。最右侧的一排字是开场时间——四月二十号（礼拜一）下午六点钟开台。之后装饰框里是剧名《让昭阳》，剧名下面是大字小凤尾著名首本、全班排演。左侧是小凤尾的照片位置，照片上方是小字著名女伶小凤尾。再向左，便是戏桥的中间部分，这部分的文案介绍本剧的剧情梗概，再向左是演员名单，再左侧是门票价格列表和售票信息——上方是入场券三个大字，下面是具体的票价：楼下：厢房位一元五毛 / 特别位一元二五 / 一等位一元二五 / 二等位银一元；楼上：头等厢房一元五毛 / 二等厢房一元二五 / 三等厢房银一元 / 三等位银七毛五 / 四等位银五毛。再下方是售票处三个大字，下面是每日下午三点钟在都板街本戏院……电话一三七五。

"瞧我女儿多棒！"叶太太称赞说。

叶先生点点头，微笑说："艾米，在戏桥的左侧加一个李博安的中医馆广告。你李伯啊，这个戏迷，就喜欢唱个戏，看个戏。这回我们有了自己的戏院，我也可以帮他做点事了。就写，唐医李博安中医馆欢迎来访问诊，早晚不限。"

"好的，爸比。"艾米说。

叶先生满意地点点头："不错不错。"

荣闵看着艾米，眼中满是羡慕。

佐伊听见脚步声，抬头见阿盛下来，便说："过来，侨笙！瞧，戏桥我们已经设计好了。"

"真好！"阿盛微微一笑说。

"阿灿，我们开饭吧。"叶太太说。

"现在就差小凤尾的照片了。接下来的事就要侨笙去做了。我已经跟精美映像馆的徐鼎文老板说好，他上午过来给戏班子和戏院拍照，照片要印到戏桥上的。侨笙，下午你去一趟精美映像馆找徐老板取一下照片。另外，我已经联系好了印厂，侨笙，你拿到照片之后，去印厂把设计稿和照片交给印厂去印制。我们第一次演出，告诉他们要用粉红色的新闻纸，不用白色的，讨个喜。"叶江南看着阿盛说。

"好，那我下午去办。"阿盛点头说。

"对了，阿浣，徐老板的太太老家是上海，也很喜欢打牌。你们不是一直凑不齐华人姐妹打牌，有空叫她一起过来打牌吧。"叶先生又说。

"真的呀！那好呀好呀！我明天就给徐太太打电话请她过来。"叶太太喜笑颜开。

2

阿盛并不喜欢坐汽车，是因为他始终觉得，叶家的那辆凯迪拉克实在是太拉风了，只有叶先生才配得上乘坐那样贵重的车。叶家的另一辆车老福特已经伴随叶家多年，经常会出点小毛病。阿盛索性便不坐汽车只是步行。下午两点钟，阿盛顶着硕大的太阳走出家门，直奔市场街的精美映像馆。十几分钟之后，阿盛在一个二层小楼前停下来，楼上挂着"精美映像馆"的牌匾，汉字的下方是英文小字 May's Studio。阿盛向小楼走去。映像馆并不大，楼房的奶黄色墙面有些斑驳脱落，四周的树木苍翠古朴，两个大橱窗上挂着几张美人的大照片，照片右侧印有"精美"的小字商标。照片上的女子们容颜娇美，据说其中还有好莱坞的明星。阿盛对这些美人的照片并不感兴趣，倒是这有些陈旧的建筑让他心里生出莫名的亲切来。

映像馆的门开着，阿盛一走进去，门旁的摇铃便响了起来。"丁零，丁零，丁零。"阿盛探寻的脚步走进映像馆的正厅。厅里没有人，只听见远处留声机里飘来含混的歌声，听曲调像是上海流行的《毛毛雨》。阿盛停住脚步，仔细聆听，留声机里的声音却停滞卡顿起来，"滋啦滋啦"发出几声刺耳的声波，又隐约从远处传来女子的哼唱。阿盛再仔细听，留声机里含混的歌声又悠悠荡荡地飘来，女子的哼唱又不见了。阿盛有些恍惚。他不知道听到的声音到底是来自留声机还是远处，到底是一种声音还是两种。

阿盛正在仔细分辨飘在屋子里的声音，就听见匆忙的脚步声传来，一位中年女子小跑着过来。女子穿着蓝色银花立领棉布旗袍短衫和深蓝色阔腿裤子，她的低发髻上插着一支暗红木簪，她有一双大而深邃的眼睛，她的面容和她的蓝色小银花上衣一样淳朴，让阿盛想起幽静的湖泊和遥远的密林。阳光照在她的脸上，她微眯着双眼，因而阿盛觉得，她有一张无比温柔的脸庞，甚至，微眯的双眼透出的神情也是无比的温柔。

"请问，是叶少爷吧？"女子温柔地问。

"是，我是叶侨笙。"阿盛说，眼睛留恋地看着她的双眼。

"叶少爷果然一表人才，叶先生叶太太真是好福气！"女子热切地看着阿盛，眼神更加温柔。阿盛觉得那眼中的温柔如同海洋，他就要迷失在她温柔的海洋中。

"哦，叶少爷是来取照片的吧？我家老板还在暗室，他吩咐过了，叶少爷来了，请稍等一会儿，他很快就把照片洗好。叶少爷，您喝茶。"女子给阿盛倒了茶。

"这茶很好喝。"阿盛不知怎的，很听话地喝了几口。

"这是专门给叶少爷准备的凉茶，我们老板最宝贝的茶了。哈哈。"女子忽然笑起来，好像得遇了什么天大的喜事。

"谢谢徐老板费心了。"阿盛说。

"哪里，天这么热，叶少爷还专门跑一趟。哦，我是徐家的管家田惠，你叫我惠姨就好了。"女子又微微眯起眼说。

"有劳惠姨了。"阿盛说。

"客气什么啦。叶少爷，今年有 20 ？"田惠又问。

"哪里，我今年已经 22 岁。"阿盛说。

田惠惊讶了片刻，仍然目不转睛地看着阿盛，阿盛似乎听到了她心里的叹息。

"惠姨，我可以去暗室看看徐老板洗照片吗？"阿盛问。

"哦，当然可以，其实……通常徐老板是不让外人进暗室的，不过，我带叶少爷去，他应该不会生气。跟我来吧。"田惠说着，就转身带着阿盛上楼。

"那谢谢惠姨了。"阿盛说。

"读书的孩子就是不一样，叶先生是了不起的人哪！少爷就不用跟我客气啦，我是个粗人。"田惠带着阿盛上了二楼，走到最里面的房间，她轻轻叩了下门，里面没有回应。她轻轻推开门，暗室里光线暗淡，只是房间里正中的桌子上方吊着一盏明亮的灯。徐老板站在灯下，正拿着镊子将刚洗印好的照片一张一张往桌子上方的杆子上挂。他感觉到了来自门口的目光，转身过来，便看见阿盛和后面微笑着的田惠。

"哦呵呵，叶少爷来了多久了？"徐鼎文停下来笑道。

"我刚来一会儿，徐叔。"阿盛说。

"别着急，马上就好，马上就好！"徐鼎文说。

"我们老板今天上午回来就忙着洗照片了，午饭都还没吃。"田惠说。

"让谁等不能让叶少爷等，哈哈！你瞧，这是洗好的照片，再等一下，就好了。"徐鼎文又说。

"原来照片是这样洗印出来的，好神奇！"阿盛惊喜地看着杆子上的照片说。

"有意思吧？等我把它们装起来，你就可以拿走了。"徐老板将杆子上的照片取下来，小心地装入一个纸口袋，将纸口袋的口沿折好，交给阿盛。

"千万拿好！"徐鼎文叮嘱道。

"谢谢徐叔了！"阿盛慎重地将照片放入袖口，如同放入的是千金宝贝。

"徐叔，您忙，我就先回去了，我还要去印厂。"阿盛说。

"叶少爷常来玩，你若喜欢，我教你。"徐鼎文想了想，笑着说。

"我送叶少爷下楼。"田惠说。

"那谢谢徐叔！"阿盛弯腰鞠了个躬。

"哎呀，这可使不得使不得。哈哈。"徐鼎文说。

"是哪个来了呀？"楼梯上响起了木板鞋的脚步声，一个满头波浪卷、身穿玫色真丝旗袍的女人睡眼惺忪地走下来。

"亦娴你醒了？"徐鼎文一脸笑容地问。

"是呀，都被你们吵醒了。"林亦娴用手理了理头上的波浪卷。

"是叶少爷来取照片了。叶少爷，这是内人。"徐鼎文说。

"呀，是叶家少爷呀，好帅的年轻人嘞！"林亦娴上下打量阿盛。

"哈哈。那是自然，也不看看是谁的儿子。"徐鼎文又说。

"徐叔，徐阿婶，过奖了。哦对了，徐阿婶，我阿妈说，有时间请你过去打牌呢。她一直凑不够华人姐妹来打牌，你若能去，便是最好。"阿盛说。

"哎呀，这么好的事呀，晓得了晓得了。我明天就去。"林亦娴眉开眼笑地说。

"那我先回去了。"阿盛说。

"阿惠，让志强送叶少爷回去。"徐老板又说。

"放心吧，老板！"田惠说。

阿盛随着田惠下楼，便看见一辆别克车停在映像馆前。见阿盛和田惠出来，司机袁志强便下车打开后面的车门。

"叶少爷，我送您。"袁志强一脸憨厚，笑着点头说。

"辛苦你了。"阿盛说着上了车。

"志强，慢点开。"田惠说。

"会的。"袁志强说。

"那我回了，惠姨。"阿盛见惠姨站在门口温柔地看着自己，说道。

"常来玩啊，叶少爷。我再给你泡茶。"田惠局促起来，似乎不知如何才能留住这个少年，又莫名感觉到自己的失态，便又笑了，笑容有些无措，又充满温柔。

"我会常来玩的，惠姨。"阿盛不知自己为何会这样说，如此莫名其妙地就和一个素不相识的女佣达成了某种默契，阿盛在车上懊恼起来。可田惠温柔的眼神，像潮水一样再一次涌来，让他有些不安，又有一些惊惧。他不知道，这不安和惊惧从何而来。

东方大戏院的戏桥终于印好了，共 1000 张，要比广泰大戏院的戏桥精美得多。戏桥上面精心的文字描述和身着戏装的小凤尾的照片，让人心驰神往。阿盛让戏院的伙计们每天在加州的各处分发，但显然还不够，每天都有人来戏院要戏桥，甚至专程从加州老远的地方跑来，一睹为快。

荣闵和荣达终于有机会加入进来，异常兴奋，他们将戏桥带到华文学校和英文学校，给同学们分发。华人同学都很振奋，连之前英文学校里那几个不友好的白人同学也都收起了傲慢，凑到华人同学中去看他们手里的戏桥，窃窃私语，终于跑过来想要一张戏桥。荣闵很适时地表现出豁达的胸怀，慷慨地给他们每人一张戏桥，并抬高了声音说："欢迎来东方大戏院看最顶尖的东方艺术！"荣闵和荣达最近已经成了学校里最受瞩目的人物，荣闵非常享受这份荣光，连以前骂他们"纸生仔"的赵德顺也不再嚣张，对他们友好起来，甚至还送他们小礼物。而荣闵，矜持了一会儿才接受，疏离地说，谢谢。

这几天叶家的晚餐时间非常热闹，一家人整顿饭都在讨论戏桥带来的喧嚣。

"夏美来找我要戏桥了。"荣达说。

"是洗衣店的那个女孩？"艾米问。

"对。其实我们不是已经给每家店铺都送过戏桥了？"荣达说。

"冯桃桃也来找我要戏桥了，她说店铺里只有一张，根本不够，她还要送给她的朋友们。哈哈。"荣闵说。

"是那个咖啡店的冯桃桃？"佐伊问。

"还有几个冯桃桃！冯桃桃在华人学校里可是很有名的，长得漂亮，但是她老和白人女孩在一起。"荣闵说。

"你们要离她远一点，她学坏了。我有一次看见她很晚还跟白人女孩一起抽烟喝酒。"佐伊说。

"还是要听你爸比的话，我们中国人啊，虽然在美国生活，但白人的一些不良习气，千万不要跟着学，那完全是亵渎了中国人的美好品德。这么小的年纪大晚上的还在外边抽烟喝酒，真是不知道她的妈咪怎么教育的。"叶太太说。

"我那些华人同学，他们心里肯定都羡慕死了，他们的爸比就不能开一家戏院！"荣闵说。

"哈哈！我看查理这几天心情都不太好。"荣达说。

"他有好多天没有欺负我们华人同学了。"荣闵说。

"真是好笑！这些美国人，这些白人对东方中国文明如此渴慕，却对来自文明国度的华人极其歧视，这是一种什么样的心理。真是好矛盾的思想和表现。这美好雍容的中华文明，难道不正是被他们瞧不起的华人所表达和呈现出来的吗？或者可以说，这种矛盾的表象下掩盖的难道不是他们自卑的心理吗？他们正是用这种虚假的傲慢掩饰内心的敬仰。"艾米忽然气愤地说。

"说得好，艾米！"一直沉默的叶江南称赞说。

"对了，阿灿，把我的文件包拿来。"叶江南忽然说。

阿灿拿着叶先生的公文包跑过来。

"瞧瞧这是什么？"叶江南打开公文包，拿出两张报纸来。

"报纸？"艾米诧异地说。

"仔细看看。"叶江南不动声色地说。

艾米打开《少年中国晨报》，荣闵走过来翻开《中西日报》，两人不约而同地惊讶道："东方大戏院的广告？！"

"没错，这是侨笙前几日去报社预订的广告，非常精彩。我并没有告诉他去做这件事，但他想到了，并且做得很好。"

东方大戏院将成为迄今为止最纯正的中国戏院，演员阵容方面，将邀请唐山华人粤剧班，更有名伶小凤尾领衔担当。戏班实力雄厚，声名远播。另东方大戏院以重金打造全新的舞台，拥有佛教建筑、西式建筑、中式亭台楼榭及四季景观。对于传统的道具增添了灯光及爆炸效果，又有纸胶制造出的诸多逼真舞台背景。凡此种种，皆为东方大戏院诚挚奉献，突破传统视觉感官，其艺术感染和趣味，必不辜负观众期待。

荣闵念得慷慨激昂，但越到后面声音越小，最后一句话几乎是费力地从喉咙里挤出来，像是吃了什么东西难以下咽。

"你怎么了？荣闵。"荣达不解地问。

"当然是嫉妒侨笙了。"艾米讽刺地说。

"你敢说你不嫉妒？"荣闵忽然有些恼火。

"好了，你们都是好孩子，每个人都很不错。你们做的，爸比妈咪都看在眼里，都知道的。辛苦你们了，下个星期一，东方大戏院举办庆典和开演。"叶江南又说。

星期一的清晨，大家正在吃早饭，有人来按门铃。艾米连忙说："阿灿姐，快让她进来，是给我做头发的！"

"啊哈，今天东方大戏院开演，你忙的什么，又不是你上台。"荣闵嘲笑道。

"你懂什么？虽然小凤尾是名伶，但我是叶家的千金，自然不能被人比下去。"艾米说。

"唉，这个孩子被你惯坏了。"叶江南对叶太太说。

"女孩子嘛，美一美是应该的。"叶太太纵容地笑笑。

阿灿很快带进来个华人女孩。女孩年纪在十六七岁，却顶着一头不合年龄的烫发，似乎故意表现得成熟，但脸上的稚嫩还是出卖了她。

"先生好，小姐少爷们好！"女孩恭敬地问了好，询问的目光定格在艾米身上。

"你叫什么？"叶太太问。

"我叫阿颜。"女孩恭敬地说。

"我吃完了，你过来给我做头发吧！"艾米快乐地从餐桌旁站起身，一边说，一边带着阿颜走到客厅的镜子前，她坐到椅子上。

"好。"阿颜也不多言，打开提包，里面装着火剪子、头油和洗发水。她先拿出洗发水给艾米洗头发，之后，将火剪子烧热。

阿盛看得呆了。多年来，阿盛还是第一次看见给人烫头发。原来，艾米的头发是这样被烫出来的。这个与艾米同龄的女孩阿颜动作麻利纯熟，毫不扭捏，眼中明明是一湖春水，却平静无波。她一定也经受过很多磨难，或者正在经历生活的鞭挞，可是她脸上的从容，让人看不出任何痕迹。阿盛不想再看下去，他匆忙起身，向外走去，说了句："我吃好了，我和朋友约好了。"

"别忘了，下午早点去戏院！"叶太太叮嘱道。

"知道了！阿妈。"阿盛头也没回地说。

3

开幕庆典仪式从中午就已经开始了。唐纳已经于一周前向旧金山的政要和社区组织知名领袖发出了邀请，此刻他们都已经陆续来到戏院大楼。

阿盛来到庆典仪式的时候，叶先生的演讲已经过半，阿盛远远地看着他，一向沉稳的叶江南此刻竟然激动万分。他面色红润，慷慨激昂。他说，这是旧金山自1906年地震和火灾以来第一座为中国粤剧而建的戏院，他愿意为重塑中国戏的辉煌而鞠躬尽瘁，不胜荣光。

阿盛听到了"我热爱中国，我的故乡"，虽然叶江南并没说。

"我也是。谢谢你，阿爸。"阿盛轻声说。

叶江南演讲之后是乐器演奏和话剧表演，庆典仪式持续很久。戏院盛大的开幕演出将于傍晚6点开始，戏桥和中英文的剧情梗概均已送到受邀来宾的私人厢房。

还未到6点，戏院大楼周围已经挤满了人，小轿车开始陆陆续续开进都板街，并排到了很远的地方。戏院裏理杜振中站在门口迎接宾客。门口的花篮已经摆放不下，杜振中频频拱手感谢宾客，并让伙计将摆放不下的花篮拿到戏院大楼后院去。

阿盛在门口看了一会儿，便走进戏院。他并没有看到叶江南。他向上望去，上面的几间厢房基本已经坐满了人。唐纳陪着叶先生的好朋友——美国众议院议员艾伦斯·卡尔坐在最靠近舞台的厢房，交谈甚欢。中医李博安和女儿李薇薇在隔壁的厢房，李薇薇正期待地看着舞台。精美映像馆的徐老板夫妇带着司机袁志强和管家田惠夫妇也在一个厢房里。徐老板在对他们说着什么。还有一个厢房里是叶太太和叶家的兄弟姐妹，艾米正在对他挤眉弄眼。然后，阿盛便看见叶太太和艾米走进了徐老板的包间，徐太太站起身上下打量叶太太，一脸惊喜地拉住叶太太的手，热切地说起话来。然后，徐太太拉着叶太太和艾米坐下来。显然，徐太太和叶太太一见如故，一下子成了好朋友。

阿盛翘起唇角。他向另一边看去，觉得哪里有点不对。对面厢房里有两个人，一站一坐，坐着的那个戴着帽子，帽檐压得很低，看不清容貌，旁边站着的那个人眼神灵活，正在四处观望，一边低声跟他耳语。怎么鬼鬼祟祟的？阿盛仔细看站着的那个人，这位不是广泰大戏院的人吗？

阿盛无声地笑了。

阿盛没看错，这两人正是广泰大戏院的老板任永贵和秘书阿才。任永贵不想被认出，却又很想来看看对手的舞台。

阿盛看了看舞台，舞台上深沉的酒红色幕布还未拉开。稍后，它将开启一个缤纷的世界，小凤尾将穿着绚烂的戏服站在舞台的中央，婀娜的身姿、曼妙的唱腔将会令这上千的观众为之沉醉吧！阿盛的心里忽然有一丝忐忑，也不知道这幕布后面的一切是否已经从容就绪，今晚的演出一定会顺利的吧！

有人从阿盛的身边走过。阿盛向身后看去，一层的座位已经坐了一多半人，阿盛看见了一张熟悉的面孔，是荣闵。荣闵的目光并没有看向前方舞台，而是看向斜前方的一个白人女孩，是凯莉。虽然荣闵想掩人耳目，并没和凯莉坐在一起，但阿盛还是看见了，他们一前一后地坐在那里。阿盛想笑，忽然想起了他的几个白人朋友。他们还没有来，阿盛飞快地又向戏院门口走去。

阿盛刚在戏院门口站定，便看见克莉丝汀穿着黑色的袍子走过来。戏院门口围满了人，克莉丝汀艰难地穿过人群，丝毫没有侧目看向戏院大楼，而是径直从东方大戏院门前走过。她决绝地将自己隔绝于这沸腾的空气，从袍子里甩出凛冽的利剑，刺向这一方热烈，却被铺天盖地的热烈所吞噬。克莉丝汀如被火灼烧般仓皇向路对面跑去，一边跑一边还在胸前比画十字，口中不住地说："罪过啊，罪过，上帝啊！"

戏院售票口已经挂出了"售罄"的牌子，但还是有人在附近打转徘徊，希望能等到有人中途退场或者改了主意退票。

阿盛看着克莉丝汀的背影发呆时，忽然被几个人围住。

"嘿，侨，你是在等我们吧？"比尔使劲捶了捶阿盛的胸膛。

"是啊，你们来了！"阿盛说。

"带我们进去吧，我真是等不及要看了！"韦斯特说。

"跟我来。"阿盛说完转身带他们走进戏院大厅。

"好气派呀！"保罗说。

"侨，你得给我们讲一讲。"比尔又说。

"侨笙，你得跟我来一下。"站在门口的襄理杜振中说。

"哦，我就回来。"阿盛带朋友们进去，帮他们安顿下来，又跑出去。

叶江南和襄理杜振中已经在门口等阿盛："侨笙，跟我们一起去一下后台。"

"哦。"阿盛欢喜起来，又有些忐忑，不知道是因为就要见到小凤尾而忐忑，还是因为担心小凤尾今晚的演出而忐忑。但这忐忑无论如何是和小凤尾相关的。

叶江南和杜振中带着阿盛走到后台。刘班主见他们进来，立刻迎上来。

"还有 20 分钟开演，准备得如何？"叶江南说。

"叶先生放心，我们已经演了几百场了。"刘班主说。

阿盛环顾四周，并没有看见小凤尾。里面传来声音，阿盛便向里间走去。里面是化妆间，有几个人正在化妆。

小凤尾坐在镜子前，脸上的妆化了一半，她的身边站着个女孩，女孩已经化完妆，正拿着笔刷给小凤尾化妆。一抬眼看见阿盛走进来，女孩的一双大眼睛便跟随他，不由得手一抖，小凤尾的眉毛便立刻被画歪了。"哎哟"，女孩吓了一跳。

"芽萝，你是要挨板子了吗？今天是小凤尾首演，你还敢心不在焉，演不好这下边上千个座儿不买账，看班主不撕了你！"旁边人立刻喝斥。

"啊，我不是故意的，大师姐。"女孩胆战心惊地说。

"是这笔刷太旧了，过两天麻烦二师兄给换个新的。芽萝，不着急，我这妆啊，就芽萝化得最好。"小凤尾说。

"是，大师姐。"芽萝又战战兢兢地说，之后便不再看阿盛，专心给小凤尾画眉。片刻，一双俊眉印在小凤尾精致的双眼上方。

直到化完了妆，小凤尾才转过身站起来，一边看着阿盛，一边将手臂伸进芽萝展开的戏服里，说道："叶公子来了多久了，怎么只站着，也不进来坐呢！"阿盛见她将身体藏进那光闪闪的戏服里，整个人光彩照人，只觉得周遭一片黯淡，实在不应该是她站的地方。

"不要紧，我就是来看看，你们准备得怎么样了。"阿盛说。

"大少爷请放心，小凤尾是不需要准备的。"二师兄说。

"二师兄胡说什么呢？凭是再大的角儿，也不敢妄语的，毕竟台下那么多的座儿，可不敢辜负了他们呢！"小凤尾又不紧不慢地说。

"叶，叶少爷，我大师姐需要默一下戏。"那个叫芽萝的女孩忽然怯怯地说，后面的几个字几乎是耳语，眼睛并不敢直视阿盛。

"哦，哦，好的，那我先走了。小凤尾你好好演，我就等着看戏了。"

阿盛正不知所措，就听走廊响起刘班主的声音："叶先生，杜先生，你们放心吧，演出会成功的！"

"当然，一定会成功的！"叶江南说。

阿盛忽然回头说："小凤尾，祝你成功！"

"谢谢。"小凤尾微微颔首一笑，说道。

阿盛紧跑了几步，追上了叶江南。叶江南回头说："侨笙，跑哪里去了？刚才不见你人影。"

"阿爸，我就是随便看看。"阿盛说。

"那我们去厢房吧，很多名流都来了，一会儿我都要去一一打招呼。侨笙，你跟我们一起。"叶江南说。

"阿爸，我就……不去了吧，我都不认识。"阿盛踌躇道。

"必须去，以后，你是要跟他们打交道的。"叶江南不容置疑地说。

"叶先生现在做的，都是为了少爷你，少爷你要听叶先生的话。"杜振中说。

"好吧。"阿盛点点头。

叶江南带着他们走进每个厢房，和大家拱手、寒暄，然后再走出去，走进下一个厢房。阿盛看着叶江南，叶江南淡定从容，谈笑风生，举手投足眉宇间透着沉稳和笃定，这一刻，让阿盛想起海上的灯塔，忐忑消失了，他释然地松了一口气。叶江南信步走进任永贵的厢房，亲切地唤了一声："任老板亲临，有失远迎啊！"

任永贵有些尴尬地站起身，打哈哈说："东方大戏院开演，我说什么也得来捧场啊！"

"感谢任老板，开戏院还是第一次，也是践行早年的一个承诺。这方面我没经验，日后还需要任老板多多照拂。"叶江南拱手说。

"叶先生谦虚了，叶先生神通广大，哪有叶先生做不来的，日后还要多多向叶先生请教。"任永贵说。

"任老板客气了。来，给任老板上最好的茶！任老板您请！"叶江南说完走出厢房。伙计跑进来给任老板倒茶。

走进李博安的厢房，见李博安一个人，叶江南诧异地说："博安，怎么没带薇薇来看戏？"

"薇薇来了，这会儿不知道跑哪去了。"李博安笑道。

"哦，小孩子，可能跑后院去玩了。侨笙，一会儿你去后院看看，把她送回来。"叶江南说。

"好的，阿爸。"阿盛说。

"侨笙，给李伯倒茶！这么多年，多亏了你李伯，要不然啊，你总是睡在噩梦里。"叶江南说。

"李伯，侨笙谢谢您了，您喝茶！"阿盛给李博安倒了杯茶。

"嗨，惭愧啊！这么多年也还是没能给你去掉病根。别急，李伯会继续研究的，早晚给你治好了。"李博安又说。

"没关系啊，李伯，我挺好的，您别挂在心上。"阿盛忽然间有些鼻子发酸，这一刻他莫名有些眷恋那些噩梦。因为如果不是那些噩梦提醒，他大概早就忘记了自己的身份，如果那些噩梦消失，他甚至不知道自己是谁，只有那些噩梦才能告诉他，他从哪里来。因而，噩梦，似乎又是珍贵的了。那是独属于他的、关乎被抛弃和被救赎，关乎痛苦和悲伤，关乎他的来历，是世间仅有的凭证。

演出的开场剧目是例戏《六国大封相》。阿盛并没有看到开场，因为李薇薇不见了。幕布拉开的时候，全场观众都在鼓掌。阿盛听见弦索和锣鼓响起，他一边向外走，一边想着小凤尾身着戏服从后台款款移步来到舞台上，一出场便惊艳了所有人。他微笑起来，快步跑到后院，并没看见李薇薇，他又大声喊起来："李薇薇！李薇薇！"但是他的声音立刻被戏院里传来的高亢的声音吞没了。

无人应答。

阿盛只好一寸一寸地找起来。

李薇薇在后院追逐一只小狗迷了路，一直找不到通往内场的入口，已经着急得跌坐在灌木丛里哭了。

荣闵拉着荣达出来到后院玩，就见到不远处一个穿粉裙衫的女孩在哭。荣闵仔细打量了片刻便笑了，跑上前说："嘿，李薇薇，让我猜猜，你一定是迷路了吧？"

李薇薇被吓了一跳，转头看见是他们，便站起来，高兴地说："是啊，是啊，我找不到入口了。"

荣闵嬉笑着说："荣达，你看，我就说她笨吧。连入口都找不到，还想看戏！唉！"

"荣闵少爷，你们带我进去吧，我听都开场了。我很想看小凤尾唱戏！"李薇薇说。

"诶，你该不是随身带个药罐子吧！这一身的草药味，真难闻！"荣闵捏着鼻子说，随即便跑掉了。

李薇薇看着荣闵的身影，立刻咬着嘴唇啜泣起来。

"别理他，薇薇！"荣达说，"你长得这么好看，哪来的草药味！再说，草药味多好闻啊！"

李薇薇蹲下来，用双手抱住膝盖啜泣："可是，我阿爸，是要给人看病的。"

"薇薇，我带你进去吧，时间久了李伯会担心的！都开场好一会儿了，你不想听小凤尾唱了？"

"想听。"李薇薇啜泣着说。

"瞧，这个很好吃的，巧克力，你现在就吃，吃完就有力气打败所有欺负你的人了。"荣达从衣兜里拿出巧克力放到李薇薇手里。

"包括荣闵少爷吗？"李薇薇停住哭泣。

"下次他再敢欺负你，我会保护你！"荣达用力说。

"真的吗？"李薇薇抬起泪眼看着荣达。

"嗯。真的。"荣达忽然感觉到从未有过的坚定。

"好，我吃。真好吃。"李薇薇终于笑了。

"那擦擦眼泪，我们去看戏！"荣达说。

"好。"李薇薇听话地从衣兜里拿出手帕，擦了泪水。

阿盛到处找不到李薇薇，只好又回到后院的入口处徘徊。没一会儿，便看见荣闵跑进来。

"荣闵，你怎么出去了？"阿盛问。

"我去随便逛逛。"荣闵眼神闪躲着说。

"看见李薇薇了吗？"阿盛又问。

"李薇薇也来了？那她不是应该跟李博安在一起吗？我怎么会看见？"荣闵

说完，便从阿盛身旁挤了进去。

又过了一会儿，荣达跟李薇薇跑了过来。

"薇薇，可算是回来了。你们怎么在一起？"阿盛问。

"碰上的。"荣达想了想说。

"快，我送你回厢房吧。"阿盛说。

"我送就行，大哥你去忙吧。"荣达说完，便拉着李薇薇走进去。

阿盛心里疑惑，觉得好像哪里有点不对劲。他看着荣达带着李薇薇走进李博安的厢房，李博安伸手招呼他们坐下看戏。

阿盛也把眼光转向舞台。他终于见到了舞台上的小凤尾。

舞台上正在上演著名的"坐车"一节。公孙衍完成了迎送苏秦的任务，与苏秦道别。公孙衍正在表演"坐车"，小凤尾头戴渔家乐的头饰，身着云肩束袖上衣和束脚裤，正在表演"推车"。她手执车旗用大七星步，以示车子大幅度晃动，公孙衍在车中悠然得意地斜躺，身体向后弯曲，将后背贴近地面。如此反复三次，小凤尾与之同样动作，同时双手不断推动车旗，以示推车行进。小凤尾的师妹芽萝身着云肩束袖上衣，束脚裤，外穿双层飘带裙，进行"罗伞架"身段表演。丑角担演"胭脂马"，十分逗趣。台上的演出排场丰富，阵容豪华，苏秦封相时的庄严华贵气象尽显。最后是武师拉马，表演翻腾绝艺，作为全剧的尾声。

之后，才迎来了小凤尾的首演戏《贵妃醉酒》。阿盛坐在靠边的位子，安静地看着舞台。就见小凤尾一身凤冠霞帔，雍容华贵，仰头饮酒，二弦、月琴，喉管抑扬顿挫，小凤尾轻启朱唇，曼妙的声音便如大珠小珠落玉盘流淌出来，那声音竟如钟磬一般穿过耳鼓和这三层的楼宇，直抵未知的高远天际。阿盛觉得自己分成了两个自己，像《西游记》里的孙悟空，坐在这里的阿盛只是一个假的分身，一个空的躯壳，另一个真身早已追随小凤尾的声音飞到了遥远的天际。这个假的躯壳注视着舞台上的一切没有一点声音，也根本发不出一点声音和做不出一点点的动作，因为他已经完全被小凤尾的神奇魔力定住了。这表演的魔力是如此之大，甚至让这整场近千个座儿都被定住，完全感受不到时间的流逝。

小凤尾的贵妃醉了，台下的观众更是醉了，醉到不想再醒来，希望就这样醉下去。阿盛看见贵妃被身旁的女孩扶起，那女孩轻蹙眉头，将酒杯从她手中拿下，又轻言细语安慰地唱着。那是芽萝，那个怯生生的女孩。她虽然盛装，眼中却流露出一丝胆怯，阿盛茫然的心头忽然跳了一下，似乎有什么东西将阿盛的真身拉了回来。阿盛很迷惑，正要探寻，到底是什么惊扰了他的真身，芽萝却静悄悄地退场下去了。

箫声起，阿盛的心又被箫声弥漫，他的真身和一切的思绪又都远去了……

不知过了多久，像是很久以后，所有的演出人员都来到台上，对观众鞠躬。但阿盛和近千个座儿仍然还被定着，又良久，所有人仿佛才被解除魔法，重又元神归位，恢复生气，才突然迸发出掌声，起身，鼓掌，叫好，欢腾不已。

"小凤尾！小凤尾！"观众兴奋地叫着小凤尾的名字。

"中国戏了不起！"比尔和韦斯特叫喊起来。

有人吹起了尖锐的口哨，是凯莉，她一脸兴奋，荣闿赶紧做手势制止她。叶先生和叶太太也听见了，他们宽容地笑着摇了摇头。

厢房里有人喊："祝贺叶先生，祝贺东方大戏院！"

叶江南站在一层过道向楼上抱拳笑着说："谢谢各位！"广泰大戏院的任老板和秘书的厢房早已人去楼空，他们并没有听到最后便走了，并没有跟叶先生打招呼。

阿盛仍然坐在那里，痴痴地望着舞台，像是唯一一个被忘记解除魔法的人，还在被定格，他22年的人生也的确被定格在了这一刻很久。

大戏院不知道什么时候安静下来的。阿盛是最后一个离开的。他终于站起身，却并没有回家，而是向后院走去。他要去找小凤尾，究竟要说什么，他也不知道，但此刻，他要见到她。

后台有些混乱，演出成功，演员们都很高兴，一边卸妆一边说笑着。阿盛环顾四周，没见到小凤尾的影子。

"大少爷，您是找大师姐吗？"一个女孩的声音响起，是卸了一半妆的芽萝。阿盛愣了愣，虽然芽萝妆还未卸完，却已经看得出她的容貌完全不输小凤尾。

好美！阿盛心里有惊叹的声音，但芽萝的美和小凤尾的美并不相同，阿盛一时间不知道该如何形容她的美。这一刻阿盛的心里都是小凤尾。

"对，小凤尾，没在吗？"阿盛说。

"大师姐去医院看大师兄仔樵了，要晚一些时候才回来。"芽萝怯怯地说。

"哦。"阿盛有些失落，两条腿有些沉重，艰难地转过身，向外走。

刘班主走过来说："大少爷，您过来啦？"

阿盛看着班主停住脚步，忽然说："刘班主，我能不能跟戏班子学唱老生？"

班主笑道："大少爷有雅兴，当然可以学唱，身手就算了。"

"那就谢谢刘班主了。"阿盛想了想又说，"刘班主，华文学校还需要粤剧老师，如果戏班里有人想去，我可以帮忙推荐。"

刘班主叹息道："等将来谁想留下来再去吧。毕竟，现在人手还不够，大家都只有半年的签约期，半年之后还不知道能不能留下来。"

"我阿爸一定会想办法让大家留下来的。"阿盛用力地说，之后便走出去。

"谢谢大少爷，也谢谢叶先生！"刘班主在后面喊道。

阿盛走出很远才发现，自己的两只手一直握着拳头，手心里都是汗。

第四章　小凤尾（下）

那一场迷离的梦
渐渐远去
我认不出我自己

——《日记·叶侨笙1922》

1

第二天一大早，阿盛刚下楼，便听到荣闵兴奋的声音："爸比，你看啊！你快看！这里，头版新闻啊！我们成功了，爸比！"

"哈哈，是啊，不过这才刚刚开始。"叶江南欣慰地说。

"我来念！"艾米一把将报纸夺走。

"爸比还没看呢！"荣闵不乐意道。

"我来念给你们听！"艾米得意地说。

唐人街东方大戏院已于昨日晚开演，东方大戏院邀请的是华人专业粤剧戏班，更有粤剧名伶小凤尾领衔出演，小凤尾唱腔身形俱佳，来自东方之艺术魅力令观众大饱眼福。唐人街万人空巷，东方大戏院爆满，一票难求，实为久违之娱乐盛事。艾米抑扬顿挫地高声念道。

"哇！"荣达兴奋地拍起手来。

"太棒了！"荣闵开心地说。

"阿爸，那就是说，我们成功了？"阿盛跑下来说。

"当然，侨笙。我们就是成功了呀！这毫无悬念呀！"佐伊说。

"是的，侨笙，我们成功了。阿爸总算实践了诺言。哈哈！"叶江南爽朗地笑道。

"真是太好了，阿爸！"阿盛说。

"好啦，我们吃饭吧，孩子们！"叶太太笑嘻嘻地说。

"对了，侨笙，昨天我跟精美映像馆的徐老板说好了，他今天上午会再来给戏班子拍照片。戏桥还是要再多印一些。"叶江南又说。

"好的，阿爸，我去安排。"阿盛说。

"对，多多印，有多少我们都能发出去。"荣达拍着胸脯说。

"我们跳起来吧，为了我们的成功！"艾米说着便拉起了阿盛。

长大后的艾米已经不跳踢踏舞了，她开始跳狐步舞，她说踢踏舞是小女孩才跳的，狐步舞是成年人的舞步。

阿盛连忙说："啊，别，二姐，狐步舞太晕了。"

荣闵倒是很喜欢跟艾米跳，他跑过来说："还是我来，我来请美丽的艾米小姐跳一曲。"

"还不错哦，这位绅士。"佐伊打趣道。

荣达只是看着他们发笑。他总是像个观众，不想走进戏中。

时间还早，阿盛想起来好久都没有去乐队了，便走出大门，向斯坦福大学的方向走去。清晨的薄雾正在渐渐消散，太阳还在努力向天空攀升，路上的人并不多，显得周围有些空旷。阿盛忽然有了喊叫的冲动，他用双手拢住嘴，大喊起来："嗨！早上好啊！早——上——好！"他奔跑起来。因薄雾的遮挡，对面隐约人影绰绰，对面的人透过薄雾仔细分辨，待阿盛跑过身边，回头看阿盛的背影写满青春与激情，然后莞尔一笑。

阿盛一路跑到学校，学校里一片静谧，空无一人，只隐约从礼堂传出黑管和小号时断时续的乐声。阿盛笑了，是比尔和韦斯特。他跑进礼堂，和着乐声唱起来："嘿哟、嘿哟、啦啦啦。"比尔和韦斯特并没有停下手中的黑管和小号，只是用眼光笑眯眯地看着阿盛，更起劲地吹奏起来。一曲终了，他们终于停下来。

"早啊，侨！"比尔说。

"早啊，比尔！早啊，韦斯特！哈哈，你们几个有进步啊！"阿盛说。

"No，No，有几个段落仍然还是不好。唉，我已经卡顿在这里有很长时间了，怎么都没有灵感。"比尔摇头苦恼地说。

"是啊，我这里也有几处不好，也找不到办法。"韦斯特说。

"别急，慢慢来，总会找到出口的。"阿盛说。

"唉，比较难啊，谁让我们不遵循传统。那样就省事了，没有任何难度。"韦斯特说。

"可这不正是我们创作的意义吗？我们就是要创作一种全新的音乐，我还不能为它命名，但我知道，它就在那里，就在离我们不远处了，我就要触摸到它了。我一定会到达它。"比尔说。

"我相信，我们一定会成功的，尽管很多人都不相信。哈哈，他们会说，就凭你们几个，就想创作一种新的音乐？你们几个还是小屁孩呢！你们几个浑小子就想颠覆那些伟大的音乐家，这简直是最愚蠢的笑话。"保罗说。

"伟大的音乐家自有伟大之处，可是我们，就是想创作一种全新的东西，尽管暂时不被认可，但，总有一天，世界会了解，它是多么美妙。"比尔说。

"世界上任何伟大的人和事，在最初也都是不被承认和认可的，人们都认为是笑话，说不定，将来我们也是伟大的人呢！"韦斯特说。

"至少，我们是在做一件极其了不起的事情，至少可以丰富音乐的种类。"保罗说。

"你想，这世界上有一种音乐是我们创造的，它将为很多人所热爱，并会有很多人愿意传承下去。这是一件多么令人激动的事啊！即便我们称不上是伟大的人，但我相信我们的音乐可以流传下去，那我们就是了不起的人！"比尔说。

"没错，为了不起的人干杯！"阿盛说。

"干杯！""干杯！"4个人佯装手持酒杯碰了碰手，仰面饮酒。

"对了，侨，昨晚的东方大戏院演出真是太精彩了！"比尔忽然说。

"是啊，是啊，真是让人惊叹，小凤尾好美，唱得太好听了。"韦斯特说。

"对了，侨，中国戏的乐器很有意思，昨天没看清楚，你可不可以下次带我去看看那些乐师演奏？"比尔又说。

"当然可以了，我下次带你去看他们彩排。"阿盛说。

"那太好啦！我忽然觉得，或许他们能帮上我。"比尔思忖着说。

"那好极了！"阿盛说。

阿盛来到戏班子的时候，终于看见了小凤尾。映像馆的徐鼎文正在给她拍照，因而阿盛也只能远远地望着她。徐鼎文在戏台底下离舞台 1 米的距离立了一个支架，支架上面是一个盖着红盖布的方形箱子。小凤尾仍然化着妆，穿着戏服，在舞台上闪转腾挪，忽而一个转身立定。徐鼎文说："好，别动。"然后，他立刻将头伸到红色盖布里面，手握着气囊使劲一拽，只听"噗"的一声，从箱子里冒出烟尘，然后，徐鼎文的头才从箱子里出来，满意地说："非常好，非常好！"阿盛看着烟尘又想起那一年大火中的烟尘，那烟尘是无论如何都消散不了，淹没了整个世界，他的心也时时受到侵蚀，总是作痛。"咳咳！"他下意识地咳嗽起来。

"大少爷来了，哈，大少爷怕烟？不过，这不是着火的那种烟哪，哈哈！"徐鼎文笑起来。

"徐叔笑话了，您先忙。"阿盛说。

"那我再拍几张，以后做戏桥都用得着。"徐鼎文说。

小凤尾又在舞台上做了几个动作，徐鼎文的头在小箱子里来来去去，又忙了好一会儿，才终于停下来。小凤尾行了个礼，便离开换衣服去了。阿盛只好恋恋不舍地看着她的背影。

"对了，大少爷，我给你带了好吃的。"徐鼎文又说。

"好吃的？"阿盛诧异道。

"是啊，我家的惠姐啊，是个特别勤快的人，又是个菩萨心肠，经常做些好吃的送给我的朋友们的孩子。"徐鼎文说。

"哦，那谢谢惠姨了。"田惠那张温柔的面孔再一次浮现在他的眼前，他想起了上次她站在台阶上送他上车的时候她的许诺。

"瞧，这些都是给你的，这些是给你两个姐姐的。"徐老板从身边的背包里拿出两个纸袋，交给阿盛。纸袋还是热的，烤红薯的味道立刻在空气中弥漫。

"好香。"阿盛不由得说。

"好吃得很，快吃吧！也饿了吧？"徐鼎文说。

阿盛受到了某种蛊惑，打开纸袋，拿出一个烤红薯，剥了一块皮，露出黄色的瓤来。他舔了舔嘴唇，咬了一口："唔，真好吃。"阿盛闭上眼睛说。

"哈哈，好吃就多吃点，我下次还让惠姐给你烤。我先回去了。下午我冲洗完让司机直接送过来，你不用跑一趟了。"徐鼎文拍拍阿盛的肩膀说。

阿盛点点头，便又闭上眼，这红薯的味道让他想起了阿妈。小时候，他也吃过这么甜的红薯。这甜糯的味道让他沉醉了。

阿盛吃完了一个红薯又去了后台，但没见到小凤尾。芽萝告诉他，小凤尾已经去医院照顾大师兄仔樵了。

阿盛只是点点头，但这次并没有很失落。阿盛自己也觉得奇怪，他看了看手里热乎乎沉甸甸的红薯纸袋，或许，是这甜腻的红薯温暖了自己，也似乎，这甜腻的红薯让他找到了从前的自己。至少，离从前的小阿盛近了一些。他看着红薯纸袋，又看看对面站着的芽萝。芽萝并没有化妆，白皙柔弱，阿盛忽然将自己的那袋红薯交到她手上。

"给。"阿盛说。

"啊，这，大少爷，是……给大师姐的吗？那等大师姐回来我交给她。"芽萝说。

"拿着，给你的，不是给小凤尾。"阿盛说。

"啊？这……不合适吧，大少爷，我……"芽萝不知说什么好。

"我吃过了，又甜又腻，给你了。"阿盛又说。

"这，可这是徐老板给少爷您的。"芽萝犹豫着。

"让你拿着就拿着。"阿盛提高了嗓门说。

"好。谢谢大少爷。"芽萝慌张地做了个万福。

阿盛满意地转身走掉了。走出戏班子，他忽然对自己的行为有些费解，为什么会把那袋红薯给了这个女孩，他明明很喜欢吃，即便是送人，也应该是送给让自己一直心驰神往的小凤尾吧？

下个星期一的早上，阿盛刚端起饭碗，想起一件事情来，问："阿爸，东方大戏院这么兴隆，广泰大戏院好像很安静？"

叶江南笑了："谁说广泰大戏院安静？任老板从来都是不甘示弱的人。广泰大戏院动作快着呢，听说他们聘请了一个新的戏班子，最近就到旧金山。广泰大戏院的演员人数一直都是接近配额的上限，这对我们非常不利。但目前移民局还不允许我们的演员人数达到上限。"

"会好起来的，爸比！"艾米说。

"希望会吧。毕竟，我们的宗旨是要办一家最高级别的顶级中国戏院。我们也不完全是谋利，我希望能将祖国的艺术真正传播到这里，在这里生根发芽，流传下去。"叶江南说。

"是啊，既然洋人需要我们华人来修铁路，来做工，就没有道理拒绝华人的艺术。他们是害怕我们的艺术吧。"佐伊说。

"可事实上，在美国，到处都是华人的文化，仅仅一个加州，中国戏院的观众就远比西洋歌剧的观众多得多。我们为什么不能既喜欢西方文化又喜欢东方文化呢？好狭隘的思想。"艾米说。

"艾米，这样的话只能在家里说，在外面就不要说了，免得引起不必要的麻烦。"叶江南说。

"我可不怕。"艾米翻了翻眼珠说。

"你要注意你爸比的影响。你爸比是华人社区领袖，是当局关注的人。"叶太太温柔地说。

"好吧。"艾米妥协地说。

荣闵一声不吭，只是点头。

2

阿盛隔日傍晚又去了戏班子，却仍然不见小凤尾的踪影，只远远地看见芽萝在和几个男伶排戏。阿盛犹豫了一会儿，还是问芽萝："芽萝，怎么这几天都没见到小凤尾呢？"

"大少爷好，仔樵师兄这几天的病情加重，所以大师姐每天下台就赶紧去照顾他了。"芽萝说。

"哦，是在哪家医院？或许我能帮上忙。"阿盛思忖片刻说。

"在西街教会医院。"芽萝说。

"哦，好。我知道了。"听到教会这两个字，阿盛皱了皱眉头。

"那，我替仔樵师兄谢谢叶少爷了。"芽萝的眼中充满感激。

阿盛有些嫉妒起这个叫仔樵的男伶来，究竟是何等人才，竟然让小凤尾那样的女子关怀备至，又让芽萝这样纯洁的女孩这样敬重。他也只不过是想见小凤尾，才假意说要帮忙，如今，不帮都说不过去了。看着芽萝那双期盼的眼睛，他的心如蝴蝶的羽翅抖了抖。

阿盛踟蹰着，还是去了西街教会医院。天边的夕阳已经快落幕了，红色黄色的边界已不清晰，混成一团乱糟糟的。阿盛走到西街教会医院的时候，天色已经暗下来了。他从西街教会医院的大门上方硕大的十字下走进去，里面一个个穿着白色袍子、戴着黑色头巾的医生护士来回穿梭，让阿盛想起叶先生棋盘上的黑白棋子。他站定，环顾四周，然后，向问询台走去。

"您好，有什么可以帮助您？"（英文）年轻的女护士问道。

"我找一位华人，他叫仔樵。"（英文）阿盛说。

"他是哪天入院的？是什么病？"（英文）女护士问。

"哦，什么病？这个……"（英文）阿盛才想起来，忘记了问。

"我试试帮你找一下吧！"（英文）女护士微笑说，然后，从身后柜子上拿下来一个本子，翻开本子，仔细查找。

"找到了，在这里，仔樵，华人，男性，患风寒数日，肺部感染。他在二楼201房间。"（英文）护士说。

"谢谢你，护士小姐。"（英文）阿盛匆匆转身向楼上走去。

阿盛走到201门前，便听到里面传来女子轻柔的声音，是小凤尾。

阿盛刚想敲门，伸出的手又缩了回来，因为他听到了一个男人的声音。男人应该就是仔樵吧！他只说了几个字，却雄浑有力，丝毫不像一个病人的口气。小凤尾又轻柔地说了句话，阿盛却听不懂，她的轻柔语气很像叶太太对叶先生讲话的样子，但吐字的方式又和叶太太有些不同，让阿盛想起经过沸腾的水浸泡后舒展的茶叶，泛着淡淡的茶香。阿盛忽然明白了，他们在说家乡话，是只有他们两个人才听得懂的家乡话。中国是那样广阔，虽然汉语是所有华人的规范语言，但各个地域的人们早已拥有自己独属的语言，这种独属的语言，是其他地域的华人听不懂的。原来，小凤尾的温柔只属于她的家乡，加州的叶少爷对于小凤尾而言，是完全陌生和不被接受的。

正值盛夏，阿盛忽然觉得有些冷。他发现夜晚已经来临，沿着外墙攀爬的藤蔓从医院的窗口探进头来，被风吹得摇头摆尾。阿盛转身匆忙跑下楼，一直跑出医院大门。

3日后，阿盛又来到戏班子。这一次他没有问起小凤尾，他找到刘班主想要学唱老生，刘班主什么都看在眼里，吩咐二师兄仔木认真教他。阿盛每周都有几天上午去戏班子学戏和唱戏，偶尔会遇见小凤尾排戏，但也只是远远地看着，并不走近。只是，每次小凤尾匆匆离开的时候，阿盛心里都隐隐作痛。他目送她走出大门，走向另一个男人，却毫无办法。他似乎毫无缘由挽留，也毫无缘由追踪，他只能站在她的世界之外。

这样持续了大半个月之后，一天中午，阿盛刚回到家，便见艾米从楼上生气地跑下来。

"你在家？"阿盛惊讶道。

"怎么，没想到我在家？"艾米说。

"是啊，这个时间，你和大姐不是应该在学校做毕业答辩吗？"阿盛说。

"是啊，我和佐伊在准备毕业，之后还会为工作做准备，会更忙。每天这个时间，家里都没有人，所以没有人管你，你就胡作非为是吧？你以为你做什么都能瞒过爸比和妈咪是吗？"艾米生气地说。

"我又没做什么亏心事。"阿盛心虚地说。

"可你在做一件不可能有结果的事。"艾米盯着他的眼睛说。

"你说什么？我听不懂。我上楼去了。"阿盛躲避她的眼神，转身向楼上走去。

"胆小鬼，逃避算什么英雄！别以为我看不出来，你最近每天在戏院里一待就是好几个小时，别的事情都不做了是吧！你最好离小凤尾远点，爸比是不会同意你喜欢上一个名伶的。"艾米冲着他的背影说。

"谁说我喜欢她。"阿盛反驳道。

"哦？你敢说你没有？你发誓！"艾米提高了嗓门。

"我喜欢谁是我的事，跟你有什么关系，我为什么要对你发誓？"阿盛忽然转头说。

"被我说中还不敢承认！你自己都知道是没结果的，还要去做，真是蠢货。"艾米又说。

"你还是管好你自己吧！你的那个秘密地下情人，小心我揭发你！"阿盛又说。

"什么？什么……秘密情人，我哪有？"艾米忽然结巴起来。

"没有吗？"阿盛说。

"我就是好心提醒你一下，悬崖勒马毕竟和坠入深渊是两种结局。"艾米顿了顿，又说。

"你说得这么好，是在说你自己吗？"阿盛又说。

"你！叶侨笙，你居然敢跟我顶嘴了，你都变成什么样了！你已经变成了一个彻头彻尾的无赖！浑蛋！"艾米追上阿盛，又提高了嗓门。

"你以为我一直都顺着你是因为怕你吗？我是让着你，看在阿爸和阿妈的分上，我一直都让着你，但你如果敢触碰我珍视的东西，那你试试看！"阿盛愤怒地说。

"什么？你？让着我？呵呵，好啊，天哪！我要去爸比那告你，让他看看这就是他一直引以为傲的好儿子，叶家的好少爷！假的什么时候都是假的，根本变不成真的！你这个冒牌货！要不是妈咪……"艾米气急，啜泣起来。

"是谁在说我呀？"叶太太笑盈盈推门走进客厅，一边走一边说，"怎么，我就上午出去一会儿，你们就念叨妈咪了？"

"妈咪，您回来了。""阿妈，您回来了。"两人异口同声地说。

"是啊，陪一个朋友去买中国货。跑了好几条街，好累的。"叶太太疲乏地说。

"妈咪快去休息。"艾米说。

"对了，艾米，你怎么回来了？侨笙，你们在说什么呢？好像在争论什么问题。"叶太太说。

"哦，我们在说到底哪场戏好。"艾米说。

"哪场都好，都爆满。"叶太太开心地说。

"是啊，侨笙，我们争论争论也没什么的，都是为了我们自己家好。对吧？"艾米笑着拍拍阿盛的胳膊。

"没错。"阿盛挤出个笑容来。

"对了，妈咪，我是回来取东西，我回学校去了。"艾米飞快地出门去了。

"侨笙，最近忙戏院的事，别太累了，要注意休息，我看你最近有些憔悴。"叶太太关心地说。

"知道了，阿妈。"阿盛说。

之后阿盛学唱戏的事便停滞了下来。虽然他很讨厌艾米说中了要害，但不知为何，艾米总是能在恰当的时候挑断他的手脚筋骨，让他颓然无力，激情消散。又半个月后的傍晚，阿盛再去戏班，发现院子里没有人，里面却人声嘈杂，极其热闹。阿盛诧异地走进去，里面小厅堂的长桌上摆满了酒菜，杜襄理和刘班主坐在正对门口的两个位子上，整个戏班子的人分坐在两旁。阿盛似乎来得不合时宜，他站在门口有些错愕。

"少爷来得正好！"杜襄理站起来说。

"大少爷快坐过来，坐过来！"刘班主走过来拉着阿盛走到自己位子旁，让阿盛坐下来。又有人拿来酒杯筷子碟碗。

"芽萝，给大家倒酒！"阿盛这才看见，他对面的位子坐着一个陌生的男子，挨着这个男人的是小凤尾。小凤尾今天格外漂亮，她还是平常打扮，却不知为何容光焕发，格外光彩照人，甚至比化了妆在舞台上还好看。

"今天是个大喜的日子，我们仔樵终于出院了！我们戏班子这回人总算是全了。我们为仔樵的出院喝一杯！来来，倒酒，芽萝！"刘班主说。

"这段日子，辛苦大伙了，也给大伙添麻烦了！"男子站起来，双手抱拳拱了拱手，满脸笑意地说。

原来他就是仔樵，这个隆重的场面是为欢迎他归来。

"我们不辛苦，倒是小凤尾真的辛苦了，又得登台，又得去医院照顾你。哈哈。"刘班主说。

"我敬凤儿师妹，师妹，谢谢你。"仔樵转身对小凤尾说。这个声音极其刺耳，尤其是那个凤字后面的儿化音，像一根尖锐的细针，突然就扎进阿盛的心脏，渗出血来。他知道小凤尾今天格外漂亮的缘由了。他害怕看见小凤尾眼中迷人的光束是对别人闪耀的。阿盛低下了头。

芽萝给大家一一斟酒，最后来到阿盛身边。她犹豫地看了阿盛一眼，只给他倒了小半杯酒。阿盛仰头一口喝下："好酒！再来！"

阿盛捉住芽萝的胳膊："再倒，倒满！今天是好日子，必须得一醉方休！"

"少爷，你已经喝多了。"芽萝担心地说。

"我从来不喝多。我酒量好得很！来，倒酒！"阿盛自己抢过芽萝手中的酒瓶，又将酒杯倒满，仰头喝下，然后，趴倒在桌上。

"叶少爷这是怎么了？"大家纷纷说。

"他喝多了，哎哟，也是个见酒不要命的主。这可怎么好！快，芽萝，你和仔云送叶少爷回家，跟叶先生叶太太说一声。"刘班主说。

20分钟后，仔云背着阿盛在叶家大门前下了车，芽萝在一旁搀扶着。芽萝从大门静静地端详面前这个院子。草坪、花园、洋楼、休闲摇椅，以及窗口飘着的白纱和若隐若现的房间陈设，都令她新奇，也让她心生胆怯。

"芽萝姐，愣着干吗？按门铃啊！"仔云忽然说。

"哦，对，门铃。"芽萝慌忙找到门铃，小心地按了下去。"叮咚""叮咚"两声之后，洋楼的门开了，有个紫衫女子走出来。

女子开始走得不慌不忙，看清之后就小跑起来，走到门口，匆忙打开门问道："大少爷这是怎么了？出了什么事了？"

"你好，阿姐，我是戏班子的，叶少爷喝多了，班主让我们送他回来。"芽萝说。

"快，快进来，这是喝了多少，大少爷从来不喝酒的，今天这是怎么了？怎么还喝起酒来了？"阿灿诧异地说。

三个人七手八脚扶着阿盛进了客厅，就见一个漂亮的贵妇从楼上慌张地走下来。

她身着一件绿色锦缎短旗袍和水绿色百褶裙，即便是慌张，也仍然像一片优雅的荷叶，款款荡漾过来。

"侨笙？侨笙，这是怎么了？"叶太太说。

"太太，您怎么醒了？是不是把您吵醒了？"紫衫女子又去扶叶太太。

原来她是叶少爷的母亲，芽萝想。难怪会有这样的儿子，是这样的母亲才能生出这般与众不同的儿子来的。她真好看。她的好看，即便是年轻如芽萝，如小凤尾，站在她的面前，也是不敢妄言自己美丽的。上天果然是不公平的，有些人就是生来尊贵，就是会受到特别的眷顾，如璀璨星光，如明月皎皎，让人一见就心生喜欢。而更多的人，生来是不被关注的，只能做这世间的观众，观看别人的喜怒哀乐和精彩纷呈，自己的辛酸甘苦只能独自咽下。

叶太太陈浣是个很和善的人，并没有和芽萝说几句话，却让芽萝印象深刻，她还让那个叫阿灿的紫衫女子给芽萝包了一袋糖，是白人喜欢吃的巧克力，有黑色也有白色。回来之后，芽萝拿出一块尝了尝，苦的，苦中有那么一丝丝甜。然而就这微不足道的甜，也足够让她快乐了。夜里，芽萝失眠了，她的脑子里一整夜都是叶太太。芽萝觉得，她这辈子距离叶太太那样的人实在是太遥远了。

3

那天之后的阿盛更加不快乐了。

阿盛第二天中午才醒来，头昏沉沉的，直到快傍晚才坐起来。他没有下楼，他不打算去戏班了，他很不想面对那个叫仔樵的男人。阿盛靠在窗口的沙发上看着外面的夕阳发呆，一缕缕亮色一点点黯淡下去，直到西边的天际完全被升腾的墨色代替。楼梯上响起了脚步声，很快，脚步声停在他的房间门口，是阿灿来叫他吃晚饭了。"大少爷，醒了吗？大家都在等您吃晚饭了。"阿灿等了一会儿，没有听见声音，便小心地推开门，走进来，见阿盛靠在沙发上望着外面的夜色，又走近他说，"大少爷，您醒了？昨晚喝多了，睡了一整天，饿坏了吧？快点下去吃晚饭吧，叶先生在等您吃饭，好像……有事情要问您。"

"好。"阿盛还是望着窗外，头也不回哑着嗓子说。

"那，大少爷，我先下去了。"阿灿犹豫着走出门去。

"侨笙，快下来吃饭！"很快传来叶江南的喊声。

阿盛又呆滞地望了一会儿，才终于站起身。他刚下楼，便听到叶江南爽朗的声音："来来来，侨笙，就等你了！阿灿，我们开饭！"

一家人都已经坐在餐桌前，就等他一个人了。阿盛在叶太太身旁坐下来，叶太太关心地伸出手摸了摸他的额头说："有点热啊，侨笙，以后不许喝那么多酒的。阿灿，先给侨笙端酸梅汤来。侨笙，你先喝酸梅汤，然后再吃东西。"阿盛点点头。

"是啊，侨笙，以后不要喝那么多酒！你喝多了妈咪会心疼的！"荣闵阴阳怪气地说。

"你少多嘴！"艾米瞪了荣闵一眼说。

"不过，大哥，你为啥喝了那么多酒呢？这不太像你，听说是戏班子庆祝，跟你有什么关系？"荣闵又探寻地问。

"又关你什么事？戏班的事现在还轮不到你管。"艾米又说。

"好了，你们两个吵什么！对了，侨笙，我正要问你，仔樵身体已经康复出院了是吧？"叶江南说。

"是，阿爸。"阿盛愣了下，面无表情地说。

"那真是太好了！"叶江南忽然兴奋起来，"那真是太好了，仔樵将是第一位在我们东方大戏院表演的著名男伶。这下戏院的演员阵容终于整齐了，男女伶同台共演也能够实力匹配了。你们知道吗？仔樵不仅是一个歌伶，同时他还会填词作曲，又会编写桥段，是一个有非凡才华的人，他的康复和出演会为我们东方大戏院锦上添花。"

阿盛低下头，端起面前的那碗酸梅汤，一饮而尽。

"哎呀，喝汤不能这么猛的！"叶太太说。

"侨笙，你今天就去戏班，确定一下仔樵出演的时间，将接下来的戏桥重新印一下。艾米，戏桥的内容部分还是你来写。"叶江南说。

"好，爸比。"艾米点点头。

"好，我去戏班。"阿盛停顿了片刻才说。

阿盛不记得自己是怎样到的戏班，怎样从排戏的小凤尾和仔樵的身边走过，怎样找到刘班主，又用怎样的口吻和刘班主交谈，最后，又怎样从戏班的大门走出来，离戏班子的喧闹越来越远。他只觉得，一双脚一直轻飘飘的，像踩了云朵，下一秒就要升腾到天空。他的脸也一直是僵着的，像是被冬日的凛冽冻坏了的苹果，牵动一下便会出现裂纹。

阿盛已经从戏班院子里走出来好久，忽然发现一个人站在他面前拦住去路。他停住脚步，原来是芽萝。

"大少爷，您没事吧？"芽萝关切地看着他说。

"我？没事。"阿盛面无表情地摇摇头。

"大少爷，您的手，流血了。您真的没事吗？"芽萝指了指阿盛的左手腕。阿盛才看见，左面袖口少了一条布，左手腕正在流血，他这才感觉到微微有点疼。

"大少爷，您的衣袖刚才被树枝刮了。我看旁边有药店，买了药，给您包一下吧。"芽萝又说。

"哦，好。"阿盛像个木偶一样说。

"那您忍着点。"芽萝打开药包，将药粉敷到他的左手腕上，刺痛立刻袭来，阿盛却感受到一点点快慰。

"疼吧？"芽萝又说。

"挺好的。"阿盛居然笑了。

"大少爷怎么还笑了？"芽萝奇怪地问。

"真的挺好的。"阿盛又笑着说。

芽萝又用自己的手帕包在阿盛的伤口处系好，才舒了一口气说："好了，大少爷，您小心点。"

"好。"阿盛又笑着继续向前走了，他用右手摸了摸脸，脸好像不僵了。看来流血是很好的，他想。

隔日的戏桥很快被抢夺一空。戏桥上写着：

《三英战吕布》一剧，为唐山名伶仔樵之首本也。仔樵声音清亮，手舞方天画戟，技艺超群；另有小凤尾凤仪亭诉苦，唱腔美妙，婉转动人。二人同台演出，叹为观止。

仔樵登台当晚，东方大戏院再次迎来了热潮，观众爆满。第二天一大早，关于东方大戏院新男伶仔樵的报道便登上了各家报纸的头条。报纸上还报道了仔樵和小凤尾如何在舞台上一唱一和，异常和谐。

阿盛怕极了每日清晨荣闵放在叶江南面前的报纸，他又开始早起，很早便起床出去散步，然后，到葛兰德路的粤记餐馆吃早餐。他回到小餐馆的烟尘中才能心安。他又回到学校的乐队，和比尔他们日夜在一起，偶尔还会喝酒，他好多天都没有再去大戏院，他又跟比尔他们去看西洋歌剧，又回到了东方大戏院建成之前的生活。

艾米再一次适时地来为他的生活做标记了。一个夜晚，艾米又一次像小时候那样，潜入阿盛的房间，对阿盛说："我知道你最近很糟糕，那个仔樵是小凤尾的情人吧？这样很好啊，我知道你喜欢上小凤尾了，但是我们叶家是绝不允许大少爷和一个名伶在一起的，所以你还是死了这份心吧！你还要糟糕多久你说了算，但是不要以为爸比和妈咪是傻瓜看不出来，也不要恃宠而骄，东方大戏院你撒手不管了吗？你难道不知道荣闵一直对戏院虎视眈眈？糟糕可以，但，做好你该做的事。"艾米说完，便甩着马尾离开了。

叶先生和叶太太似乎并不知道阿盛正在经历一场惊涛骇浪，也或者是佯装不知，对他格外宽容。他们对他每日的去向并不多问，也不干涉，只是督促他，东方大戏院的日常管理事务要定期去跟戏院的杜襄理和刘班主沟通，随时掌握情况。

又半个多月后，杜襄理通知阿盛，隔日同去码头取唐山广州状元坊定制的戏服。刘班主派芽萝和仔云来协助验收，几个人坐车同往码头。到了码头，又等了一刻钟，唐山的船才到岸。状元坊的人带来十几个衣箱。芽萝和仔云拆开一个个衣箱验货，将戏服一件一件拿出来查看，阿盛被这些金灿灿的戏服迷醉了。芽萝拿着一件缀满彩色珠子的戏服说："哎呀，大师姐的这件做好了，大师姐穿上一定美极了。"

阿盛有些恍惚，想象小凤尾穿上的样子，然后，不易察觉地叹了口气。杜襄理笑笑说："芽萝，你的呢？老说别人漂亮，你也很漂亮啊。"芽萝偷偷瞄了一眼阿盛，害羞地躲避了眼神，胆怯地说："大师姐是小凤尾呀，小凤尾，自然是最厉害的。"

"厉害不等于漂亮呀，你也很厉害呀！"杜襄理说。

"我还差得远呢。"芽萝又说。

"我觉得你将来一定行，芽萝。"阿盛用力地说。

又半个月后，阿盛再次来到戏班找芽萝。芽萝正在排戏，听见阿盛喊便走过来。阿盛犹豫着说："芽萝，能不能帮我个忙？"

"当然，大少爷，您说。"芽萝说。

"能不能陪我去一趟衣行？上次的那些戏服我看了，总还是不够好，我想，给……你大师姐……买一件最漂亮的戏服。我又不太懂，你能不能跟我一起去？"阿盛悄悄说。

"好呀，我帮您挑。"芽萝笑了说。

"哦，那说定了。"阿盛说。

"行，我跟班主说一声。"芽萝说。

"等等，你可别说是……"阿盛犹豫地说。

"放心吧，我说我要去买点吃的。"芽萝笑着说。

两个人很快来到一间衣行，阿盛对衣行老板说："把你们这儿最贵的戏服给我拿来。"

老板娘看了看他，转身向里面走去，没一会儿，拿出 3 件漂亮的戏服。阿盛看得眼花缭乱，不知如何取舍。芽萝仔细审视了一番，又摸了摸面料，选定了一件格外华美的戏服，花团锦簇，以金线缝制。"就这件吧。"芽萝说。

"姑娘好眼力，这件可是我这儿的镇行之宝啊！美衣要配美人，这位姑娘生得俊俏，和这衣服简直是绝配呀！这戏服非姑娘莫属！"老板称赞道。

"老板您说笑了，我是替我大师姐选的。"芽萝慌忙说。

"哦，一样的，一样的，姑娘穿和你大师姐穿，那都会熠熠生辉呀！敢问是哪位名伶啊？"老板探寻地问。

"小凤尾。"芽萝有点骄傲地说。

"哎呀，是小凤尾呀！那这位少爷是东方大戏院的襄理？"老板有些惊喜。

"哪里有这么年轻的襄理？是我们少东家，叶少爷。"芽萝说。

"哎呀，恕我有眼不识泰山，原来是叶少爷！谁不知道叶先生，叶少爷能光临本行，实在是本行的荣幸。这件戏服，本来要 8000 美元，就 5000 美元卖给您，权当是我送东方大戏院的礼物。希望日后多多照顾本行生意。"老板说。

"好，就 5000 美元。"阿盛从皮包里拿出钞票。

阿盛和芽萝坐车往回走，到了半路，阿盛便下了车，将装戏服的纸袋交给芽萝说："帮我带给你大师姐，我就……不去戏班了。"

"好，大少爷。"芽萝点点头。

"最好，小凤尾今晚就能穿它演出。"阿盛又说，像是命令，又像是祈求。

"大少爷今晚来看演出吗？"芽萝犹豫地问。

"可能来。"阿盛想了想说。

"好。"芽萝绽开了笑颜。

东方大戏院晚上 6 点钟开演，阿盛 6 点 20 分才来。他从后门进来，在入口处附近隐蔽的位子坐下，便看到了小凤尾走上台来，但是她并没有穿他给买的那件新戏服，她穿的是从广州状元坊定制的那套戏服。阿盛坐在那里，又觉得有什么东西从自己的身体里飞走了，整个人又变得轻飘飘的。他轻飘飘地从座位上起身，如一阵烟雾从后门穿梭而过，像从未来过戏院，毫无痕迹。

戏院结束演出，已经深夜。观众陆续离开，芽萝关了戏院的最后一盏灯，锁了门，一转身，见门旁一个黑影矗立着，被吓了一跳，正要喊人，却发现原来是叶少爷。

"叶少爷？您怎么还没走，您这是？"芽萝惊魂未定地说。

"芽萝，小凤尾为什么没穿新戏服？"阿盛问。

"哦，叶少爷，大师姐很喜欢那件戏服，但是她说太贵重了，并且，那件尺寸稍微紧了些，就，没有穿。"芽萝思忖地说。

"嗯。"阿盛也不知该说什么，随便挤出个字来，便转身离开了。

芽萝没有说，那天她回戏班，就把纸袋交给小凤尾。小凤尾将戏服拿出来，愣了一会儿，便将戏服套在芽萝的身上，结果，芽萝穿上戏服便让大家惊艳了。戏服大小十分合适，简直是量身定制。"这件啊，还是穿在师妹身上合适，师姐啊，太胖了，穿不下。"小凤尾笑着说。"这怎么可以？这是叶少爷特意给大师姐买的，很贵重的。"芽萝惊道。"再贵重，也要合适才好。听师姐的，留给你穿。"小凤尾硬是将戏服放到了芽萝的衣箱里。

阿盛隔日夜里便病了，再次陷入梦魇。荣闵再次从他房间的门缝看到了几年前熟悉的一幕。侨笙的房间里传出奇怪的喊声，很快楼梯上便响起急促的脚步声，阿灿、叶太太和叶先生匆忙跑进侨笙的房间。之后，阿灿又跑下楼，吩咐司机去找李博安。再20分钟之后，李博安背着药箱和他的女儿李薇薇急匆匆推门而入，跑上楼来。

中草药味由远及近地飘来，荣闵立刻皱着眉头关上了门，然后，躺回床，翻个身，闭上眼睛。

这一次阿盛的梦魇中不仅是铺天盖地的火，还有皇家大戏院和小凤尾。小凤尾就站在大戏院的楼顶上舞着、唱着，大火将皇家大戏院一层又一层吞噬，终于升腾到楼顶，就要将楼顶吞噬，她却浑然不觉，仍然陶醉在戏里，在大火中边唱边舞。阿盛在下面大声疾呼，却无济于事。他无助地痛哭起来。

有人温柔地抱紧他，小小的身体感受到了母亲久违的温暖。

"救救她。"他喃喃道。

"他醒了。"有人在遥远的地方说。

"侨笙，你醒了。"叶太太惊喜地啜泣道。

"好，侨笙，我救她，我们救她哈！"叶江南说。

阿盛像被一股强大的力量拉回，他艰难地睁开眼，眼前围着一堆人。叶先生、叶太太、李博安和李薇薇，还有正推门进来的艾米和佐伊，之后荣达也揉着眼睛走了进来。

阿盛想了想，说："我没事。"

"你醒了就好。侨笙，你可把妈咪吓死了，多亏李伯来得及时。"叶太太说。

"没事，少爷这老毛病了，我知道该怎么治。惭愧呀，这么多年还没有办法根治。薇薇，把笔和纸拿来，我来开药方。"李博安说。

"阿妈，我没事。"阿盛忽然坐起来。

"哎呀，怎么坐起来了？快躺下。"叶太太紧张地说。

"我真的没事了。我要出去走走。"阿盛下了床便趔趄着向外走去。

"大少爷，这是？"阿灿说。

"我陪侨笙出去，爸比妈咪不用担心。"艾米说，然后快步追上阿盛下楼去。

"这，能行吗？博安。"叶太太说。

"应该无大碍，大少爷这是心病。"李博安说。

"博安，你和薇薇先别走，在这儿等着侨笙回来吧，我怕万一他有事。"叶江南说。

"好。"李博安答应道。

阿盛走出叶家，便快步向都板街东方大戏院的方向走去。艾米并不着急，叹息了一声，摇摇头，只是不远不近地跟在他身后几米的距离。戏班子高墙里传出抑扬顿挫的声音，演员们已经早起在排练。阿盛径直走进去，又看见小凤尾站在尤加利树下边唱边舞，他长吁一口气，慢慢走向她。

"真好。"阿盛说。

小凤尾惊讶地回头，见是阿盛，便停下来，点头说："叶少爷早！"

"真好，你还好好的。"阿盛又喃喃地说。

"叶少爷这是……怎么了？"小凤尾觉察出了异常，小心地问道。

阿盛忽然拉住小凤尾的手说："我以为你出事了，到处都是火，我怕见不到你了。"

小凤尾连忙缩回手说："哪里有什么火，叶少爷，该不是说的梦话？"

"就是梦话我今天也要说，我是一定要让你明白，我一直是很喜欢你的。你知道吗？从我见到你那天起，我就想天天看见你唱戏，可是我给你买的戏服，你终究还是没穿，你宁肯穿唐山定制的戏服，都不穿那件。你是在嫌那件戏服不好？"阿盛鼓足了勇气说。

"承蒙叶少爷抬爱，凤尾哪敢嫌弃那件贵重的戏服？只是，您买的戏服实在太贵重了，凤尾一介女伶，实在不敢穿这么贵重的戏服。"小凤尾说。

"那就是嫌弃我了？"阿盛说。

"叶少爷，凤尾更加谈不上嫌弃少爷您呀！凤尾一直感恩叶先生，也很感谢叶少爷的关照。"小凤尾说。

"那么，你为何一直躲着我？"阿盛有些委屈。

"凤尾，也并没有躲着少爷您呀！"小凤尾诧异地看着阿盛。

"那你，愿不愿意跟我在一起？"阿盛想了一会儿终于鼓足勇气问。

"叶少爷，这可使不得。并且，凤尾，早已经有了喜欢的人了。请少爷原谅。"小凤尾有些惊讶，小心地说。

"是仔樵对吧？"阿盛沉默片刻说。

"叶少爷，我和仔樵师兄青梅竹马，早已私定终身了。"小凤尾字斟句酌地说。

"这不公平！如果你先见到我，肯定会先喜欢我的！"阿盛不甘心地说。

"请原谅，叶少爷。"小凤尾道了个万福。

"不公平！"阿盛气恼地喊了起来，跑出大门。

"不公平！"阿盛一边跑一边喊。

艾米跟在他身后，快跑起来，她奋力奔跑了一会儿，终于在前面拦住阿盛。

"侨笙，你站住！"艾米气喘吁吁地说。

"侨笙，你站住！我知道你恋爱了，但是我告诉你，这是你一个人的恋爱，一个人的恋爱，早晚都会结束，像没有根的植物，不会开花结果。你清醒一点，别像个怂包，让人看不起！"艾米说。

"我恨你，叶艾米！我的事不用你管，你最好离我远一点！"阿盛愤愤地说。

"你可以恨我，谁让我总能看穿你，不过，你既然做了叶侨笙，那就这辈子都跟我连在一起了。好了，我带你回家，我的弟弟。"艾米叹息了一声，叫了车。

阿盛病得更重了。李博安又来过两次，阿盛又大半个月后才痊愈。

4

因仔樵的加入，近一个月来东方大戏院的演出场场爆满，广泰大戏院几乎无力抗衡。阿盛再次去戏班，已经是下个月初了。

那日，阿盛刚踱着步走进戏班，便看见杜襄理匆匆忙忙拿着一封信走出来说："侨笙，你来得正好，有重要的事，必须让叶先生马上去办。"

"出了什么事？"阿盛问。

"你看。"杜襄理将信件拿给阿盛。

阿盛展开来，原来是移民局的通知。通知称，戏院的第一批演员许可证6个月的有效期即将在1个月后截止，同时，戏院的所有演员的许可证一律将在12月20日到期，演员都必须依法准备离境，包括仔樵。

"仔樵还不能走啊！"刘班主走过来说。

阿盛抬起头，便看到小凤尾有些不安的眼神。她远远地看着阿盛，欲言又止。

"我去找阿爸和唐纳。"阿盛将信折好放进袖口，之后便转身走了。走了一会儿，听到后面有人喊他，他停住脚步，是芽萝。

芽萝气喘吁吁地说："大少爷，你不会让仔樵师兄走掉的对吧？"

"这件事由不得我的，我说了不算的。"阿盛说。

"大少爷，你是读书人，你心里不会记恨师姐和师兄的对吧？"芽萝想了想，说。

"读书人就不会记恨吗？"阿盛觉得芽萝的逻辑有点奇怪。

"还因为大少爷其实是个极好的人。"芽萝笑了，露出的牙齿如晶莹的珍珠。

"我是极好的人吗？"阿盛诧异地问道。

"当然是了。"芽萝又笑了，两眼弯弯，像极了月牙。

阿盛的心底有什么东西被触动了，像久未触碰的琴弦，忽然被拨动，竟然被震颤到。

"谢谢你。"阿盛忽然说。

"谢我？什么？"芽萝惊讶道。

阿盛快乐地笑了，什么也没说，只是大踏步向前走去。芽萝看着阿盛远去的背影，只见他步伐稳健有力，也绽开了笑颜。

一个小时后，叶江南便找到了唐纳。唐纳立刻写信给移民局，信中申明，仔樵乃是东方大戏院高薪聘请的知名演员，因意外染病延误演出，演出的时间过于短暂，将对东方大戏院的正常运营带来极大影响，也将辜负广大观众的殷殷期待，希望能够改变对仔樵离境的通知。

在唐纳的据理力争下，几日后，戏院收到了移民局督查哈里森补发的通知。通知中说，因演员仔樵的情形特殊，又顾及东方大戏院自开业以来观众反响良好，为支持东方大戏院的演出事业，特允许仔樵推迟离境时间。

戏班子为此特意请阿盛去吃饭以表感谢，阿盛连连推脱，终于还是不忍拂了大家的意。他终于又和小凤尾、仔樵坐在一起吃饭、喝酒。只是，此刻的阿盛已经像经历了一场轮回，他可以从容地看向小凤尾，看向仔樵，也能够一边畅饮一边谈笑风生了。

"谢谢您，大少爷！"仔樵和小凤尾特意走过来举杯敬酒。

"该谢的是唐纳，不是我。"阿盛淡然地说。

阿盛将杯中的酒一饮而尽，发现这酒没有味道，才明白有人悄悄给他换了杯子。阿盛四顾环视，便看到了在角落里瞄着自己的芽萝，脸上藏着窃喜。果然是芽萝！阿盛有点气恼，却笑了。

接下来的一段时间，仔樵的小生戏成了东方大戏院的重中之重。仔樵的小生戏极大地丰富了舞台，受到了广泛欢迎。而他扮演的英俊小生与女主角共同演绎的浪漫爱情成为极大热点。

很快，叶先生又请到另外两位男伶，资深演员新小非和二花面演员钱霞年。戏院还推出了由仔樵、小凤尾和新小非领衔主演的新戏《金丝蝴蝶传》。东方大戏院连续一周门庭若市，场场爆满。

第五章 芽萝（上）

欲把瑶琴弹月下，将情诉出凤求凰。

——木鱼书《花笺记》

....

1

....

圣诞假期即将来临，刘班主让仔云将剧目安排名单交给阿盛和杜襄理看。阿盛看着名单有些惊讶，芽萝平常都是以配角身份登场，而此番，她将以主角刀马旦身份演出《穆桂英大战洪州》武功戏。"芽萝主演穆桂英？"阿盛诧异地问。

"是啊，叶少爷有所不知，芽萝可是正印全能花旦，很早就出师了。"

"那之前为什么她没演？"

"芽萝姐啊，之前有腿伤，一直没有好，正巧戏班的人又一直不够，她就索性一直给大师姐做配角了。如今，她的腿伤已经好了，可以演武戏了。"

"是这样啊。"

"对了，芽萝姐的踩跷很好看，叶少爷你一定要来看！"

"踩跷？"

阿盛才想起来，自己好像对芽萝一无所知。他从未见过她排戏，每次去戏班，他的所见似乎都与小凤尾有关，即便是去找芽萝，缘由也几乎都与芽萝毫不相干。至于踩跷，他小时候也见过一些男伶的踩跷，在女伶还不被允许登台的那些年里，男伶们纷纷化身女伶装扮，穿上跷鞋，才真的像"三寸金莲"的女子。那一年他与父母去皇家大戏院看戏，一个男伶演《十三妹大闹能仁寺》，踩着跷从高高叠在一起的两张高台上翻下来，单脚着地，却屹然不动。小小的他惊讶万分，又不敢叫出声来，用力咬住阿妈的胳膊，直将她的胳膊咬出牙印来。阿妈低下头来，悄悄对他说："这个花旦啊，是个男伶，不是女伶。这叫踩跷，厉害吧！"阿盛使劲地点头，只觉得舞台上的人都是神仙，只有神仙才有这样腾云驾雾的本领吧。

时隔十几年后，第一次有女伶登上东方大戏院，小凤尾以唱腔和身段为长，阿盛并没注意她有没有表演过踩跷。阿盛期待起芽萝的踩跷来。

两日后，阿盛在傍晚开演前便到了戏班。演员们正在忙着准备演出，化妆、吊嗓，忙得不亦乐乎。阿盛远远地看见仔樵和小凤尾正坐在镜子前化妆，给小凤尾化妆的并不是芽萝，而是另一个女孩。阿盛探寻地向里面走去。他掀开帘子，从屏风的缝隙看见了一个纤弱的身影，她正在穿跷鞋。那双跷鞋从前面看是一双无比小巧的小绣花鞋，只有阿盛半个手掌大小，宛如荷塘莲花，鞋上方连着几十厘米高的跷套，跷套里面是内置的木板，跷套后面有一条红色绫带。芽萝将脚尖伸入小绣花鞋中，又用红色绫带将脚弓和脚跟捆绑固定在跷套里面的木板上，绷紧身体。芽萝走了几步，阿盛忽然担心起来，这小巧的莲花如何支撑得住这全身的重量？更何况还要有各种危险动作，芽萝会不会在舞台上再次摔了腿？

"大少爷，您来了！"刘班主急匆匆地走过来。

"是啊班主，我来看看。"阿盛说。

"今晚的观众有眼福了。芽萝还是第一次在东方大戏院主演，今天是《穆桂英大战洪州》，保证会让大家大饱眼福。芽萝，你好了吗？"刘班主喊了一声。

"好了，好了，班主。"芽萝喊道。

"好嘞，还有 10 分钟哈！"班主又喊。

"知道了，班主！"芽萝说。

"芽萝，祝你首演成功！"阿盛犹豫了片刻对着屏风也喊了一声。

"呀，好嘞，谢谢大少爷！"芽萝笑着说。

阿盛特意坐在靠近舞台的前排，他从未有过如此的期待，甚至比当初期盼小凤尾演出的时候更加渴望。不仅是渴望，还有一丝担忧，他生怕芽萝踩着那么高的跷鞋摔倒在舞台上，毕竟她的腿已经有旧疾，恐怕禁不起再一次摔倒，他要离得近一点，也好及时扶她起来。阿盛被自己没来由的担心吓了一跳，他坐在那里，觉得自己越来越不了解自己了。自己到底是谁？是阿盛还是叶侨笙？

舞台上亮起了灯光，幕布被徐徐拉开。弦乐管乐齐奏，演员纷纷登台。阿盛置若罔闻，他只等一个人。

她来了。她头戴女帅盔，身着红女靠，背插四面靠旗，她被一身长甲包裹，英气威武，长甲却包裹着让阿盛怜惜的娇柔。她的头冠和长甲在光的折射下金光灿灿，花团锦簇，金翠耀目，阿盛只觉得人间的光芒都被它们夺了去，晃得人睁不开眼，只能眯起眼来。她的声音让阿盛想起叶太太的苏绣和叶先生书房里珍贵的绢帛，丝丝缕缕在空中蔓延，冲破这戏院的三层楼宇，直入云霄。她的天籁之音也金光闪耀，阿盛觉得自己变成了伶伦，舞台上的芽萝就是传说中的金色凤凰，金色凤凰正在迎着太阳引吭高歌。宫商角徵羽，是她馈赠给人间的音律。舞台上的剧情已经不重要，舞台上的其他人似乎也已经隐身，阿盛只能看见一个人，他的眼光跟随她的身影在舞台上翩然舞动、闪转腾挪、或退或进。忽而，阿盛又见她踩着高高的跷鞋款款走上舞台，阿盛忽然有一瞬间想起艾米和佐伊的高腰鞋来。她们穿上高腰鞋，会立刻变得婀娜起来，连平时桀骜不驯的艾米也会立刻变得优雅。大概，有些鞋子的存在就是为了让女人变得更美、更生动。但高腰鞋如何能够跟跷鞋比呢？这高高的跷鞋足足有几十厘米高，纤弱的芽萝一下子变得高挑起来，她的每一步在阿盛看来都不轻松，她将全身的力量聚集于足尖，又有些像西方人跳的芭蕾舞，芭蕾舞者的脚因经年累月的舞蹈而千疮百孔，只不过被漂亮的舞鞋掩盖。这踩跷背后的血泪同样不被人知晓。芽萝扮演的穆桂英正奔赴战场，她忽而策马，忽而趟马，忽而走圆台，她的百褶战裙熠熠生辉，"三寸金莲"腾挪闪转、翻跟斗都如履平地。一会儿，芽萝又从两张高台上踩跷翻下，落地居然纹丝不动，令人叹为观止。直到演出结束，芽萝和众演员一同来谢幕，观众才留恋地起身，热烈的掌声如雷鸣，连绵起伏不绝于耳。阿盛坐在那里，释然地长吁了一口气，才发觉自己已经汗流浃背。

这一场高难度的演出让观众振奋了，观众的情绪激昂起来，演出已经结束良久，观众走出戏院却不肯离去，都要求见一见芽萝本人。杜襄理只好叫上阿盛一起到戏院门口感谢大家，请大家明日再来看芽萝的戏。

这是从未有过的盛况，即便是之前小凤尾和仔樵的演出，也没有让观众如此留恋。阿盛欣慰地笑了。他替芽萝高兴，又莫名的有点骄傲。阿盛没有去后院见芽萝，只是，芽萝在一刻钟后收到了一篮子鲜花。花童说，是一位观众让他将花送给芽萝，请芽萝继续好好演戏。

接下来，芽萝又主演了"大排场十八本"中的传统剧目《打洞结拜》，仔云扮演赵匡胤，芽萝扮演赵京娘。两人出洞后，赵匡胤送京娘回京，将自己的马让给京娘坐，他教京娘上马、执鞭、骑马，芽萝再一次展示了她高超的踩跷技艺，令观众大饱眼福。

舞台上的芽萝像变了一个人，变得英姿飒爽，每一个身形动作都摇曳生姿，仿佛全身上下都闪着光。然而阿盛觉得，这样的芽萝有些陌生，也太危险了。慕名而来的观众越来越多，那些男观众无不虎视眈眈，看着舞台上的芽萝垂涎欲滴。阿盛看着他们在暗处闪闪发光的眼睛，心生憎恶。有些时刻，阿盛甚至有些惆怅，之前的那个眼中有些怯意的女孩，和现在这个在舞台上叱咤风云的果敢少女，这两个到底哪个是真的芽萝？他有些分不清了。他甚至有点荒唐地想，把东方大戏院关闭了，那些男观众就不会这么疯狂了。看来自己是真的疯了，阿盛忽然意识到。

夜晚，阿盛又翻看起《花笺记》来。词句的韵律好极了，但总觉得后面的结局不尽如人意。若是书中的瑶仙小姐和玉卿小姐合成一个人就好了，梁生也不必妻妾两室，那才叫和美。如果他是梁生，便不会同时娶两位女子，那实际上是负了两个。瑶仙小姐和玉卿小姐合成一个芽萝，便好了。阿盛忽然被自己吓了一跳，心头忽然有了异样的感觉。起凭危栏纳晚凉，秋风吹送白莲香。只见一钩新月光如水，人话天孙今夜会牛郎。细想天上佳期还有会，人生何苦揸凄凉。得快乐时须快乐，何妨窃玉共偷香？但能两下全终始，私情密约又何妨。自古有情定遂心头愿，只要坚心宁耐等成双……他又念起来。

阿盛有一天终于按捺不住自己的情绪，去找芽萝。他阴沉着脸说："芽萝，你能不能不表演踩跷了？"

"啊？是我表演得不好？"芽萝问。

"也不是不好，是，太好了吧？"阿盛吞吞吐吐地说。

"叶少爷，我没听懂……"芽萝诧异地问。

"我就是想，你还是不要表演踩跷了，那么危险。简直吓死人了。"阿盛不开心地说。

"哦，没事的，叶少爷，我们童子班出身，这是基本功，不会掉下来的。叶少爷是……担心我？"芽萝试探着问。

"哎呀，总之是你最好不要表演踩跷了。就算是踩跷，也不要从那么高翻下来嘛。"阿盛不乐意地说，说完便头也不回地走了。芽萝站在原地好一会儿，才摇摇头，微微牵起了唇角。

"叶少爷喜欢你，他自己不知道。"小凤尾扇着扇子走过来说。

"别瞎说，大师姐，怎么可能？"芽萝惊讶地说。

"唉，怎么可能有这么傻的人呢？倒是傻得挺可爱的。如果没有仔樵师兄，说不定我会喜欢他。你也是个傻子，也不知道自己喜欢他。一对傻子还挺般配。"小凤尾使劲扇着扇子。

"啊？大师姐，你可别瞎说！"芽萝立刻红了脸。

"唉，你们两个呀，慢慢捉迷藏吧，我看着都着急。"小凤尾扇着扇子走掉了。芽萝看了看四周，还好，四周没人，她的脸已经红到了脖子。

芽萝的刀马旦为东方大戏院带来极大热度，东方大戏院因而在圣诞假期各家戏院的演出中胜出，票房遥遥领先。广泰大戏院和香竹戏院尽管也作了很大努力，但究竟还是落败。不久便到了春节庆典，广泰大戏院铆足了劲和东方大戏院比拼。两家戏院各有不同的节目编排，东方大戏院是每晚上演一出戏，广泰大戏院每晚综合推出几个著名剧目的折子戏。

几日后，东方大戏院又上演了芽萝主演的《仕林祭塔》。那一晚，阿盛看得醉了。

未—开—言—不—由人—珠—泪—放悲／叫—一声—仕—林—儿—你要听—娘—言。舞台上的芽萝一身白娘子装扮，她抑扬顿挫地唱着，阿盛忽然就湿了眼眶，悲从中来。

他又想起多年前的那个夜晚，那一晚他们看的几出戏是什么他早已不记得了，但他一直记得白娘子。阿妈悄悄指着台上的女子对他说："是白娘子啊，是她的儿子来救她啊！"之后，阿妈便不再理他，只顾着一边抹眼泪一边看着台上的女演员。小小的他很好奇，也不知台上的那个漂亮仙女唱的什么，竟然让阿妈落下泪来，甚至弄湿了她漂亮的裙子。

此后，阿妈便经常在小饭馆打烊的时候唱起这出戏。只是，她似乎总是唱不准确，每一次唱到仕林两字，她都会重复一遍，变成了叫—一声—仕—林—儿—/仕—林—儿你要听—娘—言，自然会慢下几拍来。阿爸听到的时候，会提醒她，你又唱错了。阿妈只是笑笑，还是按照她自己的节奏接下去唱了。她在阳光下的侧颜在那一刻格外好看。

/黑风仙他本是娘的道友/他劝娘苦修行自有出头/峨眉山同学道指望天长地久/悔不该贪红尘我要下山遨游/在西湖与汝父同舟共渡/悔不该借雨伞与他共结鸾俦/在镇江开药店财源广茂/五月五饮雄黄那惹起祸尤……芽萝在台上动情地唱着。阿盛望着芽萝，她脚步轻移，如此这般美丽，如此这般让人心碎，即便是踩跷那样的精彩也比不上此刻让人痛楚和怜惜。十年已过，心底的记忆丝毫没有减弱，反而更加清晰，执着地向他走来，就要掀起滔天巨浪。阿盛终于走了出去。他快步跑出戏院，沿着街道跑起来，只有奔跑才能让他心中的浪涛归于宁静。

2

春节庆典结束之后，阿盛和几个朋友的狂欢才刚开始。阿盛终于完成了这阵子的忙碌，他可以轻松几天了。比尔、韦斯特和保罗早已在等待和他的相聚。他们在学校的小礼堂里吹起黑管，合着风琴，肆无忌惮地放声高歌，喝着朗姆酒和美国黑啤，挥洒热血沸腾的青春。

"侨，那天那个漂亮的刀马旦唱的那个叫什么？《仕林祭塔》，真是太好听了。"比尔说。

"你听得懂？"阿盛问。

"我还有点搞不懂故事，但是唱腔真的是很棒啊！"比尔说。

"这个故事叫《仕林祭塔》，其实它还有个前传《白蛇传》。《白蛇传》讲的是年轻书生许仙和修炼千年的白蛇娘子的爱情故事。白蛇娘子白素贞和她的青蛇侍女小青于杭州断桥之上与书生许仙雨中邂逅。许仙将手里的雨伞借予二人，许仙与白素贞情投意合相爱。他们的姻缘遭到僧人法海的百般阻挠，法海设计使白素贞喝下雄黄酒。白素贞酒后现出原形，许仙受到惊吓死去。为救许仙，白素贞费尽千辛万苦采到仙草，救回许仙。未料法海将许仙掳至金山寺，白素贞施法水漫金山，却因身怀六甲法力不济，终于在断桥上诞下一子后被法海擒住，被锁于雷峰塔下。这便是《白蛇传》。多年后她的儿子许仕林金榜题名，衣锦还乡至雷峰塔，方救出母亲。这便是《仕林祭塔》。"阿盛解释道。

"好感动的故事。自古爱情都会遇到阻挠，连神仙也不例外。"韦斯特说。

"遇到阻挠仍要在一起，这才是爱情佳话。"保罗说。

"我被刀马旦震撼了，她唱得好听极了。我发现中国戏里边的旋律有一些特殊的东西。我现在还说不好，我要仔细研究一下。在她唱出第一个字之前，伴奏的一个乐器轻柔地奏出一个乐音，音色及姿态与人声极为神似，然后立即巧妙地引入芽萝的唱腔。像是有一个预备的热身的声音。之后也有这样的效果，那个乐器独自奏出一个长乐音，之后立即由人声唱腔重复这个长乐音，渲染了悲情的效果。我不知道那个乐器叫什么，但是它可以奏出与人声极其相似的声音。"比尔说。

"是二胡。"阿盛说。

"中国音乐实在是太有意思了。我的直觉告诉我，我要研究中国戏曲和中国音乐。"比尔说。

"还有平仄格律。芽萝在其中还加入了许多繁复华丽的装饰音，这是她自己的即兴创作。"阿盛说。

"实在是太妙了。"韦斯特说。

"侨，我有个请求，只有你能帮我实现。"比尔说。

"什么事，一定不是什么好事。"阿盛警惕地说。

"对你来说很容易。我想跟芽萝学习这个唱腔。我的直觉告诉我，我必须弄懂这段戏曲。"比尔说。

"那好吧，我去找芽萝。"阿盛点点头。

"比尔，你的直觉管用的话，加我一个。哈哈。"保罗说。

"也加我一个。"韦斯特说。

"可是你们看不懂我们的曲谱。我们的戏曲用的是工尺谱，算了，好吧，我把它改成五线谱吧。"阿盛说。

"侨，你太好了。"比尔说。

"侨，我看你是爱上那个漂亮的刀马旦了。"韦斯特又仰头喝一口酒说。

"胡说！芽萝是我最好的……"阿盛反驳道。

"最好的什么？说不出来吧？"比尔说。

"最好的……朋友了。在戏班子里，我就她这么一个最好的朋友。"阿盛也喝了一口酒说。

"是最好的女朋友？！哈哈，侨，你真可爱。"保罗说。

"当然，你们听说过中国的传说伯牙和子期的故事吗？"阿盛说。

"说来听听。"韦斯特说。

"俞伯牙修炼琴艺，钟子期成了他最亲密的'知音'。中国有一首著名的古琴曲《高山流水》，就是他们情谊的象征。他们之间的情谊是超越功利和世俗的……"阿盛说。

"超越功利我信，超越世俗恐怕没那么容易。"比尔说。

"可是，那是两个男人的情谊吧，怎么能跟爱情相比？我倒是知道中国有一个传说《梁山伯与祝英台》，是一对恋人的故事，很感人，虽然最后的结局不尽如人意。"韦斯特说。

"我知道这个故事，东方有《梁山伯与祝英台》，西方有莎士比亚的《罗密欧与朱丽叶》，其实这是两个相同的故事，两个故事的结局都很遗憾。看来东西方的很多东西是相同的。人类的情感是相似的，人类的处境也大同小异。"保罗说。

"这样说的话，侨，你敢不敢把刀马旦变成朱丽叶？"比尔说。

"我觉得莎士比亚的这个故事并不好，中国的传说《梁山伯与祝英台》也不好，我一定要把这两个故事的结局改过来。"阿盛说。

"哈哈，都要把莎翁的戏剧和中国几千年的传说改写，还说你没有喜欢上刀马旦！所以你还是个胆小鬼，是胆小鬼侨。"比尔笑道。

"如果我是个华人，我一定会去告诉你的刀马旦我喜欢她，可惜，嘿嘿，我是黑人，她应该是不会喜欢一个黑人的。不过，有个黑妞一直喜欢我，我要考虑一下是不是答应她。哈哈！"保罗说。

"侨，你要小心点，这么好的刀马旦每个华人男子都会惦记，你可不要大意了。"比尔说。

"哦，我今年已经21岁了，到了寻找幻象的时候了。"韦斯特将杯中酒一饮而尽说。

"幻象，什么幻象？"阿盛好奇地问。

"嗨，给你讲讲我的家族故事。我的家族是这里的土著印第安族，我们古老的家族传统经过几代人一直沿袭下来，每一个人都有'自我之歌'（Personal Song）。族里的小孩成长到20岁，按照部落的传统，就要出发去寻找自己的幻象，幻象会指引他的一生。他可以任意选择驻留之地，来寻求他的幻象。与此同时，一首专属于他的歌曲便会诞生，这便是他的'自我之歌'。'自我之歌'只能是在他寻找幻象的历程中诞生，也是他在这个世界上独一无二的佐证，将指引他的整个人生。"韦斯特说。

"是所有的族人都会找到幻象吗？找到他的'自我之歌'？"比尔问。

"也不是全部都能找到。很多人失败而返，也有人一辈子再也没回来，因为他们一直在寻找幻象的路上。在我们家族中，没有'自我之歌'的人是不受人尊敬的。"韦斯特说。

"好奇妙的幻象。你们的这个幻象在我们中国，应该叫作理想。我忽然想起海市蜃楼。"阿盛思忖道。

"那是什么？"保罗说。

"是一种奇妙的景象。在某些时刻，人们可以在天空中看到一座城、一番美景，但很快就会消失。只有有缘人才能得以看见。"阿盛说。

"我的族人都知道，足够幸运才能找到'自我之歌'。"韦斯特说。

"只要一直寻找，一定会找到'自我之歌'。我也要寻找我的'自我之歌'。"阿盛说。

"我们一起去寻找幻象吧！寻找理想，敢不敢？"保罗说。

"有什么不敢？"韦斯特说。

"那我们现在就出发。"保罗说。

四个人将最后一瓶黑啤喝尽，击了掌，便走出礼堂，分道扬镳。

正值中午，硕大的太阳挂在天空正中，像巨大的火炉向人间释放热量。阿盛的脚步有点趔趄，入眼的树林、楼房都有重叠的影子，像画师故意画出来的重影。他使劲揉揉眼，向前走去。

阿盛走到市场街，他沿着市场街一直走一直走，却好像怎么都走不完。阿盛恍然见到小时候的自己，小小的阿盛赤着脚也是在这条长街上走，那时候的阿盛太小了，所以这条街看起来好宽好宽，那时候这条街还是"黄金之路"（Market Street）。小时候的阿盛和很多小孩都觉得，走在这条路上就会拾到很多的黄金，但其实他和那些孩子从来就没有在这条街上拾到过一块金子。不过阿爸告诉他说，在这条"黄金之路"旁边有金矿。从金矿被世人发现，数不清的白种人、黄种人和黑种人都来到这里"淘金"。在港口，在海湾，一艘艘巨大船只载着来自遥远地方的人们蜂拥而至。他们都奔赴去淘金。他们是如何淘金的，阿盛不懂。但因熙熙攘攘的淘金的人们到来，导致这里的物价飞涨，1美元只能买到1颗鸡蛋，10000美元只能买到1桶威士忌。人人都在做淘金梦。淘金成了大多数人的幻象，很多人在追求同一个幻象。于是，这条长街上的酒吧、理发店、洗衣店，还有各种各样的店铺、货摊纷纷关门，男人们全部跑去淘金，只留下极少数的女人守着希望度日。就连有着勤劳美名的爱尔兰人也抛弃了他们的洗衣店，洗衣工、食品工、小商贩纷纷失踪。矿工们数以吨计的脏衣服只好被运送到三明治群岛。只有一部分勤苦耐劳的华人，在淘金大潮中保持着难得的清醒，他们去做那些聪明人不愿意去做的洗衣业。

传说中的琼斯博士，他以白布铺地，洒以金粉，赤脚踩金粉行走于布上，赤身裸体在金粉上滚动，再虔诚地双手捧起所有的金粉，撒于头上。阿盛没见过琼斯博士，但小时候他想，琼斯对黄金的顶礼膜拜，是对这条黄金之路最庄严的仪式。

众多的淘金者，众多的华人，他们远渡重洋踏上加州这片土地，都曾走过这条漫长的"黄金之路"。他们都曾寻求幻象，他们大多没有找到"自我之歌"，洋人只用他们轻飘飘的羽毛笔写下花哨的字母,《排华法案》就像一道魔咒给华人封了印,华人便只能在这片陌生的土地上,在那些优美的曲线划定的法律框框下艰难跋涉。他们或许一直都会在幻象中醒不过来,终究也找不到"自我之歌"。鲜有的一些得偿所愿淘到黄金的人,终究也还是因啤酒和女人将黄金消磨殆尽。

走过市场街,阿盛看到几只蜂鸟在空中飞翔,它们并不高飞,只是立在固定的高度,两只翅膀振动如陀螺盘旋,又快又稳。阿盛小时候便很喜欢追逐这些蜂鸟,它们不仅可以向前飞,还会向后倒飞。小小的阿盛会在地面上奔跑,跟随着蜂鸟,蜂鸟向前,他便向前跑,蜂鸟倒飞,他也倒着快跑。当然,少不了会摔跤。阿爸说,做人,要如这蜂鸟一般厉害。此刻,阿盛看着天空飞旋的蜂鸟,忽然领悟了当年阿爸的话,这蜂鸟"乘风向前,逆风后退",天空或有阴晴圆缺暴风骤雨,蜂鸟总要在变幻莫测的天空找到合适的飞翔姿势。像蜂鸟一样的人,无论如何,也要寻求理想,要找到"自我之歌",总要找到合适的飞行姿态。

阿盛走过邮政街和鲍威尔大街,茂盛的鲜花开满街边。有加州当地的鲜花,更多的是来自中国的鲜花,香水月季、蔷薇、杜鹃花、仙客来,以及各种树木、灌木、香草和藤本植物。来自中国的花卉就如同华人一样,在加州茂盛生长,尽情绽放,以傲人的美丽装扮加州的点点滴滴,不留一点点的私心和倦意。

不仅仅是中国花卉早已进入加州人的生活,事实上,中国的文化早已经渗透到加州的每个角落。从床上用品到加州人的衣着装饰,是中国精美的丝绸锦缎和中国的珍珠宝石与水晶装扮而成;加州人用以彰显身份的用具——高档瓷器、陶器、镀金家具源自中国,豪华餐桌背后烹饪用的贵重香料来自中国,加州人喜欢的蜜饯、咸肉和家禽家畜都源自中国。加州的每一个角落甚至都与中国有着千丝万缕的关联,中国血脉已经遍布加州的每个角落、每户人家,加州的一草一木甚至都应该已经爱上中国。东方的那个国度,多么宽厚仁慈,赠予了这片陌生土地太多恩惠,从生灵到用度,完全以东方的雍容和美丽装饰了这座城市,也为这座城市的繁华倾尽了汗水和心血。然而,加州白皮肤的洋人并不以为然,他们认为,一切都是他们应该所得,一切都是他们的黄金和美元兑换而来,无须任何感激与善意。

迎面驶来一辆电缆车，阿盛停住脚步。阿盛喜欢看电缆车打铃，这张弛有度又无比精确的节奏让阿盛欢喜："叮——叮——叮叮——叮叮——叮叮。"像指挥家打起的拍子，由轻柔到微微猛烈，然后，电缆车呼啸着倏然而去。多么像相遇和离别。短暂的相遇，长久的离别。人生的际遇，像是偶然，却又是必然，人们盲目地、茫然地匆匆而来，匆匆而去，彼此奔赴自己的旅程，擦肩于这浩渺人间。阿盛看着电缆车长长的影子从身边经过，身体随着铃声颤了颤，又立住，看着它向远方奔去。

阿盛一直向前走去，不知过了多久，才发觉，已经走进雾霭之中。清晰而有力的号角声响起，号角声停顿片刻，又反复响起。阿盛麻醉的神经有些被惊醒，他意识到，已经到了金山海湾附近。他坐上一条小船，来到海湾入口处，前面就是金门海峡。小船在海湾停泊，阿盛下了船。他在一块礁石上坐下来，浪花打湿了他的脚面，他沉睡的神经终于全部苏醒过来了。指引船只进出港口的雾号声再次响起，重重地敲击着阿盛的耳鼓。阿盛闭上眼睛，仿佛看到古老的编钟和陶埙从遥远的东方响起，听到沉睡已久的雄狮在丛林深处的呜咽，听到华人深沉的呼号。这高亢而深沉的号角击打着阿盛的心，他只觉得心中有千层壁垒坍塌，巨兽从丛林中狂奔出来。而后，戏班子的胡琴唢呐响起，芽萝明亮的嗓音随着海浪而来。雾霭沉沉，她温柔的眉眼却冲破迷雾，那么清晰。阿盛忽然心潮澎湃，有歌声在心中荡漾。阿盛不由得哼唱起来，曲调婉转，如泣如诉。

我能做的，便是为遥远的祖国尽一份力，为华人而歌，东方大戏院，原来是我最好的舞台。而芽萝，原来是我心底的颜色。阿盛想。

"芽萝！"阿盛猛地睁开双眼，忽而，红了眼眶。

"芽萝！我找到了幻象！我找到了理想！雾号便是华人'自我之歌'的底色。我找到了我的'自我之歌'！"阿盛站起身，向海湾大喊。

"芽萝，等着我！"阿盛站起身，他要飞奔回去。

3

阿盛回到唐人街，已经是深夜。春节庆典已过，街道两旁还高高悬挂着红彤彤的中国灯笼，橱窗仍然灯火通明。许多小店铺的墙上还挂着"恭贺新禧"的条幅，足见华人仍然对这个盛大节日依依不舍。东方大戏院已经熄灯，观众都已经散去，院子里很寂静，大家都应该早已睡去。芽萝，应该也已沉入梦乡。阿盛站在静悄悄的后院门口，心里微微有些惆怅。街上已经没有什么人了，阿盛知道，自己错过了这条街上的盛大演出活动，错过了舞狮和舞剑、花车游行、武术表演和街头舞蹈，但没关系，他找到了珍贵的东西。他又畅快起来。

阿盛走出院子，走了一会儿，见到一个华人小孩在路边点燃爆竹，点完立刻小跑着将爆竹扔到远处。他的阿爸在旁边憨厚地笑着。这么晚居然还有没睡的小孩。阿盛停下脚步看着那对父子，想起自己小时候，每到春节庆典，阿爸也是这样，阿爸会一手抱着他，另一只手点燃爆竹。记忆中的阿爸笑声极其爽朗，有时候阿盛觉得，那笑声要比爆竹的声音还要大。后来的岁月，每到春节庆典点燃爆竹的便是叶江南。叶江南是很会教小孩子的，他教会阿盛做很多事，他说他的侨笙将来要做大事，大事都要从小事做起。阿盛无法不尊敬和爱戴叶江南——这位父亲。

但是，阿爸，阿妈，你们究竟在哪呢？阿盛轻叹一声，转身向叶家走去。

阿盛走进叶家，蹑手蹑脚上楼，走进自己的房间，没想到，很快门被推开了。艾米穿着睡衣，两手放在衣兜里，不慌不忙地走进来。

"去哪里鬼混了？"艾米问。

"你怎么还没睡？"阿盛诧异地问。

"我在看书，也在等你回来。"艾米说。

"等我做什么？"阿盛说。

"因为你最近不对劲。"艾米说。

"我哪里不对劲了？是你不对劲，才看我不对劲。"阿盛说。

"你瞧，我还没说什么，你对劲什么？你这么心虚，做了什么亏心事？"艾米走过来。

"我干吗要做亏心事？"阿盛反驳道。

"那说说你去哪儿了。"艾米不依不饶地问。

"我干吗要告诉你？"阿盛生气地说。

"你必须告诉我。"艾米不容置疑地说。

"为什么？"阿盛说。

"因为我才能帮助你，帮助你不走错方向。你不记得了？我们和佐伊是同盟。我不能让你掉队，那样我们就失去了战斗力。"艾米很严肃地说。

"我从来都没想跟谁战斗。"阿盛叹息一声。

"只有我能帮助你，我再说一遍。叶侨笙，既然你是叶侨笙，你就得听我的，你这样一个懦弱的胆小鬼极容易冲动和犯下错误，一旦犯下不可弥补的错误，将会影响你的一生。"艾米又说。

"呵呵，那也是我自己的事。"阿盛说。

"不，叶侨笙，并不是你自己的事，是我们大家的事。叶侨笙属于爸比妈咪，佐伊和我，属于我们这个家。你并不仅仅代表你自己，所以我有义务为你的人生负责。"艾米很慎重地说。

"好了好了，艾米大法官阁下，这么晚了您请回吧，这么操心小心会累坏你。"阿盛有些不耐烦。

"没办法，谁让我是叶艾米呢？唉，叶家的小姐并不好当，尤其有你们这三个不让人省心的弟弟。可是你还是没有告诉我你到底去哪里了？从昨天晚上你就失踪了。你该不是去酒吧找白妞去了吧？"艾米又试探着问。

"我不喜欢白妞，不会去酒吧的。"阿盛疲惫地说。

"我知道，你喜欢女伶。该不是爱上了那个刀马旦？这么危险的事我劝你别做，你要时刻谨记悬崖勒马，后果你懂的。"艾米来回踱着步子说。

"晚安吧！大法官，我真的很累了。我只是跟乐队的朋友待了两天。"阿盛烦躁地说。

"就没别的举动？"艾米还不甘心。

"没有。"阿盛躺到床上说。

"那很好，晚安，侨笙。"艾米满意地扭头走了。

"啊！！！"阿盛将枕头盖在头上，使劲喊道。

第二天一早，阿盛便早起去了戏班子。芽萝见阿盛风尘仆仆地站在面前，很是诧异，觉得哪里有些异样，却又说不出哪里有点不一样。

"芽萝！"阿盛欣喜地说。

"大少爷早！？"芽萝纳闷地问候。

"以后叫我侨笙。"阿盛突兀地说。

"啊？哦，这……"芽萝的眼神又开始躲闪起来。

"芽萝，你别练了，跟我来，我带你去个地方。"阿盛一把抓住芽萝的手腕，拉着她向外走。

芽萝挣脱了一下，没有挣脱开，立刻羞红了脸说："大少爷，你，松开呀。"

"跟我来！"阿盛像没听见，又或者怕一松手，芽萝就不见了。他更紧地握紧她的手腕，拉着她快步走出院子。

"咦？大少爷这是怎么了？芽萝还得练功呢！"仔云看着他们的背影诧异地说。

"小孩子少管闲事，好好练你的。"小凤尾笑盈盈地说。

"哦。"仔云又接着练功去了。

阿盛带芽萝来到了金门海峡，周遭都被薄雾笼罩，白色的雾霭隐约升腾，让芽萝觉得仿佛来到仙境。

"这里好像是仙境呀！或者，是离仙境很近的地方吧？玉皇大帝、王母娘娘、太乙真人啊，那些仙人都是在这样的仙境吧？"芽萝有些惊喜地说。

"那你就是仙子，是一个叫芽萝的仙子，跌落人间。"阿盛看着她说。

"叶少爷真会取笑，即便真的是个仙子，那也是个被贬下界的仙子吧，该是犯了什么重大的罪过，才会被贬。"芽萝说着便笑了，"这里是哪啊？"

"金门海峡，前面就是双子峰，就是你说的仙境。"阿盛说。

"叶少爷，你看，那是什么？"芽萝忽然手指着远处说。

阿盛抬头仰望，便看见不远处的太空白雾之中渐渐出现浅黄的沙漠，沙漠层层叠叠如峰峦，沙漠中心的湖泊闪着耀眼的碧绿，湖泊前后左右高大茂盛的树木丛林，掩映着美丽的尖塔形建筑。

"原来天界是这样的！"

"不，这不是天界。"

"不是天界吗？"

"不是天界，不是仙境，这是海市蜃楼！"

"海市蜃楼？！"

"对。"

阿盛说罢，那沙漠即被白雾覆盖，白雾将沙漠、树木、丛林、尖顶建筑物全部擦去，没有一点痕迹。

"啊？没有了！"

"是的，海市蜃楼，只是个幻影，是虚幻的，不是真的，是因为光的一种照射产生。"

"虚幻的？"

"对，虚幻的，不是真实的，真实的是我现在在你面前。"

芽萝点点头。

"真是太幸运了，芽萝，我们今天一起看到了海市蜃楼！"

"谢谢你带我来，叶少爷。"

"是侨笙。或者，阿盛。还是阿盛吧。"

"好，谢谢你，阿盛。"

"嘘，你听！"

雾号声又响起来，由远及近，清晰地震颤着耳鼓。

"这是什么声音？"

"雾号。因为大雾，辨不清方向，所以要有雾号指引船只进出港口。"

"是这样啊。"

"你听！"阿盛拉着芽萝坐下来。

芽萝闭上眼，仔细聆听，忽然落了泪。

"你怎么哭了？"

"这声音……让我难过。"

阿盛深深地看着芽萝，心里抽搐了一下。

"我们不听雾号了，我们看海吧。"

"好。"

"芽萝，你瞧，海湾对面就是柏克莱和奥克兰，叶家的罐头厂就在奥克兰，下次我带你去。"

"好呀！"

隔日下午，阿盛带芽萝去了叶家在奥克兰的罐头厂。阿盛和芽萝从船上下来，恰好遇见渔夫驾船过来，船上载满大小不等的三文鱼。有几个华人将船上的三文鱼卸下来，他们将三文鱼装到大箩筐里，之后抬着大箩筐进了厂房。阿盛和芽萝跟随他们走进厂房。他们将大箩筐抬到操作区，将鱼堆在一起。他们的动作很快，三文鱼很快从一小堆变成很高的鱼山，每一座鱼山都由上千条鱼堆叠而成。之后，这些三文鱼在华工们的切割、清理和漂洗几道工序之后变成若干鱼段，再以卤水浸泡入味，被装入罐中，最后再上屉蒸煮。几百罐罐头被一起放进巨大的锅炉蒸制，炉火熊熊燃烧，蒸汽不断升腾，热气夹杂着鱼腥味笼罩了整个工厂。

"原来鱼罐头是这样做出来的，那些鱼好可怜。"芽萝说。

"我们华人也一样。"阿盛幽幽地说。此刻，他又变回了阿盛，而不是叶少爷。

阿盛又向那些华人看去，他们穿着美国衬衣、连裤衫、裤子和胶鞋，头上却都盘着长发辫。如豆粒大小的汗珠密密地布满他们的脸庞，又由于他们迅疾的动作而跌落下来。汗水浸透了他们的马褂，他们无暇顾及去擦一擦脸，因为全部的注意力都在手里的鱼上。他们像一架架机器，精准地将那些鱼切割，只需要定期给机器打油、磨光，机器便会自动运行，不会懈怠，不会疲倦，不会反抗，因为机器并不会思考。

"他们还留着长辫子。"芽萝有些惊讶。

"是啊，大清已经亡了，大清的子民还在沉睡。其实，我原来也是有长辫子的，我阿爸……"阿盛欲言又止。

"叶先生怎么了？"芽萝追问道。

阿盛忽然停住了，似乎还不到时候。他不知道，在芽萝的眼中，他如果不是叶少爷，她会不会失望。

"我都不记得我阿爸的长辫子了。"芽萝又说，"我很小的时候他们就不要我了，我阿爸把我送到了戏班子，之后，我便再也没有见过他们了，也不知道他们现在在哪里。"芽萝忽然落下泪来。

阿盛握住了她的手。

"歇工！"有人喊了一声。那些华人都停下手里的动作，脸上突然有了各种表情。有人还懒散地伸了懒腰，打了个哈欠。"好啦，好啦，走啦走啦！"他们很快便散去了。

"他们歇工了。"阿盛说，"我们也出去吧。"

阿盛和芽萝走出厂房，迎面看见几个华人从旁边的宿舍棚里出来，他们已经脱掉身上的衬衣和胶鞋，换上了华人的短褂、肥腿裤和黑色软底鞋。他们一边相互推搡着一边说笑着从阿盛和芽萝身边走过。两人惊讶地向宿舍棚望去，宿舍棚几乎都被床铺占满，空间狭窄，在过道的地方却摆了一个牌桌，有几个人已经在牌桌前准备好"打牌九"，角落里有人躺卧在床铺上吸食鸦片，厨房里有个华人身着白围裙正在做饭，宿舍棚10米开外的菜园里面养着几头猪。

他们好像忽然全部活了过来。

"叶先生是好人啊，他们好像很喜欢这里。"芽萝说。

"叶先生自己是华人，自然对华人比较照顾。华人在洋人的工厂里就没这么幸运了。"阿盛说。

"他们都会及时行乐，赌博、喝酒、吸鸦片，唐山的家人还在等着他们，有些人挣够了钱就会回到唐山，但也有些华人再也没回去。"阿盛又说。

"他们不回去，那唐山的家人怎么办？"芽萝问。

"有些人没有心肝。"阿盛说。

"阿盛，你不是那样的人吧？"芽萝好一会儿才问。

"我是什么样的人呢？我自己也不完全知道。我也在找我自己，一直在找。"阿盛叹息说。

"阿盛，你说的什么？"芽萝不解地问。

"你现在听不懂，将来会懂的。"阿盛说。

"我将来会带你去很多地方，很多地方。"阿盛重复地说，像一句允诺，他想把他自己成长的每个角落都带她去看，像看到他的成长。

"芽萝，1906 年你在做什么？"在回程的船上，阿盛忽然问。他想知道，从1906 年到如今，芽萝走过了怎样的旅程。

"1906 年？那时候我还没到戏班。"芽萝想了想说。

"你知道吗？ 1906 年，就在旧金山，着了一场大火，烧毁了整个唐人街。"阿盛说。

"啊？真的？"芽萝惊讶道。

"真的。"阿盛说。

阿盛没再继续说，他也只能对那场大火轻描淡写，他不知道芽萝会不会接受一个真正的阿盛，而不是叶家大少爷。好像，除了叶家少爷的身份，他并不拥有什么。当然，他有一堆证件，冰冷的塑料皮包裹的卡片，对他来说毫无用处，什么也说明不了。他并不拥有一艘邮轮，也不拥有戏院、工厂、高档酒楼，一辆凯迪拉克和一辆福特汽车，那都是叶江南的。每个工厂、每件贵重物品上都刻着叶江南的名字，尽管别人都看不到。每件贵重物品上也都刻着叶侨笙的名字，阿盛就是在偷叶侨笙的人生。

他其实和她是一样的人啊！

"芽萝，你的踩跷好厉害，扎脚很辛苦吧？"阿盛又问。

"是很辛苦呀，不过我毕竟还没有缠过足。我的阿妈和阿嬷，家里的女人都是小脚，我因为从小被卖到了戏班，就没有缠过足。我还算幸运的了。"芽萝笑了笑说。

"我阿妈从前也不是小脚，是个被漏掉的意外，才能帮我阿爸做很多事。"阿盛说。

"叶太太是个很好的人。"芽萝说。

阿盛和芽萝返回唐人街的时候天色已晚。阿盛送芽萝回到戏院，在格兰特大道附近，远远地望见一个身影从天后庙的大楼走出来，像是那个猫一样的女孩，原来她也来天后庙，也来拜妈祖。她宽大的裙子下面，隐藏的肯定是一双小脚。

因为她连笑都在颤抖，仿佛一阵风都能给她掀翻。阿盛想起来，她在大街上走的时候还有些踉跄，跟不上克莉丝汀牧师的步伐，原来是因为那双小脚。不知道这样的小脚，如何能够撑起她艰难的一生。

4

那日之后，阿盛开始蓄胡子了。胡子一个星期之后刚显露出头角，艾米便觉察到了阿盛的变化，之后每到早餐她便会提醒："侨笙你该刮胡子了，实在太难看了！""侨笙你到底发生了什么？"荣闵有点嫉妒地说："我看大哥就是想当黑帮老大！"阿盛只当听不见，或者微微一笑完全不回应。叶江南看在眼里不置可否，叶太太打圆场说："侨笙留胡子也蛮好看的。"阿盛花了两个多月的时间终于成功蓄长了胡须，再戴上宽檐帽子，穿上西装和皮鞋，俨然是另一个叶侨笙诞生了。

比尔和韦斯特再见到阿盛的时候，完全没有认出来是他。他们几个人从春节开始出发去寻求各自的幻象，经过了3个月的追索，终于都回来了。

"我一无所获。"保罗失落地喝了一口酒说。

"我觉得我好像找到了。"韦斯特说。

"我找到了。"比尔快乐地说。

"你去了新奥尔良？说说，比尔。"保罗说。

"是的，我去了新奥尔良，见到了魔鬼。哈哈。"比尔说。

"魔鬼？"韦斯特纳闷道。

"没错，他们戴着黑色礼帽，穿着黑色长风衣，他们是黑色幽灵，是专为贩卖音乐而来。他们向我兜售节目单。他们的音乐，是萨克斯管的狂响，是黑人的高歌和苦难的绝唱，也是摇摆的精灵。这种自由的音乐有个好听的名字叫爵士乐，它的奔放热情的节奏，正是我一直追寻的。我要创造一种全新的爵士乐，属于我们乐队的爵士乐。我知道，它就要来了。"比尔慷慨激昂地说。

"比尔，太好了，我和你一起。我最近越发觉得中国鼓和我们的音乐尤其契合。"韦斯特说。

"好，我们创造一种属于我们自己的爵士乐，全新的形式。"比尔说。

隔日阿盛便带比尔和韦斯特去了戏班。杜襄理不在，阿盛便带他们去找刘班主，迎面碰见芽萝正拿着几个线装本子从刘班主的房间里走出来。

"芽萝，干什么去？"阿盛叫住芽萝。

"去找师兄。"芽萝说。

"等我一下。"阿盛说完带比尔和韦斯特走进刘班主房间。

"刘班主，这是我的两个乐队朋友，比尔和韦斯特，这位是刘班主。"

"刘班主好！"比尔和韦斯特鞠躬说。

"哦，大少爷，是需要我做什么吗？"刘班主起身走过来问。

"不需要不需要，就是要借芽萝用用。我这两位朋友啊，很喜欢咱们中国戏，更是芽萝的戏迷，想请教请教芽萝。"

"哈，芽萝刚出去。"

"我知道，得跟刘班主说一声呢！"

"大少爷客气了。"

"那我先带他们去找芽萝！"阿盛笑笑，带两个人走出来。

芽萝正在门外等他们。

"走，带我们去你那。"阿盛小声说。

"芽萝小姐，请多关照。"比尔说。

"怎么像个日本人？比尔。"阿盛皱了皱眉头。几个人都咧开了嘴。

"跟我来吧。"芽萝带他们来到自己的房间。

"侨，你还没有跟芽萝小姐说明我们的意思。"韦斯特说。

"韦斯特，你着急什么？瞧，不用我说了现在，你们两个已经说完了。"阿盛说。

比尔哈哈大笑起来。

"你们是想学点什么？"芽萝微笑说。

"我们，芽萝小姐，你的表演实在是太美了，我们从未见过这样美的艺术，你让我们对神秘的东方产生了很多幻想。我在想，那应该是个什么样的国家，才能产生如此美的艺术？"

"好了，比尔，不要感慨了，还是说正题吧。"阿盛又说。

"芽萝小姐，初次见面，以后真的请多关照。我有很多问题要打扰到您，希望您不要见怪。"韦斯特说。

"好了，别像个老先生似的啰里啰唆的，快说吧。"阿盛又说。

"上次观看芽萝小姐的《仕林祭塔》非常震撼，你的唱腔是我从未听过的，非常圆润，和乐器的伴奏如此和谐与……圆滑，像中国丝绸划过手臂。那些乐器能够发出如人的嗓音一般的声音，我很想知道这一切都是如何做到的。"比尔说。

"哦，可是我只会唱，唱腔背后的道理，我说不清楚的。"芽萝说。

"还有我啊！"阿盛说。

"对，侨懂音律。"比尔说。

"你只要再给他们唱一唱，我来做你们彼此的翻译官。对了，比尔，要收报酬的啊！至少要请我吃法式牛排。"阿盛说。

"哈哈，侨，你这家伙，那是当然！"比尔说。

"对了，芽萝，你手里拿的什么？给我瞧瞧。"阿盛说。

"是两个剧本。这两个本子太旧了，已经有残页了，刘班主说让师兄重新描写一遍，做成新的。"芽萝说。

"交给我吧，我去重新印刷两本新的。"阿盛说。

"我可以，看一下吗？就翻看一下就行。我只是好奇，想看一看。"比尔忽然说。

"阿盛，这是要保密的，本子是我们戏班的命根子！"芽萝迟疑地看着阿盛。

"哦，芽萝小姐，放心好了。我就是想看看而已。"比尔说。

"没事的，他们两个中国字都认不全，再说他们如果敢有任何不轨，我会把他们打得鼻青脸肿并且断绝友谊，他们可是舍不得我这个朋友，对吧？"阿盛想了想说。

"那当然，侨是我们的灵魂人物。没有侨，就没有我们的乐队了。"韦斯特说。

"那好吧。"芽萝将两个本子递给他们。

比尔手里的是《翁媳贤》，他翻开一页，看到其中的文字：

第一场：起兵牌子，四番兵、四大将、番王耶律上，跳架，起兵，同下。

第二场：《六波令》，四兵士、沛云上，埋位。地锦，报子上，向沈云报告耶律攻打边头关，沈云自感兵力不足，势难抵敌，决定回朝搬兵介，下场。

第三场：大排朝。大相思锣鼓，宋不轨、李成中、尚廷栋、李儒上。

众：（同唱【中板】）五更三点星月亮，朝臣待漏列排班。

（各报名介）

比尔看到其中有不认识的汉字，便让阿盛帮他念了一遍。之后他想了想，又拿过韦斯特手里的《方世玉打擂台》，翻开一页，又让阿盛帮他念了一遍：

（七捶头，苗显、方世玉、孝玉、美玉上。）

（苗显唱，表演武艺，二孙照学。苗三搭箭。世玉与二兄比武，胜，要求与外公比武。）

孝玉、美玉：外公有病，不宜比武。

（苗显赞世玉武艺高强，此后要用心学艺，力量虽有，马步尚浮。世玉硬要与外公比武，苗因用力过度，一松手，坐地。书童扶入。）

孝玉、美玉、世玉：快请出母亲。下。

（方德唱出，赛花拜上。三子地锦上，对父说知外公有病，书童扶苗显出，众人问病。苗显唱死。方德吩咐书童备棺开丧等。众下。）

（地锦，群众过场。议论雷洪摆擂台，欺侮百姓，我们要去看个究竟，和他较量较量。下。）

（方德唱出。赛花、世玉拜上。）

方德：自从娶你回来，杭州生意久疏打理，今欲往杭一看，家中大小事情烦你多照顾。

赛花：你放心前去。

世玉：爹，我要跟你去。

方德：你年纪小，还是在家听阿妈教导。

世玉：我要去。

赛花：既是世玉要去，让他去吧！书童方便随去。（交一护心镜给世玉，吩咐他千万不可闯祸。）

（众下。）

（衣边擂台。上挂一对联：拳打广东一省，脚踢苏杭二州。首板，雷洪上，高句收。圆台，衣边坐下。师爷在旁，地锦，群众上。）

"还继续念吗？比尔先生？"阿盛打趣道。

"等一下，侨，芽萝小姐，我有点奇怪。我记得不久之前看过《方世玉打擂台》这部戏，非常精彩，戏班的那几个男伶武功非常厉害，唱得也很厉害。可是为什么这个本子上写得这么简单，演员们的表演和武打场面都很简略？"比尔疑惑地说。

"中国的提纲戏就是这样的。提纲戏的剧本只是把重要的对白、情节、场面这些写出来，唱做表演和音乐场面、武打场面，都只用简略的文字提示来带过，其他的省略了的内容，有的是场面调度，有的是关目转接，这些都要靠演戏的时候灵活运用。"芽萝说。

"那是为何？"韦斯特说。

"为了给演员更多的自由表演空间。"阿盛说。

"哦，原来是这样。好像启发到我了。芽萝小姐，你能再唱一段《仕林祭塔》吗？你的唱腔我还想再听一听。"比尔说。

未一开一言一不一由人一珠一泪一放悲/叫——一声——仕—林—儿—你要听—娘—言……芽萝唱起来。

……

阿盛忽然有了兴致，想起还没有跟芽萝跳过舞，便带她去了百老汇街的一间舞厅。百老汇街的夜生活刚刚开始，整条街霓虹闪烁，传来阵阵喧嚣。阿盛牵着芽萝的手走进舞厅，芽萝立刻被吓坏了，舞台上的黑人乐手们正在卖力地吹着萨克斯曲，舞池里的白人、黑人、男人、女人，那么多人在一起跳舞。摇曳的灯光让人晕眩，芽萝只觉得自己的耳朵、脸庞、胸口没有一处不在发烧，身上的每一寸都要被这变换着的橘色蓝色红色灯光点燃了，她惶恐起来。可阿盛带着她走进舞池，开始旋转起来，不停地飞旋，他携着她如鸟儿在空中飞翔，阿盛的手臂像她的两片羽翼，有风在耳边吹过，甜蜜的晕眩袭来。她索性闭上眼，任由阿盛带着她飞舞……

第六章 芽萝（下）

你话照尽几多尘世界，
有人相对弄朱弦。
亦有贪欢和作乐，
冇厘牵挂似神仙。

——木鱼书《花笺记》

1

芽萝自出生起就是漂泊的。她生长在一艘游艇上，自生下来她的家便是悠悠荡荡、颠簸着的。她很熟悉海上的一切，和船上的一切。阿爸、阿妈和她在一艘游艇上，只要迈过一个竹搭板，就到了隔壁阿爷和阿嫲的游艇。日暮晨昏，一家人就在这悠悠荡荡的游船上度日。芽萝很小的时候起便知道，家里人不喜欢她，阿爷、阿嫲和阿爸都不喜欢她，只有阿妈整日抱着她。芽萝就如同游艇上的桌子、椅子和柜子上面的摆设，有或者没有，以及是否有跌倒损伤，似乎他们都不在意。不过芽萝也不在意，她枕在阿妈的臂弯里摇摇晃晃地睡熟，又醒来，看着太阳从海面升起来，又落下。只有在台风来临的日子大家才想起她来。每到台风来临前，海面上的游船，有时候是8艘10艘，有时候是几十艘，会被拖船拴在一起，以免被台风卷走，可是芽萝还是看见每艘游船都在悠悠荡荡，在夜色中远远望去像连绵起伏的山丘。阿妈紧紧抱着她，紧张地等待着台风的降临。在她小小的世界，台风便是恶魔，即将吞噬海上的平静和他们平静的生活。这漂浮着的家一次又一次被台风洗礼，却还是有炊烟升起，有饭香缭绕。

阿爸什么都不做，平日里只是拿着书在游船上走来走去，或者写字，写很多字，从天亮写到天黑。阿妈裹着小脚却很劳碌，一日三餐都是阿妈背着芽萝来打理。阿爷和阿嬷每日划着小船去卖货，他们的小船上什么都有，从蔬菜到果脯，还有干果和水果，但家里人是不许动这些的，是要换回银两以度日的。阿爷和阿嬷每日天黑划船回来要打着算盘计算这一天下来的进账，每每叹息，卖得太少了。然后，就会唠叨要阿爸努力读书，准备考取功名，家里就指望他将来能做个一官半职，至少可以离开这游船。但是阿爸也就是随口敷衍他们，有时候也会一整天既不背书也不写字，而是飞进他的极乐世界。他会偷偷从柜子里拿出他的鸦片膏盒子，斜倚在床上，盒子里都是豌豆大小的鸦片膏，他用银筷子将那些膏团揉成丸，再将膏丸在酒精灯上慢慢炙烤，最后把烤过的鸦片丸放进长烟管尾端的小烟锅里，之后，他大吸一口。再之后，闭上眼睛，不再睁开。

阿妈说，阿爸这样就飞到了极乐世界。芽萝不懂这是怎样的极乐世界，她只是看着长烟管尽头的小烟锅，觉得像极了阿嬷做饭用的锅，只是非常小号的锅，应该做她的玩具。她伸手去抓，想要拿来玩，却被愤怒的阿妈抱到别处，阿妈大声地说："要死啦！去死吧！"但是阿妈从来也没有想过要去将阿爸到达极乐世界的长烟管抢过来。阿妈是很怕阿爸的，倒是阿爷和阿嬷在某一天回来撞见在极乐世界的阿爸，阿爷气急了，将长烟管抢过来，扔到了海里。

阿爸瞬间疯了一样地张牙舞爪去找，却跟跄着脚步不稳，摔下了船，又被阿爷捞上来。阿爸仍然神志不清，又被阿爷狠狠打了几个巴掌，然而，他仍在他的极乐世界沉迷不肯醒来。

之后不久，阿爷和阿嬷便相继去世了。阿妈给芽萝穿上孝服，芽萝问，阿爷和阿嬷为什么不要我们了。阿妈说，是他们觉得太累了，离开这里享福去了。阿爸说是芽萝克死了阿爷和阿嬷。阿爸又指责阿妈，还不是你不争气，你到现在都生不出来儿子，如果生了儿子，他们就不会这么早就走了。芽萝恍惚觉得，自己不应该生下来，假若当时知道自己要生下来，也该变成个男孩才对。身为女孩，实在是给阿妈增添了太多烦恼和痛苦。此后，阿妈一边替人洗衣一边照顾芽萝，阿爸仍旧每日背书和写字，似乎不再去极乐世界了。芽萝 5 岁的时候，阿妈又有了身孕，几个月后却流产了，没能生下来。此后阿妈的身体一天不如一天，一年之后，阿妈终于病倒，长卧不起。

芽萝的命运是从阿爸的那场婚礼开启的。阿爸娶的另一个女人是他的一个远房堂妹，是个并不漂亮的女人，至少，芽萝觉得，她比不上阿妈漂亮。是阿妈主动提出，要阿爸再娶一房太太的。芽萝只知道又有一个女人要来到家里了，并且不会走了，她心里是不高兴的。但她是来给许家生男孩来了，是背负着重要的使命来的，阿妈这样说。于是病重的阿妈和芽萝换到阿爷和阿嫲的游艇去住了，芽萝知道，从此她的家要被别的女人占领了。可是病重的阿妈在阿爸过来的时候还表现出开心的样子，喘息着说，这些年也没能给许家生个儿子，我这副样子，是没办法帮许家延续香火了，是我对不住许家，如今她来了，我便能安心了。不要亏待了人家，该有的礼节都要有，别让人家觉得委屈。阿爸安慰阿妈安心养病，之后便跨过竹木板喜气洋洋地准备迎亲的事去了。那艘芽萝住惯了的船上，已经来了好几位阿伯和阿婆，他们都是这附近有威望的人，是来帮着商议准备喜事的。芽萝不懂什么叫续香火，她只知道这是阿爸抛弃她们的开始。阿妈已经为父亲生了女儿，可即便这样，她还觉得不能续香火，对不住阿爸。

那天的灯笼很亮。芽萝一直记得。从清晨灯笼就被人挂上了，挂在高高的桅杆上。大红的灯笼只有在新年才能看得见的，此刻，它们被挂在高高的桅杆上。芽萝仰望着它们，灯笼红得像火，迎风飞舞的穗子，搅得芽萝的心乱糟糟的。那艘船上还贴满了红色的纸花，从船的两侧到船上的桌子、椅子、柜子，到处都是艳红的花，芽萝坐在那里数着，一朵、两朵、三朵……三十朵……那几十朵花将船打扮得异常漂亮，芽萝从来不知道，游船是可以变得这样漂亮的。在她的印象里，这周围的船只总是黑乎乎的，因为常年浸在水中，船的底部和两侧的漆都已经脱落斑驳。而今，那艘她住惯了的船，那个她曾经的家，因为花的装扮变得美丽，像女人红色的裙摆，煞是好看。然而，终究是陌生了，不再是她的家了。不远处还有一艘船也被贴满红花，芽萝知道，那个女人就坐在那艘船上，等待着。芽萝收回了自己的眼光，她不想再看。

近傍晚的时候，四周变得热闹起来。芽萝惊讶地发现，有一艘红船渐渐驶过来。红船的前面，周阿伯正划着小船驶过来。于是，周围的几个小船开始骚动起来。那些阿伯和阿婆都从各自的船上站起来，说着："他们来了！来了！"他们从各自的船上起身，踏过竹木板，来到挂灯笼的船上，纷纷说着"来了"。周阿伯划的船终于靠了岸，他也上了阿爸的船。他兴奋地说："红船来了。还好，没误了时辰。"后面的红船也贴着阿爸的船停靠下来。芽萝仔细打量那艘船，整艘船都是红的，那红色简直比阿爸船上的红灯笼还要红。船的甲板上站着几个人，那些人穿着五颜六色的衣服，脸上也都涂着浓重的粉彩。芽萝惊讶道："阿妈，来了一艘红船，他们是不是你说的唱戏的？""是，好。"阿妈勉强挤出一丝笑容，又闭上眼躺在那里喘息。

芽萝目不转睛地看着外面，就见旁边的船上响起了好听的乐声，有两个乐师在那里演奏，芽萝说不上他们手中乐器的名字，只是知道，好听极了。之后，芽萝便看见不远处那个贴着红花的船上，一个阿婆和一个丫鬟扶着一位穿粉色衣裙的女子向阿爸的船走来。那便是阿爸的第二房太太了。她虽未着红装，却艳丽至极。她戴着华丽的珠钗和玉镯，那样华丽的首饰芽萝从来没有见阿妈戴过。她袅娜地走到阿爸的船上，阿爸船上的阿婆和丫鬟扶住她。她站定，一双眼睛倨傲地打量四周，之后才把眼光落到阿爸身上，莞尔一笑。阿婆倒满两杯茶，分别递给阿爸和新娘，他们喝罢相互交换杯子，之后，阿婆便喊："礼成！"

之后，那艘等待的红船上便响起了乐声，更喧闹的乐声。有穿着鲜艳、涂着粉彩的女伶和男伶走到甲板上唱起来，他们边舞边唱，直唱到夜色阑珊。水面一直在荡漾，芽萝觉得，那是因为他们的嗓音太亮，水波也为之震撼了。他们唱得太好听了，演得太好看了，芽萝甚至忘记了要去看看阿妈，她还躺在床上。她躺在那里，那个角度是看不到红灯笼的，也看不到红船的，但她一定也听到了唱戏，那样好听的戏，阿妈一辈子也没有听过几次。芽萝后来才知道，妾是不能穿红嫁衣的，所以那个姨娘穿的是粉色的嫁衣。如此真好，芽萝觉得，那是老天给阿妈留了一抹红色。

芽萝没有想到，阿爸真的抛弃了她们。从那日之后，阿爸再也没有踏入过这艘船。阿爸不再像从前那样整日读书和背书，芽萝有时候会听到阿爸的船上传来欢声笑语。芽萝不知道从前的日子哪里错了，但应该一定是哪里错了的吧，她和阿妈才很少听到阿爸的欢笑。如今，常常听得到他的欢笑，可这欢笑，却已不在眼前。虽几步之隔，却天地之遥。

　　倒是不久之后，那个姨娘来了，只是，她变胖了好多，还挺着肚子。她说是来看阿妈的，但进来之后，却嫌弃地打量了四周，才小心地在椅子上坐下来。阿妈撑着坐起来。她摸着肚子说："姐姐，你猜我这是不是男孩？"妈妈咳嗽起来，喘息说："但愿是男孩，若是男孩，就是许家的福分了。"然后姨娘心满意足地回到了那艘船上。

　　她果然生了男孩，还抱着男孩来给阿妈看。阿妈又喘息着夸她会生，男孩好漂亮。阿妈还把芽萝叫过来，让她叫弟弟。芽萝一直沉默不吭声，她生气地说芽萝不懂事，抱着男孩回那艘船去了。阿爸因为那个弟弟的降临异常欢喜，又给那个姨娘买了好多首饰做奖赏。然而，没多久，阿爸再次落榜。阿爷和阿嫲留下的一点微薄积蓄早已花光，家徒四壁。姨娘不依不饶地和阿爸每天打闹，指责他没用，不能给她和儿子好的生活。这个聪明的女人有一天终于想出办法来，她怂恿芽萝的阿爸，可以将芽萝送到红船上，家里少了一份开销，也好养儿子。并且她劝说道，送到红船总比送到妓院好得多。

　　阿爸终于走进阿妈这艘船，吞吞吐吐地说了他们的打算，阿妈气得差点背过气去。芽萝听到后，并没有慌张，只是好奇地问："是上次那个唱戏的红船吗？"阿爸说："是，就是那种红船，唱戏的船就是红船。"芽萝沉默了片刻，像大人一样沉稳地说："你让我想一想。"姨娘晚上偷偷过来跟她说："只要你离开，姨娘必会好好待你阿妈。"芽萝想了一夜，对阿妈说："阿妈，我很喜欢像她们一样唱戏。让我去吧！"

　　或许是命数早已有了安排，芽萝再次见到的仍然是那艘红船，那日来演出的红船。于是，芽萝走向了自己的命数。不过，芽萝除了放心不下阿妈，她还是很开心的。她不想像阿妈一样，整日在船上陪着阿爸，还要为生不出儿子而忏悔。自出生起，她看到的船上生活是灰突突的，她想有一个浓墨重彩的人生。

　　那天芽萝是穿上最好的衣服来红船戏班的。阿妈没能送她，她已经奄奄一息了。芽萝后来听说那个姨娘在不久之后生第二个孩子的时候死了，倒是阿妈活了过来。阿妈一直想找芽萝，但她那双小脚，如何出得去呢？芽萝没再回去，跟着红船四处漂泊。芽萝想，只要阿妈还好，自己就很好。

　　芽萝总是想起那晚的灯笼，红得格外明亮，像过节一样，但心里总是打着冷战。

....

2

....

那个盛夏，7岁的芽萝走进戏班，走进了一个闪光的世界。像太阳下的皂荚泡泡，五彩缤纷，说不出的炫目，让她心醉神迷。小小的她站在幕后看着身着华丽戏服、脸上涂着油彩的师姐们在舞台上婀娜多姿地表演，听着她们婉转的嗓音，看着台下如醉如痴的观众，她羡慕极了。这实在是个耀眼的世界，是她从未想到过的世界。师姐们色彩斑斓的化妆台、装着五颜六色戏服的衣箱，还有乐师们演奏的乐器，都让她神迷。她很想知道，自己穿上这些戏服，涂上粉彩，站在舞台上是怎样的情景。假如那时候阿妈能看到她的表演，她一定会很开心的吧！连阿爸看到，也不会再说她没用，也会骄傲的吧？只是，芽萝很清楚，她现在年纪还小，个子还不够高，还才开始学戏，距离她真正穿上这些戏服，还有相当长的距离，但是不论如何，她总有一天会穿上这些戏服，站在舞台的中央，演一出她自己的戏。总有一天，她会成为最好的女伶。

"你喜欢唱戏？"

"喜欢。"

"可是很辛苦的呦！"

"我不怕的。"

"你想成为名伶吗？"

"想。"

"好，那就要吃很多苦。"

"我真的不怕。"

芽萝是真的不怕辛苦，她觉得，即便辛苦，也比从前灰突突的日子有趣多了，连之前在心里面摇摇荡荡的红灯笼都已经渐渐飘远。她沉浸在和小伙伴们一招一式的形体训练和一顿一挫的唱腔的学习中。她高亢嘹亮的声音让清晨的鸟儿也为之赞颂。芽萝第一年要学习基本功，功夫里最难的便是踩跷。跷鞋由小绣花鞋、跷套及内置木板三部分组成，跷套里面的木板一直到脚尖的位置，必须以脚尖抵着木板进行表演，身体的重心全部集中到脚尖部分，脚掌、脚跟要借助木板依托垂直于地面。

师傅是很严厉的，她在芽萝的床沿柱子上绑上一根竹竿，芽萝需将手高举，握紧竹竿，双脚合拢，全身挺立，用脚尖练"企"（站立），练至脚震不能支持方能罢休。芽萝要先学会穿着跷鞋徒手站立不晃动，之后再学习穿着跷鞋行走、疾走和走圆台。芽萝穿上跷鞋第一天，根本不会走路，连连摔倒，她需要扶着墙走，一步一步，像极了刚学走路的孩童。每每摔倒，引来大家的欢笑，芽萝窘迫极了。她觉得，刚学走路的孩童都比她走得好看。晚上，芽萝看着跷鞋发呆。这小绣花鞋，恰好是阿妈的三寸金莲大小，芽萝是没有缠足的，免去了阿妈缠足的痛苦，可是免不了踩跷的艰难。

芽萝问师傅："皇宫里的妃嫔娘娘，也是这般走路的吧？"师傅意外地笑了，还跟她很和蔼地说了好多。她说："真是个聪明的孩子，那些宫里的娘娘啊，每天都得踩着花盆鞋，也是要这样走路的。她们选秀的时候都要先进行形体训练，也是要头顶着碗不能晃动，走得小心翼翼，碗打碎了，就立刻被淘汰了，只能出局。""哈哈。"大家乐起来，芽萝心里也幸灾乐祸，原来，即便是贵族小姐也是要受这份罪的，那便没什么过意不去的了。芽萝是不怕吃苦的，经过每天的勤学苦练，很快，她就能够穿着跷鞋自如地提起一桶水上楼，而水没有丝毫洒出，练成了"跷工"。她成了戏班里踩跷最好的女伶。

当然，练功伤身是免不了的。练习高台小翻落地经常因站立不稳而受伤，她的两只脚掌的韧带都曾扭伤，严重的时候双脚无法着地。养伤的日子里，芽萝每晚都会在睡梦中痛醒，她便又会想起阿妈，想起从前。阿妈并不知道她身在何方，如今正在承受怎样的痛楚，以及她以后会不会不能走路，成为一个跛子。那飘荡的红灯笼又悠悠荡荡飘过来，映红了她的眼睛，她落下泪来。然而，多年以来，芽萝早已成为舞台上的人，舞台已经是她的半个生命。所幸，芽萝的师傅每晚都用中药为她泡脚，并为她推拿。待到一段时日后，芽萝的脚伤痊愈，她又不畏艰险，继续苦练，终于成为踩跷、散发、披甲、妹仔戏"四门齐"的全能正印花旦。13岁那年生日，芽萝穿上了华丽的戏服，涂上了粉彩，登台演出。这一天她期盼已久。

在戏班的日子，勤学苦练之余，芽萝还有一个特别的乐趣。船上的老班主常常给大家讲老故事。老班主已经年近六十，他已经打算将班主之位交给他的徒弟，因而他有许多闲暇时光。他坐在甲板上，随着船悠悠荡荡，讲起自己的阿爷和阿爸，自己的过往，还有神秘的红毛鬼。

红毛鬼便是洋人、外国人。戏班子里大家都没见过红毛鬼，所以都很爱听。老班主说，他年轻的时候，听到长辈谈起许多关于洋鬼子的事情。洋鬼子长着红头发、绿眼睛、满脸是毛。他们从海里钻出来，成群地爬上我们的海岸。他们野蛮、凶猛、邪恶，丝毫不懂我们的礼仪、我们的孔孟之道，他们在我们的领地打人、抢劫、谋财害命。许多洋人醉鬼在香港街头横冲直撞，他们的喊声就像野人号叫，像老虎和水牛的吼声。他们想要抢走中国的土地。他们男女杂居，没有婚配，甚至在光天化日之下手挽手地逛大街。老班主兴致勃勃地讲着，迎着海风，语调温和，像讲一个遥远世界的故事。而戏班的女伶们，则经常激动万分。我的天哪！那我们要把洋鬼子赶出去！她们怒吼着说着这样的话。老班主微微笑笑，点点头说，是啊，洋鬼子是坏人，坏人我们是不能让他们进来的。

老班主的阿爸讲，那个时候，当洋人出现在珠江沿岸，"洋鬼子"的叫骂声就会从四面八方响起，在岸边的女人们指着洋人告诉她们的孩子"那是洋鬼子"。洋鬼子在中国的确是奇怪的，奇怪的长相，奇怪的语言，奇怪的声调，连穿着都是奇怪的。他们的眼珠是像玻璃球一样的颜色，他们的头发像秋天的芦苇，他们讲话就像是鬼叫，他们戴着奇怪的高高耸立的帽子。

老班主的阿爸一直以为洋鬼子是可怕的、吃人的。但没有想到，有一天，突然传来从"金山"归来的冒险家的故事。据说金山是一个藏着许多金矿的地方，那是洋鬼子的家乡。有勇敢的中国人漂洋过海去了那里，别人都以为他们回不来了，没想到他们九死一生，勇敢冒险成功了，他们在金山淘到了金子，几年之后发了财，腰缠万贯回到家乡。他们的冒险证明了洋鬼子并不可怕。

"他们是坏人，是来抢我们的土地的。"戏班子的同伴们又说。

"是的，但并不妨碍我们到他们的家乡去赚钱。你看不是有很多人去了吗？也都安然无恙地回来了，还发了大财。"老班主说。

"洋鬼子既然自己家乡有金子，为什么还要爬到我们海岸，抢占我们的土地？"芽萝问。

"这个，就得问他们自己了。"老班主说，"因为他们就是坏人啊，坏人，自然是要干坏事，当然要当强盗。"

"说得对！"大家都纷纷赞成。

每到这样的时刻，芽萝和戏班的同伴们都很亢奋，都很激动。但这时候，刘班主就会喊："大家练功啦！练功啦，先别说什么洋鬼子和金山了，我们只管好自己的戏班就好了。还有戏要排，难道大家都排好了吗？"

"师傅，你还有没有正经的，整天地说这些，是来捣乱的吗？"刘班主对老班主说。

"嘿嘿，练功这么苦，我是让孩子们休息休息，也找点乐子。"老班主乐了。

"就你乐子多，老了都闲不住。"刘班主无奈道。

可是关于金山的故事很多，老班主还是偷偷讲给大家听："我小的时候，我们村子里有个少年偷偷去了美国，在一个名叫曼哈顿的城市成了商人，后来，他发了大财，满载而归。他回国之后，广置田产，兴建家园，大宴乡亲。那是个极其盛大的宴席，宴席一直摆了十几艘船，有几十头烤猪、数不清的鸡鸭鹅，还有各种美味佳肴。我们大家都参加了那个宴会，我现在想起来还馋着哩。他还请来名角和戏班子唱戏。我的村里很多人看到他发财了，也效仿他去了美国。那个时候，很多船运商看到移民热来了，也开始发移民财啦。尤其是在香港和广州的船运商，他们最先知道消息，他们就到处去贴广告，卖地图和各种小册子，来宣传"金山"可以发大财。这些船运商到了一个地方之后，就会在那里找很多的代理商，让他们到处招揽乘客。美国洋鬼子更是使出浑身解数，他们在香港和广州城里到处贴广告，什么墙壁呀、树木呀、岩壁呀、桅杆呀，只要是能贴广告的地方，他们都会贴上，贴得满满的，到处都是五颜六色的广告，写着中文，告诉人们，美国加利福尼亚州有个叫旧金山的地方藏着很多的金子，很多人在那里都发了财，让大家都快去发财吧！他们写的就是这些。然后呢，当然啦，很多人看见广告就想去发财啦，就卖掉了自己的家当，什么店铺啊、地产啊，能卖的都卖了，七凑八凑，凑到 40 美元一张的船票，就漂洋过海去旧金山啦。"

"到了金山真的能发财吗？"有人问。

"谁知道。"老班主说。

"好好演戏，好好演戏！"刘班主又会过来提醒大家。

大家嬉笑着跑开散去，一天的辛苦便在这故事中散掉了。那段开心的日子也随着老班主的离开而画上了句号。

然而芽萝从来也没有料到，自己后来真的会来到金山，邂逅她此后的命数。那个遥远的故事，遥远的地方，有一天，她竟然置身其中。

终于有一天，有一个戴着礼帽、穿着西装的中年男人来到了他们的红船，刘班主和他在厢房里商谈了许久。芽萝从未见过这个人，却隐约感觉，这是个不同寻常的人。果然，当他走出来，刘班主紧紧握住他的手，说："叶先生，我们一定不辜负您的信任！"叶先生戴上礼帽走下船，乘坐另一艘船远去了，他的背影格外挺拔。

之后，刘班主将大家叫到一起，说："如今国内战乱频繁，我们戏班已经快没戏可演了，好多的戏班如今已经去美国演出。美国华人思乡心切，很欢迎我们戏班。如今恰好有了合适的时机，我们也可以到美国去闯一闯。这位叶先生，正准备在唐人街修建戏院，他准备请我们去演出。我已经跟叶先生签约，我们将作为东方大戏院的第一批演员届时在唐人街演出。"

如此，芽萝在不久之后，和红船上的伙伴们漂洋过海，奔赴金山。芽萝怎么也不会想到，她会遇见阿盛。

3

进了秋天，阿盛的日子慌张起来。因为戏班的居留证已经快满 6 个月，演员们的去留都是未知。唐纳已经向劳工部提交了许可延期的申请，同时还提交了另一个申请，要求将东方大戏院的演员人数额度增加到 90 人。

阿盛惴惴不安地度过了一个星期，终于在一个周末的傍晚，叶江南微笑着告诉他，劳工部已经批准了东方大戏院的第一个许可延期申请，把最初的部分演员居留证再延长 6 个月。同时同意了增加演员人数额度的申请，只是，人数额度上限为 80 人，而不是 90 人。

这已经是个令人欢欣鼓舞的消息了。

叶江南开心地让阿灿备酒，他要喝上一杯。但阿盛仍然忐忑地问："只是部分演员吗？那岂不是要有人离开？"

"是啊，阿爸也希望他们都留下，可是你知道，这些可恶的美国人，他们对华人总是有各种约束。部分留下，确切地说，是 40 人中留下一半。剩余的名额留给新的戏班。"叶江南说。

阿盛跑了出去。

"怎么你不吃晚饭了吗？"叶江南喊。

"阿爸，我想起来和比尔约好了。"阿盛头也不回地向外跑去。

阿盛跑到戏院，推开大门便听见嘈杂声，显然他们已经知道了消息，正在讨论何去何从。

"凤尾，你真的决定了？"刘班主说。

"班主，决定了。"小凤尾说。

"仔樵，你也决定了？"刘班主又问。

"班主，我和凤尾一起。"仔樵说。

"芽萝你呢？"刘班主又问芽萝。

"我还，不知道。"芽萝犹豫地说。

"留下来吧，芽萝，你的心已经留在这里，回不去了。"小凤尾说。

"没有了阿叔罩着你，以后凡事都要靠你自己了。叶少爷毕竟是富家少爷。"刘班主说。

"我其实是跟你们一样的人。"阿盛走进去说。

"大少爷？您怎么来了？"大家诧异地问，噤了声。

"芽萝，不要走，你跟我来。"阿盛不由分说，拉住芽萝走出来。

"芽萝，不要走，不要留我一个人。"阿盛又说。

"阿盛，你怎么了？你是叶家的大少爷啊！怎么会是一个人！"芽萝说。

"不，其实，我是个孤儿而已。我早已失去了父母的庇佑，只是一个人孤零零地在这世间跋涉而已。"阿盛沉默了一会儿说。

"阿盛你说什么？我听不懂。"芽萝迷惑地看着他。

阿盛颤着声音讲述起他的过往，那场大火，由那场大火生出的病，还有在大火过后将他抱到叶家的叶先生和他的一家人。

芽萝惊讶万分。

"原来，阿盛你也是个可怜人。"芽萝说。

"芽萝，别走好吗？"阿盛颤着声音说。

"好，我不走，我永远都不会离开你。"芽萝点点头。

"真的吗？芽萝？"阿盛惊喜道。

"真的。"芽萝又用力点点头。

"知道吗，芽萝，我才刚刚找到我的幻象，我的理想。我找到它的那一天，我知道，是你指引我找到了它，你若离开，我的理想便也会枯萎凋零。"阿盛说。

"好，我不走。"芽萝又说。

阿盛紧紧抱住芽萝，迷失在她的香氛里。他想永久这样迷失下去，永不再醒来，便是幸福的了。

"我明天就跟家里人说，我要娶你为妻。"阿盛说。

"可是叶先生是那么厉害的人，叶家，会允许一个女伶做叶家的儿媳吗？"芽萝担忧地说。

"爱上你，是我自己的事，娶你为妻也是我自己的事，不论他们允许或者不允许，我都是阿盛，而不是叶侨笙。阿盛这辈子就要娶芽萝为妻，谁也阻挡不了。除非我死了。"阿盛斩钉截铁地说。

"啊！不许你胡说！"芽萝立刻伸手捂住他的嘴，"谢谢你，阿盛。谢谢你愿意娶我，谢谢你愿意和我说这些。"

阿盛回来的时候，叶江南正坐在客厅的沙发上看报纸，叶太太坐在他对面的沙发上绣着苏绣。叶太太抬眼看见阿盛走进来脸色不对，一不小心，扎了手，"哎呦"一声，手指渗出血丝来。

"阿浣，怎么了？扎到手了？怎么这么不小心。"叶先生连忙放下报纸，拿起叶太太的手指，小心地吹了吹，"阿灿，快拿绷带来。我就说啊，你别老是绣了，喜欢什么，我都会买给你，何苦自己绣，怪累的。"阿灿已经拿着绷带和药棉过来，快速地给叶太太包好。

阿盛想起自己的阿妈，每日清晨要在蒸腾的热气中拿起滚烫的锅盖，又在热气中用竹夹子小心地将蒸屉取出，放在一张张桌上，那些蒸屉里圆滚滚的包子散发着浓郁的肉香，连同蒸汽一起，每每让他流下口水。蒸汽很烫，一不小心就会烫到手，她也只是"嘶哈"一声，皱起眉头。阿爸也只是侧目看一下，然后，便各自继续手中的活，无暇照顾那手上的烫伤或者血丝。那样年轻的阿妈，一双手却是粗糙的，不漂亮的。叶太太的手是极其漂亮的，此刻，那只伤到的手，被叶先生小心地握在手中，显然是极其细腻和温柔的，像她的人一样温柔。

"对了，侨笙，你是不是有事？怎么站在这里不说话？"叶江南才想起来问阿盛。

"我……"阿盛忽然嫉妒起叶先生和叶太太之间深厚的情谊，一时不知说什么好。

"有什么事就说，没事就去睡吧。"叶江南有些倦怠地说。

阿盛点了点头，向楼梯走去。他登上一个台阶，忽然又转身疾步回来，在叶江南面前站定说："阿爸，阿妈，我恋爱了。"

"哦？好事情呀！"叶太太笑了。

"我要娶她为妻。"阿盛急促地说。

"好啊，我的儿子长大了，是哪家的千金？"叶江南慈爱地说。

"她不是千金，但我很爱她。是我们很相爱。"阿盛又说。

"哦？不是千金？那是谁，说来听听。"叶江南警觉地说。

"她就是我们东方大戏院的正印花旦芽萝，我喜欢她。"阿盛已经有些喘。

"芽萝，我见过那个女孩子。上一次送你回来，是她吧？戏唱得也很好。"叶太太飞快地看了一眼叶先生。

"对呀对呀阿妈，就是她。"阿盛欣喜地说。

"是个很好的女孩子，如果我们叶家是和许多华人一样的家庭，那阿爸没有任何异议，但是，你知道，我们叶家也算是有声望的家庭，一直以来，家族都没有娶伶人的先例。毕竟，有伤风化。"叶江南思忖地说。

"爸比你好矛盾啊！你不是一直倡导粤剧是博大精深的中华艺术，要加以弘扬和传承的吗？你和妈咪也还让我和佐伊学唱粤剧，妈咪也很喜欢唱，但你这时候又拿出另一套理论来，说什么叶家娶个名伶有伤风化。爸比，你这不是自相矛盾是什么？"艾米慢悠悠从楼梯上走下来，一边走一边说。

"你来掺和什么？"叶江南有些恼火地说。

"哼，我也是叶家一分子啊，叶家的事情，我也是有发言权的。爸比你可不能搞一言堂吧？"艾米说。

"你懂什么？"叶江南生气地说。

"我就知道，爱情这件事是由不得人的，尤其由不得外人来决定的。"艾米走下来说。

"好，侨笙，我答应你，只要芽萝不唱戏，从此安心在叶家做少奶奶，便可以嫁过来。"叶江南想了想说。

"真的？"阿盛惊喜道。

"真的。"叶江南说完便扭头上楼去了。

阿盛感激地看着艾米，笑了。他第一次觉得，艾米是个好人。有这一刻的艾米，似乎以前的一切过往都可以不计较了。

第二天一大早，阿盛便跑去找芽萝，将这个好消息告诉芽萝。但芽萝说："如果我不唱粤剧，我便不是芽萝，那你喜欢的是什么呢？我之所以从唐山来到这里，是因为这里有我的舞台，我不想一辈子哈着腰插稻子摘茶苗，才吃尽了苦头，同意阿爸将我卖给戏班子学戏。也只为了来人间有滋有味，无论是苦还是涩，总比没味道要好上千百倍。"

芽萝说完便回屋子里去了，留阿盛在原地站了许久。芽萝说得没错，是他自己唐突了。他想得太简单了，芽萝失去了舞台，便不是真正的芽萝，就如同他没有了理想，只剩一副躯壳，那便也和行尸走肉没什么区别了。他不会自私地以爱情为刀剑斩断芽萝生的根茎。

不过，芽萝没有离开，她还是留了下来。小凤尾和仔樵及一部分演员在一周后离境。阿盛不明白，以小凤尾和仔樵在旧金山的影响力，他们完全可以再继续停留6个月，获得更大的成功，毕竟这里的舞台，要比国内的更大、更广阔。旧金山已经成为一个国际瞩目的城市，而国内，正值动荡，对演员来说环境并不友好。

"小凤尾和仔樵，他们要回唐山是因为有什么牵挂，还是东方大戏院的条件不够好？即便是东方大戏院不够好，他们完全可以到别家戏院演出，我阿爸也不会反对的，他对华人很宽容的。"阿盛对芽萝说。

"阿盛，我知道大师姐有个秘密。你不要对别人说。"芽萝悄悄说。

"什么秘密？"阿盛诧异地问道。

"其实大师姐不是我童子班的师姐，她来到我们戏班的时候，就会很多功夫了，后来班主又教她一些。因为她年长我们几岁，功夫又比我们好很多，班主就让她做了我们的大师姐。"芽萝说。

"哦，是这样。"阿盛说。

"这么多年来，大师姐登台演出费赚了很多的钱，但是我几乎看不到她花什么钱，她的吃穿用度，跟我们没什么两样，甚至有时候比我们还节省。"芽萝说。

"那是为什么？是要寄给家里人钱？"阿盛又疑惑地说。

"我有一天晚上睡梦醒来，撞见大师姐和仔樵在给一个伤得很重的人包扎伤口，那个人穿着军官的制服。然后，他们将那个人送走，又给那个人拿了一个很大的铁皮盒子，那个铁皮盒子我认识，大师姐平常把钱都锁在那里。她把所有的钱都给了那个人。那个人是革命党。大师姐常常看报纸，她认得一些字的。前些天我听她和仔樵说话的时候说到北伐。国内现在在打仗，我猜，大师姐是想回去尽一点力量。"芽萝又小声说。

"那她就要放弃她的演出生涯了吗？"阿盛说。

"你不了解大师姐，她虽然是个女子，却丝毫不比你们男人差。不光是国内的舞台太小了，这里的舞台对她来说也不够大。所有人都渴慕见到她在舞台上的演出，但她自己，其实一直想做大事，用她的话说，她要做顶天立地的女人，尽管只是个女伶。"芽萝又说。

"顶天立地的女人？！"阿盛被惊骇到了。

"大师姐是这么说的。"芽萝点头说。

"怪不得与众不同，小凤尾果真是个女英雄。"阿盛心中有了敬意。

"英雄就是英雄，为什么要加个女呢？英雄不分男女。古代还有花木兰和梁红玉呢！还有王昭君呢！女子虽然力气小，但也能做拯救苍生的大事。"芽萝不服气地说。

"你说得没错，那我就不再挽留他们了。"阿盛说。

"我也希望能为国内尽一份力，如果需要什么，请大师姐跟我说。"阿盛又说。

"好，我会转告大师姐。"

阿盛没有想到，小凤尾真的来找他帮忙了。

新年在即，虽然东方大戏院的演员人数有限，叶江南决定，还是派出一个由小凤尾、仔樵等16名演员组成的戏班前往洛杉矶演出。之后，便是小凤尾和仔樵隆重的告别演出。在告别演出5天前的上午，阿盛走进戏院，大家都在排练，却没见到芽萝。小凤尾在院子里来回踱步，见他进来，连忙走过来说："大少爷，可否进一步说话？"

"凤尾姐，是有什么事吗？"阿盛见她神情严肃，诧异地问。

"是有事想求大少爷帮忙。"小凤尾说。

"哦，好。"阿盛有些受宠若惊。

"大少爷请随我来。"小凤尾说。

阿盛跟着小凤尾进了里面的房间。"大少爷，您请坐。"阿盛在椅子上坐下来，纳闷地看着小凤尾。

"是什么重要的事？莫不是凤尾姐你改主意了，不走了？那真是太好了！"阿盛说。

"走还是要走的，很抱歉。"小凤尾说。

"那，我还能帮上什么忙？"阿盛有些糊涂了。

"是这样的，大少爷，前几天芽萝跟我说了，大少爷愿意帮我的忙，如果有需要的话。"

"没错。"

"大少爷知道现在国内是什么状况吗？"

"不太清楚，总归是不算太平。"

"是的，国内共产党和国民党两党对立，又有军阀纷争，老百姓一直处在水深火热之中。4天之后，是我和仔樵的告别演出，我是想，我可不可以借此机会，

136

筹一些钱，作为捐款，为国内的革命作一点贡献。"

"你是说？"

"在我们的正常演出之后，再加一个现代戏，号召大家捐款。为唐山的老百姓，也为唐山的革命。"

"好啊，好啊！这太好了啊！"阿盛激动地站起来。

"可是，还需要请大少爷跟叶先生请示一下。"

"好，我这就去，我阿爸一定会同意的，我知道。你们这就快点准备吧！"

"那谢谢大少爷了！"

阿盛匆匆忙忙就起身向外走去，遇见正走进来的芽萝，芽萝诧异地说："咦，你来了？"阿盛说："我有事，先走了。"便头也不回地向外走去。芽萝诧异，小凤尾走出来拍拍她的肩膀说："他去办大事了。""什么大事？"芽萝不解地问。"你很快就会知道的。"小凤尾笑笑。

阿盛回到家，叶先生并没在家。叶太太说，叶先生今天在银行。阿盛转头便向外跑。叶太太纳闷地在后面喊，什么事啊，喝口凉茶再去嘛！阿盛大喊："是很要紧很要紧的事！"阿盛跑了一路，耳边风声呼啸，他的脚步惊起路边树枝上的鸟儿呼啦啦飞起，他的心也跟着鸟儿雀跃飞翔。他再一次地遇见了他的幻象，他的理想。他的理想是光闪闪的，像金碧辉煌的舞台，那样闪耀。他跑过市场街，这条黄金之路，是许多人通往他们天堂的必经之路，可是他们终究没有找到他们的天堂，终究浑浑噩噩。小时候的阿盛一直都走不完的这条路，如今，他很快便穿越过去了，他正在奔赴他的理想。他的理想，比任何黄金都珍贵、都闪耀。

阿盛又看见那些红色的蜂鸟，它们在空中向前飞翔，阿盛又加快了脚步，像小时候一样追逐它们。那蜂鸟也该有名字的吧！那飞在最前边的蜂鸟，应该叫"……小凤尾"。那其中也该有叫"阿盛"的蜂鸟，最后一个便是吧！即便是最后一个，那也很好啊！蜂鸟飞得很快，一会儿就看不见它们的踪影，阿盛却开心地笑了。阿盛跑过邮政街和鲍威尔大街，远远地就传来香氛。那些中国的香水月季、蔷薇、杜鹃花、仙客来在街边盛放，像是代表它们的家乡，代表它们家乡熙熙攘攘的华人在迎接阿盛。

阿盛终于跑到格兰特大道，他在叶先生的银行大楼前停住脚步，擦了擦汗，疾步走进去。叶先生正在二楼会议室。透过会议室的窗户玻璃，阿盛见到唐纳正在和叶先生说着什么。阿盛犹豫了一下，还是敲了门。

"进来！"叶江南说。

阿盛走进去。

"侨笙，有事？"

"有事，阿爸，很重要的事。"阿盛犹疑地看了一眼唐纳。

"说吧，唐纳叔叔是自己人。"叶江南和唐纳都笑了。

"好的，阿爸。是这样的，小凤尾刚刚找过我，她想借告别演出的机会，来做一场筹款，筹到的资金会捐献给国内的革命。"阿盛说。

"哦？！好啊，好啊！"叶江南有些激动，他站起来说。

"小凤尾是共产党？"唐纳忽然说。

"这个，我不知道，但是据说她以前资助过孙先生的革命。"阿盛说。

"了不起，了不起，一个女子有如此胆识和魄力，真是让我等汗颜啊！告诉她，告别演出那天作为义演，我们不收门票。阿盛你要竭尽全力配合。"叶江南说。

"阿爸，我就知道您会同意的，我就知道您是让我骄傲的阿爸！"阿盛眼中饱含晶莹。

"戏院是你的，你大胆放手去做。"叶江南走过来拍拍阿盛的肩膀。

"放手去做，大少爷，有什么需要，叶先生和我会帮你托底的。"唐纳说。

"谢谢阿爸，谢谢唐纳叔叔。那我走了。"阿盛急匆匆地快步走出去。

三日后，东方大戏院的门口张贴了几张大海报，上面写着：两日后，东方大戏院将迎来小凤尾和仔樵的告别演出，为答谢观众的热情和喜爱，同时也为帮助身在唐山的乡亲，本次告别演出将为义演，欢迎光临，并望广大华人能为唐山乡亲伸出援手。

东方大戏院将要义演的消息立刻就被广泰大戏院知道了。任永贵不相信，戴上帽子亲自跟随阿才到东方大戏院附近看了海报才相信。任永贵跟阿才说："东方大戏院这是出了一个狠招啊，这样一来，我们广泰哪还有观众了？票友还不都跑到东方去了。不过只是一晚而已，一个晚上我就不信他们能筹到多少银子，别到时候只筹到几十块银元，那可就让行家看笑话了。"阿才笑嘻嘻地说："那我们就等着看热闹好了，另外几家戏院肯定也在等着看热闹呢！"

告别演出当晚，东方大戏院果然热闹非凡。6点开演，从5点起，戏院门口就已经被围堵得水泄不通。大小车辆已经排到都板街的尽头，人们都在翘首以待。

阿盛和杜襄理、刘班主正在跟戏班子各位确认演出的细节，就见仔木领着艾米、佐伊、荣达和荣闵走了进来。

"天哪！你们怎么来啦？"阿盛惊讶道。

"义演这么重要的事怎么能落下我们呢。"艾米说。

"是啊，为唐山捐款这么大的事，我们自然是要参加的。"佐伊说。

"还不止我们几个，你瞧！"佐伊指了指身后。在房间门口，还站着十几个身穿学生装的女留学生，她们都提着一篮子花。

"你们这是？"阿盛问。

"卖花啊！筹款啊！"艾米说。

"好啊，好！"杜襄理说。

"我们能帮上忙的。"荣闵说。

"对，我们也是来帮忙的。"荣达说。

"唐人街的中国商铺全部歇业了，商铺老板家人都来了。外面大家都已经等不及了，人也越来越多。"仔木说。

"我的天！"杜襄理笑了，"这是从未有过的盛况。叶先生一定会很高兴的。"

"可惜，阿爸今天银行有业务在办理，脱不开身。"阿盛说。

"卖水果茶水香烟的伙计们东西都准备好了吗？"杜襄理问。

"都准备好了，他们都在等着。"仔木说。

"荣闵荣达帮着维持一下观众秩序吧。凤尾姐，仔樵兄，今晚就看你们的啦！"阿盛说。

6点钟整，戏院开放，观众蜂拥而进，1000个座位却无法容纳下前来的观众。

阿盛和杜襄理、荣闵和荣达忙着维持秩序，帮观众安顿座位。后面进来的观众已经没有座位，只能站在过道里，但大家仍然一脸兴奋地期待着。

第一个演出剧目仍然是《六国大封相》，再次展示了东方大戏院演员阵容的全部实力，刚刚从唐山运来的焕然一新的新舞台背景和耗费颇巨的新戏服，令观众大饱眼福。接着是两出提纲戏。

台上演出精彩，台下也在忙碌着。佐伊、艾米和女留学生们提着花篮在卖花，她们走到观众面前，观众便从衣兜里掏出纸币，放到篮子里。她们悄声回以感谢。卖香烟、水果、瓜子和茶水的伙计们也来回走动，观众纷纷购买，回以重金。

小凤尾和仔樵在演出结束时从舞台上走下来，在前排向观众深深鞠躬，表达了感激之情。观众纷纷喊道："小凤尾！不要走！""仔樵，不要走！""感谢大家！感谢大家为祖国捐款！""感谢大家与祖国同舟共济！我们会带着大家的情义回到祖国，告知祖国的乡亲们，远在北美的同胞惦记着祖国，谢谢各位！"

第二日，有关东方大戏院义演的报道就出来了：……其时海报上书"普天忠愤演剧助祖国救济国内同胞"横额，两边书"哀丝竹豪，义气仁声"对联。场内有女伶、男伶及中国留学女士卖花得银 3300 元……其余凉水生果丁香瓜子纸烟等亦卖得 2200 元。足见人心未死，国事大有可为也。

本来打算看东方大戏院笑话的任永贵，看到报纸震惊了："东方一场义演筹了这么多钱？"

"是啊，我也没想到啊。"阿才沮丧地说。

"这下东方赢了，就这一场义演，就赢得了好口碑。"

"昨天那阵仗我也第一次看见，唐人街所有商铺都关门了，都去捧场了。还有很多重要人物，都去捧场了，都捐了不少钱。"

"这个叶侨笙真是什么都敢干。"

"叶先生也支持啊，他不点头，叶侨笙敢干吗？"

"唉，我们还是落后了一步。"

"不如，我们也搞一场义演吧。"

"那不又成了跟风？"

"那有什么？救济同胞，人人有责。"

"也好，我们也有名伶。那不如就也来一场。就在下个星期吧，等东方的热潮过去。"

"好，我就去准备。"

一个星期后，广泰大戏院也举办了一场义演，为了不影响晚间的正常演出，广泰大戏院特意将义演安排在周日的日场演出。义演活动同样吸引了许多华人观众的到来，但最终筹集到的资金到底比东方大戏院筹到的资金少了许多。阿才觉得不服气，但任永贵说："至少，这一次没有在口碑上输给东方就好。做生意，来日方长，胜负难辨。"

几日后，小凤尾和仔樵的公开告别信刊登在东方大戏院的戏桥上。

世事沧桑今所同，宴席终散各西东。

古来剧场繁华地，常聚难逢几多重。

悲欢离合人间戏，笑泪交织梦中迎。

昔日繁华今何在，空留余音袅袅听。

人生如戏须尽欢，莫待散场空悲切。

他年若见君所致，高谊隆情喜相逢。

小凤尾和仔樵终于告别了东方大戏院，隔日启程离开旧金山返回唐山。阿盛觉得，小凤尾将耀眼的光彩留在了东方大戏院，东方大戏院的舞台更加闪耀了。

第七章　彩蝶

人们说她登上了诺亚方舟，
但即便诺亚方舟也救不了她。
她一直在汪洋大海里。

——《日记·叶侨笙1925》

1

戏班子的演员有一半离境，接下来东方大戏院连续一周上演了折子戏，也有芽萝的全场戏。一个傍晚，戏院刚开演不久，阿盛惊讶地发现，那个猫一样的女孩来看戏了。她一个人，身旁并没有穿着黑袍子的克莉丝汀牧师，她自己也并没有穿黑色的袍子，而是穿着一件淡色调的裙衫，还用头巾挡了脸，但阿盛还是认出了她。她坐在角落里看芽萝表演踩跷，眼中闪耀着光彩。她只看了半场戏就走了，走的时候还频频回头。她只要不穿黑袍子，穿什么都很美丽，她的脸瘦削得只剩下一小条，她疾步走出去，蹒跚着小脚。阿盛看着她的背影叹息一声，不知道回到教堂，等待她的是怎样的惩罚，是所谓的再次堕入肮脏尘世的罪过，还是枉费黑袍子克莉丝汀拯救她的一番苦心的罪责，总之，这惩罚是免不了的了。她的小脚如何能够撑得住沉重的惩罚。想一想，阿盛就不寒而栗。

阿盛追了出去。没一会儿阿盛就见她倒在灌木丛里，想来是因为走得急而跌倒，她的衣袖被划破，被血染红。阿盛跑了过去。

"你怎么了？"阿盛说。

女孩警惕地看着他，没有说话。

"你不用怕，我是好人。你在流血，我扶你起来吧。"阿盛扶着她起来。

"你不要再跟那个老巫婆在一起了，我可以救你出来，你愿意吗？"阿盛又问。

女孩踉跄地站起来，定定地看着他，眼神中充满疑惑不安和惶恐。

"叶少爷，我是瘟疫，你不怕瘟疫？"女孩的声音很软糯，让阿盛想起唐山的糯米糕。

"你知道我是谁？我真的可以救你出来，老巫婆会毁了你。"阿盛又说。

"克莉丝汀牧师是好人，人人都知道，是她用钱把我赎出来的。不过，我在那里只卖艺，不卖身的，所以妈妈总是打我。克莉丝汀牧师救了我，可是，我不相信基督。在我们唐山老家，只信观音菩萨和妈祖娘娘。如果观音菩萨和妈祖娘娘都救不了我，那白人的上帝也是一样救不了我的。我的族人若是知道我信了基督，我会被他们抛弃的，我就真的永远都回不去了。"女孩低声说。

"她不过是用钱买个好人的名号，你并不喜欢这样的生活。"阿盛劝说道。

"是我命不好。"女孩忽然没了力气，晕了过去。

"喂！喂！"阿盛连忙叫她，但女孩软软地倒在地上，一声不吭。

阿盛吓得浑身是汗。他忽然想起，李博安和李薇薇正在戏院看戏，他连忙向戏院跑去。台上的戏正演到精彩处，锣鼓二胡齐奏，舞台上的几个人正在和芽萝打斗，台下的观众看得如醉如痴。阿盛跑进李博安的厢房。

"李伯，救人！"阿盛气喘吁吁地说。

"少爷，怎么了？"李薇薇诧异地说。

"在哪里？"李博安立刻站起身。

"就在，后院。"

"快！"

几个人很快来到后院，女孩还躺在那里，李博安伸出手指在她的鼻下试了试，女孩几乎没了呼吸。李博安立刻掐住她的人中，好一会儿，女孩才悠悠醒来。她睁开眼虚弱地张了张嘴，却说不出话来。

"别说话。"李博安说，"少爷，这是谁家的姑娘，心神衰弱，她需要静养。"

"她是个孤儿，现在被教会收留，如果送回去，那老巫婆不会让她静养的，要不去我家吧？"阿盛说。

"不妥，薇薇，带她去我们家。"李博安说。

"好呀，阿爸。"李薇薇说。

阿盛是有些欣慰的，因为帮了这女孩的忙，阿盛也是有些担忧的，因为这女孩未来的命运。第二天上午，阿盛打算先去戏班料理一下当日的事情，之后就去李博安家里看看。他刚走进戏院，便听见门口有人喧哗。他转身向门口看去，便看见了一件黑色的袍子。阿盛心里一抖，想了想，便向门口走去。

"大少爷，她们要找刘班主和杜襄理。"戏班的阿星说。

"上帝保佑，是叶少爷。叶少爷早！"克莉丝汀牧师在胸前画了十字，铁青着脸说。她的黑袍子被风吹起，像一只嗜血的巨大蝙蝠。

"早，克莉丝汀牧师，不知您光顾戏院所为何事？现在并不是演出时间，戏院要到晚上 6 点才开演。"阿盛说。

"呵，我对你们中国戏没什么兴趣，中国戏怎么能跟我们的戏剧相提并论？我是来找一个人。昨晚有人看见阿芙拉来这里看戏了，哦，就是彩蝶，一整晚都没有回去，所以我是来要人的。"克莉丝汀高傲地说。

哦，原来她的中国名字叫彩蝶。多好听的名字！阿盛想。

"有人看见？是谁看见？彩蝶也好，蜜蜂也好，我们戏院就是给人看戏的，只要有票，都可以进来，也都可以随时离开，我们怎么知道谁是彩蝶？克莉丝汀牧师，您若提前告诉我们彩蝶会来，我们一定绑住她的手脚，可是您没告诉我们呀！再说，克莉丝汀牧师，您怎么不看好你的人，任由她们随处乱跑，万一扰乱治安惹出什么事来，不是给您惹麻烦吗？"阿盛不紧不慢地说。

"你！"克莉丝汀脸色因气急而涨得紫红。

"罪过罪过，上帝呀，克莉丝汀牧师，您可不要冤枉了我们戏院。我现在就把所有人都叫出来，让他们说，哪个看见那个叫什么彩蝶的，谁敢隐瞒我立刻辞了他。你看如何？"阿盛又说。

"你！"克莉丝汀指着阿盛的鼻子，不知说什么好。

"叶侨笙，我叫叶侨笙。"阿盛又面无表情地说。

"叶侨笙！"克莉丝汀冲着阿盛大喊。

"对了，克莉丝汀牧师，您从中国妓院里带走那么多姑娘，立下那么多丰功伟绩，你真的救赎了她们吗？"阿盛又说。

"上帝呀！叶侨笙，你等着！我们走！"黑蝙蝠呼啦啦扇着翅膀飞走了。戏班的人看着她们的背影都笑起来。

"叶少爷，你是不是真的知道彩蝶姑娘在哪儿？如果她真的来看戏了，那我们戏院恐怕就要倒霉了。"班主走过来说。

"哦？我倒要看看，老巫婆有多大的本事！"阿盛转身便拦了辆车，去往李博安的中医馆。

"阿盛！"芽萝跑出来，却只见阿盛乘车远去的背影。

"到底怎么回事？班主。"芽萝不解地问。

"唉，还是年轻气盛。"班主叹气说。

阿盛来到李博安的中医馆。中医馆连带药房，透过橱窗玻璃，清晰地看到药房西边的整面墙壁直到屋顶罗列着上百个红木小抽屉，小木抽屉上贴着各种中草药名字的标签。李博安正坐在一张朝南的红木桌前为身旁的病人写处方，之后，他站起身走到西边，拉开墙壁上的几个小红木抽屉，从中分别抓了一些草药，用手秤称量每一种草药。之后，他把各种草药混合，平均分成7份，再用纸包成7个纸包，用红绳捆好，最后将7个小纸包放进大纸袋，交给病人。

阿盛也顾不得许多，直接推门而入。

李博安一抬眼，见到窗外的阿盛推门而入，匆忙对顾客说："50美元。"然后连忙跑过来说："大少爷，你怎么来了？"

"李伯，我来看看。"阿盛说。

"在里边，大少爷。"李博安说。

阿盛匆忙跑进里间。

彩蝶已经能坐起来，李薇薇正在旁边喂她喝粥。见到阿盛进来，彩蝶连忙要下床行礼。阿盛制止道："彩蝶姑娘别动，别动。"

"她还很虚弱，这姑娘体弱，并且有血病和痨病，血病应该是来自家族遗传，需要好好静养啊。"李博安在书房对阿盛小声说。

"血病和痨病？"阿盛惊讶地说。

"是啊，我诊了脉，这女孩的痨病已经很久了，恐怕时日不多。"李博安说。

"啊？李伯，你是神医啊，你要救救她呀！她太可怜了！"阿盛说。

"我自当尽力而为，但恐怕神人也无回天之力。"李博安说。

"都是那个克莉丝汀害的，她这么弱，怎么禁得起那个死巫婆的折腾。我去找克莉丝汀，她们当初多少钱赎的她，我还给她，给她自由。"阿盛说。

"然后呢？她去哪呢？侨笙你想过吗？即便你帮她恢复了自由，她又何去何从？难不成你叶家收留她吗？那不是给叶先生找麻烦吗？"李博安说。

"那怎么办？"阿盛说。

"就让她留我这儿吧，怪可怜的，让她跟我学中医，也能跟薇薇做个伴。"李博安说。

"那太好了，谢谢李伯了。"阿盛说。

"唉，也是缘分，看着多乖巧的孩子，都是苦命啊。"李博安说。

"那好，说定了，那我就去找克莉丝汀赎回彩蝶。"阿盛说。

阿盛还是晚了一步，他刚走出门，就迎面遇上了克莉丝汀带着几个美国警察。

"克莉丝汀牧师？"阿盛惊讶地说。

"没想到吧，叶少爷？你还是太年轻了，我要谢谢你，是你给我带的路。警官，您看见了吧，阿芙拉就在这家中医馆。上帝呀，李唐医私自拐走我教会的修女，罪不可赦。要知道，我千辛万苦才把阿芙拉从地狱解救出来，没想到，这个自由得过分的华人竟然还要把她带回地狱。他把阿芙拉藏到家里，伺机卖掉，真是无视我们的政府，无视我们的法律，居然敢做如此胆大妄为之事！"

"进去搜！"美国警察冲进中医馆。

克莉丝汀挥舞着黑袍子闯进中医馆，就见彩蝶虚弱地坐在床上，眼中充满惊恐。

"啊哈，果然在这里。阿芙拉你太让我失望了！"克莉丝汀皮笑肉不笑地说。

"啊？"彩蝶哆嗦起来，艰难地爬下床跪在地上，"阿弥陀佛，不，圣母玛利亚，我错了，克莉丝汀嬷嬷。"

"哦？你还知错？"克莉丝汀说。

"我错了，我错了，圣母玛利亚，请嬷嬷原谅。"彩蝶虚弱地说。

"你偷偷去看戏了？"克莉丝汀质问道。

"是。"彩蝶说。

"你还是改不掉肮脏下流的习气。"克莉丝汀嫌弃地说。

"我错了。"彩蝶说。

"给我带走！"克莉丝汀命令道。

两个美国警察上来架住彩蝶的胳膊，拖着她向外走。

"干什么？"阿盛拦住他们。

"叶少爷，我劝你休管闲事。这事与你毫不相干，你也最好别给叶先生惹事。"克莉丝汀提高了嗓门。

"这事我管定了。"阿盛也提高了嗓门。

"别……"彩蝶虚弱地说，然后，猛烈地咳嗽起来，很快便晕倒在地。

"彩蝶！"李薇薇喊道。

"克莉丝汀牧师，彩蝶姑娘身染重血病和痨病，已经病入膏肓。如果你不怕传染的话，尽可以将她带回去。"李博安不紧不慢地说。

"痨病？血病？"克莉丝汀诧异道。

"是的。"李博安点点头。

"既然阿芙拉染病在身，那就劳烦李唐医给好好诊治，如果治不好，那后果你自当知晓。我们走！"克莉丝汀转了转眼珠说。

黑袍子带着警察一干人等又风一样地飞奔出去，中医馆的大门"咣当"一声被关上了。

"李伯，你不会有麻烦吧？"阿盛过了好一会儿才说。

"没事，我是医生，治病救人不可推脱，他们不能把我怎么样。"李博安说。

李博安的话，阿盛信了。

2

3日后的早上，叶家人正在吃早餐，就听门铃急促地响起。阿灿快步走出去，很快，阿盛就看到玻璃窗外李薇薇的身影。

"出事了！"阿盛立刻站起身。

李薇薇小跑进来，立刻跪在地上。

"薇薇，快起来，出了什么事了？"叶江南说。

"薇薇快起来，是，你阿爸出什么事了？"叶太太说。

"阿叔，求求你，救救我阿爸。"李薇薇哭泣着说。

"到底怎么了？"叶江南说。

"阿爸被他们抓走了，说是要送到精神病院。"李薇薇哭泣着。

"什么？"大家都惊讶万分。

"怎么回事？他们是谁？别着急，说清楚。"叶江南又问。

"是因为我。"阿盛说。

"到底怎么回事？"叶江南焦急地说。

"今天早上莫名其妙来了好几个警察，他们手里拿着精神病院的诊断，进来就说，阿爸患了精神病，就立刻把阿爸带走了。可是阿爸，从来都没有去检查过，阿爸自己就是医生。"李薇薇颤着声音说。

"前几天我让李伯救了一个修女，克莉丝汀带人来中医馆要人，听李伯说她有痨病和血病才作罢，没想到真的给李伯带来了祸端。"阿盛咬着牙说。

"侨笙，你这浑蛋！"叶先生第一次这样愤怒地骂了阿盛，"你知不知道这是多大的麻烦！李伯被你毁了！"

"请原谅，阿爸。是我太唐突了。"阿盛抱歉地说。

"哎呀，快想办法救人吧！事已至此，埋怨有什么用呢？"叶太太说。

"警察手里的诊断显然是假的，伪造的！"艾米气愤地说。

"大家都知道是假的，但这是美国社会，对华人本就苛刻，你无法既要用美国法律来维护权益，又要斥责它的不公允和不真实。"叶江南说。

"该怎么办？"叶太太说。

"我立刻去找唐纳，看看这件事从哪着手。"叶江南说。

"阿叔，您一定要救救我阿爸！求您了，以后让我无论干什么都行的。"李薇薇哭泣着说。

"混账话！不许胡说，你就待在这儿等消息。"叶江南说。

荣达不知什么时候站到李薇薇旁边，拉着她坐下来。

"可是，彩蝶还在中医馆，万一她们来抓她……"李薇薇又站起来。

"放心，她们不会要她了，她们害怕她的肺痨传染，躲还来不及。"叶江南说。

"哦。"

叶先生从衣架上拿起西装急匆匆走了。阿盛想了想，也出去了。

"侨笙，你去哪儿？"叶太太喊，但侨笙没有回头。

阿盛拦了一辆出租车坐上去，直奔精神病院。他听说过那个地方，据说那里有很多华人都不是真的精神病人，投入精神病院只是美国人制裁华人的一种方式，他们可以随意地将一个身体健康的华人划归为精神病人，也可以将不听话的华人划归为精神病人。他们随意将华人投入这牢笼之中，成为他们的囚徒，屈服于他们的意志。阿盛的心颤抖了。

阿盛在精神病院的门口下了车，就见一个女孩蹒跚着小脚也下了车。是彩蝶！

"彩蝶！"阿盛喊了一声。她抬起头，一双眼睛肿如核桃，显然刚刚哭过。

"彩蝶，你怎么来了？"阿盛问。

"李唐医是因为我。我来告诉他们，李唐医不是精神病人，请他们放了他。"彩蝶说。

"他们怎么会听呢？他们当然知道李唐医不是精神病人。"阿盛说。

"对了，我有首饰。"彩蝶慌忙摘下手上的镯子和头上的钗子，急切地说，"叶少爷，我只有这么多，还值几个钱的，你看能不能把李唐医赎出来？"

"唉，不够的，多少都不够的。他们要的不是钱。"阿盛说。

“那是，什么？”彩蝶不解地说。

“是尊严，华人的尊严和屈服。他们要华人永远抬不起头来，永远服从他们，听他们的话。”阿盛愤怒地咬牙说。

“可是，我们华人为什么要服从他们？”彩蝶哭泣着说。

“你回去吧，我进去看一下。”阿盛说。

“我跟你一起进去。”彩蝶说。

“你还是别进来，你走得慢，里面危险。”阿盛说。

“那我在这里等你。”彩蝶说。

“好吧。”

阿盛辗转问了好几个人，才找到李博安的病房。阿盛走进去，这间病房和普通病房没什么两样，只是，房间的四周加了栏杆，栏杆上有锁。李博安闭着眼睛，穿着条纹病号服疲惫地躺在床上，手脚都被绑在床旁的栏杆上。他的胸口和胳膊上有血迹，病号服也有多处被染红。

“李伯，李伯！”阿盛心痛地叫了一声。

李博安睁开眼，看见栏杆外的阿盛，笑了：“侨笙，你怎么来了？你不该来这种地方。”

“李伯，都怪我。是我不好，给你带来这么大麻烦。”阿盛抽泣着说。

“别哭，孩子，你没有错，我们都没有错，是他们的错。不过，你放心吧，他们不敢把你怎么样的，他们谁都不敢动你阿爸，你阿爸是我们华人的骄傲！”李博安说。

“我阿爸去想办法救你了，他一定会救你出去的。”阿盛说。

“不知道薇薇怎么样了，我被带走，她一定被吓坏了。还有彩蝶。”李博安担忧地说。

“薇薇在我家，李伯放心。彩蝶现在在外面，我没让她进来。”阿盛说。

“那我就放心了。别让你阿爸为难。没事，我死不了，他们关我一阵子就会放我出去了。我又没干什么伤天害理的事。”李博安笑了笑说。

“可是李伯，本来很多洋人就恨你，那些疑难杂症他们治不了，你都给治好了，他们觉得你抢了他们不少生意，本来你就是别人的眼中钉了。这次，他们终于找到这个借口来害你，真是太险恶了。"阿盛气愤地说。

"没事的，死不了的。你快回去吧。"李博安疲惫地说。

"医生！医生！"阿盛喊起来。

立刻有一位穿着白大褂的男子跑过来："您有什么事吗？这里禁止大声喧哗。"

"是谁把李唐医关在这里的？是谁？"阿盛高喊。

"是我们的院长，这位先生，我们这里的房间都是一样的。"男子淡然地说。

"你们竟然敢打人！竟然乱用电刑！我会告你们！"阿盛愤怒地说。

"这是对精神病人治疗的必要手段，请理解。"男子平静地看着阿盛说。

"李唐医根本没有病！你们个个都是精神病人！你知道我是谁吗？"阿盛又抬高了嗓门。

"是谁在喧哗？"（英文）远处传来一个中年男人的声音。

"院长来了。"（英文）男子礼貌地点头说。

"我是叶江南的儿子，我警告你，李唐医不是什么精神病人，若敢再用电刑，你等着上法庭吧！你们都等着上法庭吧！"（英文）阿盛愤怒地大喊着晃动栏杆，之后，向外走去。

"哦，叶江南。"（英文）院长思忖道。

3

阿盛出来的时候，天上下起雨来。他并没有看见彩蝶，寻找良久，也不见彩蝶的踪影。他有些不安，一边步行向回走，一边四顾环视寻找彩蝶。阿盛走到玛利亚教堂附近，见到一群人围在教堂前看热闹。他好奇地走近，就见彩蝶跪在教堂门前哭泣。她的脸上分不清是泪水还是雨水，衣服已经被雨水淋透。

"彩蝶，你怎么又跑回来？"阿盛伸手要拉她起来。

"放开！我不认识你！别拉我！都是因为我！克莉丝汀嬷嬷，求求你原谅我吧！求求你放过李唐医，李唐医是好人，求求嬷嬷，让警察把李唐医放出来吧！

还有很多的华人等着他看病……嬷嬷，求求你，惩罚我吧！"彩蝶痛哭流涕。

终于有一个修女从教堂走出来，是一个华人女孩，彩蝶期待着看向她。

"阿芙拉，你走吧。嬷嬷说了，你背叛了她，你永远不要再回来了。她从来都不认识你。"华人女孩说。

"杜鹃！"彩蝶抓住她的袍子，"杜鹃，帮帮我，嬷嬷最听你的话了。帮我救救李唐医，他实在冤枉啊！我这条贱命不值钱，嬷嬷想要，随时可以拿走，求她放过李唐医吧！李唐医只是好心救了我一次。是我的错，是我的罪过。"

"这一次，我也帮不了你了，阿芙拉。你走吧。"杜鹃说。

"是因为我的肺痨吗？"彩蝶忽然笑了，她的笑容在雨中很诡异。

杜鹃沉默不语。

"杜鹃，你也嫌弃我有肺痨是吗？"彩蝶又仰头问。

杜鹃叹息一声，便转身向教堂走去。

"哈哈！"彩蝶慢慢站起身来，转身向中医馆走去。因为下雨路滑，她的小脚跟跄着，在雨中滑倒了几次。阿盛跟在后面，怅然若失。

阿盛站在中医馆对面，见彩蝶走进中医馆，又转身关上大门。阿盛又在雨中站了许久，才转身离开。

阿盛失魂落魄地去了戏院。芽萝一见他，便问："阿盛，出了什么事？"

阿盛没说话，抱住她一声不吭。

"瞧你，把我的衣服都弄湿了。"沉默了一会儿，芽萝说。

阿盛又过了一会儿才放开她说："芽萝，我干了天大的蠢事，李伯，被他们送到精神病院去了。"

"啊？"

"我不敢回去了，我不知道，阿爸能不能救出李伯，我好害怕……如果要去，也应该是我去，关李伯什么事啊？是我惹的祸。"阿盛痛苦地说。

"李薇薇和那女孩呢？"芽萝问。

"她们没事。"阿盛无力地说。

"那就好，那就好。"芽萝抱紧他，拍着他的后背，像抚慰一个受伤的婴儿。

"我饿了，芽萝。"阿盛嗓音沙哑地说。

"好，我去给你拿吃的。"芽萝出去很快又回来，手中拿了一个提篮还有一件戏服长衫，提篮里装着清粥小菜，还有几个酥饼。

"来，你的衣服都湿透了，先把这个换上。这是戏服，你先凑合穿上，我把你的衣服烤一下，等烤干你再换回来。换完就赶紧吃吧！"说完，芽萝便走出去。

阿盛已经没了精神气，目光呆滞地换了衣服，又吃了粥。一丝倦意袭来，他好累啊。他吸了吸鼻子，房间里若有若无的香气让他安心。他躺卧在床上，看着窗外想着心事，忽而闭上眼睛，睡了过去。

阿盛醒来的时候，已经日照三竿。他睁开眼，便看见芽萝趴在桌上打瞌睡。他有些诧异，想起来自己昨晚占了芽萝的床，害得芽萝没法睡，心中生出愧意。忽然又想起来李伯的事情，慌忙下床穿鞋。

"阿盛，你醒了。"芽萝被惊醒。

"芽萝，你昨晚没睡？都是因为我……"阿盛说。

"你好些了吗？"芽萝关切地问。

"我没事了，对了，我得走了。还不知道李伯怎么样了。"阿盛慌张地说。

门外响起熟悉的声音："叶侨笙！"是荣闵的声音。

"他怎么来了？"阿盛奇怪地说。

"我怎么就不能来了？别忘了，我也是叶家的少爷！我来呢是爸比让我来找你，艾米猜你就躲在这里不敢回家。你现在可以回家了，李伯的事情已经解决了，爸比费了好大周章才找人把李伯救出来。"芽萝打开门，荣闵便跨步进来。

"真的？"阿盛一下从床上站起来。

"当然是真的。怎么样，爸比厉害吧！"

"阿爸太厉害了！李伯现在在哪儿？"阿盛急切地问。

"爸比已经让人送他回中医馆了，还有李薇薇。唉，李薇薇那一身中药味，昨晚就和佐伊睡一个房间，都不知道佐伊怎么忍得她那一身中药味。"荣闵鄙夷地说。

"我去看看李伯！"阿盛跑了出去。

"喂！你怎么自己先跑了？"荣闵在后面喊。荣闵并不着急去追阿盛，他不慌不忙地转身对芽萝说："芽萝，谢谢你昨晚照顾大少爷，嘿嘿。"

"哪里，没什么的。"芽萝羞红了脸。

"侨笙呢，总是冲动，容易惹麻烦，以后有什么事你也可以找我，很多事我也能解决的。"荣闵又说。

"谢谢三少爷。"芽萝低头说。

"那好，那我就先回去了。"荣闵恋恋不舍地看着芽萝说。

"三少爷慢走。"芽萝面无表情地说。

阿盛一路狂奔跑到中医馆，推开门便喊道："李伯！你回来了！"

"大少爷啊，我没事的。"李博安说。

"大少爷，阿叔把我阿爸救出来了。"李薇薇喜极而泣。

"让我看看。"阿盛上下打量李博安，"李伯，你受苦了，真是对不住。是我不好，给你惹这么大麻烦。"

"都过去了，都过去了，不用放在心上。"李博安说。

"阿爸，我给你包扎。"李薇薇拿着药棉过来。

"好。对了，彩蝶呢？"李博安问。

"咦？她没在吗？昨晚她回来了呀。"阿盛诧异道。

"薇薇，去找找彩蝶，是不是刚出去了？"李博安说。

"好。"李薇薇给李博安包扎完连忙跑出去。好一会儿，李薇薇跑回来说，到处都没有见到彩蝶。李薇薇又回到房间，喊道："阿爸，彩蝶她把东西都拿走了。她走了！"

阿盛和李博安来到房间一看，彩蝶的东西果然都带走了。

"走了？她孤苦伶仃的，能去哪里？"李博安叹息道，"我们分头去找找。"

几个人出了门去寻找，阿盛又跑到戏班子，请戏班子的人帮忙寻找，但几十个人寻找了几日也没能找到彩蝶。听说有人看到彩蝶去过天后庙，彩蝶一定又是去求妈祖娘娘保佑她，可是妈祖娘娘这一次没有显灵，妈祖忘记了保佑彩蝶。

那个猫一样的女孩销声匿迹了，阿盛还记得第一次在街上看见她的笑容，那时候的她笑得肆无忌惮，如清晨的朝露一般纯净。阿盛此后再也没看见那样的笑容了。

阿盛第一次对一个人的生死如此担忧。

第八章　影

幕启幕落，起承转合
善恶美丑，光怪陆离
这舞台上和舞台下
竟让人分辨不出哪个是真
哪个是假来

——《日记·叶侨笙1925》

1

半月后，新的戏班自香港抵达旧金山。阿盛已经提前几天就在准备迎接这批新演员。那一晚晚餐时大家都兴高采烈。叶江南说："瞧着吧，新的演员明日清晨就到了，用不了几日东方大戏院又会成为戏院中最闪耀的明星。我们的确请到了闪耀的明星，并且不是一个，他们每一个都将让东方大戏院不同凡响。"

"让广泰大戏院老板哭去吧！他们还在唱那些老掉牙的曲目，舞台旧死了，一点新意也没有，我那些同学现在都已经没人去广泰大戏院看戏了。"荣闵说。

"就是，要说是精彩还得看东方大戏院的，广泰大戏院根本算不上什么。夏美昨天还在学校炫耀她的剪贴本，本子上都是从东方大戏院的戏桥上剪下来的演员照片和剧照。同学们都轮着看，冯桃桃说她也有，明天她也要带到学校来呢！那些女同学还说回去都做剪贴本呢。"荣达说。

"唉唉唉，你们几个，我们中国人呢，讲求谦虚谨慎，低调做人，高调做事。这是我们中国人的良好品质，你们都学到哪里去了？只会吹牛是干不成大事的！"叶江南说。

"好啦爸比，我们在家里，又没外人听；再说我们哪里是吹牛，是事实好吗？"艾米说。

"好啦，侨笙，今天你陪杜襄理去把戏班接过来，把演员们安顿好，晚上你和我一起，为他们摆宴接风。"叶江南又说。

"是，阿爸。"阿盛回答道。

"唉，不是——是，是——好的。"叶江南又说。

"好的，阿爸。"阿盛笑了。

"哈哈。"大家都笑了。

阿盛回到房间穿上西装，打了领带。他总是将领带打得歪歪斜斜，像个歪枣挂在喉咙上，很是别扭。因为，本来他就不是叶侨笙！每次都是佐伊走过来给他解开领带，再重新打好。

每当这时，艾米就会揶揄道："侨笙果然是天生的少爷，领带都不会打。我看佐伊能帮到你什么时候，到时候佐伊嫁了人，我是不会伺候你打领带的。哼，将来也不知道你娶个什么老婆，万一也是个笨婆娘，不会打领带，那还真给叶家丢脸呢！唉，祈祷你不要娶个笨婆娘，即便达不到像妈咪那样漂亮，至少要像妈咪那样聪慧才行。唉。"

每到这时，荣闵和荣达就会幸灾乐祸，荣闵甚至会笑得直不起来腰。因为打领带这件事，荣闵是极其擅长的。他小时候第一次学校演出穿西装，佐伊给他打领带，他就学会了。在很多事情上，他都表现得比侨笙更加聪慧和灵巧，但不知为何，叶先生总是信任和喜爱侨笙比他多。他想不出原因，或许因为，那是叶侨笙。

"叶侨笙"这三个字，在这个家，无可替代，无比珍贵，无比重要。

"唉，为什么我不是叶江南亲生的。如果我是叶侨笙，而不是叶荣闵，该有多好！"每到这种时刻荣闵都会这样叹息。

杜襄理的车停到了大门口，他走下车按了门铃。

"好了，大姐。我得走了。"阿盛对佐伊说，又回头对大家点了头，便匆匆向外走去。

"遇事沉稳些，及时告知我。"叶江南说。

"好。"阿盛又回头说。

一个小时后，阿盛和杜襄理的车到达码头，等待那艘船只的到来。陆续有船只靠岸，大批的华人从船上下来，走过栈道，从他们的身边走过。杜襄理从衣兜里拿出一个烟盒，又抽出一支烟来用火点燃，一边吸着烟一边望向人群，不时地看看左手腕的表。

呜呜！又有一艘大船靠岸。杜襄理看了看手腕的表，忽然将还未吸完的烟扔掉，急急地说："这个是了。侨笙，我们走。"

他们走上栈道。果然，没一会儿便远远地望见一队人挑着箱子走过来。前后共有20多个人，其中的男子秀气，女子格外俏丽。

"戏班子到了。"杜襄理又说。

阿盛高兴地向他们挥手："在这里！在这里！"

领队的人停住了脚步，本能地回应了笑容。然后对后面的人说了几句什么，之后，大家的步伐快了起来。然而，他们没有能够通过检验口护卫的审查——他们被护卫拦截住了。

阿盛着急地看着他们被护卫带走。领队的人惊讶地看着护卫，又惊讶地遥望着阿盛和杜襄理，不得已带着众人跟随护卫而去。

"不好，出事了。"杜襄理说。

"怎么回事？"阿盛诧异道。

"这是移民局的护卫，他们要接受移民局的审查。"杜襄理说。

杜襄理和阿盛开车去了移民局。他们走进大厅，便被穿着制服的年轻人拦住。

"请问找哪位？"（英文）

"我是叶侨笙，我来接东方大戏院的演员的。"（英文）

"审查还没有结束，请你们耐心等候。"（英文）

年轻人指了指台阶上面。入眼是两扇门，门里面是审查室。

阿盛和杜襄理在台阶对面的长椅上坐下来，一会儿便看到那两扇门开了，几个华人从里面走出来，他们通过了审查。之后，门又被关上了。门的开合之间，阿盛看清了那间屋子，屋子里很明亮，但奇怪地开着顶灯。屋子中央是一张宽大的桌子，桌后坐着三个洋人，其中一个用左手托着单边眼镜，仔细地盯着桌子对面的华人。可能因为视力不好，需要很用力地将其放大，观看每一处细节。桌子对面，戏班子的演员们拘谨地坐在几条长条凳上，胆怯地望向坐在桌子后面的洋人。

看见这一幕，阿盛的心里忽然溢出许多情绪来，难过、不安、忐忑、惶恐，以及愤怒。仿佛现在坐在洋人对面的不是戏班子的演员，而是他自己。

好一会儿，门又开了，一个穿制服的洋人终于带着戏班子的演员们出来了。阿盛开心地站起来走上前去，却被洋人拦住说："很抱歉，我不得不通知你们，你们的新演员没有通过我们的审查。按照规定我们不能马上放人。我们还需要进一步审查。"（英文）

"审查什么？"（英文）

"关于他们的个人身份我们已经确证，没有异议。但是还需要对东方大戏院做进一步的审查。因为据有关人士透露，东方大戏院有对演员不合理待遇的行为。东方大戏院的演员有可能被当作是奴隶和苦工。你们的第一批演员实则为奴隶，这一点我们需要等待劳工部的查证，确认之后才可以放人；或者，如控诉所言，那么这批新演员将会被要求离境返回。并且，东方大戏院的演出资格也将存疑。"（英文）

"你在说什么？"（英文）阿盛诧异地说。

"我已经说得很清楚了，两位先生。"（英文）穿制服的洋人说。

"那这些新演员怎么办？"（英文）杜襄理问。

"在我们调查清楚之前，他们必须在我们的监管之下，我们会暂时安顿他们，直到审查结束。"（英文）穿制服的洋人又说。

"杜襄理，他们要带我们去哪里？"班主有些惶恐地问。

"班主您先别急，我相信移民局会妥善安置你们。请大家放心，我们会尽快处理好此事，尽快接大家到东方大戏院。"杜襄理说。

"好。"班主半信半疑地说。

"你们带他们去哪里？"（英文）阿盛说。

"都说了我们会暂时安置他们。"（英文）洋人傲慢地说。

"你们！"（英文）阿盛愤怒地握住拳头。

"好，那就拜托您帮我们好好照顾这些演员，他们中有我们中国的知名演员，是受我们邀请才不远万里来到这里演出，也将为繁荣美国的文化作出一番贡献，请您务必好好照顾他们。谢谢您了。"（英文）杜襄理从衣兜里拿出一沓钞票，塞到洋人的手里。洋人立即绽开笑脸，像龟裂的田野。

"放心好了，我会照顾好他们的。你们还是尽快解决申诉的问题吧！否则东方大戏院的演出资格都受到质疑，还演什么戏！"（英文）洋人又说。

"是，您说的是！我们尽快请劳工部办理。"（英文）杜襄理说。

洋人带着演员们走了。杜襄理拉着阿盛快步走出移民局。阿盛上了车，便气哼哼地问："你干吗给那个死洋人钱？他们这么对我们，我们居然还要贿赂他们？真是欺人太甚！我们干吗要谄媚他们？"

"这是美国，侨笙。事出紧急，没别的办法，只求他们暂时平安，我们回去再从长计议。这钞票是叶先生让我带着的。"杜襄理说。

"阿爸？"阿盛诧异道。

"是啊，叶先生早就想到，如果有万一，也好提早打点。"杜襄理说。

"好吧，那接下来怎么办？"阿盛说。

"接下来需要叶先生和唐纳先生去跟劳工部去办理了。"杜襄理说。

"那我们呢？"阿盛烦躁地问。

"我和你，只能等。"杜襄理说

阿盛和襄理没有想到，叶江南和唐纳还没来得及去劳工部，便收到了法庭传讯，东方大戏院被指控虐待演员。芽萝和几位演员被带走。

阿盛听到消息便疯了一样向外跑去。

"你去哪里？"叶江南喝道。

"我去警察局找他们！芽萝他们犯了哪条罪，凭什么抓人？"阿盛说。

"你今天是见不到他们的。"叶江南沉稳地说。

"为什么？"阿盛惊讶了。

"因为法律规定。"叶江南说。

"是美国的法律，我们是华人，干吗要遵守他们的法律？"阿盛气恼地问。

"因为我们在这里生活。侨笙，阿爸知道你为演员鸣不平，但现在莽撞是无济于事的。"叶江南说。

"那我们就眼睁睁地看着他们被抓走，还不知道芽萝……他们会不会受到酷刑。"阿盛忽然红了眼眶。

"不会的。他们被带走是接受询问和调查，不会受到人身伤害。"叶江南说。

"真的吗，阿爸？"阿盛说。

"相信我。"叶江南说。

"那他们什么时候才能回来？"阿盛吸了吸鼻子。

"等到调查完了，他们自然会被放出来的。"叶江南说。

"我们什么时候能见到他们？"阿盛说。

"明天。"叶江南说。

"哦。"阿盛泪眼蒙眬地看着叶江南。

叶江南心里一抖。这许多年来，他还是第一次看见侨笙当着众人的面落泪。他何尝不知这个小小少年从阿盛成为叶侨笙，经历了怎样漫长而曲折的心路历程？小小的他一次次将自己关在房间里，无声地啜泣，他的顺从是他对自己命运无奈的接纳，他的沉默又包含多少坚韧和倔强。可是他从不对人落泪。而此刻，显然，这件事对他的冲击之大，让他几近崩溃。

"其实，不止我们东方大戏院被诬陷，广泰大戏院也同样受到过诬陷。之前你们没有关注过。就在一年前，广泰大戏院被克莉丝汀指控为奴役幼童。克里斯汀声称收容了两名从戏院的奴役下逃出来的女孩，一个 9 岁，另一个 11 岁。克莉丝汀因多次拯救了中国女孩而很有威望。她认为中国戏院是包庇妓女及各种不道德活动的组织，她一直在指责中国戏院对美国社会的负面影响。而其实，这两个女孩是演员于景宏的女儿，她们是随父亲一起来演出的。然而，最终，少年法庭裁定克莉丝汀为女孩们的监护人，将她们送回中国。当时的中英文报纸都报道了这一事件，广泰大戏院因此有了污点。美国白人社会总是臆想华人有'黄色奴隶'，《旧金山纪事报》在新闻报道标题中还特别使用了这个词。"叶江南说。

"这是他们的偏见！是对我们华人的侮辱！"艾米愤恨地说。

"没错，我们的民族现在还不够强大，总有一天，我们的国家，我们的民族强大了，每一个华人都会受到尊重和敬佩。"叶江南说。

"会有那一天吗？"阿盛说。

"当然会。"叶先生笃定地说。

"那现在，我们是不是也会和广泰大戏院一样，受到他们的诬陷毫无办法？"阿盛又问。

"不会的，侨笙。东方大戏院会没事的。"叶江南抱了抱他，清晰地感觉到他的身体在颤抖。

"为什么？"阿盛说。

"因为我是叶江南。放心。"叶江南又拍了拍他的肩膀。

"阿爸！"阿盛又紧紧抱住叶江南。

"我知道，我知道。好了，都多大了。"叶江南笑笑，放开他，和唐纳走出去。

次日，法院开庭。

叶家人和唐纳准时到达法院。法院门口已经围满了人。人群中自动让出一条道来，叶家人和唐纳快步走上台阶。

"叶先生，听说东方大戏院被告有虐待行为，请问是否属实？"记者们问，他们带来的照相机不断"噗噗"地冒烟。

叶江南并不理会，只是微笑着冲他们点头。

叶家人在听众席的座椅就位，叶江南和唐纳走上被告席。在原告席上，坐着克莉丝汀和另外一名长老会成员。叶先生笑了，礼貌地向她点了点头。克莉丝汀一脸阴鸷，扬起下巴倨傲地向叶江南点头，却无丝毫笑意。

阿盛看见克莉丝汀坐在那里像一只黑色的乌鸦，他心里的愤怒如泉翻涌，他恨不得上台抓住这只乌鸦将它的黑羽毛一根一根拔掉。阿盛不经意间仿佛看见一张似曾相识的面孔，他转过脸，便看到斜后方摇着扇子坐在那里的广泰大戏院老板任永贵，他正在和香竹戏院的老板、襄理窃窃私语，他们的脸上露出幸灾乐祸的表情。阿盛又环顾四周，这不大的法庭，加州的几家华人戏院老板都已经到齐，还有几家白人歌剧院老板、几位政府官员和沙龙的要人，另有一些唐人街的普通华人。他们或坐或站在后面，他们的眼中有茫然、有担忧。芽萝在哪里？阿盛焦急地用目光寻找，却始终没有见到她的身影。

法官落座，敲了木槌。

"肃静！"

"现在我宣布，关于东方大戏院虐待演员一案现在开庭。根据原告的控诉，东方大戏院有虐待演员嫌疑，第一批演员实则为奴隶，长期以来经受身体和精神双重折磨。原告已经提供了证据，证明东方大戏院的演员演出时间高于其他戏院的演出时间，完全不顾行业规则，并且演员的生活环境极其恶劣，同时排练极其苛刻，受到虐待，完全等同于奴隶。原告乃声望很高的唐人街女教士克莉丝汀及社区人员。这两位原告因长期生活于唐人街，对华人生活极其了解，因而诉讼是有一定的根据的，因而我们予以立案审理。现在，请被告方辩护。请问你们是否有反对意见。"法官说。

"我有！"从里面传来一声清脆的声音。

是芽萝！阿盛激动地看向声音的方向。

"那请被告方的演员出庭！"法官说。

芽萝不慌不忙地走上法庭："法官大人，我反对。我是东方大戏院的演员。我和我的伙伴们都可以证明，我们从来不是什么奴隶，在我们中国，我们从事艺术，是受人尊敬的艺人。我们在东方大戏院也一直受到尊敬和爱护。我们可以当堂证明。"

"你们如何来证明？"法官说。

"那不如我们就以自己的技艺来证明。请我的伙伴们一起来。我们带了表演器具来。我们今天不用扮相，今天清唱。"芽萝说。

"好吧。"法官点点头。

几个男伶走上法庭。芽萝唱起来，几个人同时开始演奏，还有两个人开始了武打。

"好！好功夫！""芽萝！芽萝！"法庭上的观众喝起彩来。

法官坐在审判桌后，已经开始冒汗。他慌乱地敲了几下槌子，但此刻槌子的威力实在比不上唱腔和舞姿的魅力，观众连连喝彩，又有人跟唱，大家就要沸腾了。有记者在争先恐后地拍照，法庭上烟雾四起。

法官和旁边的审判员面面相觑。

这时，有人跑过来对法官窃窃私语。法官点点头，终于站起身来，用力敲了几下槌子。

芽萝停下来，大家都安静下来。

"请肃静！现在请劳工部督查进行调查说明。"法官说。

一位身着制服的美国官员走上审判台，说道："就在刚刚，我们已经亲自去查访了东方大戏院演员的住所。事实证明，演员们在东方大戏院的生活良好，并无任何被虐待的迹象和可能。"

"我宣布，他们都是真正的演员，当庭释放。"法官只好说。

"对于叶先生和东方大戏院的指控，我们劳工部予以驳回。"劳工部的人说。

"那这就是说，这是一场闹剧吗？"有记者尖锐地问。

"法官先生，这算不算是别有用心的人对东方大戏院的一场阴谋？"又有记者问。

"请问法官大人，您作为法官，对整件事的真实性其实是有预判的，面对这样一场闹剧，您还是接受了审理，是否存在您接受了贿赂的行为？我们有理由怀疑……"记者仍在追问。

"好啦！一切都结束了！哪有的事！闭庭！"法官慌忙脱掉他的假发，匆匆离席。

克莉丝汀看着法官匆忙逃脱，她的脸色变得跟黑袍子一样黑。她的整个世界都黑下来。

"怎么可能！"她说。

"你们居然相信华人！真是给美国人丢脸！"她冲法官喊道。

她挥舞着她的黑翅膀呼啦啦逃走了。

"哇！好！""我们胜利了！叶先生胜利了！东方大戏院没事了！哈哈！"华人们兴奋地喊着、欢呼着。

叶江南和唐纳站在那里微笑着看着下面的一切，然后，在许多华人的簇拥下走出去。

"你爸比没事，我们东方大戏院没事！我的孩子们，老天保佑我们！"叶太太用丝帕擦着眼角的泪，欢喜地说。

"是啊，妈咪，爸比太厉害了！我们回家！"几个孩子扶着叶太太走出去。

"芽萝！芽萝！"阿盛跑向芽萝，拉住她的手，上下打量，又紧紧抱住她。

"芽萝，你还好吗？"阿盛说。

"叶少爷，我没事。"芽萝说。

"吓死我了。"阿盛还是紧紧抱住她不想放开。

"阿盛，快放开。这里不合适。"芽萝小声说。

"我不管。我真的要吓死了。你若有什么事，我……"阿盛仍不肯放开芽萝。

"侨笙，我们在等你回家。"艾米冷静的声音忽然响起来。艾米两手抱着肩膀，就站在不远处，看样子已经看他们有一会儿了。

阿盛这才放开芽萝，芽萝立即羞红了脸，跑开了。

"叶少爷，别忘了，你是叶侨笙。"艾米说。

"不要当众做不体面的事。"艾米又走过来低声说。

"你，能不能不监视我？"阿盛说。

"我是保护你，保护叶侨笙是我此生的责任。我们回家吧，我的弟弟。"艾米叹息一声，拉着阿盛的手走出去。阿盛本来很恼火，但每次听到她怜惜地说"我的弟弟"这四个字，他的怒火都会被柔软替代。他永远搞不懂，桀骜冷漠的艾米，如何能够在说出这四个字的时候，变得柔情似水。

第二天，报纸纷纷报道了东方大戏院一案法庭审理的细节。

名伶芽萝有胆有识，据理力争，和几位伙伴当庭表演。几位演员不仅展示了优美的粤剧唱腔，还用汉语演唱了美国流行歌曲《我们街区的宝贝》，展示了卓越的演唱技巧；同时，几位武生男演员也在法庭表演了高超的动作技艺，他们令人惊叹的表演技艺已充分证明了他们的身份，并非如诬陷所言，是奴隶或劳工，而是身怀绝技的艺术家。法庭最终宣布，东方大戏院的演员当庭释放。同时，劳工部督查对演员的实际生活环境予以了调查，确认东方大戏院并不存在虐待演员的行为。事实证明，对于东方大戏院老板、华人社区领袖叶江南先生和东方大戏院演员的各项指控纯属乌有。——《纽约时报》

这天傍晚，叶江南收到了移民局的通知，同时附了一份道歉函。通知声称，移民局对东方大戏院新演员的审查结束。阿盛和杜襄理开车奔赴移民局，将演员接到东方大戏院。

2

新班主姓冯，皮肤黝黑，一双黑白极其分明的双眼饱含笑意。他并不对阿盛毕恭毕敬，偶尔称呼阿盛为"侨笙小少爷"，说话间还偶尔拍拍阿盛的肩膀。杜襄理几次暗示他要注意，但阿盛却喜欢他这样亲切，像是在拍自己的兄弟。

第二日晚，叶先生亲自在翡翠楼设宴，为戏班全体演员接风洗尘。芽萝和前一个戏班剩余的演员也一并出席。阿盛因为与比尔一起排练，最后一个才到。

"怎么才来呢？叶先生都到了。"芽萝在门口四处张望，见到他上来小声说。

"还不是比尔，曲子一直合不好。"阿盛说。

"快进去吧。"芽萝说。

"侨笙，过来坐。"杜襄理站起来拉着阿盛坐在他身边。

"诸位，被移民局滞留的事情，让各位受惊了，叶某深表歉意，我喝了这杯！"叶江南说。

冯班主端起杯来爽朗地说："叶先生哪里的话，进了这个门，就都是东方大戏院一家人了。从码头上见到侨笙小少爷，就觉得面善，就觉得有缘，有缘千里来相会嘛！华人那么多，能走进一扇门那还真是需要缘分。哪里有什么抱歉？都是洋人在搞鬼、在捣乱。"说完便端起酒杯一饮而尽。

"芽萝，倒酒！"杜襄理说。芽萝又给叶先生斟满一杯酒。

叶江南感慨万分，又端起酒杯说："诸位漂洋过海来到这里，我叶某能做的，不过是给大家一个舞台。在座的各位，都是身怀绝技的艺人，接下来，就需要各位大展拳脚，在这一方舞台展现我们华人的戏曲，为我们华人争口气。辛苦大家了！我叶某定会为保护好大家的权益竭尽全力，尽职尽责。"

"还有我。"侨笙也端起酒杯，却发现酒杯只有半杯酒。他看了看站在不远处的芽萝，芽萝佯装不知，并未看他，他只好饮了一口。冯班主看在眼里，不易察觉地笑了。

"侨笙，接下来该你忙一阵子了。"叶江南说。

"好的阿爸，我明天就约徐叔。"阿盛说。

"没错，冯班主，接下来呢，侨笙会安排映像馆来人给大家拍照和印制戏桥。"杜襄理说。

"好！我们的演员随时准备登台。"冯班主说。

"我们共同努力！"

"共同努力！"

第二天上午阿盛去戏班子的时候，徐鼎文已经给新演员拍完了照片，他让冯班主转告阿盛，吃过午饭就可以过去取照片。阿盛一边点头一边用眼睛寻找芽萝。

"对了，侨笙小少爷，我们的新演员你还都没认全呢。"冯班主说。

"对呀，昨晚晚宴上匆匆一面，还都不熟悉。快给我说一说。"阿盛说。

"这是我们的当家花旦周小禾，这是咏春夏，那边是米吉、米祥、米福……"

"叶少爷好！叶少爷好！"众人纷纷向阿盛问好。阿盛微笑着点点头说："好，好，辛苦大家了，就看你们的啦。"

芽萝站在不远处的游廊里，一边下腰一边望着阿盛这边，时而脸上漾出笑意。阿盛向她走去。

"你是要吓死我的吧，这腰这样会不会折断了？"阿盛侧着头看她。

"不会。"芽萝倒看着他说。

"哎呀，你快起来吧，你这样看着我好别扭。"阿盛伸手要拉她起来，却被芽萝用手挡住。

芽萝又倒立了一会儿才起来。

"我在练功，大少爷。"芽萝翘了翘唇角。

"哎呀还是别练了，你这身子骨哪经得住这个呀！"阿盛又说。

"叶少爷真是说笑了，小女子从小练到大，不经得住这个，哪有饭吃？"芽萝说。

"叫阿盛！唉，真是难为你了。芽萝，将来，我一定给你一个幸福的生活。"阿盛说。

"我现在就已经很幸福了。"芽萝笑笑。

"不，远远不够，远远不够。你还不知道幸福为何物。"阿盛说。

"中国有句古话，阿盛，你知道吧？'一入豪门深似海。'"芽萝说。

"书里看到过。"阿盛说。

"阿盛，像我这样的女子，从小飘零在外行走江湖，或许，我已经不能够做一个安稳的豪门太太，就像，叶太太那样。叶太太一看便是生来富贵，又生得美丽聪慧，无须奔波，生来就是要做富贵人家的大小姐和太太的。而我，生来苦命，是没什么资本去做一个靠别人生活的太太的。离开了舞台，我便如没有了手脚，不能行走奔跑，我会很害怕、很慌张。我恐怕离不开舞台了。"芽萝有些惆怅地说。

"芽萝，你说什么呢？你并不比叶太太差，你比她更美丽、更聪慧，并且还更勇敢。人与人没有什么高低贵贱之分，没有人生来就该富贵，也没有人生来就该卑微。就比如，我既是阿盛，也是叶侨笙。虽然大家的眼里我是叶侨笙，但其实，我更喜欢做阿盛。这两个人，他们都是我。或许我打的比方不合适。我说的是，无论是谁，大家都是一样的人。甚至，无论中国人还是美国人，无论白人、黄种人还是黑人，也都是一样的人，不存在谁更高级，谁更低劣。大家都是平等的。只是，有些人故弄玄虚，为了不可告人的目的，找借口欺负别人，才弄出许多托词，来支撑他们的谎言。我再说一遍，你和叶太太是一样的人。我知道，舞台是你的命根子，我不会让你离开舞台的。我娶你也并不是要把你困在牢笼里，像只金丝雀，也并不是让你做'娜拉'。"他忽然想起最近艾米和佐伊常常讨论的那本易卜生的小说《玩偶之家》来。

"娜拉是谁？"芽萝好奇地问。

"是挪威作家易卜生的一部小说里的女子。我两个姐姐最近经常讨论这本书。

她们说得对，我现在很赞成她们了。"阿盛说，"我不要你做娜拉，你就只做我的'缪斯'就好了。"

"缪斯又是谁？"芽萝又问。

"缪斯。"阿盛停顿了片刻，凝视着芽萝说，"缪斯是古希腊的文艺女神，如果有幸得到文艺女神的眷顾，就会创作出不朽的作品来。你就是我的缪斯，我一定会创作出很好的作品来，为东方大戏院，也为我们华人的戏剧。"

"阿盛，你知道得好多呀。"芽萝崇拜地看着阿盛。

"你知道吗？芽萝，希腊神话里还有个音乐之神叫奥菲厄斯，他曾经下了地狱将他死去的妻子欧律狄刻救回人间。芽萝，我要像奥菲厄斯那样，即便你在地狱，我也会把你救回人间。"阿盛的双手扳住芽萝的肩膀，激动地摇了摇。

"你好傻。"芽萝好一会儿才说，泪水盈满眼眶。

"别哭。"阿盛心疼地用手指为她擦掉泪滴。

"对了，比尔还等着我排练，排练完去映像馆取照片。芽萝，你等我。"阿盛说完便匆匆走了。

从学校礼堂到精美映像馆的一路上，阿盛都在想着田惠的烤红薯，不知今天是不是还能带回烤红薯。他咽了下口水，下意识地舔了舔嘴唇。

精美映像馆的门开着，他走进去，门旁的门铃响起清脆的叮铃声。客厅里没人，很安静。他犹豫着要不要上楼，就听到楼上的留声机里传来音乐的声音，是最近美国流行歌曲《我们街区的宝贝》。一定是徐太太在听，听说最近徐太太迷恋上了电影，连东方大戏院都去得少了。这留声机里的歌曲一定是新电影里面的歌曲。上次阿盛来取照片，碰见徐太太找人在修那台留声机，留声机实在是有些老了，因而常有卡顿，像是一位风烛残年的老人在不住地咳嗽。徐老板说，这是他送给徐太太的生日礼物，当时花了大价钱从别人手里买来的，因而，徐太太说什么也舍不得扔掉，不肯换新的。中国人都极其念旧，每个物件跟随自己的时间久了，哪怕褪了色，也仍然是心爱之物，仍然要一遍遍擦拭，像是在挽留自己的岁月。

留声机又卡顿起来，像哑着的嗓子在咳嗽。就在这卡顿的间隙，恍惚有婉转的女声传来，声音要比留声机里的声音低很多，似乎是"咿咿"。阿盛停住脚步辨别，那老旧的留声机咳嗽完毕又抖擞精神高调地唱起来。那女声又消失了。阿盛想起第一次来徐家，也是听到这样奇怪的声音。到底是谁在唱呢？还是，只是因为留声机的卡顿，让他产生了错觉？阿盛迷惑地仰头看向楼上，向楼梯走去。

"大少爷来了。"一个温柔的声音响起，阿盛止住了脚步。

"惠姨你在家？我还以为楼下没人。"阿盛说。

"哪里能没人呢？我在厨房洗碗。叶少爷，你吃午饭了吗？"田惠问道。

"吃了吃了，惠姨。"阿盛说。

"知道你来，红薯都给你准备好了。"田惠眼中盛满笑意。

"啊，那太好了！谢谢惠姨。"阿盛咧开了嘴巴。

"你先去楼上拿照片吧，老板都洗好了，刚刚吩咐我，你来了就上去。"田惠说。

"那我先上去。"阿盛说。

"我去给你包红薯。"田惠说。

"惠姨你真好。"阿盛又说。

"快去吧！"田惠在楼下仰面看着阿盛走进二楼的暗房，才向厨房走去，又麻利地戴上手套，从火炉里挑了几个红薯，用牛皮纸袋装好。

阿盛敲了敲暗房的门，里面传出声音："进来吧。"阿盛放轻脚步走进去。

"大少爷来了。我都洗好了，哈哈。瞧瞧，这是东方大戏院的。"徐鼎文说。

"谢谢徐叔，辛苦了。"阿盛说。

"不辛苦不辛苦，东方大戏院生意兴隆我开心呀，真替你阿爸高兴。"徐鼎文说。

"多亏了徐叔帮忙。"阿盛说。

"哪里，我也是收银子的。哈哈。"徐鼎文笑道。

"你取走吧，我就不送你了，一会儿惠姨会叫司机送你回去。我还有一堆活。你猜猜这是谁家的？"徐鼎文又说。

"该不会是广泰大戏院的吧？"阿盛诧异道。

"哈哈，是啊，广泰大戏院的前天就送来了，我还没洗。"徐鼎文又哈哈大笑起来。

"徐老板！"楼下传来很大的声音。

"呦，真是说曹操曹操到，好像是任老板。"徐老板放下手中的胶卷站起身来。

田惠匆忙推门进来。

"老板，广泰大戏院的任老板来了。"田惠说。

"好，我知道了。"徐老板匆忙推开门走出去。阿盛也走出去下楼。

"徐老板，我们的照片洗完了吗？"任永贵看见徐鼎文大声说，看见阿盛从上边下来便仔细盯着他看。

"哎呀，是任老板，不好意思不好意思，还让您亲自跑一趟，今天下午就能洗出来。"徐鼎文说。

"呦，这不是叶少爷吗？叶少爷也是来取照片？听说东方大戏院来了新演员，怎么，新演员刚来，徐老板这么迅速就给洗出来了？但是我广泰大戏院可是两天前找你拍的照片。徐老板，我非常怀疑你是有意拖延，我哪里得罪你了，还是我们广泰大戏院得罪你了？当然了，我是没有叶先生大方，叶先生财大气粗啊，叶先生给你什么好处了，你这么死心塌地，那你就只做叶先生这一家的生意好了，其他家都可以不做了的。"任永贵生气地说。

"哎呀，任老板，说的哪里话。我们做生意的，自然是有钱就赚，需要大家多多惠顾，怎么可能只做一家的生意，那还怎么赚钱。任老板您真是误会了。我哪里敢拖延，实在是最近手里压的活比较多，又都很急，让任老板多等了。真是抱歉呀！"徐鼎文说。

"呵呵，好啦好啦，我看你就不打算做我广泰大戏院的生意了。既然东方大戏院的生意那么好，你也不用抱歉了，我广泰大戏院大不了以后不在你这儿洗照片了。我们的合作就到此为止吧，下午也不用再洗了，你耽误了广泰大戏院的戏桥，你这明摆着就是站在东方大戏院一边。你好自为之吧！"任永贵说罢便推门走出去。

"诶，任老板，别这样……任老板，任老板……唉，真是的！"徐鼎文摇摇头说。

"抱歉呀，徐叔，都是因为东方大戏院。"阿盛说。

"啊呵呵，没事的没事的。任永贵真是小气，我本来跟他也合不来的，不做他生意也很好的。没关系啦，做生意嘛，合得来就合，合不来就不做嘛！他不做自然有人跟我做，我又不是没生意做。哈哈，没事的啦！"徐鼎文说。

"那我先回了，徐叔。"阿盛说。

阿盛走出去，田惠已经站在外面门口，她慈爱地看着阿盛说："没事的，大少爷，不用担心。我们精美映像馆的生意很好的，一个广泰大戏院不做了，还有很多人做的。徐老板的手艺是旧金山最好的，不会没有生意做的。喏，红薯带着，快回吧。"她把纸袋交到阿盛手上，甜润的气息充斥了鼻翼，让阿盛顿时开心起来。

"谢谢惠姨了。"阿盛的脑海里已经出现芽萝吃红薯的样子。

"快上车吧。"她为阿盛打开车门。

袁志强回头冲阿盛说："叶少爷，您坐好。"

"真香！谢谢惠姨了。"阿盛的脸上绽开笑容。

车开起来，阿盛蹙着眉头想心事。袁志强从后视镜里看着阿盛，小心地问："大少爷喜欢吃红薯？"

"喜欢。芽萝最喜欢吃了。"阿盛说完觉得有些失言，摸了摸耳朵。

"好吃就多吃点。"袁志强笑着说。

阿盛红了脸，转脸看向窗外。因不经意间泄了密阿盛有些不安和恼火，但是这不安很快就被欣喜代替。

阿盛将热腾腾的烤红薯塞到芽萝的手里，芽萝一声惊喜的"呀"，在阿盛看来，简直比舞台上高亢嘹亮的唱腔还要好听，这温软娇嗔的呢喃，竟然像那长长的丝绸水袖，拂起他心中的片片麦浪翻滚而来。他忍不住凑近俯身吻住她的一只耳垂，连同那摇曳颤抖的银晃晃的耳坠。芽萝咬了一口红薯，就被他突如其来的举动惊在那里。阿盛放开她的耳朵，吻上她的唇，连同她的红薯。好一会儿，他放开她，叹息说"好甜"——不知他说的是芽萝还是红薯。之后，他转身走了。芽萝站在那好一会儿才反应过来，自己口中的红薯已经都被阿盛吃掉了。她红着脸对着阿盛的背影说："真讨厌，我的红薯都被你吃了！"

阿盛隔日又去了精美映像馆，是因为他将广泰大戏院和精美映像馆闹翻的事情告诉了叶江南，叶江南觉得过意不去，特意让阿盛带了一套贵重的青花瓷茶具送给徐鼎文表示感谢。

徐鼎文很开心，让徐太太小心收起来，又一定要留阿盛吃午饭。徐太太说，田惠很会做唐山南方的糍粑，她做的糍粑小孩子们都爱吃。因为糍粑的诱惑，阿盛便留下来了。田惠是个勤快人，他们在客厅里说话的工夫，她一个人做完了一桌子菜，还有几道点心。徐太太招呼阿盛吃饭，又介绍各种点心给阿盛吃。阿盛一边品尝一边想，如果芽萝在，这些点心她应该都喜欢吃。什么时候有机会带她吃就好了。

"好吃吗？"阿盛一抬眼，田惠站在他对面，正殷切地看着他问。

"太好吃了，惠姨。"阿盛说。

"那惠姨知道了，你爱吃糍粑和这个点心。"田惠又指了指旁边碟子里的一道绿色点心。

"这个是绿豆饼。大少爷爱吃，我这几日多做点，让老袁给你送过去一些。"田惠又说。

"这，麻烦惠姨多不好。"阿盛挠了挠脑袋。他知道，叶侨笙是鄙视他这种行为的，但他还是阿盛，阿盛是藏了私心要带给芽萝尝尝的。

"说什么麻烦，不麻烦的，不麻烦的。"惠姨温柔地看着他，她眼中的温柔又像浪潮席卷而来，阿盛心底又闪过一丝惊惧。

"谢谢徐叔、徐阿婶，谢谢惠姨，我该走了。"阿盛站起来说。田惠已经又跑出去安排车了。

阿盛坐进车，向他们挥手。他没再看田惠，他也没看徐老板和徐太太，他的目光只是看向对面，看向他们身后的虚空。

车飞驰起来，车外的一切都一闪而过，有些模糊，看不太真切。他闭上眼，好累了，口中还残留着糍粑的味道。阿盛想起自己小时候也吃过糍粑，已经很多年没吃过了。阿盛又叹息一声，向后背靠了靠，在座椅里缩成一团。

阿盛忽然打了个激灵，他想起两次听见徐家异样的声音。小的时候，阿灿姐跟他说过鬼故事，家里的几个佣人也爱偷偷讲鬼故事。叶先生和叶太太是不跟小孩子们讲的，他们也不允许阿灿他们给几个孩子讲。但是很多华人都爱讲鬼故事，在学校里也有同学会偷偷讲鬼故事。阿盛想起阿灿说过的形形色色的鬼。他于是睁开眼对袁志强说，请送他去戏院。他想马上见到芽萝。

芽萝正在排练，见阿盛脸色不好，便停下来，给他倒了茶水。阿盛在椅子上坐下来，将茶水放到一边，看了看四周，小声说："芽萝，你信不信这世上有鬼？"

芽萝认真地说："信的，一定有三生世界。而我们此生恰好为人。"

"鬼，也不都是坏的，很多冤死的。他们久久得不到申冤，到了哪一世，也会因不甘心，时常回来继续努力的吧，或许，这也是我们常人能感觉到他们的原因。"阿盛说。

"阿盛，你在说什么？你不要吓我的。"芽萝说。

"芽萝，我好像撞见鬼了。"阿盛说。

"啊，别瞎说，大白天的怎么会有鬼？"芽萝有些慌张。

"是真的。"阿盛起身去关了门，又走回来握住芽萝的手说，"本来我是不信的，但是我在徐老板家里撞见两次了。他家里一定是有鬼。"

"你看见鬼长什么样了？"芽萝说。

"没有，我只是听到。"阿盛说。

"听到她说什么？"芽萝问。

"也说不清她在说什么，徐太太的留声机里放唱片，但是总有别的声音在说话，也可能是在唱，时间还短，听不出来。"阿盛说。

"那你还敢去？"芽萝说。

"我是男的，我怕什么？假如是真的，我倒是很想知道，到底是什么样的，他在人间还有什么未了的心愿？或许我能帮他呢！总之我是不怕的，我准备去抓鬼。嘘！"阿盛说。

几天之后的一个傍晚，阿盛回来恰好遇见徐太太过来打牌。徐太太身上的香水味道很浓，每次刚进屋阿盛就知道她来了。阿盛停住脚步，走过来盯着徐太太看。徐太太穿着暗红色旗袍，旗袍外面还加了件浅色短西服。头上的大波浪卷发很隆重，不知道用了多少发乳。徐太太正忙着抓牌打牌，好一会儿才用余光注意到阿盛正盯着自己，吓了一跳，笑道："大少爷今儿是怎么了，我的脸上可是有花，还是有什么事要求我？这么瞧我？"

阿盛想了想，迟疑地问："徐阿婶最近有没有觉得哪里不对劲？家里。"

"我家里能有什么不对劲？该不是你撞见徐叔趁我不在，带了哪个女人回来了？他敢！借他个熊心豹子胆他都不敢的，呵呵。"

"哎呀，还是徐太太有福咯！徐老板呢，真是个大好人啦，怎么会呢！"

"就是，这要是别人做得出来，徐老板是万万不能的。"

"徐太太这么漂亮，徐老板怎么会呢！"

"大少爷今儿这是怎么了，怪怪的，倒是难得还过来跟我说话。"徐太太笑了。

"亦娴别见怪，侨笙这是看戏看多了，最近休息不好。侨笙，你是不是太累了，去好好睡上一觉。"叶太太赶紧说。

阿盛欲言又止，走出去了。但他心中的疑问还是没有消除，他一定要找出那个鬼来。

几日后，田惠来戏院给阿盛送照片和烤红薯，阿盛终于没有忍住说："惠姨，徐太太的那个留声机有点问题，你在徐老板家，要多加小心呀，你有没有见过鬼？"

田惠哈哈大笑："怎么会有鬼？"

"我就是知道，总之，惠姨你小心点。"阿盛说。

"好的，鬼是不会吓唬好人的。徐老板一家人都很好的，放心好了。"田惠笑吟吟地说。

3

隔日清晨，阿盛被隐约的嘈杂声惊醒。他睁开眼仔细听，像是叶先生在发火，很生气地说着什么，叶太太似乎在抽泣。阿盛觉得奇怪，他从未见过叶先生对叶太太发火，这是怎么了？他连忙下了床，匆忙跑下楼。

在楼梯上向下望，大家都已经坐在餐桌前，就等他一个人了。叶先生气恼地来回踱着步子，叶太太正在哭泣，佐伊坐在叶太太身旁，拿着帕子为她擦眼泪，艾米在低头看一份报纸，荣闵和荣达一脸怒气。

"阿爸，阿妈，这是怎么了？"阿盛匆忙跑下来问。

"上海！上海出事了！"荣达说。

"上海？出了什么事？"阿盛不解地问。

"看报纸！"艾米腾地站起来，把手里的报纸塞给阿盛。

于是，阿盛看到了那则消息：

《上海爆发五卅惨案》——5月15日，上海内外棉第七厂的工人顾正红被日本资本家枪杀了，10余名工人受伤。5月29日，8名青岛工人被反动政府屠杀。5月30日，上海的2000余名学生在公共租界各马路进行宣传讲演，其中100余人被巡捕逮捕，并关押在南京路老闸巡捕房内。这一事件激起了学生和市民的强烈不满，近万人聚集在巡捕房门口，要求释放被捕学生。英国巡捕向人群开枪，造成许多人死伤导致重大惨案发生。

"好卑鄙无耻！"阿盛气愤地说。

"是无耻至极！！"荣闵站起来说。

"这些可恶的洋人，闯入我们的国家，占领我们的国土和城市不说，还烧杀抢掠无恶不作，竟然对工人和学生下手，简直是没有人性！"艾米愤怒地说。

"是上海啊！不知道你们的外婆外公他们都怎么样。"叶太太抽泣着说。

"我就说，早点把他们接过来，唐山实在太不安全了。"叶先生踱着步子说。

"我阿爸那个脾气你是知道的，当初差点和我断绝关系，如今又怎么肯到这边来。"叶太太又说。

"阿爸，我们，是不是要做点什么？"阿盛说。

"当然，必须做点什么！"叶江南喊了起来。

"好，阿爸，让我想想。"阿盛说。

电话铃声响了起来。阿灿跑过去拿起听筒，徐太太的声音便传过来：

"阿灿呀，叶太太知晓了吧？上海出事了呀！我的天哪！也不知道家里人都如何了呀！"

叶太太忙跑过去接听："亦娴，是呀，我知晓了呀，报纸上面登了呀，还有好些个照片。这些该死的洋人，实在是罪大恶极！"

徐太太："是呀是呀，在我们中国的地盘还老是欺负我们中国人，实在是没有良心的啦！唉，该怎么办呢？我们离这么远。"

"阿爸，阿妈，我先出去了。"阿盛说完就往外走。

"侨笙你去哪儿？早饭还没吃。"叶太太转头对阿盛说。

"我吃不下，阿妈，您别难过。我想想我们该做点什么。"阿盛说完走出去。

"好的好的。"叶太太拿着电话，听筒里徐太太还在说话。

朝阳还在半空，还未升起。走出叶家庭院，阿盛看着东方的太阳，又有了奔跑的冲动。他奔跑起来。他又看见了那些红色的蜂鸟，它们正在向前飞翔。阿盛使足了力气，去追那些蜂鸟。阿盛跑到都板街，推开东方大戏院的大门，已经气喘吁吁，汗水涔涔。大家都在练功，芽萝正在吊嗓，看见他进来立即觉出异样，连忙迎过来。她拿出帕子一边为他擦汗一边诧异地问："这是怎么了？出了什么事了？"阿盛喘息了一会儿握住她的手说："芽萝，我们要做一件大事，该到我们做事情的时候了！"

"什么事啊？"芽萝诧异地问。

"芽萝，五卅惨案爆发了，就在昨天！上海的工人、学生被英国人枪杀……我们要支援他们，我们，无论如何要帮助他们啊！"阿盛激动地说。

"大少爷，我刚刚也知道了，实在是让人心痛。我正想着等你过来商量一下。"杜襄理走过来说。

"大少爷，杜襄理，你们说想怎么做，我们戏班子没别的本事，只要我们能做的，我们都会做。"冯班主走过来激昂地说。

"我就是来和二位商量的。我想写一个新剧本，一个关于'五卅惨案'的时代戏，等大家排演好了，我们来一场义演，来为唐山捐款助威如何？"

"好啊！就这么定了。大少爷尽快写出来，我们尽快排演！"杜襄理说。

"好！好！"大家都摩拳擦掌激动地应和。

"好，杜叔，你的办公间这两天就归我用了。"阿盛说完便向里间走去。

"大少爷，这么早应该还没吃早饭吧？芽萝，去厨房给大少爷拿点吃的。"冯班主又说。

"好。"芽萝连忙跑去厨房。

阿盛在隔日傍晚才从杜襄理的办公间走出来。他拿着几页纸喊了一声："杜叔！班主！"杜襄理和冯班主连忙跑过来。"在的，在的。""大少爷这是写完啦？"

"我写完了，两位看看如何？"阿盛将几页纸递给他们。

两人仔细看了好一会儿，交口赞道："好啊！带劲！""这就排起来！排起来！"

"大家都过来！大少爷已经把剧本写完了，今天大家就开始排演，一会儿我给大家分派角色。大概需要十几个人。"冯班主说。

"算我一个，班主，我要演！""还有我！""必须有我！"大家伙兴致很高。

"大少爷还不困吗？已经三天两夜没有睡觉了。"芽萝走过来担忧地说。

"那我先回去睡觉啦！"阿盛打了个哈欠，微微牵起唇角。

阿盛回到叶家，刚推开客厅的门，就听见一声："我糊了！"是徐太太的声音。果然，徐太太是闲不住的，尤其是有大事发生的时候，她更是如坐针毡，必定要找人陪。阿盛猜得没错，这4人牌局从昨日傍晚开始打到凌晨，又从今日中午一直打到了现在。打牌不是主要目的，主要目的是徐太太心神不宁，只有在这忙乱的摸牌打牌中她才能安抚自己慌乱的心绪。叶太太和她有所共鸣，所以叶太太也难得表现出对打牌的异常兴致，居然一直打到了傍晚。

徐太太坐的位子在灯光的暗影下，她看起来有些憔悴，眼神有些疲惫，头发因为没有打理而自然散落下来，脸色有些黯淡。她的手边已经有一堆钱币，显然是赢了很多局，但即便是刚刚她大声喊"糊了"，她的脸上也不见往日骄傲的笑容，而是代之以焦灼。

叶太太坐在她的旁边，不停地用手去整理肩上的羊毛披肩，似乎很冷。她的脸上也没有笑容，眼神有些凝滞，偶尔看着牌桌上的牌发呆。对面两个太太一个年轻一个年长，眼神都很凌厉。年轻的太太不时偷瞟一眼旁边叶太太的牌。

"快点啦，快点摸牌啦！阿浣啊，该你啦！该你啦！"徐太太不停地说。

"哦，好，该我啦！"叶太太说着，慌忙去抓牌。

阿盛想了想，走到厨房对阿灿说："阿灿姐，给阿妈和几位阿婶倒杯热牛奶过来。"

"好的，大少爷。你怎么才回来，先生和太太都担心你呢。"阿灿说。

"我没事。这不是回来了？"阿盛笑笑说。

阿盛走到叶太太身边，坐下来，揽住她的肩膀说："阿妈，要不要我帮你？"

"侨笙，你回来啦？对了，你阿爸说你去办事了，办好了吗？"叶太太问。

"自然是办好了。"阿盛说。

"哦，那就好。"叶太太说。

阿盛伸手去抓牌，叶太太忽然抓住他的手，紧紧握住，好一会儿才放开，又说："侨笙，看你的眼睛红红的，是昨晚没睡好吧？你累了去休息吧，快去休息。"

"啧啧，侨笙，你妈咪心疼你，快去休息吧。"徐太太说。

"那好，那我上楼去了，几位婶婶你们好好玩。"阿盛想了想说。

阿灿将4杯牛奶送过来，对叶太太说："大少爷让给几位太太送热牛奶。"

"哎呀，侨笙还真是细心呀！还是叶太太有福气呀！"几个太太又称赞起来。

叶太太看着阿盛的背影，扬起唇角。

经过5天的紧急排演，东方大戏院的时代戏《唐山血影》排好了。由芽萝和另一位男伶领演，共计12位演员参加演出。义演就定在隔天星期日的日场。从星期四起，连续3天的戏桥都写明，周日东方大戏院增加的日场将上演根据上海事件改编的最新时代戏《唐山血影》，演出为义演，欢迎各界华人前来观看和赞助，为祖国的同胞尽一份力。

星期日上午，日场演出还未开始，都板街已经被挤得水泄不通。芽萝和侨笙亲自站在售票处卖票。"同胞有难，感谢光临！""感谢大家的光临！""欢迎光临！"芽萝和侨笙一边说着，一边致意。纷纷有人前来拿走戏桥，豪掷重金。

东方大戏院的大门打开，观众蜂拥而进。演员们身着工人服装和学生服装，再现了上海工人学生无端被洋人枪杀和被警察逮捕的情景。芽萝和几位主演悲愤地唱着："国破山河在，城春草木深。""我的家园我不守护谁来守护？我的亲人我不保护谁来保护？""还我家园，还我山河！""中国人缘何被践踏、被侮辱？中华民族是不屈的民族，中国人有铮铮铁骨！""迟早有一天，中国人会把你们这些侵略者都赶出去!"

"赶出去!""赶出去!""赶出去!"台下的观众纷纷站起来喊道。

观众情绪激愤不已,纷纷走到台下的男伶女伶面前,重金购买他们兜售的花、水果、瓜子、凉水、香烟。

到了中场休息,就见大幕缓缓拉上,芽萝款款走出来,站在大幕前。她身着学生装,俨然就是上海的学生。她对观众深深鞠躬,之后泪水盈满眼眶。她说:

我就是上海工人顾正红,我就是上海被巡捕逮捕的学生,我就是上海,乃至整个唐山正在经历生灵涂炭的四万万人之一。我就是你们的乡亲,我就是你们的亲人,我就是你们的姐姐,你们的妹妹和你们的女儿,和你们一样都是中国人。中国人此刻灾难深重,颠沛流离,中国人的心都要碎了。我们不知道为什么要经受这样的磨难,毫无缘由,毫无道理。我们的祖先从未教会我们要去欺凌、要去霸权、要去损害,我们的祖先给我们留下的只有善良、隐忍和美德,即便我们曾经无比雄悍,拥有无可比拟的辉煌。然而,此刻的中国,正在被洋人蚕食鲸吞,我们的亲人,正在被欺凌、被侮辱和被损害,正在无助地逃亡。我们,离我们的亲人远隔太平洋,而我们的心,一直和他们在一起。因而,我们痛彻心扉,我们的心也碎了。五卅惨案让我们身心俱痛,不知何以解忧,何以解困,芽萝在这里恳请各位兄弟姐妹阿叔阿婶,为我们远在唐山的兄弟姐妹阿叔阿婶阿爷阿嫲贡献一份力量。他们需要我们,他们需要我们的帮助!我们多希望,唐山的亲人能够生活太平,能够安稳度日。我们唯有以绵薄之力在遥远的北美,遥祝他们!

感谢大家的赤诚之心!感谢大家倾囊相助!感谢大家为同胞的贡献!谢谢大家!

芽萝深深鞠躬,她的泪水流下来。

台下一片静谧。好一会儿,有啜泣声响起来,啜泣声连绵不绝,终而有人大喊一声:"好!为我们的同胞贡献一份力量!""为同胞!""为祖国!""为唐山!"

"谢谢大家!"芽萝说,泪光闪闪。

阿盛站在舞台的侧面看着下面,在人群中看到了好多熟悉的面孔,广泰大戏院的阿才也来了，竟然也买了香烟捐了款。阿盛忽然看见一个无比熟悉的雍容身影，仔细一看，惊讶地发现，原来是叶太太，她一边用手帕擦泪水，一边侧身看着不远处正在买花和捐款的阿灿。阿灿捐完款，回到她身边，搀扶她向外走去。叶太太走了两步，又回头看向舞台，温柔地看着芽萝牵起唇角。之后，又转身向外走去。

阿盛很想叫住叶太太，也很想走到幕前告诉芽萝，但终于还是忍住，看着她的身影远去了。

阿盛很晚才回到家，走进客厅便闻到扑鼻的花香，再一看，角柜上一只花瓶里插着很多丁香花，正是戏院义卖的那些花。阿盛凑近花瓶，看着那些丁香花，欣慰地笑了。

"大少爷，你回来了。"阿灿走过来说。

"阿灿姐。"

"大少爷，今天我和太太也去看义演了，你瞧，这是太太让买的花。"阿灿开心地说。

"哦，你们也去了？"阿盛佯装不知。

"是啊，太太执意要去。回来的时候直说开心，终于为上海做点事了。太太是真的很开心，还说明天要带徐太太去呢！"

"那就好。"

"是呢，难得太太解开了心结，这几日啊，都是吃不下睡不着的。今晚就很早去睡了。"

"真好。"阿盛说。

"是啊，太太回来一直在夸那个芽萝，说她唱得好，讲演也说得好，真是个好姑娘！"

"真的吗？阿妈真是这样说的？"

"是啊，是这样说的。"

"哦，那太好了。"

"大少爷我去给你做点夜宵，今天忙了一天，一定没吃好。你等着。"

"好，阿灿姐。"

阿盛又去闻那些丁香花，他之前一直觉得丁香花的花香实在热烈，此刻，这样的热烈恰好。

第二天早上，叶江南和叶太太刚走进餐厅，就看见荣闵正站在桌旁拿着报纸看，见他们进来，惊喜地大声说："爸比，妈咪，今天的头条新闻呀！"

"怎么了？"叶江南奇怪地问。

"东方大戏院的义演上了今天头条新闻呀，你看！"荣闵急忙把报纸拿给叶江南。

"哦？"叶江南于是看到了那则新闻：

昨日，东方大戏院为资助唐山的上海事件进行了义演，上演的是新编的时代戏《唐山血影》，义演获得了极大成功。此次义演所捐金额是戏院筹款史上最大之一，仅名伶芽萝一人就卖出了价值 1700 美元的门票，几乎相当于此次义演筹款的一半。

"哦，真是不错呀，我的侨笙厉害了！"叶江南感慨地说。

"可惜我们几个昨天都有事没去成，不过，我听阿灿姐说妈咪居然去了？"荣闵说。

"是呀，我还买了花！"叶太太开心地说。

"就是一些丁香嘛。"荣闵说。

"我看了新戏，侨笙写得很好，演员们演得也都很好，那个芽萝说得比唱得还要好。"叶太太说。

"明天还有吗？我想去看呢！"艾米跑下来说。

"我也要去，怎么能少了我们呢！"佐伊跟在艾米后面跑过来说。

"是报纸新闻出来了吗？"侨笙走过来说。

"瞧，头条新闻呢！"荣达说。

"我猜，广泰大戏院用不了几天又得跟着做义演，哈哈。"艾米说。

"那肯定的啦，任老板真是个跟屁虫，我们做什么他们做什么。"荣达说。

"还有香竹戏院，还有旧金山的那几家华人戏院，都会做起来。每次都是跟风。"佐伊说。

"侨笙，我倒是觉得，我们可以策划一个更大规模的义演。"叶江南说。

"更大规模？"阿盛诧异地问。

"对，不限于我们一家。"叶江南点头说。

"爸比，什么意思啊？"荣闵诧异地问。

"侨笙，你已经明白了吧？不如我们把旧金山的几家华人戏院联合起来做一次更大规模的义演。这一次，不为盈利，实在是为了将所有华人力量组织起来，为唐山多尽点心、尽点力啊！"叶江南说。

"那是要跟广泰一起咯！？"荣闵不满意地说。

"对，我们毕竟都是中国人，都是兄弟同胞，没什么大仇大怨。在这样的时刻，应该联合起来，共同为唐山做点什么。"叶江南说。

"江南，这些年来，我嫁给你从未后悔过。"叶太太忽然动容地说。

"妈咪，你好肉麻啊。"艾米笑道。

"哈哈！"荣闵笑起来。

"我还没说完。你们爸比就是个英雄。"叶太太又说。

"可是阿爸，这件事太大了，我做不来，需要你来做。"阿盛说。

"好，我来办。"叶江南想了想说。

几日后，各家戏院都收到了一份来自东方大戏院的邀请函。邀请函上写着：上海事件震惊海外华人，我演义届人士自有责任振臂一呼，为唐山而歌，故诚邀各位老板于明日中午12时到翡翠楼一聚，共商有关上海事件的联合演出事宜。署名为：叶江南。

广泰大戏院的阿才将邀请函交给任永贵，纳闷地说："这叶先生究竟是要干啥？"

任永贵踱着步子说："联合演出，联合演出？我正想着过几天广泰也搞一场义演。叶先生果然大手笔，他亲自操刀，佩服佩服。"

"可是还是老板您厉害！在我心里就是老板厉害，谁都不行。"阿才谄媚地说。

"去你的，睁眼说瞎话！叶先生就是叶先生，联合这事，谁都做不来，只能他做！唉，我呢，这辈子只能做个配角，不过也蛮好的。所谓枪打出头鸟嘛，免得麻烦多。谁让他是华人社区领袖，领袖是那么好当的呢？！"

"那我们这就跟东方暂时不打了？"

"暂时和解啦。人家东方这么有格局，咱也不能太小气。"

"老板说得是。"

第二天，旧金山的几家华人戏院老板聚于翡翠楼。叶江南主持大家商谈，经过商讨，最后确定，为纪念五卅惨案中在上海遇害的无名英雄，在 3 日后的星期日，在东方大戏院举行联合大义演。

星期日中午，都板街东方大戏院门口两侧摆好了长桌和座椅，华人戏院的老板和各家戏院的名伶早早都已就座。在东方大戏院门口摆放着一个话筒支架，叶侨笙和杜襄理、冯班主，以及叶家的兄弟姐妹不停地招呼到来的重要贵宾。都板街人群拥挤，华人早已汇聚而来，汽车已经排到了两条街以外。大家都在等待这场联合大义演。

叶江南走到话筒前说：各位上午好，很荣幸能够代表旧金山的几家戏院对各位华人同胞们表达我们的心情。我们的心情是沉痛的。大家早已知道了上海事件，这件事对我们的影响是巨大的。我们远在北美，不能在唐山亲人的身边陪伴他们，不能侍奉我们的老人，不能照顾我们的孩童，我们心有愧疚。我们在太平洋这端打拼、奋斗，是为了什么？我们每个人都不能割舍血脉，不能割舍中华子孙的血脉。在座的同胞们啊，我们是一家人啊，一家人，唇齿相依，荣辱与共，我们如何能够眼睁睁看着他们经受苦难？我们不能！因而，我们要用我们自己的方式去帮助他们，给他们以力量和支持。因而，今天，我们在这里共襄义举，举行联合大义演，这是我们每家华人戏院对大家的致意、答谢和恳求。恳请诸位，贡献你们的一份力量，为我们的亲人，为我们每个人的唐山！谢谢大家！

顿时掌声雷鸣。

然后几家戏院老板分别讲话，各家戏院的当家花旦也分别作了讲演。之后，东方大戏院的大门打开，联合大义演正式开始。

观众蜂拥而入，或站或立，整个戏院大厅人满为患。东方大戏院的演员们全力以赴，演绎了时代戏《唐山血影》，而后，广泰大戏院的演员们也上演了一场精彩的传统戏。阿盛在观众席上看到了徐太太、田惠、袁志强，还有一直忙着拍照的徐鼎文。徐太太一直红着眼睛，格外安静。旁边的田惠一直在悄悄抽泣，偶尔擦掉眼角的泪滴，她的蓝色小银花上衣又让阿盛想到唐山美丽的湖泊和遥远的密林。

　　我的灾难深重的祖国，你看到了吗？你听到我们的声音了吗？阿盛站在幕后，心中哭泣。

第九章　荣闵（上）

这世间的一切

起起落落

都在舞台上演个遍

金光璀璨包裹着的

都是支离破碎的灵魂

——《日记·叶侨笙1926》

1

秋天还没到，叶太太就已经开始着手准备阿盛毕业典礼的事宜。

那个周末大家正在吃早饭，叶太太想起来说："再过几个星期就是侨笙的毕业典礼了。"

叶江南说："不要过于铺张浪费，毕竟只是个仪式，和同学们一样就好。"

"那怎么行？毕业典礼这是多么大的事情，这是多么值得纪念的日子！怎么能草草了事？不行的啦，我不管那么多的啦，反正我的儿子我自然会给他最好的纪念。"叶太太这一刻任性起来，作为上海人的骄傲一不小心就泄露出来。

"阿浣！"叶江南轻声呵斥，在阿盛看来，叶江南即便是呵斥那也是带着宠溺和纵容。

"这件事得听我的。"叶太太又说。

叶江南只是摇摇头，不置可否，闷声吃饭。

"对了，侨笙，你们的乐队一直以来都受到瞩目，无论如何是要表演一个节目的。"叶太太说。

"哦，可是我很忙，我在创作。"阿盛说。

"是啊，就是让你尽快创作啊！"叶太太笑了说。

"毕业典礼上我们演出的曲目，比尔会创作的。"阿盛又说。

"他一个人？你们不是需要合的吗？"荣闵说。

"他创作完，我们会合的。"阿盛又说。

"要知道这是你的毕业典礼，美国斯坦福大学，这是一所什么样的大学你要清楚，社会各界都会来的，可不要丢了你爸比的脸。你爸比是要出席的，是要给同学们颁奖的。"叶太太说。

"我知道。"阿盛说。

"可是你到底在创作什么？"荣闵探寻地问道。

"一部优秀的作品。"阿盛笑着说。

"呵呵，我知道你在干什么。侨笙，我可以帮你，我可是天文地理百科词典啊。"艾米说。

"不需要。"阿盛说。

"好吧，我等着瞧，那是个什么作品？希望你不要让我失望。"佐伊说。

"肯定不会。"阿盛笃定地说。

"叶侨笙，我什么都知道，你记得了。"艾米又说。

"知道，蛔虫。我有时候怀疑你是不是对我做了什么，太恐怖了。"阿盛佯装害怕地说。

"没错，我对你下了蛊，所以你小心点。"艾米得意地哼起小曲上楼去了。

"太恐怖了。"荣闵煞有介事地摇着头说，一边拍了拍阿盛的肩膀。

"太恐怖了。"荣达笑着说。

"你们到底在干什么？"佐伊惊奇地说。

"哈哈，我们什么也没干。"荣闵两手插进裤兜，走出去了。荣达紧跟着他也走出去了。

"我是错过了什么吗？妈咪？"佐伊又问。

"我也搞不懂他们在说什么，随他们去吧。"叶太太无奈地笑笑说。

叶江南已经吃完，又专注地看起报纸来。

叶太太好一阵子没有邀请白人贵妇们来喝茶，倒是徐太太来访的次数多了起来。叶太太和徐太太老家都是上海，自然有很多共同的话题和喜好。叶太太常常和徐太太坐在沙发上一起研究杂志上电影明星的穿着，也和徐太太一起频繁地去逛百货公司和制衣店。

侨笙毕业典礼的几天前，叶太太终于和徐太太顶着烈日，提着大包小包回到家，又焦灼地等到傍晚。等到侨笙和兄弟姐妹们都回来，叶太太才将大家叫过来说："孩子们，试试新衣服啦！"

"瞧瞧，多好的妈咪，给你们每个人都做了最漂亮的衣服啦！都快过来试一试。"徐太太说。

阿盛刚进门，只好走过来。荣闵在楼上听到叶太太说试衣服，本来是不开心的，但听说自己也有份，还是开心地推门出来，见荣达的门还关着，使劲敲了门，把荣达叫出来，一起下楼。艾米第一个跑下楼来："妈咪给我做漂亮衣服了吗？真是个好妈咪！"佐伊不紧不慢地走下楼来，一边望着楼下。

"是的啦，是的啦。这一群孩子，啧啧，真是让人好羡慕。阿浣，难怪叶先生疼你，瞧你给他生了这么多孩子，可是你生了这么多孩子怎么还这么漂亮，这是嫉妒死个人呢！来来来，都过来。"徐太太羡慕地说。

"这是侨笙的西装，这是荣闵的和荣达的西装，这两件漂亮的旗袍是艾米和佐伊的。佐伊和艾米要穿旗袍，这样隆重的场合，我们华人女子一定要穿旗袍。你妈咪特意为你们两个定做了凤仙领，这是现在上海最流行的款式。凤仙领呢，有小翻领和大翻领。瞧，这件黑白小格子绒布斜襟旗袍，这黄色的小翻领出挑的颜色多青春，多有活力，非常适合艾米。佐伊的这件斜襟白色锦缎呢，是大翻领，上面的莲花刺绣加上淡蓝色盘扣非常大气尊贵。"叶太太说。

"啊，我好喜欢！"艾米说。

"真的好漂亮！"佐伊说。

"小凤仙好厉害呀！她能引领流行风潮，我看比好多设计师都厉害呢！"艾米说。

"小凤仙即便是出身卑微，那也是个奇女子。"佐伊说。

"很多地位卑贱的女子都是被逼上梁山，她们也是可怜人。"艾米说。

"所以，我们为什么要论卑贱呢？妈咪，你说呢？"佐伊说。

"是呢是呢。"徐太太不明所以地说道。

一会儿，大家都穿上了新衣服。

"我的天哪！你们该不是电影明星吧！简直是从好莱坞电影里走出来的男主角和女主角！哎，不行不行，我一定得让鼎文给你们拍一张全家福呢！实在是太好看了。"徐太太感叹地说。

"还是先不劳烦徐老板，徐老板很忙，不如就等毕业典礼那天，反正，我们也都是要去的。就那一天我们拍几张，也劳烦徐老板一次。"叶太太说。

"那好，那好。"徐太太说。

"真好看。"叶太太说。

"还是大哥的这件最好看。"荣闵盯着阿盛的衣服说。

"那是自然啦！是你大哥的毕业典礼呀，他自然是主角。这身衣服是我和你妈咪跟设计师特别定制的。这件衬衫，虽然是同学们都穿的白色，料子可是纯正的杭州白丝绸，肩部加了肩章设计，袖子手腕处又做了弧度很大的长收口，袖口的袖扣是金色铜扣。领结是桑蚕丝的，墨绿色暗花图案，跟坎肩和外面的浅咖啡色暗条纹西装非常搭配，又高贵又华丽。简直就是电影明星啊！啧啧！这要是在上海，走在大街上是要被很多女人走过来搭讪的，嘿，小哥哥！能约一支舞吗？"徐太太笑着说。

"哈哈！"大家都笑了起来。只有荣闵笑不出来。

毕业典礼那天，叶家人坐车来到斯坦福大学，远远地就见大学校门摆满花篮和鲜花，挂着醒目的红色条幅，上面用英文写着斯坦福大学毕业典礼。大门口早有几位穿着红色学生制服裙的女孩子在热情接待。叶先生摇下车窗，探出头来，一个女孩子迎上来便立刻含笑地鞠躬说："叶先生，您请！"叶先生点点头，司机继续将车开进校园。校园已经被装扮一新，广播传来欢快的音乐声，道路两旁的树上挂满各种彩色纸片。车子一路开到小广场，小广场上已经搭起了舞台，舞台上挂着巨大的红色幕布，上面贴着"斯坦福大学毕业典礼"的英文，广场上摆满了桌椅，已经有学生和家长或坐或站相互交谈。舞台上有几个穿着西装的男人正在忙碌。司机将车停在广场附近，叶先生一家人下车向广场走去。

舞台上穿西装的白人男子大卫远远地就看见了叶先生。叶先生穿着咖啡色香云纱中式上衣和裤子，旁边的叶太太绾着云髻，身着藏蓝色丝绒小圆领镶边旗袍，外搭一件白色丝质披肩，佩戴珍珠项链和珍珠耳环，胸口戴了一枚别致的胸针。大卫立刻跑下台迎过来，将叶先生和叶太太安排在社会各界要人与学校的首脑落座的第一排。没多久，徐老板和徐太太也来了。徐老板穿着一套深蓝色条纹西装，徐太太一头新烫的波浪卷，身着紫色闪光锦缎旗袍。徐老板因为要拍照，一直站在礼堂侧面，他的前面摆着三脚架。徐太太就坐在叶太太旁边。

10点整，小广场上安静下来，大卫主持毕业典礼开始。斯坦福大学的校长上台讲话。校长说的话荣闵只觉得如风过耳，只看见他的嘴巴一张一合，眉毛忽高忽低，眼睛忽大忽小，忽而他又笑了，下边的人于是激动地拍手附和。荣闵并不关心这些，他在等待他的口中说出"叶侨笙"这三个字。终于，在一阵掌声过后，校长终于双手示意大家停下来，然后，荣闵听到了"叶侨笙"的名字响起："请允许我代表斯坦福大学向本届毕业生叶侨笙同学在就读期间的优异成绩和他广泛的社会工作对其表达衷心的赞赏和谢意！请允许我代表斯坦福大学向叶侨笙同学授予特别奖章。"随即，小广场上响起经久不衰的掌声。荣闵觉得，那掌声简直比新年的鞭炮声还要震耳。

侨笙从后面走上台，校长从大卫手中接过奖章然后交到他的手上。侨笙向校长鞠躬，微笑，又说了感激之词。

从荣闵座位的角度，看不到叶先生和叶太太此刻的笑脸，但自然不用想，他们脸上的笑容一定比牡丹花还要大，旁边的徐太太都忍不住侧过头去对着叶太太激动地说着什么，连她的脸上都盛开着花朵。徐老板更不用说，头钻在摄影机里，那摄影机一直在"噗噗噗"地冒烟，想必是拍了很多照片。

之后，又有重要的人士上台讲话，最后才是叶先生压轴。荣闵看得很清楚，他是个素养极高的人，他已经将脸上的牡丹花藏于心中，但是，荣闵毕竟是和他一起生活的儿子，从他脸上最不易察觉的表情，荣闵也将他内心的那份快慰和骄傲看得明明白白。

再之后侨笙又上台了，不是讲话，而是和比尔、韦斯特他们的乐队表演。他们演奏了全新的曲目，自然又获得了掌声一片，引来女孩子们的声声尖叫。侨笙就是有办法赢得所有人的喜欢。

佐伊和艾米也来助兴了，她们弹起了古筝。两个人分别在舞台的左侧和右侧相对而坐，同时起音，一首《高山流水》响起，广场上回荡着古筝的苍茫悠远，激昂顿挫，她们在乐曲中间的部分起起落落，又汇合，终而结束，余韵悠长，让人心弦久久震颤。台下的观众被震撼了。

毕业典礼的最后一项是自由节目。同学们都跳起舞来，荣闵没有跳，只是坐在自己的位子上，一边看着他们跳舞一边喝饮料。他还看了一场好戏。比尔走到佐伊的身旁，递给她一杯饮料，说："佐伊，你的古筝太美妙了。你实在是有一双奇妙的手，才能弹出世间这样美妙的乐曲来。""比尔，你是在说我弹得不好吗？为什么你只看到了佐伊弹古筝，刚刚舞台上可是两个人在弹呢？"艾米拿了一杯饮料走过来说。

"啊哈，我不是那个意思。"比尔慌忙说。

"那你是什么意思？"艾米喝了一口饮料又说。

"我是想问佐伊，听侨说你在文学社，我对中国文学和中国戏曲也非常感兴趣。什么时候有空我可否向你请教？"比尔又问。

"你到底是对古筝感兴趣还是对文学感兴趣或是对粤剧感兴趣呢？比尔？"艾米又说。

"这个，我，都，感兴趣。"比尔说。

佐伊笑了笑，走掉了。

"啊哈，比尔，佐伊不擅长聊天的。"艾米笑嘻嘻地说。

"哦，好，再见艾米！佐伊小姐！请等等，我是真心想向你请教。"比尔追了上去。

艾米仰头将杯中的饮料喝完，冲着他们的背影笑了，然后回身，对不远处的荣闵说："戏好看吗？荣闵。"

荣闵铁青着脸，想了想，说："我要回去了。"

"我们一起吧。"艾米说。

2

荣闵病了。

荣闵第二天一早没有起床，叶先生很奇怪地问："荣闵怎么了，怎么没下来吃饭？"

"我已经去叫过三少爷了，他说头疼，不吃了。"阿灿说。

"真稀奇。"艾米咬了一口三明治说。

"头疼，该不是受了风？昨晚下雨他该不是忘记了关窗户？我去看看。"叶太太站起身上楼去敲荣闵的门。

里面没有回应，叶太太轻手轻脚地推开门。房间里有些暗沉，厚厚的窗帘挡住大部分光线。叶太太小心地走近说："荣闵，你怎么了？该吃饭了。"

荣闵没有说话，躺在那里闭着眼睛紧蹙眉头。

"是头不舒服吗？"叶太太伸手去摸他的额头。

"啊！"荣闵一下子坐起来，缩到墙角。

"不怕，哎哟，你吓了我一跳，这是怎么了？"叶太太说。

荣闵也不说话，只是摇摇头。

"头疼？"叶太太小心地问。

"嗯。"荣闵的嘴里挤出一个字来。

"那好吧，那就好好休息。什么时候想吃了，就下来。对了，我一会儿请人来给你看一下。"叶太太说。

"不用。"荣闵拒绝道。

"那就睡吧。"叶太太站起身，向外走去。

叶太太下了楼，坐到餐桌前说："我看请博安来给荣闵看看吧，这孩子今天有点奇怪。"

"不就是头疼吗？我今天也头疼，哈哈。"艾米说着说着就笑了。

"没正经，他到底怎么了？"叶先生瞪了艾米一眼，又问。

"他说头疼，我看可能不止头疼。该不是受了什么惊吓，我碰他，他都吓了一跳呢。"叶太太说。

"噗！"艾米口中的奶差点喷出来。

"不用李伯来，他的病我就能治，让我去治吧！"艾米又说。

"站住，艾米，别捣乱！他也是你弟弟。"叶先生说。

"就是，你能不能对他好一点？"荣达说。

"你哪里看出来我对他不好了，小东西？"艾米盯着荣达问。

"谁看不出来呀！我不是什么小东西。"荣达不满地说。

"哦，你长大了？你不是荣闵的小跟班了？"艾米惊奇地看着荣达说。

"谁是跟班？"荣达不满意地说。

"我还以为你连脑子都长在荣闵身上，看来还小看你了。"艾米笑着说。

"行了艾米，现在在说荣闵病了的问题。"叶太太说。

"李伯最近风寒，可能来不了，不过，让李薇薇来看看吧。她医术其实很厉害的。"阿盛说。

"是呀，薇薇很厉害的。"荣达开心地说。

"也好。"叶太太说。

"那我给李博安打电话。"叶江南说。

李薇薇很快就来了。她背着药箱在叶家院子前下车，便看见荣达站在门口，看他的姿态，应该已经站在那里有一会儿了。

李薇薇说："二少爷，您这是要出去？"

"不是呀，我在等你呀。"荣达一脸笑容地看着她。

"等我？"李薇薇诧异地看着他。

"是呀，你不是来给三弟看病？"荣达说。

"阿爸最近风寒还没痊愈，便差我过来给三少爷看看，我也只是来给看看。"李薇薇胆怯地说。

"你不用紧张，我知道你很厉害的。我就是来告诉你，你很厉害的，不用担心什么。你尽管开方子。"荣达说。

"好……吧。"李薇薇说。

"走，我带你进去。"荣达拉住她的手推门走进去，又停住脚步，拿过药箱，背在自己身上，又拉住她的手。

"二少爷……"李薇薇羞红了脸挣开他的手。

"薇薇，别怕，我三弟就那样，我会保护你的。"荣达又拉住她的手。

叶太太忽略了荣达拉住李薇薇的手，只是微笑着迎上来说："薇薇呀，好多天没见你来了，若不是荣闵病了，还看不见你来呢。"

"阿婶好！"李薇薇拘谨地说着，悄悄甩开荣达的手拿回药箱。荣达也不气恼，只是站在一旁傻笑。

"你阿爸还好吗？"叶太太问道。

"阿爸得了伤寒，还没有痊愈。"李薇薇说。

"你阿爸心情好些了吗？"叶太太又小心地问。

"好多了，阿婶。"李薇薇说。

"上次的事，真是抱歉啦。因为侨笙多管闲事让你阿爸无辜受到牵连，你阿叔一直心里过意不去。"叶太太说。

"阿婶，不关阿叔的事，也不关大少爷的事。我阿爸的生意并没有受到影响，仍然有很多华人和洋人找他看病，就是不知怎么了，他的身体老是闹毛病。不过都是小毛病，也无大碍。"李薇薇说。

"唉，那样大的事，自然是伤害到了你阿爸，是心里的伤，不容易治的。"叶太太说。

"阿爸让我来看看三少爷，我也不确定能不能给三少爷看好，如果看不好，我阿爸再过来。"李薇薇说。

"诶诶，好好！荣达，快带薇薇上楼，去看看你弟弟，他就在房间里一直没下楼。"叶太太说。

"跟我来吧，薇薇。"荣达说。

荣达带李薇薇上楼，敲了荣闵的门。里面没有声音。

荣达冲里面喊："荣闵，你还在睡吗？薇薇来给你诊治一下，我们进去了？！"

荣达正要推门进去，没想到门"咔嗒"一声响，锁上了。荣达使劲推门没有推开，诧异地问："荣闵，你怎么回事？门怎么锁了？阿爸特意让薇薇来给你诊治头痛的！"

"现在不只是头痛了，还有恶心。她身上的中药味我一闻到就恶心，带她离远点。"荣闵在里面喊道。

李薇薇站在那里忽然有些失重。她咬紧嘴唇，眼中噙满泪珠，提着药箱的手颤抖起来，终于药箱跌到地上。她艰难地俯下身，拾起药箱，一只手扶着楼梯扶手，缓慢地向楼下走去。

"荣闵，你是浑蛋！"荣达生气地跑下楼去追李薇薇。

"薇薇！"他想拿起她的药箱，却被她挡住。他看见她的脸上泪雨缤纷。"薇薇，他就是个浑蛋，你不要难过。阿爸会教训他的。"荣达生气地说。李薇薇加快了脚步，从叶太太的身旁走过，去推门。

"这是怎么了，薇薇怎么哭了？"叶太太说。

"薇薇！"荣达清晰地感知到，离开这扇门，薇薇再难踏入叶家。他不知哪来的力气，使劲拉住薇薇，将她抱在怀里。李薇薇使劲挣脱，却无论如何也挣脱不掉，她在他的怀里哭泣起来。

"薇薇，你知道吗？我最喜欢闻你身上的中草药味了。"荣达说。

李薇薇哭得更凶了。

"是真的，我从来不说假话。"荣达说，"在我们家里，大家都很喜欢李伯，也都很喜欢你。你还记得吧，上次和佐伊住一个房间，佐伊都说喜欢你呢！荣闵就是个浑蛋，我们不讨厌他就不错了。"

叶太太惊讶地看着面前这一切。她已经猜到刚刚发生了什么，她什么也没说，只是安静地看着。她惊讶于大家从来都忽视的荣达，居然已经真的长大了。

"阿灿，快去做饭，薇薇在这吃饭。今天吃饺子。"叶太太说。

"是，太太。"阿灿说。

"哦，阿灿，先给薇薇倒点热橙汁，我去先给薇薇拿些甜点。"叶太太又说。

"好，太太。"

"要热的，热的哈，阿灿。"

"知道了太太。"

叶太太好一会儿才端来甜点。李薇薇已经不哭了，和荣达坐在沙发上安静地看报纸，一边看报纸，一边下意识地啃了下指甲。她的母亲在生下她不久便去世了，李博安多年来一个人抚养她长大，因为母亲的缺失，李薇薇很小便学会了顺服，对人总是心虚胆怯。叶太太又看看荣达，这么多年来，她还是第一次发现，原来荣达是一个勇敢的孩子，他在用心地保护着这个孱弱的女孩。

是从什么时候起的呢？叶太太微微笑了。

"荣达，薇薇，今天我们吃饺子。我知道薇薇爱吃三鲜馅的饺子，今天呀，恰好阿灿早上去买了新鲜的蘑菇和青虾。"叶太太说。

"谢谢阿婶。我会包饺子的，我可以帮阿灿姐姐包饺子。"李薇薇说。

"真的吗？"叶太太并不惊讶，没有母亲照顾的孩子，从小便什么都会做了。她犹豫了片刻便决定了："那不如，我们一起包饺子？阿婶啊，也好久没包饺子了。我们一起包！"

"好呀！"荣达兴奋地拉着薇薇急匆匆奔向厨房，已然忘记了身后还有母亲。叶太太含着笑，跟着他们走进厨房。

"阿灿，今天，我们一起包饺子。"叶太太说。

"哎呀，好呀好呀！"阿灿说。

几个人热热闹闹地包着饺子。李薇薇的饺子包得又快又好看，一个个白白胖胖的整齐地摆满帘笼，叶太太忽然脑海里闪现出一个白胖的婴儿来，她忍俊不禁笑了出来。

几个人吃完了饺子，叶太太又让阿灿装满食盒，让荣达提着食盒，送李薇薇回去。

"带给你阿爸吃。"叶太太说。

"好的阿婶，阿婶您真好。"李薇薇由衷地说。叶太太抱了抱李薇薇，轻抚她的头发说："真是个好孩子，谁要是能娶了薇薇，还真是有福气。"叶太太瞄了一眼荣达。荣达红了脸，摸了摸耳朵。

晚上，叶江南回来知道了白天的事情，便快步上了楼。

荣闵在房间里听到急促的敲门声，便知道是叶江南回来了。他不敢怠慢，匆忙下床开了门，又跑回床上。

"叶荣闵，你告诉我，你傲慢的资本在哪里？你居然这样对待李薇薇，实在是太过分了！"叶江南说。

"李博安他连自己的病都治不好，还算什么神医！这些年了，侨笙的病他也没看好。"荣闵强词夺理地说。

叶江南忽然大喝一声："不准你胡言乱语！李博安就是神医，唐医中的头筹。若不是李伯这些年来悉心照料诊治，侨笙现在会是什么样子都不知道！我不准你污蔑他的医术，西医也很好，但中医有更厉害的地方！作为一个中国人，我不准你忘了祖宗！"

"是，爸比。您，干吗生这么大的气？"荣闵嘟囔着说。

"现在不说李博安，现在说李薇薇，李薇薇怎么惹你了？你凭什么这样对待一个女孩子，还是李博安的女儿？"叶江南质问道。

"我只不过说的事实嘛！可能，我鼻子比较好使嘛，可能你们都闻不到，但是我能闻到啊！我属狗的，阿爸你知道的。"荣闵心虚地说。

"狗还知道个好歹！你这是侮辱，对一个无辜的女孩子这么侮辱，你的良心真是被狗吃了！"叶江南说完便走了出去。

"嗨，你爸比最近事情比较多，劳工部总是找我们麻烦，你爸比心情烦躁，荣闵你别介意。你爸比都是急的。"叶太太追上楼来说。

荣闵用被子蒙住头，不再说话。叶太太摇摇头，转身走出去，轻轻关上门。

荣闵真的病了，一连一个星期没有走出卧室。

第六天晚上，荣闵躺在床上，就听外面隐约传来说话声音，是荣达和艾米。

"荣闵到底是怎么了？"荣达说。

"到底是什么病，只有他自己知道。"艾米说。

"可是头痛也可以起来吃饭呀！阿灿姐这几天来回地送饭，真够忙活的。"荣达说。

"你们一个个都是蠢蛋，连爸比妈咪也是傻瓜。他其实什么病都没有，他就是想当叶侨笙。"艾米鄙夷地说。

荣闵"腾"地就从床上蹦起来，跑到门口打开门说："谁想当叶侨笙？他有什么了不起，还不是因为爸比厉害！如果让我来管戏院，我会比他厉害，我毕业也会得到更多的赞扬！"

"瞧瞧！我说什么来着？行，荣闵，你就装病吧，你最好装一辈子！"艾米大声喊道。

"你们都是叶侨笙的信徒！一家人都是！只有我是清醒的！这世界除了叶侨笙是不是就没有别的优秀的人了？那我将来就做出一番成绩来给你们瞧！"荣闵不甘心地喊道。

"嘘！叶侨笙回来了。你最好还是乖乖回到你的床上，不要把事态扩大，否则，嘿嘿，后果自负。"艾米扭着腰转身向三楼走去。

荣闵气哼哼地沉默了片刻，便关了门。

3

荣闵生病的第七天早上，叶家一家人正在吃早餐，门铃响了起来。叶太太诧异地问："这么早谁会来？阿灿你昨天跟谁预订了什么吗？"

"没有啊，太太。"阿灿说。

"那会是谁？去开门吧。"叶太太说。

阿灿小跑出去开门，没一会儿，便带着一个女孩快步走进来。

是一个白人女孩。女孩有一头微卷的棕色长发，鼻翼两侧的几颗小雀斑和白皙的肤色对比明显，格外引人注目，一双肿胀的棕色眼睛饱含委屈。她走进来，用眼睛迅速将桌旁的几个人巡视了一遍，之后，眼中又多了失望。

这个白人女孩似曾相识，叶太太打量着女孩，仿佛在哪里见过，但究竟是在哪里，记不真切了。"你是？"叶太太温柔地问。

"太太，她说是找三少爷，我就带她进来了。"阿灿说。

"我是凯莉。"女孩说完停顿了片刻，看着大家。

"哦，凯莉，你是找荣闵有事？"叶太太已经想起来了，她就是一直以来跟荣闵有瓜葛的那个白人女孩。

"荣闵他人呢？"女孩忽然很生气地问。

"荣闵病了。"叶太太说。

"他就在楼上对不对？"凯莉说完便向楼上急匆匆走去。叶太太看了看叶江南，艾米不慌不忙站起来向楼上走去。

凯莉小心地敲了敲荣闵的门。里面没有声音。凯莉又敲了几下，说："荣闵，是我，凯莉，我来看你了呀！你开门呀！"

片刻，里面响起窸窸窣窣的声音，很快，门被打开了，荣闵穿着睡衣站在门口。

"你怎么了，闵？你把我急坏了，好多天找不到你。"凯莉委屈又开心地说。

"于是你就闯到我家里来了？让家里人怎么看我？！瞧你这样子，真难看！"荣闵说完便关上了门。凯莉愣了一会儿又敲门："闵，我到处都找不到你呀，我急坏了。我是来看你的，你怎么这样对我？！"凯莉一边敲门一边哭泣着说。

"你回去吧，我现在谁都不想见。我最近病得厉害，说不准会传染给你。别来找我。"荣闵不客气地说。

"你怎么能这样？闵，你不爱我了吗？"凯莉又哭泣着说。

门没有再打开，里面也再没有任何回应。凯莉蹲坐在门口哭泣起来，直到被艾米拉起。艾米使劲踹了荣闵的门，愤怒地大声喊："叶荣闵，你从来没有爱过任何人，你只爱你自己。你就是个自私鬼！我们走。"艾米扶着凯莉下楼。

凯莉和荣闵的关系已经昭然若揭。但对此刻的局面，叶江南和叶太太不知如何是好。

凯莉走下楼来，一双泪眼看着叶江南和叶太太说："我 Daddy 说得对，白人和华人是不可能有真爱情的。我帮他做了那么多事，甚至，他和白人同学赌博输了，我为了帮他，把我的项链也当了，到现在也没有赎回。他说他要娶我的，还说要带我回唐山去看看，原来都是假话。我帮他做了那么多，他竟然这样对待我，我只是担心他，好多天找不到他我很着急。我只是来看看他，他却这样对待我。他不爱我，他不爱我。"凯莉哭着跑了出去。叶江南急忙说："快，荣达，跟在凯莉后面，别出什么事。"

"好。"荣达跑了出去。

"唉，这个不争气的东西！"叶江南愤怒了。

荣达还没回来，客厅里电话就响了起来。

阿灿接起电话，对方只低沉地用不太纯正的汉语说："请叶先生听电话。"阿灿感觉到了异样，她连忙小跑着去书房叫叶先生。

"是谁的电话？"叶先生问。

"不像是华人。"阿灿犹豫地说。

"哦？"叶江南诧异地起身，走出书房。阿灿点点头，莫名有些紧张。叶先生加快了脚步下楼来拿起话筒："我是叶江南，请问哪位？"

"我是吉尔逊。"对方停顿了一下。

"吉尔逊先生，不知吉尔逊先生打电话来是有何吩咐？"叶江南诧异地问。

"叶先生，凯莉是我的宝贝女儿，我就只有这一个女儿，我很爱她，我不允许她受到任何委屈。我的女儿有着高贵的白人血统，我坚决不允许我的女儿和华人在一起，就算这个华人是叶先生的少爷也不行。让你的儿子不要再招惹我的女儿。"

"凯莉是您的女儿？"叶先生诧异地问。

"没错。按照你们中国话来说，凯莉是我的掌上明珠。您知道的，她受委屈，我什么事都做得出来。"

"这怎么可能呢？"

"有什么不可能？叶先生看来什么都不知道。我的女儿已经为了你们叶家的东方大戏院求过我好几次了。我一直是反对美国人和华人通婚的，因为来自两个国家的差异。华人传统家庭，对于女人要求是很高的，我的女儿从小接受美国教育，思想自由奔放，她学不会像华人女子那样去侍奉公婆的，尽管叶先生和叶太太显然是素养极高的华人，但可以预见的，将来的局面无论对我的女儿还是对于叶家都会是很痛苦的。因而我完全不同意。可是您的儿子很有本事。我甚至也以为，他是真心喜欢我的女儿，但是看来我错了，以后，请他离我的女儿远一点。我不允许凯莉再受到一点伤害，一点点都不行。"吉尔逊挂断了电话。

叶先生呆愣在那里，好一会儿，叶太太走过来，他才如梦初醒般，诧异地问："凯莉是吉尔逊的女儿，荣闵和她是什么时候在一起的？"

"啊？吉尔逊的女儿？"叶太太惊讶道。

"这个不争气的荣闵，也不知道他之前都干了些什么，竟然去招惹吉尔逊的女儿！恐怕以后东方大戏院的事情就更不好办了！"叶江南思忖道，"我必须得问问清楚！让他给我下来，别再装病了！"

"好，江南，答应我，好好说，别气坏了身子。"叶太太说。

"哎呀什么时候了，还说这些个没用的！"叶江南说。

好一会儿，叶太太走下来，后面跟着垂头丧气的荣闵。荣闵抬头瞄了一眼叶江南，小心地走近，正要在沙发上坐下来，叶江南呵斥了一声："给我站着！你没资格坐！"

叶太太被吓了一跳，想了想，便慢慢向厨房走去。

"说！你跟凯莉怎么回事？你打一开始就知道她是吉尔逊的女儿对不对？"叶江南说。

"我是知道的，但我和她是真心相爱，谁也别污蔑我。我也是为了东方大戏院向她求救过几次。你知道的，爸比，那也是为了救东方大戏院于水火。其实，我还有功呢！我都从未说过。"荣闵不服气地说。

"哈！你了不起！在这儿等着我呢！"叶江南气恼不已。

第十章　荣闵（下）

从唐山到旧金山

隔着一个太平洋

从阿盛到叶侨笙

却有一生之遥

——《日记·叶侨笙 1926》

1

1908 年，荣闵 4 岁，那时候他还只知道醒来趁着大人们不注意拉着荣达往海边跑，只知道跟在大人的身后学着捕鱼，之后又将鱼篓里的鱼偷偷放掉几只，引来大人的怒斥和追逐。荣达常常被大人们抓个正着，被大人训斥，而机灵的荣闵每次都能侥幸逃脱，躲在暗处得意扬扬地看着荣达受责罚，又会在恰当的时候站出来佯装不知地说："荣达，下次不要这样了！我们都要听阿爷的话，做个好孩子。"荣达每次都很生气，却从来没有揭穿他。大人们于是就会说："瞧你呀，荣达，荣闵都知道要做好孩子，不要再干坏事，再干坏事就把你送去南洋！"

"南洋是哪里呀？"荣闵很感兴趣。

"南洋在大海的另一边，去了啊，就回不来了，就再也见不到阿爷、阿爸、阿妈，想回来就难了。"

"那去南洋干什么呢？"

"做工啊！很苦的。"

"哦。"

"所以你们不要干坏事了啊，不干坏事，阿爷就不会送你们去南洋了。"

荣闵心里倒是很想去南洋看看，他很想看看海的那一边究竟是什么样的。海的这一边，他每天看大人们撒网打鱼看得有些腻了。他经常会踢着石子眺望大海，太阳会从海的另一边升起，也会在海的另一边落下，但是如何才能到达海的那一边呢？他也听大人们说过，村子里有谁家的阿仔去了南洋，或许要等他长大，长大了便可以去了吧！荣闵有一次问荣达："你想不想去南洋？"荣达诧异地说："干吗要去，在家里不好吗？"荣闵失望地摇摇头说："真没出息。"他又看着大海说："等我长大了，我要去南洋。"

荣闵没有想到，并没有等他长大，他很快就要离开这里。他并不是要去南洋，而是美国。

那个不同凡响的午后很快就来了。那一天，荣闵和荣达刚刚从外面玩得大汗淋漓地跑回来，阿妈正在帮他们换衣服，就听有人跑进来喊："三叔回来了！三叔回来了！"

"是江南回来了？"阿爷拄着拐，阿嬷踮着小脚急急忙忙走出去。

大人们纷纷跑出去迎接他们，连阿妈都扔下衣服也跑了出去，留下荣闵和荣达两个人赤条条地呆愣着看着他们一边啜泣着，一边簇拥着一个大人和一个小孩走进来。

荣闵赶紧抱起衣服拉着荣达躲进里屋。

"他是谁呀？"荣达问。

"嘘！"荣闵示意。荣达点点头，和荣闵安静地在门缝里看着这一切。

"阿爸，阿妈，是我回来了！儿子不孝！"一个高贵的人牵着一个小孩走进叶家的院子。他的打扮荣闵从来没见过，后来荣闵才知道，他穿的叫西装，美国的上等人都穿西装。他并不仅仅是因身上的西装而高贵，他的身上散发着一种不同于村里人的气息，待荣闵能够形容这种气息，已经是多年以后了。他走进来便立刻跪在地上，旁边的小孩急忙也跟着跪下来。

"哎呀，快起来快起来，别吓着孩子！这是侨笙？"阿爷和阿嬷说。

"是啊，是侨笙，侨笙，快叫阿爷阿嬷！"三叔说。

"阿爷，阿嬷。"侨笙乖顺地说。

"唉，真好，真乖的孩子，都长这么大了！快，我们回屋说！快，告诉厨房做饭啊，三叔回来了！"阿嬷泪汪汪地说。

"三弟，你总算回来了！"阿爸说。

"快给我看看侨笙。"阿嬷蹲下来，用手仔细抚摸那个小孩的脸蛋和眉眼，然后紧紧地抱在怀里，"真好！侨笙，我是阿嬷。我大孙子长得真好看，比女娃子都好看，咦，跟你阿爸好像，阿浣也长得美。"

"阿浣惦念着你们，让我问你们好呢！"三叔说。

"我们都好，都好。对了，你快坐下，这么远的路，侨笙累不累呀？"阿嬷又说。

叫侨笙的小孩沉默地摇摇头，只是静静地看着这一切。

"真是个懂事的娃娃。"阿嬷又紧紧抱了抱他，那样的热烈让荣闵生出很多嫉妒。

"他们到底是谁呀？"荣达小声问。

"笨蛋，他大概是那个三叔，这小孩，应该就是他儿子吧！哼，阿嬷那么喜欢他！阿嬷从来都没这样抱过我，自然也没这样抱过你！"荣闵说。

"他长得真好看，我没见村里有这样的小孩。"荣达说。

"你傻啊！阿嬷都不喜欢我们了，你还夸奖他！"荣闵不乐意地说。

"他们是从哪里来的呀？"荣达好奇地问。

"我怎么知道？不知道从哪里蹦出来的！我一点都不喜欢他们。哼！"荣闵说。

"大哥，怎么没见孩子们？我的两个侄儿可好？"三叔问道。

"荣达、荣闵，快出来！这两个不争气的孩子不知道又跑哪去了。"阿爸大声说。

荣闵和荣达正在小声嘀咕，就听有人喊他们的名字，才有点慌了，因为，衣服还没有穿。两个人赶紧穿衣服。还没穿完，里屋的门就被打开，阿爸开心地说："原来你们两个仔仔在这里。"两个人狼狈地站在那里，像偷东西被人抓个现行。

"哎呀，我忘记了，你们两个怎么还没穿好衣服？"阿妈又气又笑地说。

"哈哈，我来看看我的两个侄儿。"三叔从座位上站起来，径直向他们走来。荣闵抬起头，掠过大人的胳膊，便感觉到了一束目光从远处射来，那目光沉静如深海。那叫侨笙的男孩静静地看着他们，仿佛在看另一个遥远的世界。

"叫三叔！你们两个！"阿嬷笑着说。

"来，三叔好好看看，都长高了！哦，这是荣达，这是荣闵，我说得对不对？"三叔说。

"对着呢，对着呢！哈哈。"阿妈说。

"哎哟，快叫厨房做饭啦！三叔好不容易带侨笙回来，多做点好吃的。哎哟！"阿嬷忙不迭地小跑着奔向厨房。

阿妈拉着荣闵和荣达坐在三叔对面的椅子上。荣闵和荣达从来没有这样拘谨过，虽然是在自己家的堂屋里，但不知为何，面对这个不知从何而来的三叔，他们不敢随意动作，只是生硬地挺直了身子，双手像大人那样放在椅子扶手上，规规矩矩地坐在那里，甚至不敢大口呼吸，生怕自己弄出什么不雅的声响惊扰了这位贵人，也生怕让对面的小孩笑话。

三叔、阿爷和阿爸他们好像在说美国、旧金山、华人，也在说北方、南方。大人们在说什么，荣闵听不懂，他只知道，就这样安静地听着便对了。

厨房里已经飘来了香味，是好久都未曾闻到过的香味。荣闵的口水都要流出来了，他强忍着咽了咽口水，仍然不改坐姿，看着大人们聊得火热。

荣闵瞄了一眼对面的小孩，觉得有意思起来。对面这个叫侨笙的小孩在打瞌睡，他坐在那里已经快团成一团了。他的双眼微微闭拢，两排长长的睫毛像蒲扇微微卷翘。他的脖颈一会儿歪向左边一会儿歪向右边，一会儿又向前面耷拉下来，然后，忽然又被惊醒，那对蒲扇张开，再闭上，脖子又倒向别处。

荣闵在心里乐起来，真没出息的小孩，他也不过如此嘛！

荣闵正在心里暗笑，就见阿嫲从厨房进来说："饭菜都好了。哎哟，侨笙睡了呀，肯定是累坏了。瞧你们几个，都没看见孩子困成这样，来来来，阿嫲抱。我们去睡觉啊！你们先去吃饭！我陪侨笙，我大孙子醒了再吃。"阿嫲抱着侨笙去了里屋。

荣闵脸上的笑意荡然无存，嘴巴噘起老高。

"荣闵，荣达，走，我们去吃饭啦！"三叔走过来牵起他们的小手。荣闵向里屋的方向看了一眼，不情愿地握紧三叔的手。

饭菜异常丰盛。阿妈说："三弟好多年没回来了，做的都是三弟最爱吃的，三弟一定要吃好。"桌上的饭菜有好多荣闵从来都没吃过，香气缭绕，荣达吃得很开心，可是荣闵一点也开心不起来。

那个叫侨笙的小孩过了好久才起来，阿嫲给他吃过了午饭他便又睡着了，直到掌灯时分，荣闵才看见他醒来。叶家人围坐在桌旁正在说话，并没有人注意到他已经醒来，但荣闵看到了，他的那对蒲扇又开始忽闪忽闪，他只是在装睡。

"江南，真的能行？"阿嫲和阿爷问三叔。

"放心吧，阿爸，阿妈。"三叔说。

"荣达、荣闵，你们跪下给三叔磕头！"阿爸忽然说。

荣闵和荣达茫然地看着大人，不知道他们在说什么。但是机灵的荣闵马上就跪下来，拉着荣达。

"说谢谢三叔。"阿爸说。

"谢谢三叔！"荣闵和荣达说。

"到了那边就不能再叫三叔，叫阿爸，以后，三叔就是你们的阿爸，记住了没有？"阿爸说。

"记住了，阿爸。"荣闵和荣达说。

"大哥、大嫂，你们真的舍得？"三叔又犹豫道。

"舍得的，舍得的，还不是为了孩子能有个好前程。"阿妈说。

"都是一家人，江南，孩子们能跟随你去美国，是他们的福分，不用多想。"阿嫲说。

"那好，等我们走了以后，你们务必要把这个背下来，一个字都不可以错。移民局会查问，通过了移民局的检查，才能在美国落下来。"三叔又说。

"是，三叔！"荣闳和荣达说。

"还叫三叔，叫阿爸！"阿爸踢了荣达一脚，荣达顿时一个狗啃泥，"哎呦"一声，把大家都逗乐了。荣闳看到：侨笙睁开眼睛望了望，又闭上眼睛装睡。

"以后，你们就是三兄弟了。"三叔说。

荣闳已经明白了，他和荣达将随着这个三叔离开这里，但不是去南洋，而是去美国。美国在哪儿？美国什么样的？荣闳不知道，但看大人们如此慎重，美国，大概比天堂差不了多少，他是很向往的。可是，要跟这个小孩成为兄弟，荣闳又满心不情愿。但似乎，除了这样，是无法去那个天堂的，他也没有任何办法能够拒绝这样的安排。荣闳想了一会儿，心里雀跃起来。

2

三叔带着侨笙走了，给家里留下了一张写满字的纸。荣达和荣闳必须将纸上的字句背诵熟练，不能出现一点点错误和纰漏。阿爸和阿妈都不认字，却将那张纸奉若"神明"，那张纸和其他的信纸一样，在阳光下薄若蝉翼，甚至荣闳只要轻轻一扯，就会撕坏，但荣闳不敢儿戏。在全家人的眼里，这张纸已是"圣旨"无疑。但这"圣旨"又是"秘密宣诏"，不能让村里其他人知晓。因而，自从三叔走后，偌大的叶家就开始笼罩着一种隐秘的喜悦，这喜悦已经扎了根，正在伸展枝条，就要枝繁叶茂，却又时时小心收拢着枝丫。

这隐秘的喜悦同时伴随着不舍。他们看两兄弟的眼神就像看到即将出征的战士，他们的口中开始不停地叹息，甚至在深夜梦中荣闳还依稀看见阿嬷轻轻抚摸自己的头发和脸庞，也似乎感觉到阿妈滴落在他脸上的泪珠。荣闳从来没有如此真切地感受到阿妈、阿爸、阿嬷和阿爷对自己和荣达的爱。

"荣闳、荣达，多吃点呀，到了那边就吃不到了呀！"阿嬷会说。

"阿嬷，我们为什么要去美国？我不想去。"荣达不止一次这样说，他背得也很不好，不够熟练，经常挨骂。于是，荣达更加不想背熟。

"真是个木头仔！要去的，要去的。将来你就知晓了，别人想去还去不上哩！你三叔啊，很厉害的，肯带你们过去，是你们的福分，知晓不？你们还小，还什么都不懂哩。快点背熟，不背熟不准吃饭！"他们都这样说。

荣达于是只好又去背。荣闵也不知道背那些字是什么意思，但他知道，那些字是他通往天堂的阶梯，他必须将那些字刻在心上。

终于在两个月后的一天，三叔又回来了。这一次是带他们去美国的。三叔一个人，没有带侨笙。三叔坐在椅子上，阿嬷让他们认真说了一遍，和那张纸上一字不差。三叔露出微笑说，不错，没问题。

于是，在吃完晚饭后，荣闵和荣达在堂屋里跪下来，跟阿嬷、阿爷、阿爸和阿妈磕头辞别。阿嬷和阿妈忍不住流泪，阿爷和阿爸拉起他们，将他们的手放到三叔手里。

"江南，两个娃子就交给你了！"阿爷说。

"三弟，他们就是你的孩子。"阿爸红着眼眶说。

"荣闵荣达就是我的儿子。大哥、大嫂，阿爸、阿妈，我带两个孩子走了！"

叶江南一手牵着荣闵、一手牵着荣达上了车。荣达小声哭泣，又跑回去跑到阿妈怀里，阿妈又抱着他将他交给叶江南。荣闵只是安静地看着大家，紧紧握住叶江南的手，直到睡着都没放开。

经过多日船上的颠簸，荣闵和荣达终于跟随叶江南抵达美国旧金山。小小的荣闵站在船上望着旧金山的大海，握紧了拳头。

半个小时后，荣闵终于明白了那道"圣旨"的意义。

荣闵和荣达跟随叶江南走进了一个叫移民局的地方，所有大船上的华人下船之后都要先到这里。在移民局门口，叶江南蹲下来对他们小声说："荣闵、荣达，之前让你们背熟的都记住了吗？一会儿有人问你们，你们就说那些，记住。问其他的，都说不知道，因为美国和唐山离得太远。"

两兄弟点点头。

"叶荣达、叶荣闵，进来！"有人喊。

"去吧，阿爸在这里等你们！"叶江南大声说。

荣闵和荣达走进去，就看见了宽大红桌子后面的三个美国人，美国人旁边还有两个中国人。

荣闵从来没离美国人这样近。叶江南上一次回唐山就给他们讲过美国人的样子，引得众人一阵欢笑。"他们的头发像羊毛一样卷曲吗？太奇怪了。他们是白皮肤？他们有多白？比从前皇宫里妃嫔的脸还要白吗？那得需要多少胭脂？！他们的眼睛是绿色的？还有蓝色的？啧啧，我见过黄眼珠，还从来没见过绿色和蓝色的眼珠，那肯定是得了什么病吧？那不是饿死鬼吗？据说女鬼的眼珠有红色的。要么他们就是猫狗转世吧！猫的眼睛是绿色的，那他们会不会白天是人形，晚上变回猫？哎呀，太可怕了。怪不得美国人不会写汉字，猫狗哪里能够写出方方正正的字来，也只能是用爪子画鬼画符……"

荣闵仔细琢磨起面前的这几个美国人来，他们果然是卷头发、绿眼睛，白皮肤太薄了，透出下面蜿蜒曲折的血管。他想起那些话来，不禁脸上露出几分笑意。几个美国人见这个华人小孩面无惧色，好奇起来。

"你叫叶荣闵？你为什么来美国？"

荣闵看着他们顿了顿，便说："我是叶荣闵，我今年 4 岁，我和我的哥哥叶荣达从广东梅州来旧金山寻找我的父亲叶江南和姨娘陈浣。我阿妈是我父亲的大房太太，我们一直跟随阿妈在唐山生活，现在我阿妈去世了，阿嫲年老无法照料我们，所以我们要来到父亲身边生活。除了我和叶荣达，我阿爸还有三个孩子，两个姐姐叶佐伊和叶艾米，大哥叶侨笙，他们是姨娘陈浣的孩子，都在旧金山。"

"哦。"

"你呢？小孩？你们两个是兄弟吧？"

"我是叶荣达，我今年 5 岁，我和我的弟弟叶荣闵从广东梅州来旧金山寻找我的父亲叶江南和姨娘陈浣。我阿妈是我父亲的大房太太，我们一直跟随阿妈在唐山生活，现在我阿妈去世了，阿嫲年老无法照料我们，所以我们要来到父亲身边生活。除了我和叶荣闵，我阿爸还有三个孩子，两个姐姐叶佐伊和叶艾米，大哥叶侨笙，他们是姨娘陈浣的孩子，都在旧金山。"

"你们有没有说谎？"

"没有。"

"有什么来证明你们是叶江南的儿子？你们不要说谎，我可是认识叶江南的。"

"我这儿有我阿爸和姨娘的照片。"荣闳从衣服口袋里拿出一张照片。

对面的一个华人跑过来将照片拿过去递给说话的美国人，几个美国人传递看了一下，还笑着指着上边的叶江南说："这个叶先生还真是有福气，原来在唐山还有老婆，还生了这么多儿子。"

"中国人喜欢生儿子。"

"我也喜欢生儿子。"

"可是你现在还没有生出来。"

"好了，小家伙们，你们可以去找你们的阿爸了！你们的阿爸叶先生是个了不起的中国人，美国欢迎你们！"

"Thank you！"荣闳说了一句英文。

几个人诧异地笑了。其中一位说道："瞧，我说什么了，中国有句话叫，虎父无犬子。这位叶小先生将来也会是个厉害的中国人！带他们去找叶先生吧！"

荣闳拉着荣达走出来了。荣闳记住了他们的话。

叶江南坐在门外的长椅上，正在和人说话，见他们出来，便张开两臂，朗声笑道："过来，孩子们，阿爸带你们回家！"荣闳和荣达亲切地扑向他的怀抱。叶江南紧紧抱了抱他们，然后起身，牵着他们，对旁边的人说："我们再会！"他牵着他们往外走："孩子们，我们回家喽！"

荣闳真的来到了天堂。美国的一切他从未见过，也从未听闻。这里的房子有天空那么高，这里的大街像稻田一样宽阔。街上的人们，有和唐山穿着一样的华人，也有和美国人穿着一样的华人。美国人戴着高高的礼帽，胸口戴着各种颜色的蝴蝶结，他们明明都很年轻，步履稳健，却都拄着大同小异的拐棍，很是奇怪。他们彼此见面拿掉礼帽遥遥地互相点头，也有坐着马车拿掉礼帽擦肩而过不言一语，像是在唱戏。街上的女人就更有趣了。华人女子与唐山的女子无异，大多穿着大袖旗袍短袄和长长的百褶裙，也有的穿着阔腿裤子。那些美国女人也戴着帽子，帽子的边沿极其宽大，有很多帽檐上面还插着羽毛，她们戴着长到手肘的手套，穿着极其繁复的长裙子，裙子直到脚踝，甚至盖住脚面，她们不得不用手提着裙子，才不至于自己踩到裙子的后摆，有趣的是，又要腾出一只手来佯装轻松地摇摆着扇子。这样的她们走在街上，像只摇头摆尾的笨鹅，更像是在唱戏。打招呼的时候，相向而行的两个女人相互摇摇扇子侧着点点头微笑一下，叽里咕噜一句什么，又彼此交错而过，让他想起公鸡支棱起身上的毛羽角斗的场面。她们的声音也不好听。但显然她们都是富有的，都是所谓的贵族，从她们的眼神，从她们行走的姿态，和她们的一颦一笑中透出的傲慢，都看得出他们是这个天堂的主人。当然，他的新阿爸也是这个天堂的主人。从刚刚移民局那几个美国人的口中，他确信这一点。那么，他，作为叶先生的儿子，自然也是这个天堂的主人。荣闳不由得仰头望了望身边的这个阿爸，他的身上散发着和这些美国人一样的自如和……一点点的傲慢，是华人的傲慢。荣闳暗暗地笑了。

直到走进叶家庭院之前，荣闳的脸一直在发烧，他的内心有一簇火苗在不断地燃烧，没有风，荣闳却感觉到内心的火苗忽大忽小，忽而平静又忽而热烈。他不知道什么时候能成为这个天堂真正的主人，大概要等他长高、长大，像新的阿爸那么高的时候，但此刻，他已经踏入这个天堂，自此，他将是这个天堂的一分子。他内心的火苗就要升腾到嗓子眼，他感到了口渴，他兴奋不已。

荣闳终于和荣达走进了新阿爸的家。叶江南带兄弟俩在叶家宅前下了车，笑眯眯地说："我们到家了，小家伙们！"他按了门铃，门上的铃铛便响起来。荣闳透过栅栏向里面望去，是一个偌大的庭院，要比唐山老家的庭院大上好多倍。草坪、树木、花园，高高的房子……荣闳看不过来。

"这都是你家的吗？"荣闳问。

"哈，是我们家。你们的家。都是我们叶家的，孩子们。"三叔说。

"好大呀！"荣达说。

"这么大，就我们一家人住吗？"荣闳又问。

"对呀，就我们一家人住。"

有个女子跑出来开门。

"先生您回来了。"

"回来了，阿灿，这是荣闳，这是荣达。快，我们进去了。"

"孩子们，叫阿灿姐。"

"阿灿姐。"

"乖。太太早就在等了。"

荣闳内心的火苗还在不断地燃烧，让他口干舌燥。叶江南推开了叶宅的房门。有位美丽的华人女子从沙发上站起身，盈盈走过来。

她好美呀！荣闵看得呆了。刚刚在大街上看到的华人女子、美国女子，都不及这个女子。难怪新阿爸会为了她留在美国。

"阿浣，等急了吧！看看，这是荣闵，这是荣达。两个小家伙在移民局顺利过关，哈哈。"

哦，原来她就是三婶阿浣，是新阿妈。荣闵想起了自己的阿妈，自己的阿妈从来没穿过这样漂亮的衣裙。

荣闵正在发愣，就听见有"噔噔噔"的声音传来。荣闵循声转过头去，便看见两个女孩从楼梯上走下来。透过她们的身影，荣闵看到了楼梯墙壁上硕大的照片。他从未见过这么大的照片，原来照片可以拍出这么大的尺寸来。荣闵呆住了。

荣闵居然一路上都忘记了叶侨笙的存在。侨笙并没有下楼，然而，他早已经在注视他了，这双沉静的双眼注视着他是怀着怎样兴高采烈的心情踏进了叶家的大门，又是怎样激动无比地一步一步走进来，踏入他的领地。是的，这自然是叶侨笙的领地。虽然他还未曾露面，但这双沉静无波的双眼所透出的自如和笃定，让荣闵顿时自惭形秽，心中热烈燃烧的火苗刹那间便熄灭了。荣闵感受到了他的存在，他无处不在。他好英俊，荣闵心中想不出更多的词来称赞这个让他嫉妒的男孩。他好像三叔，三叔小时候就长这样子吧！所以他才会这样疼爱这个儿子，竟然给他拍这样大的照片挂在这样重要的位置上。荣闵的心中生出个念头来，若将来有一天，挂在这里的大照片是自己的该有多好，但大概是不可能的，因为，他不是三叔的亲儿子，而叶侨笙是。因而，叶荣闵和叶荣达将永远比不上叶侨笙，获得新父母的爱也应该永远不及叶侨笙多。这一刻，荣闵觉得无比委屈，为什么叶江南的亲儿子是叶侨笙，而不是他叶荣闵。

接下来，两个姐姐说的什么，荣闵都听不到了，他只关心叶侨笙这三个字。终于，叶侨笙下楼来了。他比照片上的自己更漂亮。两个月不见，荣闵发现，这个男孩的眼睫毛又长了些，他只沉默地站在那里，就带着贵族的气息，让人忍不住靠近和喜欢。

荣闵暗地里跟侨笙怄气了好几天，但侨笙丝毫不知。也难怪，侨笙一直以来都是叶家唯一的少爷，一向沉默寡言。在荣闵看来，他似乎总是在半梦半醒之中，似乎对任何人任何事都很淡然，对于他们这两个新成员，也并没有过多关注，自然也没有发觉荣闵暗中与他的敌对。然而，这也更助长了荣闵对他的兴趣。

侨笙究竟是个什么样的人呢？他总是沉默，即便是全家人一起吃早餐，大家都在说话，他也不会主动说话，只是目不转睛盯着面前的饭菜专心吃饭。倒是三叔和三婶，总是讨好地给他夹菜，甚至小心地问他话，他也不过随意地回答个只言片语，很是敷衍。然而，即便是敷衍的只言片语，三婶也会异常开心，伸手轻抚他蓬松的卷发，或者摸摸他的脸蛋，眼神中的怜爱让荣闵直咽口水。荣闵确认自己看得没错，三叔三婶对侨笙就是很小心，小心地问话，小心地爱护，这跟对待他们兄弟俩可完全不是一回事。荣闵一边吃饭，一边就忍不住噘起了嘴巴。

那个晚上荣闵偷偷问荣达："你觉得以后三叔，哦，不对，是阿爸，以后对我们会像对侨笙一样好吗？"

荣达诧异地问："为什么不会？"

荣闵生气地说："你傻呀！我们又不是亲的，侨笙才是亲的。你没看艾米不喜欢我们吗？艾米只喜欢侨笙。"

荣达着急了问："那怎么办呢？"

荣闵想了想，像大人一样叹息说："唉，你还是我哥呢！"

荣达说："你不是比我脑子好吗？阿嬷都让你别欺负我。"

荣闵顿了顿说："我有办法。"

荣达问："啥办法？"

荣闵又说："我肯定让阿爸阿妈喜欢我比侨笙多，等着看吧！"

从第二天清晨开始，叶江南每天坐下来之前，荣闵就会在他的餐具旁摆好当日的早报，也会和荣达提前在餐桌前坐好，看到三叔和三婶下来，便会问候他们早上好，荣闵又和荣达给他们盛好咖啡和果汁。阿灿连连赞叹："两个小少爷真是懂事的孩子，一直在帮我的忙呢，先生和太太有福了！"

三叔和三婶当然会赞叹地点点头，笑一笑。三婶的眼中又充满了喜爱，荣闵知道，此刻的喜爱，是他和荣达赢得的。荣闵心里骄傲起来，他将来一定会超过侨笙。他有信心，因为，叶先生和叶太太脸上的笑容越来越多，在饭桌上的谈笑也越来越多，而这些，都来源于荣闵，与侨笙无关。奇怪的是，侨笙依旧自我，对于餐桌上的变化似乎毫不察觉。倒是艾米，每当荣闵和三叔、三婶亲昵，她就会斜着眼睛瞄过来，鼻子里哼一声，让荣闵很是扫兴。

然而，就在荣闵觉得三叔三婶爱的天平已经开始向他们兄弟倾斜的时候，他又失望以及否认了自己的这个想法。那是不久之后的一个深夜，睡梦中的荣闵因尿憋醒，听到外面杂沓的脚步声，他坐起来听了一会儿，便下了床，轻手轻脚地将门打开一条缝，透过门缝，他发现了侨笙的秘密。来人是个叫李博安的唐医，是来给侨笙看病的。原来侨笙是个有病的孩子，侨笙应该是受过什么惊吓，看起来还病得不轻，似乎唐医也看不好。

三叔三婶惊慌失措的样子让荣闵觉得非常挫败。原来自己在餐桌上的用力谈笑无论如何也比不过侨笙任性的沉默，原来侨笙有战无不胜的武器——他是个病人，他毫无征兆地发病，便会让一贯从容的三叔和三婶刹那间发狂。荣闵咬着嘴唇看着焦灼的三叔和落泪的三婶。他不想再看下去，便关上了门。

荣闵靠着门蹲坐在地上好一会儿，他又好奇起来。侨笙是个好大的谜团，他到底是怎样病的呢？受过什么样的惊吓会变成这样一个叶侨笙？荣闵也很想试试，或许，只有这样才能获得三叔和三婶那么多的爱。

3

荣闵一直以为，自己迟早会超过侨笙，直到上学之后，他才明白，自踏入这个天堂，他和荣达的身上便被刻上了标签。他才越来越明白：当年三叔带回去让他们反复背熟的那张纸，意味着什么，他们佯装三叔的儿子，骗过了移民局，骗过了许多人，甚至骗过了自己，但还有很多人，是没办法骗过去的。没有人泄密，但就是有很多人都知道，都猜得到，因为他们和他兄弟俩是一样的真实身份——纸生仔。

在华人学校里有很多纸生仔。大家以揭露彼此纸生仔的身份取乐，那些洋人少年更是乐此不疲。他们恶狠狠的眼光比利剑还尖利、还毒辣，每每让荣闵觉得自己身处酷暑的沙漠，就要干渴致死。

终于，有一天，那把利剑指向了荣闵和荣达。华人同学赵德顺指着他们说，你们也是纸生仔，别以为我不知道。荣闵一下子就像跌落在沙漠，几近绝望。荣闵没有料到，一直以来看似漠然的侨笙，在这一刻意外地变成了他们的亲哥哥，甚至跟赵德顺大打出手，保护了他们，赵德顺落败服输。从此，没有人再敢说他们是纸生仔。荣闵看得呆了，那一刻他是感动的。荣闵和荣达扶着受伤的侨笙回到家，三叔和三婶一边心疼一边称赞。那一刻荣闵是嫉妒的，也是挫败的。原来，踏入这个天堂是要付出代价的。他们终究会一直带着纸生仔的标签，之前的种种努力不过是掩耳盗铃，这究竟不是属于他的天堂。而侨笙，真是个奇怪的人啊！他总是出其不意，总是能博得三叔和三婶无可比拟的爱。荣闵绝不甘心。既然三叔和三婶心里只有侨笙，那么，他必须自己去争取一些东西了。很快机会便来了。

那一天学校有演出活动，荣闵和伙伴们穿着军装拿着枪表演射击。演出完毕，荣闵穿着军装上街去买杂志，在街角便看到一个洋人女孩被几个华人少年围住。女孩张大一双褐色的眼睛惊恐地看着他们。几个少年有的伸手去摘她头上的发箍，有的伸手去掐她的脸颊，还有的去拽她的头发。女孩吓得大声喊叫救命。少年们得意地哈哈大笑。荣闵想了想便举起手里的枪朝他们走去。

"都给我住手！不然我就开枪了！"荣闵瞄准了他们说。

几个人惊讶地转过头来，看见穿军装的荣闵，都松了手。

"你谁呀？你不是华人吗？你知道她是谁吗就帮她？"

"我不管她是谁，就是不准你们欺负女孩子！放开！我数三个数，都给我滚蛋！不然我就开枪了！"荣闵说。

"你那不是真枪吧！"

"那你试试？"

"还是，快跑吧！"几个人撒丫子就跑远了。

荣闵长吁一口气，放下枪，走过来问女孩："你还好吗？"

"谢谢你，叶荣闵。"

"你认识我？"

"我们在一个学校呀！我知道你，你和你哥哥叶荣达，还有你大哥叶侨笙，是叶先生的少爷。"

"你知道这么多，你还知道我阿爸？"

"叶先生大家都知道的。"

"哦，那看来我还是沾了我阿爸的光。"

荣闵心里有些得意，做叶先生的儿子感觉还是很不错的。

"谢谢你救了我，用你的气枪。"

"哈哈，你知道是气枪？"

"我看了你们的表演。所以你是用你的勇敢救了我，而不是枪。"

"你真会说话。你叫什么？"

"凯莉。"

"全名呢？"

"凯莉·吉尔逊。"

"吉尔逊？我好像在哪里听过。"

"一定是听叶先生提起过，我阿爸就是劳工部的秘书吉尔逊，劳工部一定没少为难你们叶家的东方大戏院。"

"哦，哦。"

"劳工部不只是为难东方大戏院，事实上，哪家戏院都会受到劳工部的为难。我阿爸说，那是他的工作，他要对美国政府负责。"

"你阿爸，说得好像也没错。"

"我阿爸说，叶先生是个很了不起的华人。你也是个很好的华人。"

"为什么这么说？"

"至少，你能跟我心平气和地沟通，而不是像其他华人小孩那样，见到我，就要围攻我。"

"他们是因为你阿爸围攻你的？"

"可能是吧。"

"也可能是因为你长得很好看，很像个洋娃娃，他们觉得好玩。"

"你真会说笑话，不过因为你这句话，我原谅他们了。"

"那我也替华人谢谢你。那，再见了！凯莉，祝你好运！"

"再见，祝你好运！"

　　本来，荣闵已经转过身要离开，本来，两个人的交集可能就到此结束，但是凯莉说了一句话："你穿军装的样子真好看！我喜欢。"

　　荣闵的脚像被粘在地上没法迈出步伐，心里好像有什么东西被敲击得晃来晃去，让他有片刻的晕眩。他迟疑地慢慢转回身，定睛看向对面的女孩。凯莉笑了笑，又轻声说："是真的。"

　　荣闵不敢相信自己的耳朵，多年来他一直在拼命努力，希望从叶先生和叶太太那里能够获得如侨笙一般的宠爱，但无论他怎样努力，似乎都无济于事。多年来他也一直在拼命努力，希望获得艾米、佐伊、阿灿、家里人和华人同学的喜爱，但无论如何，在所有人眼里，叶荣闵都比不过叶侨笙这三个字。叶侨笙这三个字就像幽灵，如鬼魅般如影随形地长久消磨着他，让他的努力化为乌有，消失于无形。

　　而此刻，这个洋娃娃般的女孩子，对着他说出这样的话，让他始料未及，不敢相信。原来，叶荣闵是可以走出叶侨笙的阴影，是可以被看见和注视的。荣闵有好一会儿说不出话来。他探询地看着女孩的眼睛，那双褐色的眸子因太阳的照射而微微反光，他看见了一个穿着军装的华人少年一脸痴愣。

　　"我要带你去见我的父亲。"凯莉笑着说，拉起他跑起来。

　　"等等，为什么见你的父亲？"荣闵停住脚步。

　　"你救了我，我总得让他给你一些奖励。你是我的英雄，了不起的英雄。"凯莉又说。

　　"哦。可是，"荣闵转了转眼珠，停顿了片刻说，"可是，我现在还不打算见你的父亲。"

　　"那你打算什么时候见呢？我父亲会很高兴的，我是他唯一的女儿，他会感谢你的。"凯莉又说。

　　"你父亲很爱你吗？"荣闵问道。

　　"当然。"凯莉笑了。

　　"你父亲对你，有求必应？"荣闵探询地问。

　　"差不多吧，我甚至可以让我父亲奖励你一些金子。"凯莉说。

　　"我不想要金子。"荣闵摇摇头。

　　"对了，叶家应该是不缺金子的。"凯莉想了想说。

"你得让我想想……我暂时还不想让他奖励我。"荣闵的脑子飞快运转。

"那你到底什么时候想要奖励呢？"凯莉歪着头问他。

"等我需要的时候。"荣闵终于说。

"哈，那是什么时候？"凯莉不解道。

"我会需要他的奖励的。"荣闵露出笑容。

"那好吧。你救了我，就是我的英雄了，是我最信赖的人啦！"凯莉挽住荣闵的胳膊，将头亲昵地贴在他的肩膀上。一个女孩挽着一个男孩的胳膊，这样的情景在美国大街上不足为奇，凯莉是美国女孩，从小在这样的环境熏陶长大，习惯了这样的表达方式。而对荣闵，这个在华人家庭长大的男孩来说，这样的亲密让他的每个毛孔都在颤抖和炸裂，他的整个身体都像坐进了皂荚泡泡，轻轻地飘荡起来，让他晕眩。

这实在是荣闵的意外之喜，多年来的努力终于有了一点点收获。他知道这件事对他意味着什么，但荣闵还是有一点遗憾：假如凯莉是个华人女孩就好了。荣闵知道侨笙的另一个秘密：侨笙早就喜欢上东方大戏院的名伶了，先是小凤尾，后又和芽萝偷偷搞在一起。这两个名伶，荣闵也都很喜欢，但这种喜欢是不被叶江南允许的，荣闵不想惹叶江南不开心。当然，他也很清楚，他如何能争得过侨笙呢？小凤尾若不是早已有了心上人，也会爱上侨笙，芽萝更是很早就喜欢上侨笙。想到这里，荣闵心里泛起醋意，但他转念又想，小凤尾也好，芽萝也罢，只要是华人女孩，就不可能是吉尔逊的女儿。一个凯莉，要比10个芽萝还金贵。

美国这么大，能意外解救吉尔逊的女儿，这完全是天大的运气，实在是上天的赏赐。所以，还有什么可犹豫的？凯莉就是来拯救自己的呀！想明白了这一点，荣闵又得意起来。

于是他不再犹豫，对凯莉热情起来。荣闵开始带凯莉去玩，甚至带她去东方大戏院看戏。只是，荣闵还不想太声张，毕竟，叶江南和吉尔逊都不算普通人。荣闵一直在等待合适的时机。

合适的时机终于来了。荣闵是时候找吉尔逊要奖励了。那一天，荣闵在家里听闻叶江南说东方大戏院的演员就快要到期，他已经提交申请，要请演员留下来……侨笙什么办法也没有，叶江南焦灼地走来走去。荣闵什么也没说，便去找凯莉了。

"你真的想好了吗？你真的要用奖励来换东方大戏院演员的续签？我阿爸一定会给你很多奖励的，你不觉得亏吗？"凯莉问他。

"东方大戏院渡过难关，就是对我最大的奖励。"荣闵说。

"你太傻了，你不是说，东方大戏院是叶先生为了叶侨笙办的吗？跟你没有任何关系。"凯莉劝说道。

"没错，但我是叶家人，我有责任去力所能及地解决一些难题。"荣闵义正词严。

"你太伟大了！闵。"凯莉感动地说。

"当然，如果你觉得这个奖励太小的话，那不如下次再帮我。毕竟将来，你也会成为叶家人。"荣闵又说。

"闵，你是在向我求婚吗？"凯莉诧异地问。

"我还没有准备求婚礼物，但我的心是真诚的，我会娶你为妻。"荣闵凝视着凯莉说。

"谢谢你，闵，我好开心！我会让阿爸帮东方大戏院渡过难关。"凯莉惊喜地说。

"你是我的天使。"荣闵吻了凯莉的脸颊。

4

荣闵对东方大戏院悄悄做了好几件大事，每一件都称得上解救东方大戏院于水火，但他从未声张，他有自己的打算。每一次问题被解决，叶江南高兴得手舞足蹈像个孩子，荣闵只是在不远处望着他，望着侨笙，心里冷笑，笑他们毫不知情，一向无人问津的他倒成了那个操控提线木偶的人。他知道，不久以后，当这一切幕布被拉开，他自然是那个阳光下最耀眼的人，而东方大戏院，自然毫无悬念地要最终属于他。本来，一切都在按部就班地进行，本来就差一点点，荣闵就要成功了。荣闵怎么也没想到，他的一切努力被以这样的方式裸露在大家面前，那本来的光辉一下子变成了见不得人的尘埃，没有成为他起飞的羽翼，反而让他蒙羞。这位洋娃娃小姐，他到底还是高估她了，她居然一点也不懂得他。荣闵气恼地将自己埋在被子里，不断地用双手捶自己的脑袋。就听叶太太叹息一声："唉，荣闵，你怎么好去招惹吉尔逊的女儿的？"

"是她来招惹我的好吗？！"荣闵生气地拽开被子，喊道。

"这个女孩我们是惹不起的啊。"叶太太叹息道。

"有什么惹不起的，有什么了不起的？"荣闵不服气地说。

"好啦，快下去吧，你阿爸非常生气，不要再装病了。"叶太太说。

"谁装病了？怎么我病了就是装？侨笙……"荣闵觉得现在提侨笙很不合时宜，他自觉理亏，一边硬气一边还是迅速下了楼。叶太太紧跟在他身后，一边摇头一边下楼。

看见叶江南的背影，荣闵放慢脚步，小心地走下来，他从来没见过叶江南生过这样大的气。叶江南双手叉腰来回踱步，用了很大的力气，连他的头发梢都在动。

"不要顶嘴。"叶太太轻声对荣闵说。

荣闵不敢怠慢，认真点点头。

"给我跪下！"叶江南厉声喝道。

荣闵不敢言语，立刻便跪下来。

"给你两个选择。你要么去跟凯莉道歉，要么跟她断绝来往，永不再见！"叶江南说。

"我去道歉。"荣闵小心地说。

"滚！孽障！快去！"叶江南挥手说。

"这就去，这就去，阿爸你别生气了，是我错了。"荣闵说。

"江南，你别生这么大的气，你身体受不了的。小孩子做错事也是常有的，荣闵以后不会犯浑了，是吧？荣闵。"叶太太说。

"是，是，不会了。"荣闵额头已经有汗流下来。

"滚！"叶江南艰难地说，跌坐在椅子上。

"江南！"叶太太紧张地说。叶江南摆了摆手，示意没事，又转过身对荣闵怒目而视，荣闵吓得立刻跑出去。

"我现在去！快，阿灿姐，备车，备车呀！"荣闵说。

"让他走路去，不准备车！"叶江南喝道。

"我，我跑去。"荣闵急忙跑出去。

荣闵回来的时候，叶家已经吃完了晚饭。荣闵蹑手蹑脚地走进来，只有艾米和佐伊坐在客厅里。艾米在画画，佐伊在看书。荣闵四顾张望，艾米将画笔一摔，训斥道："别找了，爸比快被你气死了！你还回来干什么？"

"我干吗不回来呀？我都按照爸比说的去做了，我都去道歉了，真是的。"荣闵嘀咕道。

"你好不情愿。凯莉这么快就原谅你了？"艾米说。

"那是自然。"荣闵有些得意地说。

"那接下来呢？"艾米问。

"什么接下来？"荣闵说。

"你答应娶人家的。"艾米又说。

"娶就娶！也没什么坏处。"荣闵耸耸肩说道。

"可是你并不喜欢凯莉，嫁给你真是倒了霉！"艾米说。

"我只是没有她喜欢我那么喜欢她，只是差那么一点。"荣闵说。

艾米走过来，使劲踹了荣闵两脚。

"一点不疼吧？"艾米一边踹一边说。

"疼，疼。干吗呀？"荣闵叫嚷着。

"别人心里都比你这疼。你这个坏心眼的家伙，从小我就知道你就是个坏心眼的货色。你骗得了爸比妈咪，可骗不了我！不许你这样对待喜欢你的人。凯莉是个好女孩，跟她是不是洋人无关。你这样利用人家会不得好死。"艾米不平地说。

荣闵压低声音说："你闭嘴。我的事用不着你管，管好你自己！你和你的地下情人小心点。还有佐伊，那个乐手在追求你，别以为我不知道，爸比是不会允许你和一个乐手在一起的。你们的命数就是富商，不是好几个华人富商的老婆来找妈咪打牌吗？你以为他们真的是来找妈咪打牌呀，你们早就被盯上了知道吗？你们两个别无选择。"

"别没大没小，叫大姐二姐！"佐伊说。

"叫啥也改变不了你们将来的命数。"荣闵得意地说。

"信不信我打死你！"艾米从花架上拿起一根长木棍。

"哎哎，别，我信，我信。"荣闵求饶道。

"我们肯定不做娜拉。"佐伊说。

"别总是娜拉娜拉，那也就是在小说里喊一喊。中国女人能做娜拉那都是福气，都只有像叶家这样的上等人才做得了的，下等人都做不了呢。"荣闵不屑地说。

"你真是坏透了，滚！"艾米愤恨地说。

"滚就滚。"荣闵哼着曲上楼去了。

然而，第二天一早，荣闵便接到了凯莉的电话。凯莉在电话里哭泣着说，昨晚已经和父亲闹翻了，吉尔逊不同意他们在一起，因为作为尊贵的贵族，自己的女儿和华人男子通婚会让人笑话的。吉尔逊打算送凯莉去洛杉矶读书。为了自由，凯莉偷偷跑了出来，她打算去乡村唐人街，永远不回来。荣闵惊呆了，这回真的麻烦了，这该怎么办？荣闵急得直抓头发，急匆匆地跑上楼闯进艾米的房间。

还在睡梦中的艾米被开门的声音惊醒，睁开眼便看见荣闵狼狈地站在床前。艾米下意识地抓住被子："你干吗？"

"二姐救我！"荣闵说。

艾米眨眨眼，狐疑地打量他，然后笑着坐起来："你是把天捅出窟窿了，才会这副德行的吧！为啥我要救你。"

"只有你能救我，二姐，你那么聪明！"

"别，这一家子都不如你三少爷聪明，别来这套。"

"真的要救命啦。"

"到底怎么了？"

"二姐，凯莉，跟她Daddy决裂了，跑出来了。我，我这下完蛋了，该怎么办？"

"爸比和妈咪知道了吗？"

"还不知道，用不了几个小时就会知道了。她Daddy不会放过我的。"

"我巴不得爸比妈咪也不放过你这个坏心眼的东西。"

"二姐，别骂我了，救命啦。"

"你这坏心眼的家伙弄出这么大的一摊子事来，真是让人头疼，爸比打死你都应该。"

"是是是。"

"让我想想。"艾米下床来回踱步，好一会儿她停住脚步说，"爸比打算要在洛杉矶开新戏院你知道吗？"

"不知道，都什么时候了，我还关心那个。二姐，我现在该怎么办？"荣闵说。

"你不是一直惦记着大戏院吗？你去跟爸比说，你愿意去洛杉矶管理新的大戏院。"艾米说。

"啊？你的意思是，我滚蛋？"荣闵说。

"你不滚蛋也得滚蛋，因为凯莉已经要去乡村唐人街了。既然吉尔逊打算送她去洛杉矶读书，不如你也去洛杉矶。这样，爸比也好推脱不知道你们的事。吉尔逊也只是因为你慢待了他女儿，得知你和他女儿在一起生活得不错，也就释然了。"艾米说。

"哦哦，二姐你真太厉害了！那，爸比能同意我去洛杉矶？"

"本来爸比也打算让你接手的。"

"你怎么知道？"

"我什么不知道？"

"二姐，我该怎么感谢你！"

"你对凯莉好一点吧，我也是女孩子，知道女孩子的不容易。你去了洛杉矶，不要再给爸比惹麻烦，就算对得起爸比了。也不要再跟侨笙过不去，侨笙……不容易的，你不要欺负他。"艾米觉得有泪要涌出来。

"二姐，我哪有欺负侨笙啊？"

"这些年来你心里想什么，我比谁都清楚，你就是个坏心眼的家伙。"

楼梯上响起了脚步声，是阿灿来叫大家吃饭。

"二小姐，吃早饭了！"

艾米用手比了个手势，示意荣闵不要说话。

"来了！阿灿姐。"艾米说。

阿灿又下楼去了。

"你还不快点下去跪下？爸比和妈咪已经要下来吃饭了。"

"哦，好，我懂了。"

叶江南和叶太太走进客厅，发现荣闵跪在沙发前。

"荣闵，你怎么大清早跪在这里？快起来，地板很凉的。"叶太太急忙来扶他。

"请原谅，爸比妈咪。我很惭愧，没想到给你们带来这么大的麻烦。"荣闵一脸惭愧地说。

"你是不是还有事瞒着我？"叶江南冷着脸说。

"什么都逃不过爸比的眼睛。凯莉……和他 Daddy 闹翻了，他 Daddy 要送她去洛杉矶读书，她赌气离开家了，要去乡村唐人街。爸比，你不是早有在洛杉矶开戏院的打算？我们之前过年的时候也有去洛杉矶演出，爸比，不如就在洛杉矶开戏院吧，恳请爸比让我去管理，我一定不会让爸比失望的！"

叶江南沉吟片刻，叹息一声说："起来吧，逆子！"

荣闵胆怯地抬眼看看叶江南，又看看叶太太，说："爸比，你同意了？"

"也好，在洛杉矶开设戏院的事，也是时候了。你去管理吧。"叶江南终于叹息说。

"爸比？！"荣闵又惊又喜。

"起来吧。"叶江南说。

"还不快起来？"艾米微笑了。

"爸比真是宅心仁厚，可荣闵你真的堪当大任吗？这可不是小事情。"艾米又说。

"爸比，你相信我，我一定会做好的。"荣闵欣喜地说。

"发生了什么？"侨笙下楼来，诧异地问。

"我们即将成立洛杉矶东方大戏院，将由我去洛杉矶打理。"荣闵开心地说。

艾米看着得意的荣闵，摇摇头。

"这么好？！"侨笙惊讶道。

"当然，荣闵兢兢业业。"艾米脸上露出一丝不快。

"二姐还是很支持我的。"荣闵又讨好地说。

艾米没再说话。

"艾米，吃完来书房。"叶江南吃完，便向书房走去。

"哦，好的爸比。"大家都询问地看向艾米。

"我怎么知道什么事？都别看我。"艾米不耐烦地说完，便扔下面包，去了书房。

"是你的主意吧？"叶江南说。

"什……什么事啊，爸比？我哪里有什么主意？"艾米有些结巴。

"我的女儿我知道，是荣闵去找你求救了吧？我女儿就是嘴硬，心肠比谁都软。"叶江南说。

"爸比，您什么都知道。"艾米说。

"要不怎么做你们的爸比？"叶江南说。

"我是不是做错了？我好像后悔了。"艾米挠挠头说。

"你没有错。都是我的儿子，总不能厚此薄彼。"叶江南说。

"可是您知道荣闵背地里都干了些什么？"艾米想了想又说。

"他还没有长大，需要好好调理。像小树，在长成参天大树之前，不只需要修剪，也需要肥沃的土壤和灌溉。索性让他去闯一闯，试一试。"叶江南说。

"唉，叶侨笙只有一个，仿不来的。爸比你会失望的。"艾米摇摇头说。

"你也有责任去帮助他，就像帮助侨笙一样。你有三个弟弟，不是一个，艾米。"叶江南笑笑说。

"不，我只有一个弟弟，他叫侨笙。请原谅，爸比，我做不到。"艾米红了眼眶，转身便走出去。

几日后，凯莉遵照吉尔逊的安排，去往洛杉矶大学读书，不过，这一回，她是快乐地离开的。吉尔逊送别女儿的时候说："看样子，你终于想通了，凯莉，

Daddy 是为了你好。"

"不，你是为了你自己。不过，我同意您的安排，这样也很好。"凯莉欢欣雀跃。

"你会找到幸福的，我的孩子。我想，他就在洛杉矶。"吉尔逊说。

"您说得没错，Daddy，他就在洛杉矶。"凯莉笑了出来。

"你怎么这么高兴？前几天还悲伤难过。"吉尔逊狐疑起来，"你该不是有什么事瞒着我？"

"什么事也没有，就是，我要离开旧金山，我要去洛杉矶。这已经是一件很让人高兴的事了。"凯莉说。

"好吧，记得，不要再让华人男孩子靠近你。他们都怀有野心，都是可怕的人。"吉尔逊又说。

"我也不是吃素的。"凯莉说。

"你说什么？"吉尔逊诧异地问。

"我是说，我又不是傻瓜。"凯莉说。

"不，你不是傻瓜，你是我的心肝宝贝，会有很多白人男孩喜欢你，追求你。Daddy 会祝福你。一切顺利！"吉尔逊说。

"再见 Daddy，您保重！"凯莉说。

凯莉乘坐的火车远去了，她遥遥地摆手。吉尔逊看着火车轰鸣而过，依依不舍，重重地叹息，忽而感觉，有一个人影一闪而过。吉尔逊觉得哪里有点不对劲，又说不出到底是哪里不对劲。凯莉的目光似乎一直越过他，看向更远的地方，吉尔逊转身向四周看了看，并没有看见别人。可是他还是感觉，凯莉似乎在向另一个人告别，而不是他。吉尔逊莫名地有些失落，向月台外面走去。

第十一章　洛杉矶东方大戏院

舞台背景上的金色宫殿
是海市蜃楼
是炫目的虚无
是荒芜

——《日记·叶侨笙1927》

1

一周后，在洛杉矶开设东方大戏院同名戏院的计划就开始启动了。叶江南一连多日都在清晨起床，在庭院里散步，走向树林的最深处，再迎着太阳走回来；也常常在书房里和唐纳商谈到深夜，在月光下送唐纳离开。半月后，开始和唐纳一同奔赴洛杉矶，几天后才风尘仆仆地回来。

那一晚，叶江南在深夜回来，看见阿盛坐在客厅的沙发上打瞌睡。

"这么晚怎么不去睡？"叶江南问。

"我在等您，阿爸。"阿盛说。

"有事吗？"叶江南诧异地说。

"阿爸太辛苦了，或许我可以帮您做一些力所能及的事。"阿盛说。

"好啊。明天叫上荣闶，他不是要接手的吗？总归不能偷懒，我带你们一起。"叶江南说。

"好啊，阿爸。"阿盛说。

荣闵和阿盛开始跟叶先生一起早出晚归。有一天晚上回来，荣闵深有感触地说："爸比，原来叶先生很不好当。"

"哈哈，言之有理。"叶江南说。

"原来并不是谁都能做叶先生的。"荣闵又说。

"你是在恭维我吗？哈哈，希望你们将来都能成为更好的叶先生。"叶江南说。

半月后的一日，阿盛从洛杉矶回来去戏班找芽萝，不巧芽萝正在台上唱戏。阿盛踌躇着要不要先离开晚点再过来，就见杜襄理急匆匆走过来说："大少爷，有个急事啊，我正等你回来。"

"什么事？"阿盛说。

"你跟我过来。"杜襄理神神秘秘地将侨笙拉到自己的屋子，关上门，才说，"大少爷可曾听说青川妹？"

"青川妹？不是广泰大戏院的演员吗？"

"没错，之前一直是广泰大戏院的演员，两天前来找我了，希望跟我们签约。"

"啊？这……"

"是这么回事。她和广泰大戏院的合约还没到期，广泰大戏院不知道什么原因就提前把她在移民局的保证金注销了，要将她驱逐出境。"

"这不合规矩啊！"

"是啊，但青川妹前几年也已经赚了几千美元，今非昔比，看样子也是个倔脾气，不愿任人摆布。于是她自己找到了担保人，按规定缴纳了保证金。她并没有离开美国，倒是去了墨西卡利的中国戏院演出了一年。这不，不知道是从哪听到了风声，知道我们要在洛杉矶开分戏院，还是赶巧了，前两天找到我，说希望能在东方大戏院演出。我这不好做主啊，就盼着你快点回来，跟叶先生商量一下，看看如何是好。"

"那我赶紧回去找阿爸。"

"好！"

阿盛没有想到，叶江南听到这个消息后，莞尔一笑说："好啊，欢迎青川妹来到东方大戏院啊！"

阿盛愣了愣才说："可是，阿爸，你不是一直告诫我们要做事稳妥，如果东方大戏院签了青川妹，那不是等于跟广泰大戏院作对吗？"

"青川妹已经跟广泰大戏院毫无关系了，广泰大戏院在一年前就已经抛弃了人家，还不准人家嫁人了吗？没这个道理。我们东方大戏院，秉承的是宽容、包容，对任何优秀的演员都开放。更何况，广泰大戏院对东方大戏院的敌意从未消退。这么好的演员，我们请都难请，能够选择来我们的舞台，我们有何理由拒绝？告诉杜襄理，签！"叶江南斩钉截铁地说。

"好，阿爸！"阿盛点头说。

"叶先生就是有股豪气！"佐伊站在门口说。

"好啊，你居然偷听我和阿爸说话。"阿盛说。

"我是恰好经过，不是故意的！听到你们说青川妹，有点好奇，因为我偷偷去看过她的戏。不过，我倒是很赞赏她呢，前几年同学们都去广泰大戏院看过她的戏。我只知道舞台上的她是个很好的演员，还不知道她其实是这样的人，她实在是让我刮目相看呢。"佐伊又说。

"阿灿，把我那瓶白兰地给我拿来，我要和孩子们喝一杯。"叶江南开心起来。

经过两个多月的准备，洛杉矶东方大戏院终于在一个晴好的日子开幕，东方大戏院派出18名演员组成临时戏班前往洛杉矶，由芽萝和青川妹领衔主演，以确保首演顺利。演出果然不负众望，极其成功，成为轰动一时的大事件，引来媒体的关注和报道。

《洛杉矶时报》刊登：中国戏院变得更有活力并且更加生动：原来戏院空荡的舞台及哀号似的粗陋乐器，现在被从旧金山都板街戏院带来的景片和真正的乐团所取代。观众在傍晚时分开始聚集在东方大戏院前，并在7点演出开始前就座。

荣闳拿着报纸对叶先生说："看到了吗？看到了吗？我们打破了洛杉矶旧中国

戏院的形象，给洛杉矶带来了真正的中国艺术。"

"是啊，这是对我们努力的褒奖。荣闵，一切都已就绪，接下来就看你的了。你和宋襄理要好好管理，你要继续努力呀！"叶江南说。

"爸比请放心！"荣闵信誓旦旦地说。

阿盛和叶江南在洛杉矶又逗留了两天，因牵挂旧金山东方大戏院的演出，第三天便要启程返回旧金山。芽萝和青川妹还将继续在洛杉矶演出一个星期。阿盛很担心芽萝，临行前一再叮嘱几位武生，每场演出前一定要检查好桌椅器具，芽萝踩跷的时候台子一定不能叠太高，要时刻看紧她，不要让她有危险和意外。

"放心吧，大少爷，我们都知道的。"武生咧开嘴笑了，阿盛的脸"腾"地就红了。

"你们也要注意安全，别出任何意外。"阿盛红着脸说。

"芽萝，还不快去送大少爷。"宋襄理说。

芽萝匆忙从化妆间跑出来："这就走吗？"

"这就走了，阿爸等我好一会儿了。"阿盛说。

"等一下。"芽萝匆忙又跑回化妆间，很快抱着个毛乎乎的东西跑出来。她轻轻一抖，那毛乎乎的东西变成了一条绛红色长围巾，她将围巾缠到阿盛的脖子上说："旧金山该冷了，走路戴上它。"

"哪来的？好软。"阿盛惊喜道。

"喜欢吗？"芽萝询问地看着他。

"喜欢，什么时候买的？"阿盛点点头。

"我织的，第一次织。"芽萝说。

"你好巧。这双手不光会舞水袖，还会织围巾。"阿盛握起芽萝的手，顺势将她抱在怀里。

"好多人呢！"芽萝马上挣脱出来。

"我不怕，我会想你的。芽萝，一个星期后我来接你回去。"阿盛恋恋不舍地说。

"好。"芽萝点点头。

"我会做噩梦的，唉，你踩跷要小心。"阿盛又说。

"知道了，大少爷。"芽萝笑了。

阿盛还是有很多话要说，却只好忍住，匆匆走出戏院。

一周后，阿盛来到洛杉矶接芽萝，芽萝正在化妆间化妆。阿盛走过去，看到桌上放着一个圆形粉盒和一个长方形胭脂盒，都用月白色绸布严实地包裹着，绸布上清晰地印着红色汉字商标"伊俊记"。粉盒绸布的商标下面几排小字注明戏粉的质地，以及"伊俊记"的各种戏粉品种。将绸布打开，里面是粉色的粉盒，粉盒里面装着底妆的白色香粉。长方形的胭脂盘里，每一盘都装满鲜红色的箔纸，是用来涂面颊和眼睑的胭脂。

"'伊俊记'？粉质很好啊，这是新送来的？"阿盛用手指小心沾了一点香粉。

"是呀，阿盛，那天你刚走，永利号公司的人就送来了，说是给我们东方大戏院试用几盒，用好了，觉得好，再跟他们订货，要多少有多少。大家每人都有一份。"芽萝说。

"这家老板真是会做生意。用着可还好？"阿盛说。

"很好啊，味道也好，这粉要比之前很多旧金山商号的胭脂都细致。听青川妹说，这家永利号公司的'伊俊记'是洛杉矶最好的胭脂，是一个叫吴铜的华商的生意。"芽萝一边化妆一边说。

"青川妹知道？"阿盛问。

"她去过的城市很多了，哪个城市的胭脂好，她都知道。"芽萝说。

"你们已经成了好姐妹了？"阿盛又问。

"是呀，她真的很好的。"芽萝说。

"那很好啊！对了，那不如我们去多采购一些带回旧金山。"阿盛忽然说。

"好呀！"芽萝说。

阿盛和芽萝乘车来到一座老建筑，高高的牌匾上刻着"永利号公司"五个大字，走进大门，便有一位戴眼镜的中年华人男子走过来。

"请问你们有事吗？这里是永利号公司。"戴眼镜的男子说。

"我是东方大戏院的，想跟你们订货。"阿盛说。

"哦，您是叶先生？"戴眼镜的男子说。

"您知道？"阿盛惊讶道。

"旧金山的叶先生我们是知道的，叶少爷里面请。"戴眼镜的男子礼貌地说。

"可否带我去看一下你们的生产房？"阿盛说。

"这个，别人不可以，但您二位没问题。我带你们过去。"戴眼镜的男子想了想说。

"您是？"阿盛又问。

"小的不才，叫我赵管事就行。"戴眼镜的男子又说。

"那麻烦赵管事了。"阿盛说。

"二位跟我来。"赵管事说。

赵管事带阿盛和芽萝走进工厂。他们走进了一个宽敞的操作间，里面陈列着许多大大小小的圆木桶。有二十几个女工和男工在分别忙碌。

女工们无论年纪大小都穿着统一的深蓝色制服，有几个年纪显然很轻，宽大的制服套在纤细的身体上，像极了偷穿了大人衣服的小孩。芽萝的眼光落在一个戴白色面纱的女子身上。

"彩蝶？"芽萝惊讶地说。

"谁？"赵管事诧异地问。

"彩蝶她在这儿？她还好吗？"芽萝问。

"谁是彩蝶？"赵管事又诧异地问，向她看的方向看过去，却茫然地又转头问芽萝。

阿盛握住了芽萝的手臂。

"是我看错了。对了，那个女孩她叫什么？好奇怪，这里这样闷热，她还戴着面纱？"芽萝说。

"你是说普洱？"赵管事说。

"普洱？那不是茶的名字？"芽萝好奇地说。

"可她就叫普洱。"赵管事说。

"很苦的一种茶。"阿盛叹息说。

"普洱是被陆仔捡回来的，也不知道她从哪来的，也不肯说话，大家还以为她是个哑巴。陆仔很喜欢她，娶了她。直到成亲她才说话，大家才知道原来她不是个哑巴。"赵管事说。

"谁是陆仔？"阿盛问。

"那个，在灶上做饭那个。"赵管事说。

"那不是那天给我们送胭脂那个人吗？"芽萝说。

"对，他也送胭脂，左腿有点跛，但走路一点不慢，是我们老板的远房表哥。人是蛮好的人，一把子力气，很护着普洱。"赵管事说。

"真好。"阿盛说。

"普洱被陆仔捡回来的时候，是个大雨天，脸上靠近耳朵的地方有一条刀印，血水和雨水顺着脸往下流。陆仔把她抱回来，像捡了个宝，也不顾浑身都被染红了。后来普洱的脸就留了疤，大概是自己觉得难看，她就一直戴着面纱，大家也不计较，都习惯了。普洱笑起来别提多好看了，陆仔有空就逗她笑，可是她也难得一笑，有时候，陆仔越逗她，她反倒哭起来。唉，也不知道是遭了什么罪来着。"赵管事说。

芽萝转过头去，悄悄用手腕擦了擦眼睛。

"我们走吧，不要打扰她。"阿盛悄声说。

"以后我们东方大戏院的胭脂都用你们'伊俊记'的，不只是洛杉矶的东方大戏院，还有旧金山的东方大戏院。那个陆仔看起来是个很好的人，告诉你们老板，我看好他，洛杉矶和旧金山的货都由他来送，每次来送货，东方大戏院会给他专门的酬劳。"阿盛又说。

"哎呀，那真是谢谢叶少爷了！我这就禀告我们老板。叶少爷放心，我们'伊俊记'的脂粉保证你们越用越好。哎哟，陆仔这小子可是交好运了。"赵管事说。

"让你们老板有空来东方大戏院跟我们签个约。"阿盛说。

"好嘞！"

....

2

....

阿盛和芽萝回到旧金山，东方大戏院与广泰大戏院的竞争愈加激烈。广泰大戏院仍旧不断地挖掘新的演员来吸引观众。阿盛和杜襄理面对广泰大戏院的竞争，则是推出许多阵容强大的大型演出，赢得了更多观众的欢迎。东方大戏院一改从前的演出模式，在同一周内上演 5 场不同类型的大戏，更是在连续 7 个晚上连演 7 夜《十美图》的大戏，在每晚演出中都有许多角色粉墨登场，让观众酣畅淋漓，大呼过瘾。东方大戏院的红火让广泰大戏院的老板任永贵寝食难安，他实在不知如何破解这样的败局。踌躇多日，他终于等到了机会。

那日，东方大戏院上演了历史故事《背解红罗》，分本分别在 6 个晚上演出。第六天晚上，东方大戏院演出完毕，任永贵正在酒楼颓败地一边喝酒，一边惆怅地哼唱，秘书阿才从外面急匆匆地跑进来说："老板，您怎么还在这喝啊！东方大戏院的门口，观众看完都不走啊。我看有半个旧金山的华人都在那儿，等着演员出来，东方大戏院门口的花都摆不下了。"

"这个戏这么受欢迎吗？"任永贵好奇道。

"是啊，这个戏据说是叶侨笙自己写的，叶家大少爷确实不是白给的，自己当编剧。按说这个故事大家都知道，就是没人想到把它编成个剧。这叶侨笙居然把它编成了剧，这么受欢迎也是有原因的。我们怎么就没想到呢？怎么什么都能让他们占了先。唉，还是咱们的编剧不行。"阿才说。

"等等，你说什么？"任永贵打断他。

"我说……"

"别说话。有了，哈哈。叶侨笙可以改这个故事，那我们难道不可以改别的？去叫编剧给我干活！"任永贵说。

"老板，您是说？"阿才不解。

"对，他叶侨笙厉害呀，开了个先，倒是让我想明白了，就跟着他走。哈哈，胜负还未可知。叫编剧干活，连夜给我写，写不出来不许睡觉，明天咱也有另一个《西游记》。对，《西游记》里不是有很多故事？让他们给我写一段出来。西游记谁都喜欢吧？我就不信了，西游记比不过他这个《背解红罗》。"任永贵说。

"好主意啊，老板！"阿才奉承道。

任永贵还是慢了一步。几日后，香竹戏院便上演了一部叫《梁天来告御状》的现代诙谐喜剧，连演 4 天，非常叫座。之后，广泰大戏院的《西游记》剧目才姗姗来迟，曲目名为《玉面狐狸》，连续 5 晚演出，广泰大戏院再次人满为患。任永贵终于暂时结束了郁郁寡欢在酒楼喝酒的日子，而是每晚忐忑又振奋地坐在包厢里看戏，一边看戏，一边看观众。舞台上的戏他已经不关注，观众席上的喜怒哀乐和呼喊叫号更加让他激动和兴奋。

面对各家戏院的跟风，阿盛和杜襄理又商讨出了新策略。除大规模的戏剧以分本演出之外，以一两位演员为中心的剧目也开始采用分本多晚演出的形式。许多戏都分为 3 晚连续演出，《阴阳山》首演时阿盛亲自与演员们一起登上舞台，客串了角色。阿盛的乐队朋友们在结束的时候还上台表演了一首曲子来捧场。这些在当日的戏桥上并没提前预告，因而台下的观众惊喜连连。

广泰大戏院的阿才派的盯梢飞快地跑回去向任永贵报告了东方大戏院的情况，任永贵听到这个消息又气恼起来，愤怒地制止他不要再说下去。之后好一会儿，才郁闷地对阿才说："我到哪能找一个叶侨笙？"

"老板，这……有点难。叶家大少爷，的确是很厉害的人，叶先生对这个儿子真可谓是倾注了全力。自幼培养，精通西洋音乐，对中国戏也很擅长，自己能唱戏，还会写剧本，真是能文能武，说他学贯中西似乎也不为过。要找到能比得过他的，似乎真的有点难。不过，东方大戏院也就这一个叶侨笙厉害，叶家二少爷，各方面好像都不太出众。"阿才说。

"不需要个个出众，叶家有这一个，就 10 个别家都比不上了。"任永贵慨叹道。

"那老板，我们可以多找几个，一个比不过他叶侨笙，三个四个五个加在一起，总能比得过了吧。"阿才说。

"好吧。"任永贵连连叹气。

"我们这回把庞达丰签下来，他可是一流编剧，再签几个著名的编剧，我就不信打不败东方。对了，老板，最近我们的盈利不多呀，我们广泰大戏院的票价一直比东方的高，但是观众还是没有东方多。这样下去似乎对我们的口碑不利呀！我们可以在夜里的折扣票上做做文章，最好能跟东方的价格达成一致呀。"

"有道理。"

"那我去找杜襄理？"

"好。"

阿才很快便跑回来说，东方大戏院同意了，并且同意在报上刊登联合公告。任永贵喜滋滋地说："不错，不错！阿才，办得漂亮！"

两日后，《少年中国晨报》刊登了两家戏院联合发布的公告，宣布统一每晚不同时段的折扣票价格。

启者本两戏院自开办以来所演改良剧本核算，承蒙各界侨胞惠顾感激殊深，现因费用日繁，各物价贵，支持匪易，故特订定转票时间及价目并改良一切薪资维持。兹将转票时间价目列下：

由三月六号晚起七点钟开戏。

【九点十五分钟】房位一元／特别位七毫五／头等位七毫五／二等位七毫五／三等位五毫／四等位二毫五；

【十点半钟】房位五毛／特别位三毛五／头等位三毫五／二等位二毫五／三等位二毫五／四等位二毫五。

广泰大戏院东方大戏院启。

新年在即，东方大戏院又引进了知名女伶欧阳雪、蓝灵芝和其他几位名伶。为博个新年的好彩头，戏桥特意以红字印刷，照片上的蓝灵芝身着蓝色旗袍，一副学生打扮，她纤弱而美丽，让人耳目一新。开演当日傍晚，蓝灵芝的首演还没开始，东方大戏院就已经人满为患。蓝灵芝的首场演出获得了极大成功，令人交口称赞。蓝灵芝在旧金山东方大戏院演出两周之后，便和另外两位名伶去往洛杉矶东方大戏院演出。

荣闳期待已久。

蓝灵芝抵达洛杉矶的那天，正是凯莉的生日。荣闳早已答应好要陪凯莉看电影。他很早便起了床，自己仔细修了面颊，才去买了鲜花和蛋糕，一手提着蛋糕，一手抱着鲜花，来到凯莉的住处。

"生日快乐！凯莉！"凯莉打开门，便听到荣闵热烈的祝福。

"啊，谢谢你，亲爱的闵！"凯莉欢快地吻了他的面颊。

"切蛋糕喽！"荣闵将蛋糕放在桌上。

"好呀好呀！"凯莉心中充满幸福。

凯莉许了愿，切了蛋糕，两个人正在吃，就听有人敲门。凯莉去开门，见是荣闵的助理阿康。阿康还没开口，荣闵一下就站起来说："到了？"

"对，到了。"阿康说。

荣闵有一刹那间的慌乱，他定了定神，说："哦，真是抱歉，我的宝贝，我的天使，你知道的，戏院很忙的，有很多事情需要我去打理。今天很巧，有一批新演员来了，我不能不去照应一下，毕竟我们是要靠演员们吃饭的。但是今天是你的生日，我本来还想陪你去看个电影，这可如何是好？"

"没关系的，闵，我们什么时候看电影都可以的，甚至我跟你一起去看戏也是可以的。你已经送了我鲜花和蛋糕，我们已经快吃完了。"凯莉宽容地说。

"我的天使，你总是那么善解人意，你最懂我了。那我先去看一看新演员，我们明天去看电影。明天我陪我的天使看两个，不，从早上看到晚上，我们把现在上映的所有电影都看一遍，好不好？"荣闵抱歉地说。

"哈哈，当然好，只是，电影公司也是要天黑才开门的。"凯莉欢快地说。

"那我们就看到第二天。"荣闵说。

"好，那就看到第二天。"凯莉憧憬地说。

"那我先去忙了，天使。生日快乐！"荣闵抱了抱凯莉，便匆忙跟阿康下了楼。凯莉站在楼上望着他的背影甜蜜地笑了。

荣闵和阿康风风火火赶到东方大戏院，宋襄理正在跟新演员们聊天。荣闵一眼便看到蓝灵芝，只是她的侧影，她也并没有穿照片上的蓝色学生装，但那一排整齐地排在她额前的刘海像一根根羽毛就要迎风舞起，直舞到他的心里，他的心也跟着要舞起。他知道，自己恐怕不是要飞起，而是要沉沦。

荣闵等这一天实在是有点久了。这样一个心仪的华人女伶，实在是让他思念已久。荣闵站在那里好一会儿没动，他毫不顾忌别人投射过来的眼神，他在揣摩，他在端详，他在看他朝思暮想的人儿。荣闵忽然懂得了侨笙的感受，这便足矣。他见过侨笙对芽萝的痴迷，侨笙的眼睛无法从芽萝的身上移开，芽萝也回以娇羞和巧笑嫣然，那便是爱情。而今，荣闵终于也等来了这种奇妙的感觉，侨笙拥有的，他终于也可以拥有了。

"好，真好。"荣闵不由自主说道。

"叶少爷来了！"宋襄理说。

"叶少爷好。"荣闵见那女孩微微抬眼，款款起身，向他道了个万福，他的心都要化了。

"对，这便是我们荣闵少爷。少爷，这几位是新来的演员。这位是……"宋襄理说。

"蓝灵芝。"荣闵说。

"少爷您知道？"蓝灵芝说。

"我当然知道。"荣闵说。

蓝灵芝被荣闵看得羞怯，微微垂眸躲避他的眼神。荣闵的每个细胞都像喝醉了一般，他只觉得全身无力，身体已经瘫软如泥。他打了个趔趄，阿康赶紧扶住他："少爷，这是怎么了？刚才还好好的。"

荣闵好一会儿才清醒过来，咳了两声说："你们到了，这回洛杉矶的观众有眼福了，哈哈。你们在旧金山的演出实在是大快人心，尤其是蓝灵芝，久负盛名，这回洛杉矶东方大戏院还要仰仗各位辛苦，荣闵先在这里感谢大家！大家舟车劳顿，先去休息，任何事都可以找我和宋襄理，我们定当为大家妥善解决。晚上，大戏院准备晚宴，给大家接风洗尘！"

"哎呀，叶少爷太客气了。"大家说。

"应该的，大家先去好好休息。"荣闵说。

新演员都去休息了。宋襄理犹豫了片刻说："荣闵少爷，上次叶先生走的时候对我说，一定要好好照顾您，并且，还让我叮嘱您，切记不要跟女伶走得太近。"

"哦？我阿爸还跟你说这个？"荣闵诧异地说。

"是啊。"

"他管得有点多。我只要管好东方大戏院就好了啊！"荣闵笑笑说。

"少爷，今天您不是给凯莉小姐过生日了吗？"宋襄理说。

"过完了。我知道你在担心什么，我最亲的宋襄理，你怎么跟小孩子似的。哈哈，你想什么我知道，你放心好了，我只是做好老板该做的事。老板关心女伶不是应该的吗？至于以后的事，不必杞人忧天，现在快乐就好啊！来来来，我新学的舞，陪我跳一支，凯莉教我的哦！哈哈。"荣闵伸手搂住宋襄理的脖子说。

"我先去忙了。"宋襄理汗津津地出去了。荣闵在屋子里大笑。

"阿康！"荣闵喊道。

阿康赶紧跑进来。

"我也有爱情啦！"荣闵大声说。

"啊，少爷您不是早就有凯莉了吗？"阿康惊讶地说。

"你不懂的。"荣闵摆摆手说。

"少爷，我不太明白……"阿康挠挠头。

"你不用明白，哈哈。你说，我是不是比侨笙厉害！我不用猜都知道，侨笙那边的戏院，要把很多好演员送我这边来，他那边啊，都快焦头烂额了，哈哈。这可毫无办法，谁让我们是一家人呢！不帮这边，阿爸那里他怎么交差，可好演员都送过来了，广泰大戏院又用尽了招数跟东方大戏院比拼，他那边又怎么应付？你说会不会有一天，他撑不下去了，旧金山的大戏院也不得不交给我？"荣闵说。

"这……不知道啊……不会吧，大少爷一直管得挺好的，又有叶先生的帮忙。"阿康说。

"是啊，人人都知道叶先生最疼叶侨笙，叶侨笙可是他的心尖尖，我呢？我说万一，万一他有一天管不成了，那旧金山的东方大戏院，就必须是我的了。"荣闵说。

"少爷，你还是盼着点大少爷好吧。"阿康又说。

"连你都向着他说话，我养你干吗的？"荣闵使劲敲打了阿康的脑袋，"你个木头脑袋，漂亮话都不会说。"

"我是，怕少爷做错事受责罚。"阿康说。

"什么责罚，我可不怕！"荣闵说。

"我娘小时候就跟我说，人做坏事，总会回到自己身上的，会遭报应的。"阿康说。

"滚出去吧！废物一个！"荣闵生气地喝道。

荣闵终究还是抛弃了凯莉，很快就和蓝灵芝在一起了。他有自己的说辞——"谁让凯莉是外国人，我从来都不喜欢外国女人，我只喜欢中国女子。"

"那少爷为什么还要跟凯莉在一起呢？"阿康问。

"你知道容闳吗？"荣闵盯着他说。

"不知道，荣闵少爷。"阿康摇头说。

"容闳是中国第一个留学美国的学生。他在《西学东渐记》里说，'在绝望时，我常常希望自己从未受过教育，因为教育无疑扩大了我的精神和道德视野，向我揭示了被无知蒙蔽的双眼从来看不到的职责，以及没有教养、铁石心肠的天性所无法感受到的人类痛苦和过错。一个人知识越多就越痛苦，结果就更不快乐；而知识越少则痛苦越少，因此就更快乐了。但这是一种低下的人生观，是懦夫的态度，不是一个具有神之形象的生灵所应当有的想法'。我现在与他有同样的感受，我很理解他。嗨，说了你也不懂的。美国人也没少祸害华人女子，我也不是不喜欢凯莉……我对她也还是礼待有加，没有暴力，没有虐待，就很不错了。比起美国人对华人，我善良多了。"

"哦，我好像懂了，少爷是在为华人打抱不平。"阿康疑惑地说。

"哈哈，没错。"

3

荣闵猜得没错，在旧金山，广泰大戏院和东方大戏院两家已经打得不可开交。

唐山著名全女戏班的当家花旦苏芳菲来到了东方大戏院。她抵达旧金山首演《聚珠崖》，分3晚演出，她的演出立即获得了观众的喜爱。任永贵与阿才召集广泰大戏院紧急应对，推出了一系列演出，包括小生白荣光的两晚拿手戏，和几晚著名选段的演出，并且还请来了著名的男花旦枫叶红助阵。

在苏芳菲到来之后，一连几个星期女伶在舞台独领风骚，东方大戏院一时间成了以女伶为主的戏院。苏芳菲擅长反串男角，戏桥上她身着男装的照片和她的生喉唱腔特色都令人新鲜和着迷。于是，东方大戏院又带起了新的流行风尚——反串。

东方大戏院和广泰大戏院两家戏院各显其能，最让人津津乐道的是，一个月后的某一天，两个戏院同时上演了《风流天子》。东方大戏院由女伶苏芳菲反串唱生喉扮演男主角唐明皇，广泰大戏院由男伶白荣光扮演唐明皇。尽管白荣光极具魅力，但苏芳菲的反串表演及她在舞台上与其他女伶们的谈情说爱更加妙趣横生，让观众流连忘返。

不久，《少年中国晨报》上同时刊登了两家戏院的广告。

东方大戏院的节目预告云：东方大戏院，是晚，知名女伶苏芳菲女扮男装唱大喉，陈炳云扮女丑饰乳娘，特别妙观。

广泰大戏院的节目广告预告：广泰大戏院，是晚白荣光扮女，生唱女喉。

那日早餐的时候，叶江南看见报纸上的消息，立即笑了起来："任永贵还是不甘落后于潮流啊！明晚，广泰也将上演反串。"

"还不是我们东方引领的潮流力量巨大，任老板不得不跟随潮流。"艾米骄傲地说。

"侨笙，苏芳菲请得好啊！多亏了你。"叶江南说。

"反串美学这么流行吗？"佐伊扶了扶眼镜说。

"我看我们下次排演戏剧，我也来个女扮男装。"艾米说。

"就你顽皮，还跟小时候一样。"叶太太说。

"莫非我来个男扮女装也行得通？"荣达打趣道。

"小心吓到薇薇。"艾米说。

"不过，下个星期，我准备让苏芳菲去洛杉矶，到荣闳那里演出。"侨笙说。

"也好也好。"叶江南说。

"接下来你们还有什么打算？"叶江南又问。

"下个星期，邀请的新小生方谷就要到了。下个阶段准备试一试诙谐喜剧，我已经邀请了著名的丑角演员千秋志。"侨笙说。

"不错啊！"叶江南说。

"对，他在唐山很受欢迎，1924 年上海报纸《申报》评价他说，丑生千秋志，声音雄壮，道白清楚，每出一言，皆令人绝倒，诚丑角之上驷材。《申报》也对他评价较高，他在上海的口碑非常了得。"侨笙补充道。

两周后，千秋志抵达旧金山，在东方大戏院领衔主演了一周。他的代表作《偷影摹形》大获成功。广泰大戏院的丑角花间影望尘莫及。任永贵自惭形秽，索性让广泰大戏院避开千秋志的风头，一连多日都不演诙谐戏。

第十二章　阿沁

或许我离阿盛越来越远
我却正在走近活泼泼的人间

——《日记·叶侨笙1927》

1

1927 年新年前夜，阿盛走进了叶先生的书房。叶先生正站在窗前吸烟斗，听见脚步声没有回头，只说："今晚的夜色多好。"

"夜色很美，阿爸。可是我知道，阿爸心里并不是很开心。"阿盛说。

叶先生转过身来，问道："有想法？说说，来坐。"

"阿爸，这几年我们和广泰大戏院都使出了全力在彼此争斗，演员们也都尽了全力。但我们还是不相上下，只不过今天你的观众多点，明天我的观众多点，其实谁也没能赢了谁。"

"哈哈，做生意嘛！那可不就是这样，大家都在一个圈子里，自然是都差不太多……"叶江南说。

"可是阿爸还是不开心。"阿盛说。

"那也没有任何办法，广泰大戏院也是做得很好的。"叶江南叹息道。

"阿爸刚才说大家都在一个圈子里。"阿盛说。

"是啊。"叶江南说。

"那假如，我们跳出这个圈子……"阿盛停顿了一下。

"哦？你说……"叶江南好奇起来。

"如果我们能在这个圈子之外再多做点别的，那广泰大戏院也好，其他戏院也好，是不是就打不过我们了？毕竟我们就有三头六臂了，而他们只有一个脑袋。"阿盛说。

"不错不错。侨笙，你已经有了好的想法，说给阿爸听听。"叶江南感兴趣地说。

"我觉得，我们已经到了拓展业务的时候了，阿爸。不只是在别的城市开设分戏院，而是我们要换个玩法。阿爸，我们可以给演员录唱片，唱片可以拿到各个城市去销售，这样既给演员造了声势，我们也多赚了钱，生意会越来越好。"阿盛说。

"哎呀，不错呀，侨笙，这个想法很好啊！你大胆去做！"叶江南欣喜道。

"怎么会有这么好的想法？"叶江南又问。

"是我的新院长启发了我。斯坦福大学音乐学院来了一位新院长，是作曲家波特先生，最近他让我们的乐队帮他创作一首曲子。那天他邀请我们去家里，我惊呆了。阿爸，波特教授家里收藏了好多唱片，甚至有最早的1903年爱迪生唱片公司的中国唱片，您知道这些资料是我一直寻找的，好珍贵。他还珍藏着几张琥珀圆筒唱片，当然，更多的是正在流行的78.r.p.m.唱片盘，这些都是中国粤剧唱片。当我看到这些，深深地被触动了。阿爸，我觉得我应该做点什么，我一直在寻找我们东方大戏院的突破口，那一刻，我觉得我找到了。"阿盛说。

"真是很好，做唱片也很有意义。"叶江南点头道。

"我打算去香港，或许时机成熟我们可以创办个唱片公司。"阿盛说。

"好啊，你尽快着手去做！对了，去香港吗？"叶江南思忖道。

"是的，阿爸，波特先生说香港有好几个唱片发行商，我想去找他们。"阿盛说。

"香港，你去九龙找伍喜和吧，让他找到合适的唱片商应该不难。"叶江南思忖道。

"他是谁？"阿盛问。

"是阿爸的一位老朋友了，从小一块儿长大，长大后我来了旧金山，他去了香港，也好多年没见了。他人很机灵，什么事都难不倒他。"叶江南说。

"阿爸，我打算过完新年就去香港，可能要带芽萝一起去，想从她开始。"阿盛说。

"也好，毕竟她的名气比别人大一些，声音也好。那就去吧，这边的事交给杜襄理多费费心。"叶先生忽然咳嗽起来，放下烟斗，涨红了脸。那一刹那，阿盛发现自己的心有些疼痛。

"阿爸，您好好照顾自己。"阿盛说。

"嗨，阿爸还没老呢！去做事吧！好好做，侨笙。"叶江南说。

"哎！"阿盛用力应了一声，转身走出去。

2

1927 年新年第二天，阿盛带芽萝登上了去往香港的船只。"开船了！""开船了！"水手大喊着，船起锚缓缓向远方驶去。

芽萝难以置信地问："真的只有我们两个人？"

"当然，我怎么会骗你？"阿盛说。

芽萝将手伸到他的臂弯里，开心地说："真好，真希望永远不回来，就这样一直在香港。"

"你不要你的舞台了吗？"

"可能会想念，但是，你在我身边，就比什么都好。"

"那怎么行？你要在舞台上，我在舞台下看着你，我总归是会在你身边的。"

"可是，叶先生不会同意的。"

"我会让他同意的。"

"怎么可能呢？"芽萝又叹息一声。

"没什么不可能，只是需要一些时间。"

"需要多久？"

"还不知道，但终归他会同意的，你相信我。"

"好吧。"

　　船在破晓时分靠岸，芽萝在阿盛的怀抱里醒来。阿盛还在酣睡，虽然闭着眼，但他的眉眼分明在含笑，他的唇角也微微上翘。芽萝伸出手指轻轻在他的唇上划过，他似乎觉得有点痒，长睫毛动了动，呓语了两声。芽萝微笑看着他，她还是舍不得叫醒他，这样的酣梦对他来说实在是太少了。芽萝每次想象这些年来阿盛每每在梦魇中惊醒的样子都会哆嗦，因为她也曾在无数个夜里哭泣和无助，也曾有过无数次梦魇。假若他们能早些相识，假若他们能够早些在一起，是不是彼此都能够从梦魇中解脱？毕竟，两个人逃脱要比一个人更有力量。芽萝更紧地贴近他，望着外面的天光出神。

　　"维多利亚港到了！香港到了！下船啦！下船啦！"水手的喊声传来，船上的旅客骚动起来，大人小孩的喧闹声此起彼伏。阿盛终于睁开了眼。

　　"芽萝，你什么时候醒的？"阿盛说。

　　"刚刚。"芽萝微笑说。

　　"到香港了，芽萝。"阿盛向外面看了看，又说，"好美的维多利亚港。芽萝，喜欢吗？"

　　"喜欢。"芽萝并没有看外面，只是看着阿盛说。

　　"我们下船。"

　　阿盛牵着芽萝下了船，早有一辆辆人力车等在港口。阿盛叫了一辆车，和芽萝坐上去，直奔九龙。九龙离维多利亚港并不远，半个钟头不到，便到了九龙。两人在红磡附近下了车，走进一个商铺打听有没有叫"伍喜和"的人。商铺老板一听"伍喜和"三个字便热情地说："啊呀，就在两条街外啦！有一家"喜和饭庄"，那就是伍喜和的老巢，哈哈，他丢不掉的。"

　　"那真是谢谢老板啦！"阿盛说。

　　"他还欠我一局牌九呢！这个死广东仔！告诉他不许赖账啊！对了，你们是他什么人，找他做什么？"商铺老板说。

　　"我阿爸是他的朋友，我们来看他的。"阿盛笑笑说。

　　"啊哟，每年都有来看他的，从老家来，从外面来，从哪来的都有，就是没有来看我的啦。真是气人。"商铺老板又说。

"谢谢阿叔！"阿盛说。

"不谢！"商铺老板挥了挥扇子说。

阿盛和芽萝走过两条街，便看到"喜和饭庄"醒目的大红牌匾。

"就是这里了。"阿盛笑着对芽萝说，牵着她的手走进去。

喜和饭庄里面很大，人也很多，伙计们忙着来回穿梭端菜送茶。阿盛和芽萝正站在那里四处逡巡，就听传来一个女子的声音："来人啊，还不招呼客人！二位先生小姐快里边请，里边有空位，也有厢房。小墩子！还不快点出来招呼客人啦！"女子虽然不年轻，却颇有几分姿色，眉目间又有几分英气，穿着一身紫色软缎衣裤，从柜台后面吆喝，显然是老板娘。

"来啦！您二位随我来！"叫小墩子的伙计看年纪也就十四五岁，人很麻利，迅速跑出来，领他们向里走。

"我找你们老板。"阿盛说。

"老板忙得很，没时间招呼你们。"小墩子说。

"我们就是来找伍老板的。"阿盛说。

小墩子想了想便跑到老板娘跟前附耳说了几句，老板娘便放下手里的算盘走过来，一边走一边上下打量他们。

"你们是谁？找伍喜和有事？"老板娘说。

"我是从旧金山来的，我姓叶，我阿爸是伍喜和的朋友。我是……"阿盛说。

"旧金山？你说你姓叶？"老板娘忽然抓住阿盛的胳膊，激动地上下打量他，难以置信地说："叶江南？你阿爸是叶江南？"

"对，我阿爸是……"阿盛说。

"像，太像了。"老板娘竟然眼中溢出泪来，"你阿爸，他好吗？"

"好，好，婶婶您认识我阿爸？"阿盛诧异地问。

"喜和！喜和！看是谁来啦！"老板娘忽然喊起来。

一个嘴里叼着烟袋的中年驼背男子快步从后面走出来。

"谁来看我？"他诧异地走过来，忽然加快了脚步。

"啊？让我猜猜，是叶江南的儿子？"伍喜和说。

"是，伍叔，我叫叶侨笙。"阿盛说。

"啊哈，对了，江南这个臭小子，还真是有福气，儿子都这么大了。唉，我们老喽！他终于想起我来了，哈哈。说吧，什么事？"伍喜和说。

"这，伍叔……我阿爸让我问你们好。"阿盛说。

"好，好。这是我老婆阿沁。"伍喜和说。

"阿沁婶婶好。"阿盛和芽萝异口同声地说。

"对了，这是你太太？这么年轻都有太太了，还这么漂亮。"阿沁握住芽萝的手，眼中充满喜爱。

芽萝的脸"腾"地就红了。

"我们，还没成亲。"阿盛说。

"啊哈，要不在香港成亲吧，我来给你们办，哈哈。"伍喜和说。

"你是要跟他斗到什么时候，斗一辈子了，人家儿子成亲的事你也要抢。"阿沁说。

"反正我赢了。我几十年前就赢了，谁稀罕跟他斗。"伍喜和说。

"是人家不稀罕！好了，不说这些陈年旧账了。你阿爸和你家人都好吧？"阿沁说。

"都很好，都很好。"阿盛说。

"我们到雅间说。"伍喜和说完，带他们走进后面的雅间。

"你阿爸一定是有重要的事让你来找我，不然这家伙想不起我来。说吧。"伍喜和说。

"伍叔，我这次来，的确是有重要的事要办。我们在旧金山有一家戏院。"阿盛说。

"东方大戏院嘛！"伍喜和说。

"伍叔您知道？"阿盛诧异道。

"哈哈，我当然知道，我什么都知道。"伍喜和说。

"我这次来，是想跟唱片公司合作，为我们的演员录制唱片，等时机成熟，我们自己办一个唱片公司，扩大我们的业务。"阿盛说。

"哎呀，这个好啊！现在做唱片正是时候，国内现在大罢工不断，好多家戏院都关了，老百姓没处看戏去了，这可苦了戏迷了。那怎么办呢？只有去听唱片呀，对戏迷来说，饮鸩止渴也好啊，这唱片就成了抢手货。现在做唱片生意，肯定能赚大钱的啦！这事好办，你们就在这儿住下来，我明天去打听，香港有好几家唱片商，等我打听好了我们去谈。"伍喜和说。

"那真是太谢谢伍叔了！"阿盛欣喜地说。

"啊哈，不用感谢，倒是，成了就算我一份。"伍喜和说。

"那自然好了，如果伍叔愿意加入，那我们在香港就有自家人了，方便多了。"阿盛说。

"那就一言为定。"伍喜和说。

"一言为定！"阿盛说。

"回去跟你阿爸说，生意被我抢了一份，让他过来跟我斗！哈哈。"伍喜和说。

"阿爸高兴还来不及。"伍喜和笑着说。

"你们就在这里住下来，哪里都不要去，就等我一天。"伍喜和说。

"对对对，在这儿住下来。这香港啊，小呢是小了点，但毕竟要比唐人街大吧，好不容易来了，带太太在这边好好玩玩。对了，太太这么漂亮，叫什么？"阿沁说。

"婶婶好，我叫芽萝。"芽萝说。

"你好好招呼他们，我还有个牌九，一会儿就回来。"伍喜和说。

"喂，你这家伙，来人了也不管！"阿沁冲他的背影喊道。

"芽萝？你该不是那个唱戏的芽萝？"阿沁站起身来，惊讶地打量芽萝。

"婶婶说得没错，她就是唱戏的芽萝。"阿盛说。

"哎呀，那可是名人呀！哎哟，是你们东方大戏院的吧！"阿沁又说。

"是的，婶婶，我是想着谈录唱片的事，总得带个演员过来，不然怎么录？就带她来试一下。"阿盛说。

"那都是借口，要得的，要得的。小姑娘长得这么美，又会唱又会跳，哪个不喜欢？哎，我当年要是有这本事就好了，哈哈。侨笙，听说你妈咪也是个美人，是极美的人吧？"阿沁说。

"婶婶也很美。"阿盛想了想说道。

"奉承我喽。美怎么会嫁给这个家伙！哈哈。都是年轻的事，早就过去了。

走，带你们去房间。二娃，二娃！给我把后边阁楼房间钥匙拿来！"阿沁又说。

"哪一间？太太。"二娃跑过来说。

"当然是最好的那一间，带套间的那个。"阿沁说。

"好嘞太太，我去给您开门。"二娃又小跑着跑远了。

"那就叨扰叔叔婶婶了。"阿盛说。

"说什么外道话，到了香港啊，这就是家。"阿沁说。

几个人从饭庄的厅堂，穿过走廊，又左拐上了楼梯，走到最上面的阁楼。二娃将阁楼的门打开，又向里走了几步，打开一个房门。

"这是最好的一间了，钥匙拿着，你们好好歇着，舟车劳顿，好好睡上一觉。歇好了下去吃饭。等到天黑呀，侨笙可以带芽萝去看看夜色，也可以去看看戏，还有电影。这香港啊，热闹得很，这里有的只比旧金山多，不会比旧金山少。你们就好好玩几天。我先下去了。有事啊，就按这个电铃，就有人上来。"阿沁说。

"那就谢谢婶婶了。"芽萝说。

"不谢！小姑娘真是招人喜欢。唉，我要有这么好的儿子和儿媳就好了。叶江南还是太有福气了，啧啧！我们比不过的。"阿沁说。

"婶婶说哪里话。"阿盛说。

"好啦，好好歇着！"

阿沁踏着木屐扭着身子下楼去了。阿盛关上了门，周围终于安静了下来。

"真是个有趣的婶婶。"侨笙摇摇头笑着说。

"他们都很有趣。"芽萝说，忽然又若有所思道，"阿盛，你觉不觉得，他们和你阿爸，三个人之间似乎有什么故事？"

"哈，可能啊，阿沁婶真是个心直口快的人。听她的话，我猜，她一定是很喜欢我阿爸，但最后她嫁给了伍喜和。可到底阿爸是怎么样离开他们的呢？"阿盛说。

"她看你直流泪呢，像看到了你阿爸。"芽萝说。

"可是终究他们生活得很幸福啊。"阿盛感叹道。

"人间的事好难懂啊。"芽萝说。

"你只要懂我就好了。只要知道，我会一直爱你的，不会离开你的，就好了。"阿盛说。

"我能相信你吗？"芽萝问。

"你必须相信我。"阿盛说。

"为什么？"芽萝说。

"因为我们会相爱相守一辈子，每一天都会证明。"阿盛一字一顿，用力地说。

"好吧，我相信你。"芽萝笑了。

伍喜和一直没有回来。阿沁唠唠叨叨地说，不用理他，也不必找他，他到处欠人家牌局，每天总有打不完的牌局，到哪家打牌，便是留在哪家饭庄吃了，总之饿不死，也冻不着。到了该回来的时候便回来了。唉，总之呢，是没有你阿爸的本事了。听着阿沁的念叨，阿盛和芽萝忍不住地笑。

吃过晚饭已夜色阑珊，阿盛带着芽萝走出去散步。外面的暖风阵阵吹来，像心中荡起的阵阵涟漪。空气中若隐若现的香氛，让人迷离。阿盛牵着芽萝的手，两人沉默着，却好像在相互诉说千言万语。香港的夜是五彩斑斓的，五彩的灯光投射到水面，水波粼粼，又映出五彩的倒影，让阿盛又想起舞台上流光溢彩的戏服来。

"我们要不要去看一场戏？香港的戏？"阿盛忽然说。

"好呀！我总是在舞台上演戏，还从来没有在台下看过一场戏。"芽萝欢喜地说。

"那我们今天当观众。香港最好的戏院是太平戏院，我们去那里。"阿盛说。

两人上了一辆人力车。"去太平戏院，师傅。"

"呦，那可远着呢。太平戏院在石塘咀，您二位坐好了。"

两人上了车。车夫不再说话，拉起车杆，急奔起来。过了好一阵儿，车夫终于停下来。

"只能到德辅道西这里了，你们走过这个长廊，就是太平戏院的露天了。"他一边擦汗一边说。阿盛和芽萝下了车，付了钱，仰头望对面这三层的戏院大楼，"太平戏院"几个大字高高地竖立在楼身上，甚是气派。

"好大的戏院！"阿盛说，"果然婶婶说得对，香港虽小，该有的一样都不比旧金山少，也丝毫不比旧金山差。"两个人走了一会儿到达售票处，阿盛并没有买厢房的票，而是买了普通的后座票。两个人又走了几级台阶，才进入太平戏院的正门大厅。从大堂又拾级而下，走了20多级石阶，才到达挂了两层黑绒布门帘的入口。整间戏院非常宽绰，可容纳近千人，分前、中、后座，两层超等座和包厢。

"哇，这里跟我们东方大戏院不相上下。"阿盛慨叹说。

已经有票友陆陆续续就座，阿盛和芽萝找到座位坐下来。没一会儿，大幕拉开，鼓乐齐鸣，戏便开演了。这晚太平戏院要上演的戏是《薛仁贵回窑》，演员们陆续上场。芽萝专心地看向舞台，阿盛的眼光却看向侧面。在整排座位的旁边都连接着一个铁质的小椅子，带小孩的观众纷纷把小孩安置在小椅子上。阿盛忽然看着一个小男孩出神。那小男孩手里拿着糖果，旁边是一个年轻的母亲，她偶尔俯身过来跟小男孩耳语几句什么，又转头聚精会神地看戏，任由小男孩自己在小椅子上玩耍。阿盛看着他和他年轻的母亲出神。那一年他也是这般大的年纪，也是这样不经世事，那一夜的阿妈也是这样俯身对他耳语。只是，小阿盛是坐在阿爸的怀里，因为那一夜的看戏对于年轻的阿爸阿妈来说是难得的盛事，阿妈还担心他会弄皱了自己最贵重的衣裙。台上传来女演员哀婉的唱腔，阿盛仿佛又听到那一年傍晚时分，当自家小饭馆宾客散去，母亲口中常常唱起戏文。母亲并没有专门学过戏，那个时候他也并不能分辨母亲唱得好与坏，但这些年来，他每每想起，总觉得，东方大戏院也好，广泰大戏院也好，甚至现在眼前的太平戏院也好，这许许多多的女伶，她们唱得或许都比不上自己的母亲。母亲也应该有一个响亮的名字，一个超越所有女伶的名字，可是，自己连母亲真正的名字都不记得了，甚至，她的面容也很模糊，她像藏匿在旧金山的雾气之后，那些雾气总是缭绕着他的心，她的面容、她的一切却无论如何看不清楚。阿盛重重地叹息了一声，这沉重的叹息消弭在舞台上震耳欲聋的声浪里荡然无存，阿盛却清晰地感觉到芽萝紧紧地握了握他的手。他看向她，她并没有看他，她仍然专注地看着舞台，那样心无旁骛，可他的丝毫变化，她都感知得到。阿盛又紧紧地反握住她的手。芽萝轻轻转头，冲他温柔地笑了。

看完了戏，两个人走出戏院。芽萝忽然站定，对阿盛说："将来我带你回唐山，回我家乡，虽然不知道我阿爸和阿妈还在不在那里。"芽萝说完垂下了头。

阿盛抱紧了她说："好。我们回老家，我去跟你阿爸阿妈提亲，求他们把女儿嫁给我。"芽萝伸手环抱住他。

"做演员和当观众，到底哪个好？"阿盛又问。

"我还是喜欢做演员。在台上演戏就好像那是我的故事，我在对观众讲故事，我不想只做一个听故事的人。"芽萝缓缓地说。

"那就做演员。不是每个人都能做演员，演员也各有千秋，不是每个演员都能演得好。我也觉得，你不做演员实在是可惜了。不是每个女伶都能叫芽萝，这世上芽萝只有一个。"阿盛说。

"这世上也只有一个阿盛。"芽萝说。

"阿盛这辈子只要芽萝。"阿盛又说。

3

阿盛和芽萝回到九龙，已经深夜时分。喜和饭庄还亮着灯，阿盛和芽萝走进去，宾客已经散去，阿沁在和几个女人打牌。阿沁见他们走进来，一边摸牌一边说："你们两个玩得开心吧，这么晚回来，我都担心你们会迷路啦。"

"你家的客人呀，这么靓，你没告诉他们呀，香港没那么太平，这大罢工一年多了，还断断续续的。说不定啊，今晚香港哪里就有罢工。"

"呸呸呸，别说不吉利的话。"

"我又没瞎说。我倒是支持罢工呢，这些外国人把中国人欺负成啥样了，我是赞成共产党的。"

"嘘！小心隔墙有耳。"

"怕什么，明儿我也去罢工，不罢工那些海员都没活路了。"

"姑奶奶，你还玩不玩？"

"那，婶婶，我们先回房间了，您也早点休息。"阿盛说完转身向楼上走去。

忽然有人敲门。一位女子戴着一顶宽檐帽子，踱着步子走进来。因为帽子的遮挡，只能看清大半个脸庞，但仍看得出来，她一脸苍白，甚是疲惫。

"阿婶，有空房吗？"女子一口吴侬软语。

阿盛和芽萝转身，便惊讶地定在那里。女子看见阿盛和芽萝，有一瞬间的惊异，随即眼神便掠过他们，旁若无人地环顾四周。

"啊，大……"芽萝就要喊出来，阿盛下意识地握住了她的手，制止了她。

"你要租吗，还是就住一晚？"阿沁问。

"可以租吗？"女子说。

"你成家了吗？你是外地来的吧？香港单身女子是不能租房的。"阿沁又说。

"成家了，阿婶。"女子说。

"你丈夫做什么的？"阿沁又问。

"他在报社做记者。"女子回答道。

"咦？你不是那个沈记者的太太吗？婶婶，我认识她，我们下船的时候正好看见沈记者和这位太太在采访一个同船的香港人。是吧，芽萝？"阿盛走下台阶说。

"是啊，是啊，当时我还差点撞了你，行李把你的裙子弄脏了。真是抱歉啊。"芽萝立即说。

小凤尾看向芽萝和阿盛，微笑说："哦，我记起来了，原来是你们两个。你还好吗？这位小妹妹？"

"我，很好。婶婶，要是没有空房，就把我们的房间租给她好了，反正我们办完事就回去了，也住不了两天，我们住哪儿都行，别耽误您做生意。"芽萝说。

"既然是和我这两位侄子侄女相识，那就住下吧。房间我这儿有很多，你要住好些的还是一般的？"阿沁说。

"当然是好些的。"芽萝说。阿盛轻轻捏了她的手。

"哦，我是觉得，在外面本来就不如在家里，总不能亏待自己，所以还是住好些的比较好。"芽萝又说。

阿沁狐疑地看了看芽萝，又看了看小凤尾。

"你还打不打了？我看今天就到这吧。"牌桌上的一个女人说。

"别呀，我还得赢一局！"另外一个女人说。

"二娃！你拿着钥匙去，给这位小姐挑一个她喜欢的房间。我打牌了。你们也快去睡吧，别管我。明天伍喜和就回来了，他会带你们去谈妥的。"阿沁说。

阿沁不再理他们。二娃跑出来拿了钥匙便带 3 个人去找房间了。过一会儿，阿沁看了看他们的背影，微笑了。"该我了，该我了！"她说。

二娃带他们到 3 楼，芽萝和阿盛到了套间门口。两个人停下来。芽萝说："沈太太，我们就住这一间，有什么事你可以随时来找我们。哦，也欢迎沈太太来聊天呀。"

"谢谢你们，再见。"小凤尾礼貌又疏离地说。

"这边走，沈太太。"二娃带她转身向楼上走去。

芽萝看着小凤尾的背影消失，失落地和阿盛走进房间。

"大师姐她不认识我们了吗？"芽萝说。

"嘘，你忘了大师姐是做什么的？"阿盛说。

"我知道她有秘密，可是，也不能不认我了。"芽萝沮丧地说。

"你刚才听见楼下的婶婶们在说什么？省港大罢工持续一年多了，如果猜得不错，小凤尾已经是共产党，这里应该还有共产党的组织，她的身份很危险，国民党在到处铲除共产党势力。如果她暴露了，后果不堪设想。"阿盛关上窗悄悄说。

"那就是以后也不能相认了？"芽萝又说。

"或许要等她能相认的时候，到时候她会认我们的。"阿盛说。

"那我们怎么办？"芽萝问。

"我们就当不认识她，从未见过她。"阿盛说。

"大师姐她是不是有伤啊？我看她脸色苍白，像是刚刚发生了什么。"芽萝想了想，忽然说。

"芽萝，你箱子里不是有药？我记得你带了纱布和药棉，还有点消炎粉末对吧？"阿盛说。

"对对，我是为了以防万一带的，那我给大师姐送去。"芽萝说。

"不能这样送。"阿盛制止道。

"有了，我的小兔子。"芽萝说着便去皮箱里翻出她的兔子玩偶，拆开玩偶外面的扣子，将纱布和药棉塞进去，又将扣子扣好。

几分钟后，芽萝敲响了楼上的门。

"是哪位？"里面传来小凤尾的声音。

"沈太太，在船上的事没什么谢你的，送你个小礼物，希望沈太太收下。"芽萝说。

"客气了，算不了什么。"小凤尾犹豫着还是走过来将门打开一个缝，就见芽萝红着眼将兔子塞进来。

"拿着！"芽萝说。

小凤尾诧异地接过兔子。"谢谢你们。叶少爷很好，祝你们幸福！"小凤尾悄声说。

"你保重，大师姐。"芽萝轻声说。

"我会的。"小凤尾紧紧抓住芽萝的手，好一会儿，终于放开，说："谢谢小妹妹，再会！"她关上了门。

芽萝有些失神地慢慢下了楼，回到房间。

"她还好吗？"阿盛问道。

"不知道。"芽萝"哇"的一声哭起来。

"哎，芽萝，别哭啊，人家还以为出什么事了。"

"你本来就欺负我了！呜呜！"芽萝大声哭出来。

"芽萝，别哭，小凤尾听见了，会担心你的。"阿盛说。

芽萝立刻忍住哭泣，一会儿又默默落泪："她好像不好，她究竟在做些什么？"

第二天早上芽萝醒来，便叫醒了侨笙。

"阿盛，不知道大师姐怎么样了，我想去看看她。"芽萝说。

"不能去，再去就暴露我们的关系了。不能让阿沁婶婶知道我们认识她。"阿盛说。

"那我们下去吃饭吧。"阿盛说。

两个人来到一楼，阿沁早已精神抖擞地坐在柜台前打算盘。

"婶婶早！"两个人说。

"你们早啊！二娃，给来两份早餐！阿不，三份，叶少爷吃两份。"阿沁说。

"哎，婶婶，不用的，一份够了，足够了。"阿盛说。

"自家饭庄还不够吃！对了，还有比你们更早的，昨天那个沈太太啊，一大早就出门了，真勤快。"阿沁一边打算盘一边说，并不抬头看他们。

"哦，那，真是太勤快了。"芽萝说。

"婶婶昨晚打牌到几点呀？也不多睡会儿。"阿盛说。

"你婶婶我啊，天生的操劳命，命苦，嫁不到好男人，又不得安生。这伍喜和开了这么个饭庄，倒是挂了他的牌子，嘿，都是给我开的，他就是甩手掌柜，从来逍遥得很呢！只好我给他当牛做马喽，谁让我嫁给他了呢。"阿沁唠叨道。

"哈哈，婶婶真逗，我看叔叔是很怕你呢。"阿盛笑着说。

"怕什么怕，装的。他才懒得理我，年轻时候我一嗓子能把他从另一条街喊过来，现在我也懒得理他，爱在哪儿在哪儿，反正逃不出这条街。"阿沁说。

"哈哈，阿沁嫂是如来佛，喜和哥就是个孙猴子，瞎折腾而已。哈哈！"吃饭的人哄笑起来。

"瞧你们几个，不想吃了是吧！是不是不想吃了？"阿沁笑着说。

一个洋人警察推门走进来。

"你们这里，昨天夜里有没有去药店买药的客人？"警察说。

"买药？没有啊。"阿沁警觉地说。

"真的没有？"警察说。

"当然是真的啦，警官。我这里您是知道的，什么时候放走过一只蚂蚁。每个客人那都是要仔细登记的，都是按照我们香港法律规定，必须整齐一家人来租才敢租的。"阿沁说。

"好，我信得过你。我们正在追查共产党，昨天香港又有一处罢工，又是共产党干的，我们正在彻底追查。药店和酒店饭庄，我们都要追查，如果到了你这里，你一定要报告。"警察又说。

"哎呀妈呀，这么吓人的啦。不会的不会的，我怎么敢收共产党，我肯定要报告的啦，这么大的事真是怕死人啦！谁敢窝藏共产党，不要命的啦！"阿沁又提高了嗓门说。

警察点点头出去了。

"哎哟，真是吓死人啦！你们谁都不要在我这里提共产党，我胆子小。哎哟，吓死啦吓死啦！菩萨保佑！"阿沁说。

"哈哈，阿沁嫂就是胆子小。共产党都是好人，人家是帮我们老百姓的。"有人喊。

"嘘！不要乱说话。你们几个快快吃饭，快快滚蛋！"阿沁说。

"阿玉，阿玉呀！今天帮我去采买，食材都不够了，去多买些回来，今天宾客的房间先不急着打扫，哪个宾客急着让打扫再去打扫。你先帮我做事吧。哎哟，忙死的了！忙死的了！这个伍喜和再不死回来我就要喊啦！"阿沁又说。

"别喊别喊，不用喊，我这不是回来啦？"伍喜和笑嘻嘻地推门进来。

"哼，你倒是会躲清闲。事情办怎么样了？侨笙和芽萝一大早就下来等你了，怎么才回来！是在哪个红颜知己家吃饭过夜了？温柔乡没把你给熏死？"阿沁又说。

"又说这种话，也不怕人笑话。"伍喜和笑道。

"我嫁给你都没怕人笑话呢！"阿沁又说。

"行了行了，说正事呢！你们两个，吃完了就跟我走吧，我们去谈下来。"伍喜和说。

"伍喜和，你是吃完了吧？自家饭庄的饭菜最难吃了对吧？"阿沁不满意地说。

"唉，几十年啦，还泛酸，我一出去就泛酸。给我拿几个饺子。"伍喜和说。

阿沁扭着身子将一盘饺子端过来，怼到桌上，盘子和桌子碰撞，叮当一声。

"哎，轻点轻点，盘子都被你摔坏了！"伍喜和拿起筷子狼吞虎咽地很快就吃了半盘饺子，然后站起身说，"我们走。"

"侨笙，芽萝，吃好了吗？"阿沁笑眯眯地问。

"吃好了，婶婶。"

"那去忙吧，去忙吧！早点回来吃饭。啧啧，真是让人喜欢。"阿沁又喜上眉梢一边打算盘，一边哼起曲来。

4

伍喜和带阿盛和芽萝去了德恒和茂华两家唱片公司转了转，最后去了宏美唱片公司。公司不大，大堂里面的木架子上摆放着很多唱片，更显得空间局促。他们几人走进去时，胖子老板正在和两个人喝茶。胖子一见伍喜和便站起来说："瞧瞧，我说什么来着，我这儿的茶好喝，我这儿的唱片录得也好。实不相瞒，论技术啊，我这儿是最好的，也就是资金不够，所以我这规模比不上别家。但你不能看这个，咱要的是品质，对吧。好的唱片音质也好啊，那能一样吗？"

"孟老板，你看我给你带来人了，自然是想跟你合作。不如我们今天试一试，如果录制效果好呢，我们将来就合作得更多一些。资金不成问题，主要是看技术。"伍喜和说。

"那好说啊。是这位姑娘录吧？录什么呢？"孟老板说。

"孟老板，我还没给你介绍，这位是从旧金山来的叶先生，是东方大戏院的少主，这位是当红的名角芽萝。今儿就给她录。"伍喜和说。

"哎哟失敬失敬，是芽萝小姐，早有耳闻啊！叶先生，从旧金山来的，我真是有眼无珠。那快，你们几个还愣着干什么？还不快去叫工程师，快去准备着，我们一会儿录！"孟老板说。

"好好。"两个人跑到后面去了。

"几位先坐下喝杯茶，他们先在录音房准备着，喝完茶我们就去。"孟老板说。

"不必客气。我们也过去吧，熟悉一下。"阿盛说。

"也好，那几位，这边请！"孟老板说。

几个人跟随孟老板来到录音房。录音房里没有窗户，光线暗淡，屋子里到处是叫不出名字的器具。有个人在忙碌地摆弄那些器具。

"王工程师，好了没？"孟老板说。

"就好了，就好了。"王工程师忙不迭地说。

一会儿，他满头大汗地跑过来说："都好了，可以开始了。"

孟老板咳了两声说："我得说一下，芽萝小姐是第一次录音吧？录音的时候呢，芽萝得合上曲子，不像平日里在舞台上，是乐队乐师看着您唱的跟您合。这得反过来，因为咱都是现成的曲子了，曲子是做好的了，所以得您跟着它合。您懂了吗？"

"明白了，是我来配合曲子，不是曲子配合我。"芽萝说。

"哎，对喽。您是录粤剧选段呢还是粤曲小调呢？"孟老板说。

"都能录？"阿盛问。

"那是自然，只要是这市面上能听到的，我这儿都能录。"孟老板说。

"芽萝，我记得你会唱粤曲小调，不如我们先录一些？"阿盛说。

"也好。"芽萝说。

"那好，接下来就听王工程师的吧。"孟老板说。

"芽萝小姐，您这边请！您坐在这里。这个叫麦克风，您一会儿唱的时候就对着它唱，声音从这个话筒里出来，您先不用唱，我先放几遍曲子您听听快慢，心里跟着合几遍，然后您觉得可以了，咱们开始录。开始录就是您开始唱，一边放曲子您一边唱，最后录好的就是有曲子伴奏的您的歌。"孟老板说。

"原来是这样录的。"阿盛说。

"都是这样录的。录的时候我会调节声音大小。"孟老板说。

"好，那麻烦你了。"伍喜和说。

"那您是录哪一首？"孟老板说。

"就《水调歌头　明月几时有》好啦。"芽萝道。

王工程师放了一遍曲子，芽萝便说："我可以了。"王工程师有些惊讶地说："那我们开始？"

"好，开始。"芽萝说。

明月几时有，把酒问青天，不知天上宫阙，今夕是何年，千里共婵娟……芽萝刚一开口，大家便惊呆了。王工程师很紧张地跟着调音，不敢有一点点怠慢。芽萝唱完好一会儿，孟老板才拍手说："好！从来没有听过这么好听的歌声啊！实在是好听，这盘唱片一定会卖脱销的呀！我的天哪！"

经过几个小时的录制，芽萝的第一张唱片终于录完了。孟老板欣喜地握住阿盛的手，说："叶先生，以后要多多合作呀！真是太好了！"

"接下来就需要孟老板好好制作了。"伍喜和说。

"那是自然的，我们都希望畅销。"孟老板说。

"孟老板，我有个想法，不知合适不合适？"阿盛说。

"叶先生请讲。"孟老板说。

"我想在香港筹办一家唱片公司，我们合作怎么样？我来投资和提供演员，你来制作和销售，伍叔来管理，你看如何？"阿盛说。

"这……可以呀！"孟老板惊喜道。

"那我们就一言为定！"阿盛说。

"一言为定！"孟老板说。

伍喜和带阿盛和芽萝回到喜和饭庄的时候，阿沁正在跟阿玉验货。阿玉买了很多的食材，伙计们正在往后厨搬。

"怎么买这么多食材？"伍喜和诧异道。

"不买食材饭庄吃什么？你这么大呼小叫的，看样子这是事办成了？"阿沁说。

"那是自然办成了。哈哈，什么事能难倒我？"伍喜和有些得意。

"哎，说说，说说！"阿沁急切地说。

"婶婶，还是我来说吧，别为难叔叔了。我们说好了，要办一家唱片公司，到时候，让叔叔来管理，我负责投资。"阿盛说。

"真的？"阿沁不敢相信。

"真的。"阿盛点点头。

"哎呀，叶江南真是生了个好儿子呀！啧啧，伍喜和，你上辈子积了大德了这是，我总算没白跟你混一回，总算能做一回上等人了，唉，还是沾了叶江南的光。啧啧，唱片公司啊！听着多厉害！哎呀！侨笙啊，芽萝啊，哎呀，这可真是太好啦！到时候啊，这十八条街我阿沁总算也能得意一回！看以后谁还敢瞧不上我！"阿沁有些激动。

"别听她的，说的什么话这是，丢人。"伍喜和不满意地说。

阿盛和芽萝又在香港停留一日，坐电车去四处逛了逛，去书店给佐伊和艾米买了几本书，又去看了一场电影，之后打算于次日返回旧金山。

那个晚上，芽萝一夜无眠，她一直在听外面的动静，希望能等小凤尾回来再见一面。但遗憾的是，直到次日清晨他们离开，小凤尾都没有再回来。

芽萝悄悄问阿盛："大师姐该不会是出什么事了吧？"

阿盛轻声说："应该不会。如果出了什么事，报纸新闻一定会有了，警察也不会一直还在追查来追查去。"

芽萝忐忑地四下张望。送二人出门的阿沁对阿盛说："瞧，我要是有这么个漂亮儿媳，那真是要疼死的啦。你也要好好疼她，女孩子唱戏不容易的。你们放心好了，那个沈太太，既然是跟你们相识，那房间就一直给她留着。沈先生是记者，肯定是忙得不得了，哪里照顾得上呢？还让太太自己出来。我也是女人，女人自然是要帮女人，等沈太太回来，我会帮沈先生照顾好沈太太的，就当是帮你们照顾朋友啦。嗨，我们两个都喜欢小孩子。见到你们呀，都喜欢得很。开开心心回去，帮我问你阿爸阿妈好！以后常回香港看看，这里就算是你们的家啦！"

"婶婶，谢谢您呀！"芽萝感动地说。

"不必多说了，阿婶都懂的。多俊的孩子！"阿沁拍了拍芽萝的手，慈爱地笑了。

芽萝忽然明白，原来阿沁什么都知道。

5

阿盛和芽萝乘船于第二日在暮色中回到旧金山。阿盛将芽萝送回戏院，两人依依不舍。阿盛回到叶家已经很晚了，走进大厅，发现灯火通明，叶江南和叶太太都坐在客厅里，叶太太伏着沙发扶手正在困倦地打盹。

"阿爸，阿妈，这么晚了你们怎么还没睡？"阿盛说。

"等你喽，知道你今天回来，就多等一会儿喽。怎么样？事情办得顺利不？"

叶江南急切地问。

"顺利，阿爸。我已经跟伍叔约好，我们一起创办东方唱片公司。另外还有一个孟老板加入，他有个小规模的唱片公司，他负责技术。我们已经给芽萝录完了第一期，就等制作完成，就可以销售了。"阿盛说。

"好啊，好啊，阿爸没有看错你！真是太好了！对了，喜和他们还好吗？"叶江南问。

"是啊，喜和和他的沁美人可还好？快告诉你阿爸。"叶太太有些醋意地坐起来说。

"哈哈哈哈，什么沁美人？我的阿浣才是这世上最美的美人。"叶江南爽朗地大笑起来。

"伍叔和阿沁婶都很好，他们让我问你们好呢。"阿盛笑笑说。

"明天我们给他们打个电话，好多年了，也该问候一下。好啦，太晚了，侨笙也很累了，快去睡吧。"叶江南开心地说。

几日后的清晨，叶家正在吃早餐，送报纸的来按门铃。阿灿出去取回报纸，走进餐厅，艾米便说："阿灿姐，是《少年中国晨报》吗？给我看看。"阿灿将报纸递给艾米。艾米翻开，惊讶地说："呀！这说的不是我们的唱片公司吗？"

"念一念，艾米。"叶太太说。

近来鉴于现下市面所消流之唱片，俱是外国人所制，以致权、利为外国人所夺，故特发起召集录在美华商在国内与优界方面合作，组织东方唱片公司。一则振兴国货，二则挽回利权，实行劳资合作，打破帝国资本侵略。闻现下该公司第一期之唱片即将出世，查该项唱片，由知名女伶芽萝新曲新腔录制，而碟质坚韧，久唱不变，诚为华人消遣中之妙品也。该公司职员现正积极进行，将来所制唱片，可与碧架高亭等公司出品并驾齐驱云。

"是侨笙的杰作吧？"叶先生笑吟吟地说。

"什么都瞒不过阿爸。"阿盛说。

"这个消息发得好啊！我们华人自己的唱片公司，终于被我们办起来了。旧金山和香港两地的名伶都很多，我们除了为东方大戏院的演员录制唱片，还要请香港的一些名伶来录制，这样我们的唱片在两个城市就都能繁荣起来。"叶江南说。

"好，阿爸。香港的名伶就要靠伍叔去请了。"阿盛说。

一个月后，由东方大戏院投资，伍喜和及孟老板共同创办的香港东方唱片公司在香港成立。揭牌当天，伍喜和给叶江南打来了电话，两个人在电话里又聊了许久。

一周后，东方大戏院在《少年中国晨报》刊登的广告里发布了第一期唱片目录，里面包括芽萝演唱的 10 首粤曲和 13 首粤剧唱段。又几日后，东方唱片公司出品的第一张唱片开始发行。唱片的封面上印有芽萝的照片和唱片的目录。

芽萝的唱片在几天之内被抢购一空。比尔、韦斯特和保罗每人买了一张，比尔说："芽萝是我们的中国师傅，这是我们师傅的第一张唱片，具有重要的珍藏价值。"艾米回来大嚷："侨笙，瞧你干的好事！发行得那么少，我的同学都没有抢到，现在他们都来找我要了，我到哪去给他们变出来？"

"哈哈。"叶江南只是欣慰地笑。

在唱片发行的第五天，荣闵突然回到了旧金山。他搓着手说："爸比，我们办了唱片公司这么大事您怎么不告诉我呢？不能因为我在洛杉矶，您就把我给忘了啊！"

"你不是早就知道了吗？有荣达在，还怕你什么不知道？"叶江南笑着说。

"爸比，我是知道的，我回来是想跟爸比说，什么时候也给洛杉矶东方大戏院的演员录一些唱片？这可是有利于我们生意的大事。"荣闵说。

"这才刚录了一期，你别着急，荣闵。"叶太太说。

"那下一期给那边演员录吧，就蓝灵芝吧，现在正是名声四起，我看好她。"荣闵着急地说。

"荣闵，唱片公司的事你大哥全权负责，我看办得不错，接下来怎么安排，你去跟大哥去商量。我们是一家人，东方大戏院虽然在两个城市，生意并不分家。将来我们还可能在更多的城市开戏院，到什么时候，都是我们叶家的生意。你在那边安心经营，有什么事你们兄弟商量。"叶江南说。

"对了，凯莉现在还好吗？"叶江南又说。

"她？好吧？"荣闵说。

"什么叫好吧？你没有好好照顾她吗？"叶江南怀疑地说。

"我只是因为忙，爸比你知道的，戏院事情那么多，我就是最近几天没见到她。"荣闵说。

"好吧荣闵，侨笙今天在学校，最近在跟音乐学院院长波特先生搞创作，你可以去学校找他。或者你不着急回洛杉矶，就等他晚上回来也行。"叶江南说。

"那我不等他了，我还有事，我再给他打电话吧。我先回去了。"荣闵说。

"荣闵，留下来吃饭，叫了薇薇一会儿要过来包饺子。"叶太太说。

"我还是走了。"荣闵一听李薇薇的名字便皱起眉头，起身便走。

"哎，荣闵，这孩子。"叶太太说。

"别理他，让他去。"叶先生说。

东方大戏院的观众又多起来，每晚开场前很早便排起了长队，戏桥早早就被卖光。每天都有买不到票的人心有不甘地喊着芽萝的名字，嚷着要看芽萝的戏。更有几个戏迷来到戏班，给芽萝送来了金字牌匾。

而广泰大戏院开始寂寥起来。任永贵眼看着自己的观众纷纷走进了东方大戏院，又开始喝酒解闷。阿才跑来找他："老板，常来的那些个眼熟的戏迷，最近就像吃了迷药似的，到时间就往东方大戏院钻，还带着好多个朋友伙计，连看都不往我们这边看一眼。"

"你说，这是怎么回事，东方大戏院究竟用了什么法术？这个叶侨笙，该不是会什么吸魂大法。这样下去，我广泰大戏院岂不是将来有一天会倒闭？"任永贵骂道。

"真的，东方大戏院现在就像过了节似的，人满为患啊！那些个人，就像看戏不要钱一样疯了似的往东方大戏院钻，简直太可怕了，都疯了。"阿才说。

"以前也没这样啊。"任永贵站起身来诧异地说。

"东方大戏院现在不是开了个什么东方唱片公司？那个芽萝出了唱片，所以现在都是来看她的，好像就是因为这个。"阿才说。

"这有一就有二，现在是一个，演员那么多，那以后岂不是真要把我们击垮？"任永贵说。

"老板，你看我们要不要也做唱片？"阿才说。

"再看看形势再说。你先筹谋着。"任永贵烦躁地说。

然而，任永贵又慢了几拍。一个月后，又有两家戏院跟唱片公司合作，准备出唱片了。任永贵听到消息便将酒瓶子酒杯摔了一地，吓得阿才不敢言语。

"你呢？我上次让你筹谋，现在有眉目了吗？"任永贵喊道。

"你只说让筹谋，我也就没太着急，不是，要看看形势再说吗？"阿才嘀咕道。

"我打听了几家唱片公司，都不太合适，就有一家各方面都说得过去。那我再去谈谈，看能不能合作？"阿才又说。

"去谈！快去！"任永贵愤怒地说。

又一个月后，任永贵听说，东方唱片公司第一期唱片应观众要求，增加了产量。不仅旧金山的各家报纸上都有销售商关于唱片的广告，甚至纽约两大华人商号之一的奇昌公司在《民气日报》上发表的日常杂货广告中还列出了完整的唱片目录，连温哥华最大的五洲药房公司也在《大汉公报》上刊登了东方唱片公司第一期的广告。任永贵听阿才说完这个消息，瘫软地坐在沙发上，沙发座椅深深地塌陷进去。

"老板，你算算这笔账。我们戏院的门票是从 0.50 美元到 1.25 美元。这一个小小的 10 英寸的唱片，一首粤曲唱段，短的通常要占用至少 2 盘，长的占到 4 盘。每盘价格从 0.75 美元到 1.25 美元不等。戏迷只需花几晚的戏票钱，就能买到一张粤曲唱片，就不用来我们戏院看戏，也能过戏瘾。这唱片按发行 1000 张计算，老板，你算算，这东方大戏院得赚多少钱！"阿才说。

"完了，整个北美华人市场都被东方大戏院给占领了，我们广泰大戏院输了。"任永贵无力地说。

这一晚演出完毕，又有人到东方大戏院来给芽萝送金字牌匾。阿盛拿着牌匾走进化妆间，对芽萝说："芽萝，瞧瞧，这牌匾戏班子都要摆不下了。"芽萝没回应，阿盛仔细看了看芽萝，见她正在长吁短叹。

"芽萝，是病了，还是太累了？用不用让冯班主把明晚的戏换成别人？"阿盛诧异地问。

"阿盛，我有点心慌。"芽萝说。

"慌什么？"阿盛诧异道。

"现在我都不敢出去了，现在一出去，好多人围过来看着我，我好不自在。"芽萝说。

"哈哈，那是人家喜欢大明星呀！我的芽萝现在成了名人啦，从旧金山到纽约、洛杉矶，再到芝加哥，这美洲的任何一个地方，恐怕都知道芽萝的大名了呀！我现在呀，才是高攀芽萝小姐喽！"阿盛笑道。

"你还取笑我！"芽萝懊恼地说。

"哪里是取笑，我的芽萝现在真的成了北美第一红人啦！我高兴还来不及呢。"阿盛说。

"可是我不喜欢别人看着我。"芽萝说。

"你要习惯，他们是喜欢你，别觉得这是洪水猛兽，要知道，这是多少人梦寐以求的，求都求不来的呀。"阿盛说。

"可是……"芽萝说。

"别可是了，我带你出去，现在。"阿盛说。

"现在可能还有观众在戏院外面没有走。"芽萝担心地说。

芽萝忐忑地跟在阿盛身后，就见门口还有几个人在向戏院里面张望。芽萝从他们的身边走过，并没有被人认出来。芽萝的脚步轻快起来，紧紧跟上阿盛的步伐。

"我们去吃夜宵。"阿盛牵住她的手说。

不久，东方唱片公司开始录制第二期的唱片。荣闽与阿盛商议，第二期的唱片将收录东方大戏院 4 位女伶、4 位男伶、1 名乐师和 1 名业余票友的作品共计 16 首粤曲。除了蓝灵芝演唱其中的 5 首，还有几位著名的舞台情侣对唱。《少年中国晨报》登出了第二期唱片的目录及演员照片，10 位演员一夜成名。

阿才再一次胆战心惊地跟任永贵汇报："老板，东方大戏院的第二期唱片也和第一期一样成了抢手货。我听说温哥华五洲药房公司还跟东方大戏院签了约，现在是温哥华东方唱片公司的独家代理。老板你看看这份《大汉公报》，他们的广告占了整整半个版面，还宣布成为温哥华东方唱片公司的独家代理。只要新唱片目录一发行，五洲药房公司就会立即刊登广告，订购6盘或更多的唱片还免收运费。老板，您看这广告。"阿才汗涔涔地说。

"废物一个！给我看这有什么用！你不是说跟唱片公司谈好了吗？什么时候录？我们得加紧做唱片哪！你是想将来喝西北风吗？"任永贵气哼哼地说。

"老板，还没谈妥。谈好的几个不是跟别人签了约，就是不跟外籍华商合作。"阿才又擦汗。

"那还不尽快去找门路！香港不行的话，旧金山也行啊，旧金山不是也有吗？"任永贵又说。

"谈了，老板，都没谈成。"阿才说。

"废物，再谈不成就等着广泰大戏院倒闭吧！"任永贵掀了桌子。

第十三章　昭君吟

相思万种从今起，
叫鬟推出月还天。
掩起纱窗归去罢，
卸却残妆解翠钿。
转身独入罗纬内，
更长孤枕不成眠。

——木鱼书《花笺记》

1

第二期唱片在洛杉矶发行当日，荣闵和蓝灵芝上街去看了一圈，好多家商铺都在卖唱片，荣闵喜不自胜，特意准备了晚宴跟戏院的演员们庆祝了一番。之后，荣闵又跟蓝灵芝待在房间里听留声机听了整整两天。

"我也有大明星女人啦！叶侨笙有的，我都有啦！"荣闵兴奋地抱着蓝灵芝转圈说。

"放我下来，下来。原来你是一直在跟你大哥比。芽萝哪比得过我啊？她比我大好几岁呢！用不了多久，我就会超过她，信不信，我才是舞台上的皇后娘娘。"蓝灵芝得意地说。

"哈哈，芽萝怎么比得过我的灵芝呢！"荣闵说。

荣闵正在跟蓝灵芝狂欢，忽然听见外面有嘈杂的声音。荣闵愣了愣，放开蓝灵芝，喊了一声："谁在外面？"

"叶荣闵！"一个尖厉的女声传来，荣闵吓得一哆嗦，想要躲藏，但门"咣当"一声被踢开了。

"荣闵少爷，我拦不住凯莉小姐。"阿康在后面小声地说。

凯莉已经奔过来。

"凯莉，你……你怎么来了？不是说好了过几天我去看你。"荣闵心虚地说。

"我怎么不能来！是打扰了你的好事？！你是蓝灵芝对吧？我杀了你！"凯莉拿起桌上的水果刀就向蓝灵芝刺去。

"凯莉，不要啊！阿康，还不快拦住她！"荣闵慌张地说。

"凯莉你疯了吗？要出人命的！"荣闵提高了嗓门。

"那我就杀了你！你个忘恩负义的狗东西！"凯莉愤怒地向荣闵奔过来。

阿康眼疾手快，一下子从后面抱住凯莉的胳膊："少爷，快，把刀抢下来。"

荣闵这才反应过来，抢下刀，扔在地上。

凯莉"哇"的一声大哭起来。

"放开我！"凯莉崩溃地喊道。

阿康放开凯莉，凯莉狠狠扇了荣闵两个耳光，之后跑出去。

"还不快去追！"蓝灵芝提醒道。荣闵好一会儿才反应过来。

傍晚的旧金山下起雨来，晚饭之后雨势愈加大起来。叶太太和艾米、佐伊正在忙着做甜点。外面雷声轰隆，叶太太望了望窗外犹豫地说："这大雨也不知道今晚会不会停，明天还是下雨的话，我们今天的甜点又白做了。"

"我倒是巴不得那些洋太太们不来，我们自己吃。"艾米说。

"还是跟小时候一样，仍然没长大。这张嘴巴呀，总是这么不饶人。"叶太太摇摇头笑着说。

"明天可以请徐太太过来吃，徐太太即便是下雨也会来的。"佐伊说。

"哈，对呀，徐太太好几天没来了。她可是个不甘寂寞的人。"艾米说。

"你们两个呀，长大了也没个大姑娘的样子。"叶太太笑道。

母女三人正在说笑，忽然听到隐约的门铃声。即便是大雨也掩盖不住门铃的急迫。

"好像是门铃响呢？阿灿姐，好像有人按门铃。"艾米诧异地说。

"我去看看。"阿灿立刻拿了把雨伞跑出去。

没一会儿，阿灿扶着个浑身湿漉漉的女孩走进来。女孩的衣服早已湿透，从头发到衣裙，没有一处不在滴水，她站在那儿片刻，落到地上的水滴便积成了小溪。她脸色苍白，一头漂亮的棕色卷发此刻像一团湿羊毛贴在头上，她的眼睛像是被雨水泡得肿胀，失神又黯淡。

"凯莉！"母女三人异口同声地惊讶道。

"凯莉，你怎么回来了？你不是应该在洛杉矶吗？"艾米好奇地问。

"你，一个人吗？是荣闵欺负你了吗？凯莉？"叶太太试探地问道。

凯莉听到叶太太的话，"哇"的一声大哭起来。

"哎！别哭，好孩子，跟婶婶说。荣闵这个混账他干了什么？阿灿，快给凯莉小姐去取件干净的衣服来。"叶太太走过去，心疼地拉过凯莉说。

阿灿很快拿来衣服。佐伊已经取来干毛巾，给凯莉擦了擦头发。

"快，凯莉，跟我先去换衣服，你这样会生病的。"佐伊说。

"凯莉，先跟佐伊去换衣服，我们慢慢说。"叶太太说。

佐伊拉着凯莉去了卫生间。一会儿佐伊拉着她走出来。

"快，坐下，坐这里。"叶太太让凯莉在她身旁的沙发上坐下来，拿起毛巾一边给她擦头发一边说："别着急，慢慢说。到底怎么了？这么大雨你怎么一个人回来了？"

艾米端着杯热牛奶走过来说："喝吧，热的。还用得着问？荣闵那个坏心眼的家伙，对谁都不怎么样。他只爱他自己。"

"荣闵最近应该很忙，你知道的，东方大戏院刚刚出了第二期唱片，荣闵一边要打理戏院的日常演出，一边又要分心照顾洛杉矶唱片的销售，是不是有些照顾不上你？"叶太太说。

"不是的不是的。"凯莉哭泣道，"荣闵早已不爱我了，他抛弃了我。"

"怎么会呢？你们两个很相爱的。"叶太太说。

"婶婶，他早就抛弃我了。我好久都见不到他人，我昨天去找他，他和那个蓝灵芝在一起，他们……"凯莉说。

"蓝灵芝，那个女伶？"艾米说。

"是的，呜呜呜。"凯莉又委屈地哭起来。

"我的天，这下麻烦了。荣闵真是好大的胆子！"佐伊说。

"凯莉，你 Daddy 知道你回来吗？"叶太太说。

"Daddy 不知道，我也不打算去见他。"凯莉哭着说。

"凯莉，你别哭，你就在这儿住下来，哪都别去。叶先生很快会回来。很晚了，你们几个先休息，有事我们明天再说。"叶太太想了想说。

叶太太亲自将凯莉送上三楼的客房，为她安顿好，让她躺下来，为她关了灯，小心地关好门，才下楼去。

叶江南回来的时候，雨已经变小了些，但还是淅淅沥沥地下着，并没有停下来的迹象。他推门进来，就见叶太太在客厅里来回地踱步，一脸焦灼。

"阿浣，怎么还没去睡？"叶江南说。

"江南，出事了！"叶太太着急地说。

"什么事？"叶江南说。

"凯莉冒着大雨跑过来，说是荣闵和蓝灵芝搞到了一起。这可如何是好？"叶太太说。

"凯莉？"

"是。"

"蓝灵芝，女伶？"

"没错。"

"这个不争气的东西！"

叶江南疾步走到电话机旁，拨通了电话："给我找荣闵。"

"叶先生，这么晚了，荣闵少爷已经睡下了。"阿康在电话里说。

"让他接电话！"叶江南喝道。

"是……"阿康感觉到了事态严重。

一会儿，电话里传来荣闵的声音。

"爸比，这么晚了，是有什么事吗？"荣闵无辜地说。

"你明天早上给我滚回来！"叶江南生气地说。

"哦，是，爸比。是有什么事吗？"荣闵试探地问。

"你自己做了什么你自己不清楚吗？"叶江南喝道。

"我好像没做什么错事……最近不是唱片……"荣闵又说。

荣闵还在电话里思忖，叶江南挂断了电话。

"去睡觉吧！这个不争气的东西！"叶江南说。

"江南，你也不要太生气了。"叶太太说。

"明天我送凯莉回学校。"叶江南说。

第二天清晨，叶太太还在睡梦中，就听客厅有说话的声音。她猛地坐起来，悄悄下床，踮着脚推门下楼，就见荣闵一脸昂扬地坐在客厅沙发上，跷着二郎腿，口中还小声哼着曲。

叶太太向他走去。

"咦？妈咪，是我把您吵醒了？该死该死。"荣闵说。

"坐吧。"叶太太说。

"我怎么感觉冷飕飕的，妈咪。爸比到底找我什么事啊？能不能提前告诉我，让我也有个准备。"荣闵说。

"多可怕！你自己做了什么自己不清楚吗？"忽然传来叶江南严厉的声音。

"爸比！我，真是不知道，哪里做错了我改，但是您得告诉我哪错了啊，对不对？唱片很抢手，这个季度戏院的收入也很可观。这不都挺好的？我就纳闷了。"荣闵佯装不知。

"成功，不只是说做生意，还有做人！"叶江南说。

"做人？爸比给我说糊涂了。"荣闵心虚地说。

"你怎么对待凯莉的？"叶江南低沉地说。

"凯莉？挺好的啊，难道？不会吧？"荣闵思忖说。

"阿灿，去看看凯莉小姐起来了没有，如果醒了，把凯莉小姐请下来。"叶江南说。

"不是吧？凯莉居然……这么远跑来告状？"荣闵立刻变了脸色。

"你若厚待人家，她怎么会来告状？"叶江南说。

"哎呀！"阿灿在楼上惊讶地喊了一声，便飞快跑下来。

"怎么了？"叶太太着急地问。

"太太，先生，凯莉小姐不见了！"阿灿说。

"啊？"

"怎么会？"

"再去看看，是不是看错了？"

"太太，卫生间和衣柜我都看了，凯莉小姐确实没在房间里。"阿灿又说。

"凯莉走了。"艾米站在楼梯上说，"我刚才也去她房间看了，没人。不过，她留下了这个。"

艾米拿着一张卡片走下来。

"写的什么？"

叶先生，叶太太，还有亲爱的艾米和佐伊，谢谢你们，我多想成为华人的妻子，成为叶家人，和你们在一起。我也多么希望能够为荣闵生下这个可爱的孩子，很遗憾，荣闵不爱我。我该去我应该去的地方了。不必找我。再次谢谢你们。

荣闵开始哆嗦，艾米念完的时候，荣闵立刻扑通一声跪了下来。

"天哪！凯莉有了身孕！"叶太太喊了起来。

"混账！"叶先生狠狠踢了荣闵，荣闵立刻摔了个狗啃泥。

"爸比，我……"荣闵开始哆嗦。

"把那个蓝灵芝，辞掉。"叶江南生气地说。

"啊？爸比，可是蓝灵芝现在正当红，她和我们戏院签的约还没到期，还差一年多呢！要知道，她可是各家戏院都眼红的红人。如果我们……"荣闵慌张地说。

"以后再敢跟任何女伶有瓜葛，你就别想再跟戏院有任何关系。"叶江南斩钉截铁地说。

"爸比，这……"荣闵欲言又止。

"还不给我滚回去！"叶江南愤怒地说。

"阿灿，派人去找凯莉，必须找到她人。"叶江南跌坐在椅子上。

"江南，你没事吧？"叶太太担心地说。

"还不滚回去？"艾米瞪大眼睛踢了荣闵一脚。

"二姐！"荣闵向艾米求助。

"东方大戏院第一次辞掉一个女伶，就因为你干的好事！没商量，赶快滚吧！"艾米气愤地说。

"可是，侨笙……"荣闵不服气地说。

"你敢说侨笙一个字！"艾米瞪大眼睛凶巴巴地看着荣闵。

荣闵把要说的话咽了回去，站起身便快步跑了出去。

2

旧金山东方大戏院整个戏班子第二天便知道了蓝灵芝被辞退的消息。中午时分，大家正在紧张地排练，就听杜襄理和冯班主喊大家停下来。杜襄理一脸严肃，看着大家说："今天要对大家说一件事。洛杉矶的蓝灵芝，今天被辞退了。"

"啊？为什么？"

"不是刚刚录完唱片吗？演得好，唱得也好啊？"

"这是怎么了？"

"原因呢，大家也不必过多打听，总之呢，是蓝灵芝因为自己和荣闵少爷的私事，被叶先生辞退了。今天告知大家的意思是，希望以后大家都能恪尽职守，认真排戏，就是……认真排戏，管好自己吧。毕竟，我们是要靠舞台吃饭的，没有了舞台，到哪里去吃饭？蓝灵芝也是太年轻了，太任性了，希望大家引以为鉴。就说到这儿吧，大家继续排练吧。"杜襄理说。

芽萝红了脸，垂下眼眸。她不用看也感觉得到，大家的目光都在看自己，当然那些目光中有同情，有担忧，有叹息。在他们眼里，她有可能就是下一个蓝灵芝。毕竟，她和大少爷的关系在东方大戏院已经不是秘密。杜襄理看着芽萝，犹豫了一会儿，终于还是没有对她说什么，只是拍拍她的肩膀，走了。

这一刻，芽萝便知道，自己和阿盛离别的时刻终于还是来了。

阿盛急匆匆跑进戏院的时候，芽萝正在排练。他气喘吁吁地站定，擦了额头的汗，看着芽萝纤柔的背影，向她走去。

"芽萝！"阿盛一把抱住她。芽萝没有躲闪，任由他抱紧自己。其他人看见这情景，都迅速躲开。

"芽萝，吓死我了，我还以为……"阿盛气喘吁吁地说。

"你怎么了？"芽萝慢慢转身，微微含笑，一如平常。

"我好害怕，我怕我再见不到你了。你在就好，你在就好。"阿盛说。

"你知道吗？我……我还是不告诉你了。只是你给我些时间，我一定会说服阿爸，他会答应我们在一起的，一定会的。"阿盛说。

"阿盛。"芽萝缓缓地说。

"嗯？"

"我信你。"芽萝也紧紧环抱住阿盛。

"芽萝，你永远都不要离开我，答应我，无论发生什么，你都要等我，都不要离开戏院。你知道，我只有你了。除了你，我什么都没有。"阿盛说。

"我答应你。阿盛，谢谢你。"芽萝说。

"谢我什么？"阿盛说。

"谢谢你真心喜欢我，对我这么好。其实，我何德何能？"芽萝说。

"怎么这么说？芽萝，你是我见过最好的女孩，对了，你不会介意我之前喜欢过小凤尾吧？可是自从喜欢上你之后，我就再也不能喜欢上别人了。你知道吗，这是两种不同的喜欢，我说不清楚，但就是不一样的。对你的是爱，虽然，你有些地方还是比不上小凤尾，也有些地方不如青川妹，但我就是喜欢，无论你怎样我都喜欢。"阿盛说。

"我怎么会介意？我知道的。阿盛，你知道的，除了你，我也什么都没有了。在这个世上，我从踏进戏班，就已经被我的父母抛弃，尽管他们是迫不得已。能在这里遇到你，在这里跟你在一起的这两年是我最快乐的时光了。"芽萝说。

"说得怎么像要分别似的？我们以后还会有更快乐的日子，以后日子长着呢！你不是说以后带我回唐山老家？等我们回去，找到你阿爸和阿妈，我跟他们提亲，就把你娶过来，你就成我太太了，我们要一直一直在一起，然后，我会带你去很多地方。我们戏院的生意也会越做越好，我们带着戏班去墨西哥，去马来西亚，去法国、德国、英国，很多地方。"阿盛说。

"真好。"芽萝说。

"我们还会生好几个孩子，男孩像我，女孩像你。以后你就不要踩跷了，太危险，太累。我们要赚很多钱，不然养活不来他们。我要教他们音乐和汉语，你教他们演戏和功夫，你说好不好？"阿盛说。

"好。阿盛，我不敢想。"芽萝说。

阿盛忽然觉得自己的肩膀湿了，他拉起芽萝，芽萝的睫毛已经挂满泪珠，脸上已经泪流成河。

"不哭，芽萝。我们会好的，一切都会很好很好的，再给我些时间。"阿盛用衣袖给芽萝擦掉泪水。芽萝更用力地抱紧阿盛。

"叶先生和叶太太，其实对你是很好很好的，就如亲生儿子一般，毫无二致。阿盛，你不要总是执拗，你的心结实在应该打开了，毕竟你已经跟他们生活了近20年了。叶先生很疼你的。"芽萝又说。

"我知道。可是我的亲生父母，他们到底在哪里，或许他们也在寻找我，也已经近20年了。每次想到连他们的生死我都不知道，我就心里发抖。我总是觉得，他们应该还活着。芽萝，你知道吗，我这几年有一种感觉，很奇怪的感觉，我觉得他们好像就在我身边，就在离我不远的地方，而我却总是找不到他们。就好像是有神灵给我布下圈套，让我蒙着眼睛不停地旋转，我能听到他们的呼吸，可是我却怎么转都抓不到他们。"阿盛说。

"阿盛，你是太想念他们了。"芽萝说。

"或许是吧。芽萝，等我们回唐山，我们一起去找你的父母，一定会找到的。"阿盛说。

"一定会的。"芽萝说。

"那时候，我们多幸福啊。"阿盛说。

"阿盛！"芽萝哭泣起来。

"别哭啊，芽萝！我会让阿爸同意我们的亲事的，然后我们去最大的教堂去举办婚礼。按照西方的婚礼，你要穿上婚纱，纯白色的，戴着花环，我穿着西装，你挽着我的胳膊，我们走向圣洁的殿堂。所有人都会祝福我们，送上鲜花和礼赞。我的芽萝穿上洁白的婚纱得漂亮成啥样子啊，是天上的仙子，是天使！不

过，你不喜欢西式婚礼的话，我们也可以办个中式的。我们华人的婚礼红红火火
的，你我都穿上大红的礼服，你戴上凤冠霞帔，又端庄又气派，比皇宫里的妃嫔
还要美！芽萝，你知道我好期盼那一天。"阿盛用袖子帮芽萝擦眼泪，憧憬地说。

"嗯。"芽萝啜泣着。

"对了，我给你定做了一个凤冠，要用很多的珍珠、金箔和蓝翠色的贴片，
你戴上一定好看。以后你再演贵妃娘娘啊，就戴上这个。师傅已经在做了，等做
好了就给你拿来。"阿盛又说。

"好。"

"别哭了，哭得都不好看了。芽萝，答应我，什么都不要听，什么都不要怕，
天理昭昭，我阿盛，我叶侨笙，在此明誓：'此生非芽萝不娶，永不反悔！'"阿
盛俯身看她。

"阿盛！"芽萝仰头看他。

"哎，我都说完了，你呢？"阿盛凝视她。

"天地可鉴，我芽萝，此生非阿盛不嫁！"芽萝凝视他。

"拉钩！"阿盛伸出手来。

"拉钩！"芽萝拉住他的手。

"阿盛，很久没出去玩了，你什么时候有空再带我去听雾号吧？"芽萝止住
哭泣说。

"好啊！你明晚演出完，后天歇了戏，我们就去金山海峡。"阿盛说。

"后天？"芽萝像是吓了一跳。

"怎么了，后天也有戏？"阿盛不解。

"要不还是下个礼拜吧，我还想，再等几天。"芽萝犹豫地说。

"都行，那就下礼拜。"阿盛说。

"好。"芽萝点点头。

"那我回去了。芽萝，你好好演戏，什么都不要管，什么都有我呢！你相信
我，阿爸一定会同意的。"阿盛说。

"好。"芽萝又用力点点头。

"那我回去了。"阿盛说。

"阿盛！"芽萝忽然叫住他。

"嗯？"阿盛迟疑地回头。

"没事，回吧。"芽萝犹豫地说。

"好。"阿盛说。

"阿盛！"芽萝又叫住他。

"怎么了，芽萝？"阿盛有些诧异。

"没事。"芽萝笑笑。

"真的没事？"阿盛怀疑地问。

"真的没事。"芽萝笑着摇摇头。

"那我走了。"阿盛说。

"我看着你走。"芽萝说。

"好吧。"阿盛笑笑。

3日后的晚上，芽萝忽然加了顶。在正常的演出之外，她还加了《昭君出塞》。因为是临时加顶，所以戏桥并没有来得及更改。芽萝还特意提前给阿盛打了电话，让他一定来看。阿盛奇怪地问，怎么临时加顶？芽萝嬉笑着说，就是想起来这部戏好久都没演了。阿盛说，好吧，你演什么都好看，开演我准到。

但是阿盛忘记了，那个下午他已经跟比尔他们约好去合奏。阿盛在学校礼堂和比尔合奏了一会儿，发现戏院开演时间就要到了，就急匆匆地往戏院赶，但他还是来得迟了些。阿盛走进戏院，远远地便看见芽萝坐在椅子上抱着琵琶在弹唱。她穿着一袭白色斗篷，满头珠翠，头冠和垂穗上镶嵌的彩色胶片因舞台灯光的折射而迷离璀璨，光彩夺目。但不知为何，此刻的满目金翠却使白色斗篷更显寂寥和哀伤。阿盛的心里一抖，他凝视她片刻，悄悄俯身向前走，在右侧角落找到个位子坐下来，静静地看舞台上的她。

芽萝双眼凄迷，正在唱着：

【子规啼】我今独抱琵琶望，尽把哀音诉，叹息别故乡。唉，悲歌一曲，寄声入汉邦，话短却情长，家国最难忘，悲复怆。此身入朔方，唉，悲声低诉、汉女念汉邦。

【乙反长句二黄】一回头处一心伤，身在胡边心在汉，只有那彤云白雪比得我皎洁心肠。此后君等莫朝关外看，白云浮恨影，黄土竟埋香。莫问我呢个王嫱生死况，最是耐人凭吊，就是塞外嘅一抹斜阳。怕听那鹊鸟悲鸣，一笛胡笳掩却了琵琶声。

【塞外吟】一阵阵胡笳声响，一缕缕荒烟迷惘，伤心不忍回头望，惊心不敢向前往。马上凄凉，马下凄凉，烦把哀音寄我爹娘。莫挂王嫱。

【乙反中板】未报劬劳恩，我有未了心头怨，谁知我思故国怨我地嘅君王。手抱琵琶，已经泣不成声，难把哀弦震响。今日去天涯，他朝倩谁收我嘅白骨，怕难似苏武还乡。烦劳寄语我嘅双亲，莫垂老泪望天涯，当少把我呢个王嫱生养。寄语汉宫廷，代我拜上元皇帝，此后莫再挑民女，误了蚕桑。应从爱惜黎民顾念民生着想。

昭君回首遥望故国，胡笳铮铮，只剩斜阳几缕，鸟鸣声声。此刻的芽萝，凄迷的眼中可有她的双亲和故乡的山水征程？昭君的倩影在大漠黄沙中定格，芽萝将她的缠绵悱恻倾注在舞台的此刻此景。

演出结束后已经很晚了，阿盛去后台找芽萝，芽萝正要卸妆。芽萝解开白色斗篷，阿盛接过来说："芽萝，唱得好听极了，就是这白斗篷有些惨淡，实在不适合你。"

"那我适合什么？"芽萝在镜子里面看着他说。

"你穿什么都好看，就是王昭君就算了，太悲伤了，看得我心里七上八下的。"

"因为昭君出塞了吗？"芽萝正在拆头冠，忽然停下来，定定地看着镜子里的阿盛。

"是啊，王昭君真是太可怜了，用自己的青春换整个天下的太平。"阿盛说。

"可她做到了。她是个奇女子，所以粤剧舞台上，一遍又一遍地唱起她。"芽萝说。

"对了，芽萝，你不是说要出去玩？今晚就歇戏了吧？"阿盛问。

"那就明天上午我们去吧。"芽萝又在镜子里注视了阿盛好一会儿，才说。

第二天上午阿盛吃过早饭，便匆匆赶到戏院去接芽萝。走到戏院门口，芽萝已经站在不远处等他。芽萝平日里的打扮都很淡雅，今日破天荒地穿了一件西瓜红的裙子，乌黑的发辫盘在头上，还戴了他送的白玉簪子和钗子珠饰。她黛眉轻蹙，双眼顾盼生姿，笑吟吟地望着他，站在那里甚是好看。阿盛不由得痴了，脚步慢下来，凝视了一会儿，才又咧开嘴角，小跑过去。

"等了多久了？"阿盛说。

"没多久。"芽萝微微一笑。

"真好看，芽萝。"阿盛痴迷地说。

"瞧你一脸的汗。"芽萝伸出手为他擦额头的汗。

"走，我们去金门海峡。"阿盛拉住芽萝的手。

两人坐了出租车，又乘了船，还没到金门海峡，便已经被雾气笼罩。阿盛紧紧牵住芽萝的手下船，生怕被人群挤散。两人下了船，迎面便看到雾气缭绕着的双子峰。那白雾像一团白云，在双子峰上不断变换形状，荡来荡去，又像长了脚，在不停奔跑。一会儿，那白雾又变成白色的薄纱，盖在双子峰的峰顶，让阿盛想起新娘的头纱。阿盛转头看芽萝，芽萝就在她身边，却仿佛有些模糊，不知哪里来的薄薄一层阳光，将芽萝罩上了一层金色的光晕。阿盛刹那间又想起了曹植的那篇《洛神赋》来。

"皎若太阳升朝霞，灼若芙蕖出渌波……云髻峨峨，修眉联娟……披罗衣之璀粲兮，珥瑶碧之华琚。"阿盛喃喃道。

"阿盛？"

"我现在懂曹植了，芽萝。"

"曹植？"

"你便是我的洛神！原来洛神应该是这样的。芽萝你今天好美。"阿盛紧紧抱住了芽萝。

"阿盛，好多人的。"

"没人看得见，我也不怕别人看。现在，这仙境只有我和你。"

芽萝不再反对，静静地伏在阿盛的怀里。

"你听。"

雾号声又响起来，带着不容小觑的力量，响彻耳鼓。

"它来了。"

"它来了。"

"还怕它吗？"

"不怕，有你在我什么都不怕了。"

阿盛忽然感觉衣襟湿了，他拉起芽萝，俯身看她，果然，她已泪雨纷纷。

"怎么一听雾号就哭，哭还要来听？"阿盛怜惜地说。

"就是，很想听。"芽萝又伏在他怀里。

"你瞧，雾要散了，芽萝。"阿盛轻声说，"你喜欢这里吗？芽萝，我总是想，如果哪一天我找到了我的阿爸和阿妈，或许我们可以回唐山去看一看，我们也可以在唐山老家买个房子，每年我们回去住一住。"

"你怎么离得开呢？你走了叶先生和叶太太怎么办？你可是他们的命根子，戏院怎么能离得了你？"

"我多希望我不是他们的命根子。"

"你知道荣闵少爷多羡慕你吗？连我都看得出来，叶先生和叶太太都很疼你的。"

"有时候我希望我和荣闵换过来。因为我不希望欠叶先生和叶太太太多，他们越是对我好，我越是愧疚。"

"阿盛，如果你找到了父母，那你打算怎么办呢？"

"哦，我从未想过，我也不知道该怎么做。"

"阿盛，你怎么做都可以，不要让自己不开心就好了。"

"嗯。"

"阿盛，我这辈子最大的快乐就是遇见你，和你在一起。"

"我也是。"

"我此生无憾了。"

"跟你在一起我也无憾。"

"多想这样长长久久地过下去。"

"我们就要长长久久地过下去。"

"阿盛，你真好。"

"你陪在我身边我才好。"

"阿盛，你一定要开心啊，不管以后遇到什么。你就知道，很多人都爱护着你。"

"我当然开心，不过不是因为别人，是因为有你。"

"阿盛，我们去坐电车吧！我还想听电车的铃声。"

"好呀，我们走！"

白色的雾霭终于姗姗退却，只留一丝青烟在山间荡漾。太阳正在透过薄雾蓄势待发，四周被金光笼罩，这被雾霭浸润的光芒还不够刺眼，却万般柔和，将周遭的山川、树木、海面晕染成朦胧的黄、红、紫、蓝和灰的色调。

"好美呀！"

"你比什么都美！"

"我是在台上美还是在台下美？"

"台上美，台下更美。"

阿盛的眼中只有芽萝。芽萝唇角含笑，晶莹泪水还在眼眶。

不远处传来电缆车的打铃声。

"啊哈，车来了！"

"叮——叮——叮叮——叮叮——叮叮，哈哈，多好听。"阿盛闭着眼睛用手打了拍子，随着铃声喊了起来。

芽萝的心却随着每一声铃声颤抖。她打了个哆嗦。

"芽萝，你冷了？"

"不冷，就是有点……开心。"

"哦，喜极而泣？那以后多带你出来玩。一会儿车过来，我们就上去。"

"好。"

电车停了下来，人们蜂拥而上。阿盛牵着芽萝的手，踏上车的台阶。后边有人拥挤，阿盛不得不松开手。阿盛登上车，回头找芽萝，却没有看见芽萝上车。阿盛跑到车门口，下面也没有她的身影。"芽萝！芽萝！"阿盛大喊，却不见有人应答。阿盛着急就要下车，车却开起来了。

"喂！停车！"阿盛大喊起来。

阿盛站在车厢里，向后望，就看见芽萝站在车后面，对他喊："阿盛！永别了！你要好好的！"

"芽萝！芽萝！停车！"阿盛高喊着。

电车飞速向前，芽萝的身影瞬间便消失了。留在阿盛视线里的，只剩下若有若无的薄雾。

阿盛疯了一般跑到前面狠狠揍了司机一拳。

"停车！"阿盛狂喊。司机停了车，阿盛跟跄着跑下车，往回跑，一边跑一边喊："芽萝！你等着我！"阿盛一路跑回上车的地方，但已不见芽萝的身影。

阿盛浑身开始颤抖，他猛然意识到，从昨日舞台上的王昭君开始，芽萝就已经在酝酿着分别。她弹起琵琶是在跟他告别，她盛装赴约，是在跟他道别。

"不！芽萝！你在哪里？芽萝！别离开我！芽萝！你知道我不能没有你！芽萝！你在哪里？！"阿盛一边狂喊一边跟跄，漫无目的地奔跑。好一会儿，他终于想到，他要回戏院，说不定芽萝回戏院了，说不定，这只是一场虚惊。芽萝，她那么聪慧，她一定不会迷路，一定能找回戏院的。阿盛又有了精神，哭泣着拦了辆出租车，直奔戏院。

阿盛失魂落魄地跑进戏院。"芽萝呢？"他抓住冯班主问道。

"芽萝，不是上午跟少爷您出去了吗？"冯班主诧异地说。

"芽萝在哪儿？"阿盛失神地喊。

"没看见呀！没回来。"冯班主说。

"不可能！她回来了！"阿盛狂喊道。

"真没看见她，大少爷，我怎么敢说瞎话？"冯班主说。

"你们骗我，你们都在骗我！把芽萝交出来！"阿盛崩溃地大喊。

"啊？"冯班主惊呆了。

"芽萝，就是被你们藏起来了！呜呜！"阿盛失魂落魄地哭泣。

"大少爷这是怎么了？"冯班主感觉到出事了。

"芽萝！你在哪里？"阿盛哭泣着。

"芽萝不见了？你们快去找！"冯班主慌忙对大家说。

已是夜色阑珊，派出去找芽萝的最后一个人回来了，仍然是杳无踪影。阿盛一直坐在芽萝化妆的椅子上，一动不动，默不作声。

杜襄理走进来将冯班主叫到一边说："这事情闹大了，已经通报了叶先生，叶先生已经让警察局帮忙找人。毕竟这活要见人，死要见尸。"

"大少爷这关是难过呀。"冯班主说。

"谁能想到这丫头性子这么烈。"杜襄理说。

"她是不想让大少爷为难。"冯班主说。

"唉，她是不知道自己在大少爷心里的分量。"杜襄理说。

阿盛在芽萝的椅子上坐了整整一夜又一天，在第二天夜里终于昏沉过去。阿盛开始发烧，陷入梦魇之中，不断喊着芽萝的名字。叶江南和荣达坐车来将阿盛接回叶家，叶太太急忙让阿灿请李博安和李薇薇过来。

李博安拄着拐杖和李薇薇推门进来，直奔楼上阿盛的房间，正遇见推门出来的荣闵。

"你怎么回来了？"叶太太说。

"下周不是妈咪的生日吗？我是回来看看怎么准备一下。"荣闵说。

"还过什么生日，你哥哥病成这样。"叶太太抹着眼泪说。

"大哥这是怎么了？怎么突然又犯病了？不是都好了吗？"荣闵说。叶太太没搭理他，疾步走进阿盛的房间。

"到底是怎么回事啊？二姐。"荣闵又对站在门旁的艾米说。

"闭嘴！"艾米说。

荣闵赶紧闭上嘴巴，退回到自己房间，留了一条门缝。他又想起小时候刚到叶家不久的那个夜晚，自己也是这样从门缝里看着外面的人们手忙脚乱地从大哥的房间里进进出出。这些年来，这样的场景已经重复很多次了，似乎没有太多新意。荣闵怅然地关上门，想了想，又打开门，将艾米拉进房间。

"二姐，到底发生了什么？我刚才回来就觉得哪里不对劲，妈咪连句话都没跟我说，看样子是出了什么大事。"

"芽萝自杀了。"艾米说。

"啊？我的天哪！"荣闵惊讶道。

"他们去了金门海峡，警察已经沿海找了两天，凶多吉少。侨笙这回可别想不开就好。"艾米忧伤地说。

"戏班子那里现在啥情况？"荣闵说。

"哪还管得了那么多，现在人命关天，先救侨笙的命要紧。"艾米说。

"那还得去西医院看吧，中医这么多年都没看好。"荣闵想了想说。

"瞎说什么，侨笙这病，只有李伯能看好，谁都不行。你别添乱了。"艾米说。

"我怎么就是添乱呢！"荣闵不服气地说。

"嘘！他们出来了。"艾米说。

李博安拄着拐杖和李薇薇从阿盛的房间里走出来，后面跟着叶江南和荣达。李博安直摇头："唉，这次病得不轻，心碎欲裂，伤痛过度，他有病根，受不了太大刺激，目前看一时半会儿是好不了，需要好好调理。薇薇你回去配这方子上的药，煎好赶紧给大少爷送过来让他服下，我先给他镇静。叶太太，把这个药丸给大少爷服下去。"

"我去拿水。"阿灿说。

"好，阿爸，我这就回去配药。"李薇薇说。

"我陪你回去。"荣达说。

"这么晚了，让荣达陪薇薇去。"叶江南说。

李博安和叶江南又走进阿盛的房间，叶太太正在轻声哭泣。

"叶太太，您也别太难过，现在大少爷意识有些混乱，可也说不准他啥时候意识清醒那么一下子，万一他清醒的时候，听到你哭，一担心，说不定就又严重了。"李博安说。

叶太太赶紧止住哭泣，问道："博安，侨笙不会有啥大问题吧？他啥时候能好啊？"

"别着急，慢慢来。只要不继续刺激，他应该还是能好起来的。这孩子啊，从小到大也是饱受折磨，又不爱说，有什么都放在心里。按说这个年纪，又在这样的家庭，无忧无虑才对，可是这孩子，似乎心里有心结啊。"李博安说。

"都是那场大火。唉，不说了。阿浣，你也去睡吧，很晚了，你身体吃不消的。"叶江南说。

"我怎么睡得着？"叶太太啜泣着说。

药丸服下去之后，阿盛已经不再哆嗦。一个半小时后，荣达和李薇薇回来，将煎好的药给阿盛服了下去。叶太太眼睛一眨不眨地看着阿盛的脸。过了一会儿，阿盛终于退了烧，脸色也不再苍白，开始有了血色。他的口中发出均匀的呼吸，似乎睡了过去。

"没事了，放心吧，还是很热，但已经没有危险了。你们去睡吧，我来看护他。"李博安说。

"薇薇去客房睡吧。"叶太太走出来，喊了一声，"艾米！你带薇薇去客房。"

"你们都去睡吧。我和江南兄就在这沙发上，一边看着侨笙，一边打个盹。"李博安说。

阿盛在第二天中午才醒来，仍然在发烧。他睁开眼，失神地看着天花板，一动不动。

"侨笙，你饿了吧？想不想喝点粥？"

"侨笙，你说句话，侨笙，你看看阿妈。侨笙，你这是怎么了？"叶太太就要哭出来，叶江南赶紧拉着她走出来。

"别乱说话，他能醒来就算是万幸了。"叶江南说。

"可他现在这个样子，我很担心。都怪你，那个女孩……"叶太太埋怨起来。

"现在说这些有什么用？我怎么知道这孩子对那女孩这么上心？"叶江南有些懊悔。

"这可如何是好？"叶太太说。

"这不是有博安吗？你担心什么？"叶江南说。

·······················

3

·······················

叶太太的生日还是来了。经过李博安连日来的照顾，阿盛的病情有所好转，白天已经能正常活动，但是整个人都是萎靡的，之前刻意留的胡子，如今已经长起来了，一头卷发也多日没有打理，双眼凹陷，行动缓慢，整个人像一下子年长了 10 岁。

那个清晨，荣闵回来推开门看见坐在餐桌前的阿盛，吓了一跳。

"大哥，我找个人给你修理修理头发吧？你这完全就是一个非洲狮啊！"他说。艾米和佐伊笑起来。侨笙仿佛没有听见他的话，也没有看见他，只是眼神呆滞地看着碗里的饭，迟缓地吃一口。

叶江南示意荣闵不要再打趣了。荣闵只好坐下来，也拿起碗来说："好久没吃家里饭了。你们不知道，洛杉矶的饭啊，我还是吃不惯。"

空气又恢复了沉闷，没有人再回应荣闵，大家都沉默着低头吃饭。

"可是，今天，不是妈咪的生日吗？"荣闵又试着说。

"什么生日不生日的。"叶太太忽然湿了眼眶说。

"侨笙，多吃点。"她又给阿盛夹了口菜。

阿盛仍然不说话，只是漠然地慢慢吃，吃完，又漠然地走上楼。

门铃忽然突兀地响了起来。

"是谁？阿浣，你没邀请谁来吧？"叶江南说。

"我哪有心情邀请谁来。"叶太太说。

"那会是谁？"艾米诧异地说。

阿灿出去开门，一会儿领着个女子走进来，女子手里提着个大果盒。

女子走进来，叶太太惊讶道："这不是惠姐吗？"

"叶太太好记性，还是上次戏院开张那天见过您。"田惠说。

"徐太太每次都说起你，有一把好手艺。"叶太太说。

"我们太太回唐山还没回来，特意打了电话吩咐我，今天是叶太太生日，务必要做些点心给您送过来。徐太太说这是您最爱吃的点心，我就试着做了做，也不知道味道合不合叶太太的胃口。"田惠说。

"哎呀，惠姐你真是太客气了，快坐，快坐。"叶太太站起身迎上来，"阿灿，快把盒子打开我尝尝。"

阿灿接过盒子，将盒子放在桌上，又打开盒子，拿出几块点心递给叶太太。叶太太拿起一块尝了尝说："哎哟太好吃了！孩子们，尝一尝！对了，阿灿，去给大少爷送点去。大少爷啊，刚上楼。"

"好。"阿灿拿了几块点心向楼上走去。

田惠的目光随着阿灿的身影向上望去，突然惊讶地"啊"了一声，便跌倒在地上，几乎晕厥过去。

"怎么了？快，来人，扶惠姐起来。"叶太太说。

阿蔷跑过来，将田惠扶起来。田惠好一会儿才坐起来，凝视着楼梯上的大照片如失了魂一般。

"惠姐，你没事吧？这是怎么了？"叶太太说。

田惠好一会儿才醒悟过来，说："哦，没事，最近受了点风寒，腿就不灵便，经常摔倒。"

"哦，惠姐，你还好吗？用不用我请大夫过来给你看看？"叶江南说。

"不用的，不用的。无碍，无碍。我该走了，我该走了。"田惠一边说着，一边踉跄着站起来，之前脸上明媚的笑容已荡然无存，代之以忧伤和悲怆。

"阿灿，去叫车，送惠姐回去。"叶太太说。

"不用的，叶先生，叶太太，我自己可以的。"田惠又望了大照片一眼，猛地向外走去。

"阿灿，去派人跟一下，还是送一下。"叶江南说。

"她好奇怪啊，明明进来的时候还是笑着的，忽然就跌了一跤，之后就晴天变阴天了。好像是我们对不起她似的，是我们的地板太滑了，还是她自己没站稳？也不过就摔了一下，就给人甩脸子。唉，这个徐太太呀，真得好好管教一下她的人啦！"荣闵说。

"她摔倒是因为看阿灿姐，不对，是因为看侨笙的照片。可能从来没看见过那么大的照片吧。"艾米耸耸肩说。

"可那也不至于摔倒。"佐伊说。

"那你说是怎么回事？"荣达说。

"我还说不上来，让我想想。"佐伊说。

"嗨，我们说一个不相干的人干吗？都忘记祝妈咪生日快乐了呢。"荣闵又说。

"对呀，祝妈咪生日快乐！"大家说。

"好，快乐，快乐，谢谢孩子们。"叶太太勉强露出笑容说。

叶江南沉默着，继续低头吃饭，一直没再抬头。

第十四章　田惠

金樽不落愁人肚，
为娘事事尽丢闲。
试问嫦娥如有恨，
光明何苦到人间？

——木鱼书《花笺记》

1

1906 年。旧金山大火。

那个清晨田惠是在睡梦中被惊醒的，她朦胧中听到有人惊恐地喊着："着火了！着火了！快逃啊！"她立刻坐起来，叫醒旁边还在酣睡的丈夫袁志强："志强，快醒醒。"

"干吗？睡觉哩。"

"志强，别睡了，外面着火了。"

"啊？"袁志强一骨碌爬起来，赶紧下床，推开门，就见门外火光冲天，将整个街道房屋照得通明。街道上已经有很多人在惊慌失措地奔跑。

"不好！"袁志强立刻跑回来抱起 5 岁的儿子阿盛，对田惠说："着火了，我们快跑！"

"可是我们的房子……"

"再不跑来不及了。快！"

袁志强一手抱着阿盛，一手拉着田惠向外跑去。

外面，整条街都在燃烧。火舌从茶馆、杂货铺到小饭馆一路蜿蜒前行，就要吞噬整个世界。前一日还门庭若市的皇家大戏院正在被火焰吞噬，豪华的楼宇在大火的魔爪下如同一堆积木，在顷刻间坍塌，毫无招架之力。那高高的飞檐和富丽堂皇的墙壁都陆续被火焰吞噬，变成片片火的飞羽，在天空中四散飘荡。大街上，渺小的人类如同蝼蚁，都在奋力奔跑，寻找一线生机。

田惠和袁志强带着儿子刚一出门，便被裹挟在人群中。四下都是火海，人们从四面八方涌来，又涌向四面八方，分不清东南西北，慌乱地迎面相撞，又拥挤着逃离。袁志强一手牵着田惠，一手抱着阿盛，在人群中挣扎。突如其来的巨大力量撞击，使阿盛从袁志强的怀里跌落，袁志强立刻停住脚步，和田惠站在那里回头寻他，怎奈人群拥挤，那小小的身躯跌落在人群里，瞬间被淹没在不断涌动的人流中。田惠惊恐地喊着，奋力向回跑去，但她的声音被巨大的喧嚣淹没，她的步伐被不断涌动的洪流裹挟着向前奔去。

"我的儿子！阿盛！阿盛！我的儿子啊！"

田惠终于离那个小小的身躯越来越远，只看见无穷尽的慌乱脸庞，再也看不见那个小小的影子。阿盛小小的身躯终于被茫茫人海淹没。田惠痛哭着，她回不去了。她永远地失去了她的儿子。

田惠不知道自己和袁志强跑了多久，终于和人群上了一艘船。船上的人们都纷纷哭泣，他们也都失去了亲人。田惠痛哭着，直到晕厥过去。

"阿惠！阿惠！"袁志强一边落泪一边喊着她的名字。

"快，掐她的人中啊！"旁边一位大肚子的太太虚弱地说。

袁志强立刻掐了田惠的人中，田惠悠悠醒过来，又哭泣起来。

"唉，遇上这样的事，谁都不想的，能逃出来就算幸运。"

"可是，我的儿子，被我弄丢了。"袁志强哭着说。

"唉，别难过，留得性命在，以后再找孩子也不迟。"

"可是不知道他现在性命安危。"

"祈祷吧，但愿他能活着。"

田惠慢慢坐起来，流着泪，向着西边方向跪下来磕头，虔诚地祷告："求神灵保佑我的儿子平安，求求您了！求您保佑我的儿子，让我怎么都行，我宁愿以我的性命换我儿子的性命，求求老天爷保佑我的儿子平安！"

"我们，是去哪里？"袁志强问。

"自然是先离开旧金山，能去哪儿先去哪儿，先保命再说。"旁边的人说。

"一场大火，真是什么都没有了。"

"我什么都没带出来。还好我反应快，家里就这点家当，都在这儿了。"

"我认识你们，我们之前在你们的小饭馆吃过饭的，阿姐的菜做得很好吃。"一位孕妇太太对他们说。

"哦，是吗？好巧。"袁志强说。

"是很巧。人活着就好，饭馆以后可以再开，有手艺到哪里都吃得上饭。"孕妇太太又说。

"也只能这么想了。"袁志强说。

"请问怎么称呼您二位？"袁志强问道。

"我姓徐，这位是我太太。我们本来刚开了个映像馆，这不，一场大火，也没了。"徐鼎文说。

"徐太太要小心身体呀，还怀着身子。"田惠忍住哀伤说。

"谁说不是，希望能平安生下这个孩子。"徐太太说。

"就快上岸了。"徐鼎文说。

徐太太忽然变了脸色，惊叫一声："啊！"

"怎么了，太太？"徐鼎文有些慌乱。

"我好疼……"徐太太艰难地说。

"糟了，徐太太是不是，受了惊吓……请快点开船，快点上岸，她应该是要生了！"田惠说。

船很快靠了岸。

"你们几位姐妹，能不能跟我一起？徐太太要生了，找医院已经来不及了，我们一起帮她把孩子生下来。"田惠说。

徐先生和袁志强、田惠几个人将徐太太抬下来，田惠将自己的外衣脱下来，铺在草丛上，让徐太太躺在上面。之后，便让他们走开。

徐太太疼得直喊，袁志强说：“你行吗，阿惠？”

“不行也得行，你们走开吧。”田惠说。

几个女子七手八脚地忙了好一会儿，终于听到一声嘹亮的啼哭。

“哇！”小生命呱呱坠地。田惠流着泪笑了：“真好，祝贺徐太太、徐先生！

“我有儿子啦！”徐先生乐得手舞足蹈，完全忘记了刚刚经历的浩劫。

“我的儿子，你在哪里？”田惠转过身去泪雨纷纷。

“惠姐，多亏你了。惠姐，不如你们两位就跟我们一起吧，大家也相互有个照应。”徐鼎文说。

“好。”

田惠一路上对徐太太悉心照料，夫妻俩随徐鼎文一家去了纽约，几年后又随徐鼎文一家回到旧金山。徐鼎文开了精美映像馆，田惠夫妇半是朋友半是下人，白天在精美映像馆帮忙，晚上在旁边的小房子里过夜。

田惠经常暗自垂泪，想来阿盛凶多吉少。当年的那个情景，5岁的小小身躯，怎么能禁得住那样的人潮汹涌，即便是有万一的可能活下来，也会如浮萍，多半因饿因冻而早不在人世了吧。因为早年丧子，田惠夫妇一直没有再要孩子。她将徐太太的儿子辛苦带大，徐太太的儿子后来去了法国读书，每次写信回来都要问候田惠。田惠多年来吃斋念佛，每天供奉观音菩萨和妈祖娘娘，为下落不明的儿子祈福和祷告。

因徐老板和东方大戏院叶先生的笃洽关系，田惠经常可以拿到戏桥，能够经常去东方大戏院看戏。无论是陪徐太太去看也好，她自己去看也好，总之都是令她快乐的。当然，即便快乐也难掩隐痛。她喜欢看《仕林祭塔》，也喜欢唱《仕林祭塔》，自从丢失了儿子，她的心便被封在无形的雷峰塔下。她无数次地唱起这首曲子，缥缈地希冀自己的儿子能有一天回来找自己，以解救自己于水火。那一定是奇迹了。她不敢想，又禁不住想。她不敢唱，心里又无时无刻不在唱。只有等徐太太放唱片，家里无人察觉，她才会变成自己，一个失了魂魄的白素贞。

她看着舞台上锣鼓喧天，女伶们各具风采的扮相，听着令人心醉的唱腔，看着观众入迷的神情，常常会恍惚。她会一遍遍想起当年去皇家大戏院看戏的情景。那一次，她穿着最漂亮的裙子，戴上最贵重的首饰去看戏。那一晚，她并没有抱着阿盛，假若知道后来会失去阿盛，她会一直紧抱着他，哪管什么弄皱了衣衫，那一晚她也没有给他买他一直想吃的糖葫芦，假若知道后来的事，她会给他买很多……假若知道后来的事，那一晚他们宁愿一夜不睡，甚至他们都不会来到旧金山。这个让很多中国人向往的城市，究竟给中国人带来了什么呢？至少，给她和袁志强留下了创痛。这种创痛即便是再多的金子都无法补偿。

她没有读过书，多年来，只是从徐太太的口中知道，大多数华人在美国是受人欺负的，白人青年会恶意戏弄华人，悄悄将华人的长辫子绑在电车栏杆上，看着他们下车时被电车拖着狂奔到吐血；白人青年会肆意抢劫华人青年的钱财，会拿着木棍铁棍在华人身上鞭挞殴打；有很多的华人劳工被无辜残害而无人问津……旧金山，人们以为到达这里便到达了天堂，可是这只是美国人的天堂，对很多华人来说，却是地狱。歧视、侮辱、迫害……随处可见。她不知道，她的孩子，孤苦伶仃，在这个世界上漂泊，是否会受到这样的待遇。每每想到这个，她便心乱如麻，她便心如刀割，心上鲜血淋淋，血迹斑斑。新伤旧痕永远交替，无法痊愈。

从见到叶家大少爷第一面起，田惠便喜欢上了这个孩子。田惠说不出为什么喜欢，可能是这个少爷明朗中包含忧郁的性格，让她生出许多怜惜；也可能是因为自己的儿子跟他一般年纪，他的眉眼让人喜欢。田惠说不清为什么，莫名地有一种熟悉感，这熟悉感让她心生愉悦，不由自主想要去爱护和关怀这个孩子。尽管她知道，作为叶家大少爷，他是被叶先生和叶太太捧在手心里长大的孩子。她曾无数次叹息，还是自己的儿子命不好，假如像他一样，有这样的家世，那便是幸福的孩子了吧！叶少爷，真是个有福气的孩子呀！

田惠喜欢给叶侨笙烤红薯，每次看见叶侨笙拿着红薯眉头舒展，一脸欢喜，她心上也欢喜起来，心中的隐痛似乎也轻了许多。

"真是个好孩子啊！"田惠每次送叶侨笙上车，看着他的背影都会叹息。之后，她的心情会好上好几天。她甚至在一个人的时候，还会悄悄哼唱起来。

"这是怎么了，惠姐？像是有什么喜事呢？"徐太太奇怪地问她。

"哦，哪有啊？我怎么会有什么喜事？"田惠说。

"可是你现在的样子就好像是有什么喜事啊！嘿，惠姐，你该不会是背着袁大哥有了别人吧？"徐太太打趣道。

"哎哟，说得好离谱，吓死人啦！"田惠说。

"哈哈。好奇怪的惠姐，明明是喜上心头，还不承认。别让我发现你背着袁大哥做坏事啊，发现了饶不了你。"徐太太说。

"我的天啦！"田惠说。

2

田惠倒是真的和袁志强一起背着徐太太做了一件事。前不久徐先生和徐太太回唐山老家去了，留田惠和袁志强看着映像馆。那日，两人开车去给人送照片，恰好经过金门海峡附近，田惠忽然望着海浪拍打着的海面说："志强，那海边好像有个人啊。"

"哪有？"

"就在那儿，是一个女的。"

两人就见一个女子一袭红衣被海浪冲到了岸边。

两人下车快步跑过去，俯身仔细看，田惠惊讶了："芽萝？这不是东方大戏院的芽萝吗？她怎么在这儿？"

田惠将手指放到芽萝的鼻子下，发现还有气息。

"还活着，快，你快给她压胸。"田惠说。

"我不会啊。"袁志强说。

"像我这样！快点，我没你力气大，我没少给徐太太干这个。"田惠说。

袁志强使劲按压芽萝的胸肺，好一会儿，芽萝的口中终于吐出一口水来。她睁开眼睛，无力地挤出一句："为什么要救我，我，不想活的。"

"别说话！唉，小姑娘，你才几岁，就不想活了，多大的事也犯不上把命丢了。快，志强，把她抱车上。"田惠说。

两个人抱着芽萝上了车。田惠将芽萝抱到自己的房子里安顿下来，细心看护了一天一夜，芽萝才恢复了点精神。

"惠姨，你们，为什么要救我？"芽萝啜泣着说。

"芽萝姑娘，你唱得那么好，现在是多红的人儿啊，为啥要寻短见呢？你太年轻了，等以后你就知道了，人哪，哪个不得受些苦，这世上人活着都是要受些苦的。惠姨不知道你因为什么想不开，不管你因为什么，你要记着，这人哪，没有过不去的坎儿。过去了，就好了。"田惠说。

"可是我，真的不想活了。"芽萝痛苦地说。

"别呀，小姑娘，你才多大呀！在唐山还有家人吗？"田惠说。

"我很小便被卖到戏班，也不知道家人还在不在了。"芽萝说。

"芽萝姑娘，如果不嫌弃，你愿意做我的干女儿不？我们老两口无儿无女，要是你愿意，我们就是你的父母。"田惠说。

"啊？干娘干爸在上，请受女儿一拜。感恩干爸干娘收留，从此我芽萝在这世上也不是一个人了。谢谢干爸干娘。"芽萝坐起身，跪下来。

"哎，真好，多俊的女儿。"田惠说。

"只是，干娘，我能不能求你？"芽萝说。

"什么？你说。"田惠说。

"我还活着这件事，请先不要让叶家人知道，暂时先不要对别人说。"芽萝恳求道。

"哦，这是为啥？好好，你好好养身体，什么事我们以后再说。"袁志强说。

"谢谢干爸干娘。"芽萝说。

几日后的傍晚，田惠正在忙着煮饭，电话铃响了起来。田惠急忙跑进客厅去接电话。

"啊呦惠姐，你总算来接电话了，我都想死你啦！你有没有想我？"徐太太在电话里说。

"哈哈，太太，我自然是想您。您不回来呀，这屋子里都好没意思。"田惠说。

"哈，瞧瞧，鼎文，你来听听，惠姐都想我呢！就你，总是嫌我闹腾！你就是不会说话，老是惹我不痛快！"徐太太说。

"你打个电话这么多事。"徐鼎文说。

"啊哟惠姐，我跟你讲啊，明天是叶太太的生日，我现在也回不去，你呢，就替我去送一份礼物好了。就送点点心吧，她最爱吃鲜花饼，你就做些给她吃吧。"徐太太说。

"好的，太太，叶太太会喜欢吃吗？"田惠说。

"惠姐做的比外面卖的好吃多了，放心去送。"徐太太又说。

"那好，太太放心！太太哪天回来？"田惠问。

"哎哟，就快了吧，我也要急死了，想现在就回去呢！"徐太太说。

"那好，太太，我知道了。"田惠说。

次日，田惠做了甜点去了叶家。当田惠看见楼梯墙壁上那醒目的大照片，她几乎晕厥过去。那不是她的儿子吗？那不是她的阿盛吗？他的照片怎么会在叶家？

那当然是她的儿子。尽管他们夫妇从未给阿盛拍过一张照片，但自己的骨肉怎么会认错呢？那眉眼，那嘴唇，那鼻梁，那笑容，哪一点都在证明，那就是自己的儿子。可是，自己儿子的照片如何就会挂在叶家？难道这个孩子和自己的儿子如此相像？或者，叶家的哪个孩子就是自己的儿子？可是叶家三个少爷，从未听说哪个少爷是领养的孩子。

难道是叶侨笙？难怪自己从见到大少爷第一面起就有莫名的熟悉感。她不敢相信。她不知道，这究竟是天大的喜事还是空欢喜一场。她仓皇逃出了叶家，她不知道自己该以什么样的姿态来面对这件事，面对叶家。她不敢问，生怕破坏了自己的美梦，她很惶恐。长久以来的寻觅，至此到了终点吗？她不敢相信。她更害怕虚幻之后的失落和空寂。

田惠不知道是怎样回到家的。她踉跄着推门而入，芽萝正在熟睡。她又踉跄着去找袁志强，看着袁志强不说话。

"你这是怎么了？点心给叶太太送过去了？"

"志强。"田惠忽然抓住袁志强的手，激动不已。

"怎么了这是，出什么事了？"

"志强。叶少爷。"

"叶少爷怎么了？"

"你觉得叶少爷,像不像阿盛?"

"怎么会呢?叶家的少爷,怎么能跟阿盛扯上关系?"

"志强,叶家墙壁上,挂了一张大照片,是阿盛啊!是阿盛啊!我怎么会认错,我自己的儿子!"

"啊?"

"是,应该是大少爷小时候的照片。"

"可,这真会这么巧吗?"

"我也不敢相信。"

"这,可怎么好?"

"我怎么会想到,阿盛就在身边。"

"会不会,只是长得像而已?"

"不知道啊!呜呜!志强!"

"别哭,如果是阿盛,那真是天大的喜事,我们的儿子还活着。如果不是,我们继续找儿子。"

几日后,田惠又烤了红薯去了戏院,她猜,在戏院准能找到阿盛。但遗憾的是,听戏院的人说,大少爷已经好多天没有来戏院了,前几天他病得厉害,病好了之后,便去了香港。大概要过些日子才回来了。

"他病了?怎么会病了呢?"田惠失落地说。

"惠姐您不知道,大少爷身体一直不太好。"

"哦,是这样。那红薯大家吃吧,大家吃吧。"田惠忧心忡忡地走了。

"芽萝,你跟叶少爷熟吗?"田惠回来问芽萝。

"不太熟。干娘,怎么了?"芽萝犹疑地说。

"没事,就是,我今天去戏院给大家伙送红薯,没见到大少爷,听他们说他去了香港,还说他前几天病得很厉害,说是他身体一直不太好。"田惠说。

"我,也不清楚。对了,干娘,我已经好了,我打算去找个住处,以后有时间会回来看你们二老。"芽萝说。

"就住在这里也是没问题的。"田惠说。

"不了,这些天给你们添麻烦了,过几天徐太太徐先生回来,您这多出个人来，总归是不好。再说我也需要找点事情做。"芽萝说。

"你不回东方大戏院吗？他们还在到处找你呢。"田惠又说。

"不回去了。"芽萝低下头说。

"到底是因为什么？你是跟东方大戏院闹别扭了？那干娘可以帮你去找大少爷，大少爷人很好的，一定会让你留下来。"田惠关切地问道。

"哦别，干娘，千万别找他们，尤其是，大少爷。"芽萝说。

"那，去广泰大戏院也行啊，你是名角，到哪个戏院都会受欢迎啊。"田惠说。

"不了，干娘，我想换个活法。"芽萝说。

"不唱戏了？"

"不唱了。"

"哎哟太可惜了！这把好嗓子，再说都唱了那么多年。"

"不可惜。"

"那你想做什么呢？"

"我还没想好，等我定下来，有了着落，再回来告诉你们。"

"那好吧，有什么事回来找我们。"

"知道，我现在也是有父母的人啦。"芽萝满足地说。

"哎，真是个好孩子。"田惠欣慰地说。

3

田惠再见到叶家大少爷是在一个月后。

叶侨笙因难忍伤痛去了香港，住在伍喜和的酒店。阿沁每天悉心照料，又想尽办法逗他开心，他却仍然难以释怀。终于在一个月后，跟伍喜和和阿沁告别，返回旧金山。下了船，他没有回家，直接去了东方大戏院。戏班子正在排练，大家见大少爷推门进来，都停下来，看着他。

大少爷显然特意修整了一番，他穿着一件浅色条纹西装，没有系领带，西装松散地开着扣子，露出里面的蓝色亚麻衬衫，新剪了头发，卷发很短，双眼凹陷，面色憔悴，胡子更长了些，脸瘦了整整一圈，手里还拿着吸了一半的烟。跨进门来，他又使劲吸了一口，喷出烟雾来。

大少爷还是那个大少爷，但好像有什么东西变了。他在努力回归从前的大少爷，但看得出他的身体和精神都已经变得空洞，像是失去了魂魄，立在大家面前的只是一套西装，和一支烟，烟头的微弱火星和冒出的白烟才能证明，他还活着。那白烟瞬间被风吹走。他皱了皱眉头。

"都在呢。"叶侨笙只是瞟了他们一眼。

"大少爷回来了？"冯班主小心翼翼地说着迎上去。

"快，给大少爷拿把椅子。"冯班主又说。

"不用了，我这不是刚下船嘛，来看看，有什么需要我做的。"叶侨笙说。

"大少爷你这走了一个月了，我们都想你了。对了，昨天呀，徐老板来给拍照了，这不又要上新戏嘛，又拍了些照片。大少爷要是不累，可以去取照片了。如果大少爷累了，那就再找个人去，大少爷先回去休息。"冯班主小心地说。

"不累，我这就去。"叶侨笙站起身，又吸了口烟，便走了。

"唉，我看大少爷还是不太好，真是让人担心啊！"冯班主说。

叶侨笙并不着急，一步一步向精美映像馆走过去。旧金山并没有很明显的夏季和冬季，连天气都是温文尔雅的，不像香港，过于火辣，让人焦灼不安。但这温文尔雅总是隐忍得让人想落泪。有风吹来，他的手忽然被拿着的烟蒂烫了一下，一丝痛楚袭来，叶侨笙停住脚步，看着被烫红的手指忽然啜泣起来。

"芽萝，是你吗？你知道我回来了是吗？你来看我了是吗？芽萝，你好狠心，留我一个人，你知道我只有你，我什么都没有，你知道的，可是你还是抛弃了我。"他蹲下来捂住脸。一片叶子从树上掉落，悠悠荡荡落在他的脚边。他拾起叶子，凝视它："芽萝，我知道你一直在，可是我不会原谅你的。你好狠心留我一个人。"他终于起身，将树叶插到西装的上衣口袋里。"我带你去精美映像馆。""我去香港了，你知道吗？我去了我们住过的酒店，阿沁婶子还问起你。我说你不喜欢我了，所以你走了，永远地离开了我。这一个月多亏了阿沁婶子照顾，不然我好像回不来了。我觉得我整个人都被抽空了，我成了一个废人。我甚至比那些抽大烟的人还要废物。我不知道我怎么回来的，可能因为你在这里召唤我吧，是你让我回来的吗？是你让我好好管戏院，戏院还有好多的事要做，所以我回来了。我不知道我将来会怎么样？我会成为一个什么样的人呢？我以为我比比尔他们幸运多了，因为我并没有费很大力气便找到了我的幻象、我的理想，可是那是源自你，而今，你离我而去，我便觉得整个人世再没有了值得我珍视的东西。没有了你，便没有了一切，我对一切都已经厌倦了，真的厌倦了……到了，精美映像馆到了。我们取了照片再回去。"

叶侨笙按了门铃，没有人应答，他便走了进去。

"徐叔，徐阿婶？"他喊了一声。

仍然没有人应答。

叶侨笙在客厅里站了一会儿，犹豫着要不要上楼去看看，就听见从后面传来婉转的女声，声音不大，似乎故意压着嗓音。

叶侨笙诧异地循声而去，那声音却逐渐清晰。他想起来，这便是之前在徐家听到过的女声，只是，之前每次都有唱片的声音覆盖，每当唱片卡碟的片刻，才能听到短暂的咬字。这便是了。今日没有唱片的声音，想来徐太太没有在家。如此便听清了这掩盖的连续的唱腔，这便是那鬼声？

叶侨笙将鞋子脱掉，不想让自己的脚步声惊扰了女鬼，他要将女鬼抓个现行。他轻轻地走进后面。他听得真切，那女鬼哼唱的正是《仕林祭塔》。他太熟悉《仕林祭塔》了。当年很小的时候，他就坐在阿妈怀里看过这部戏。阿妈看得泪水涟涟，一直在说，白素贞不亏，有这样的儿子是他的骄傲啊，她没有白白修炼，千年等待也值得啊，她生而为人，能够和喜欢的许仙做夫妻，又有儿子救他出塔，她没有白白下凡人间！或许一切早有征兆，或许阿妈早早地便已预知了命运，她早已认出雷峰塔中的白素贞便是将来的自己。她不停地垂泪，原来是为自己凄惨的命运而沉默地控诉。

女鬼唱得并不准确，唱到"仕林"两字，她重复了一遍，变成了叫——声—仕—林—儿—仕—林—儿你要听—娘—言，拍子慢了下来。

他惊恐地看着她用红纸印了嘴唇，在阳光下，她的侧颜轮廓如旧，那样的曲线这十几年来他从来没有忘记过。只是，他明明离她这么近，为何长久以来都没有能够认出她来。她还在唱，一边垂泪一边唱，他却腿有些软，一点一点倒退，终于踉跄着逃出大门。

他终于知道，那个"女鬼"原来是惠姨，原来惠姨是自己的亲生母亲。他终于崩溃了，此刻，他无法解救她于雷峰塔。他做不了仕林。他无法走近她，以儿子的身份。

田惠听到了身后有细微的声响，便停下来，转身却没有看见人影。她诧异地站起身，向客厅的方向走去，就见地上放着一双棕色皮鞋。田惠拿起那双鞋仔细看，显然，是有人来过，是一个年轻人来过。是阿盛来过了吧？可是，他为什么又走？是听到她唱得太难听，还是怕打扰了她的兴致？总之，她的儿子回来了，来过了。田惠将鞋紧紧抱在怀里，又急忙擦了泪跑到客厅，跑出去，喊着："大少爷，是你来了吗？"

门外有一辆车经过，并没有看见阿盛的影子。

"这孩子，怎么把鞋丢在这里，真是的。"田惠自言自语，微微笑着抱着鞋又走回后院。

晚上，袁志强回来，见柜子上放着一双棕色的皮鞋，诧异地问："这是哪来的鞋？"

"你猜。"

"我猜什么？这是男人的鞋，你说。"

"是阿盛的。"

"什么，大少爷吗？你见到他了？你该没有说错话吧？现在还不能确定他就是阿盛。"

"我知道，他就是我的儿子阿盛。"

"到底怎么回事？"

"今天他来过了，我在唱戏，那会儿家里没人，太太出去打牌了，徐老板也出去喝茶了。我唱着，就觉得有人来了，我停下来，就看见这双鞋在院子里。"

"唉，真是瞎扯，都没见到他人就说是他的鞋。他为什么要把鞋留下，跟你捉迷藏啊？"

"我不知道他为啥留下鞋悄悄走了，但我知道是阿盛。"

"唉，阿惠，这些年苦了你了，你想儿子想疯了。"

"你不信我？"

"我信。这鞋，你打算怎么办？你总得还给人家啊。"

"阿盛还会来的，我等他下次来，再给他。"

"唉，也好，等他下次来问清楚吧，你也别吓着他，万一不是他的鞋。"

"不可能的，我知道，阿盛每次都穿得很整洁，每次鞋子上都很干净，这次也是。"

"还有啊，如果大少爷真的就是阿盛，我们就不要再认了吧，毕竟叶先生和叶太太都是极好的人，是他们把阿盛养大，又养得这么有出息，他们很疼阿盛的。阿盛做叶家大少爷总比做我们的儿子要好得多吧！"袁志强踌躇着说。

"可是那是我的儿子啊！我找了20年才找到，我不想再失去我的儿子。"田惠忽然慌乱起来。

"可是，我们能给儿子什么呢？如果阿盛知道了身世，他还会快乐吗？还是让他安心做叶家大少爷吧，我们知道他还活着就行了。"

"你让我想想，让我想想。"田惠说着，泪水已决堤。

....

4

....

晕眩阵阵袭来，阿盛光着脚疾步向前，连连踉跄差点跌倒。出租车匆匆从他身旁疾驰而过，阿盛却丝毫没有想到要坐车，他的双脚被路上的石子硌出血来，却浑然不觉。他的呼吸急促，茫然无措，像极了迷路的小孩。他站在十字路口好久，才终于想到自己要去哪里，辨别了好一会儿方向，终于向街对面走去。他没有穿鞋，脚上有些失重，轻飘飘的，觉得自己就要飞起来，似乎助跑几步就能飞起来。他快跑起来，他要跑过街，到了街对面，便能飞起来了。忽然一声刺耳的摩擦声响起，随即一声尖厉的嗓音传来："走路不长眼啊！不怕死啊！"正要飞起来的阿盛缓缓转头，看见一辆汽车就停在自己的腿边。他又漠然地将头转回来，专心准备飞。他轻飘飘地向街对面滑过去，那样的轻快，似乎下一秒就应该飞起来。他双脚越加轻快，开始滑行，终于飞起来。他飞了一会儿，忽然眼前一黑，跌落下来。

阿盛醒来的时候，发现自己躺在地上，比尔正在旁边叫他。

"侨，你怎么了？"比尔说。

"我怎么了？"阿盛虚弱地说。

"你昏迷在这里，我刚把你从阎王殿拉回来。好了，我们进去。"韦斯特说。

比尔和韦斯特扶着阿盛走进学校礼堂。他们几个人都在。

"侨，你回来了？怎么也不提前说一声，我们好去接你。你这是怎么了？快，躺下。"保罗说。

"我想你们了！"阿盛忽然红了眼眶。

"侨，你的事我们都知道了，别难过。你知道好朋友会一直在你身边，只要你需要，我们就会到你身边。"比尔说。

"我知道。"阿盛疲惫地说。

"我饿了。"阿盛又说。

"那我们吃点好吃的，我去买。"比尔说。

比尔很快便买回了烤肉、牛排和烤鸡，还有咖啡和啤酒，他用水果刀将牛排切成小块，又给大家分别倒了啤酒。

"侨，你就别喝了，你喝咖啡或者果汁。"韦斯特说。

"不，我要喝啤酒，我在香港的时候每天都要喝啤酒，不喝睡不着觉。"阿盛说。

"好吧，不过你要少喝。"韦斯特说。

"你们排练的新曲目怎样了？"阿盛问。

"有眉目了，不过没有你在，总归还是速度慢下来。"比尔说。

"你们要习惯我不在，毕竟以后我也可能不在了。"阿盛说。

"那是为什么？侨，你要离开旧金山吗？"保罗问。

"我就在旧金山。"阿盛说。

"如果我不是叶侨笙，你们还会跟我做朋友吗？"阿盛忽然又问。

"侨，你是怎么了？好奇怪的话，我们就是侨的朋友啊！"比尔说。

"我是说，如果我的阿爸不是叶江南，如果我是小摊贩的儿子，如果我是一个很普通的华人，那你们还会跟我做朋友吗？你们会不会跟街上那些白人一样，对我毫不客气，毫无善意，会不会也跟他们一样欺负我呢？我是觉得，如果我不是叶侨笙，或许你们不会跟我做朋友的，我将失去一切，但这一切都是老天跟我开的玩笑，谁稀罕这些。"阿盛说。

"侨，我知道你心情不好，可我们始终是最好的朋友，既然是朋友，我们不会欺负你，不管你是不是叶侨笙。我们的友谊并不是因为你是叶先生的儿子，而是，我们有共同的爱好，共同的交流，和我们共同走过的青春岁月，我们在这个地方的每一天都是值得礼赞的，都是美好的回忆。至于你说的华人待遇，我很抱歉，我因我们美国的很多不合适的做法而抱歉，尤其是《排华法案》，我知道给华人带来了巨大的伤害和伤痛，这也是我作为一个美国人不希望看到的。我很喜欢东方文化，我觉得中国的文化无与伦比，华人身上更是拥有美国人欠缺的许多品质。华人的坚毅勇敢，华人的坚韧宽容，华人的智慧和厚道，都是我们应该学习的。事实上，我们是应该感谢华人的，是华人给我们建成了铁路，是华人带来了奇异的东方文化。我如此迷恋东方艺术。总之，侨，对不起，你永远都是我最好的朋友。"比尔又说。

"我多希望我不是叶侨笙。我也只不过想跟喜欢的人在一起，像平常百姓那样，小夫妻手牵手去看一场戏，早上在热气腾腾的烟火中吃上一顿早餐，晚上能有一些属于彼此的烛光，不必耀眼，温暖就好。如此就好。可是，对于叶侨笙，这一切都是奢侈。我是叶侨笙，这便是原罪。所以我无法拥有我的爱情，如果我的幻象是要建立在我是叶侨笙这个命题之上，那我便宁愿放弃我的幻象。"阿盛说。

"忘了告诉你了，侨，我又去寻找了一次，这一次，我找到了我的幻象。"保罗说。

"那恭喜你。"阿盛说。

"我的幻象，也是跟我的爱情联系在一起，很奇妙。"保罗说。

"那你要小心，不要跟我一样。爱情和幻象都是难题。"阿盛说。

"我不怕。"保罗说。

"难道我就怕吗？我是胆小鬼吗？我多想跟芽萝在一起，你们知道的。可是芽萝希望我能做一个称职的叶侨笙，以牺牲她的爱情和性命为代价，可这代价未免太大了。叶侨笙，有什么了不起，值得一个女孩要用自己的性命去捍卫和献祭，这太残忍了，太残忍了！而我根本不想做叶侨笙。芽萝她明明知道我不是叶侨笙，为何还要让我做一个叶侨笙？"阿盛说。

"侨？你是不是醉了，在说醉话。"比尔说。

"我不知道是谁在戏弄我，一定要我接受这样的命运，可是，谁来问问我的心好吗？至少，要问问我是否愿意。我不愿意啊！我不做叶侨笙。对了，其实，你们不知道，我根本不是叶侨笙，我就是个骗子。我骗了所有人。我的戏演得很好，但我很累了，演不下去了，我要离开叶侨笙了。"阿盛仰头喝酒，痛苦地说。

"侨，你别再喝了，你喝得太多了。"韦斯特说。

"我恨这个人间，我恨莎士比亚，恨他的《罗密欧与朱丽叶》，恨中国的《梁山伯与祝英台》。我还天真地想，总有一天要改写故事的结局，我想证明，莎士比亚错了，许许多多编排这样故事的人错了，他们不过是想哗众取宠，不过是夸大其词。真正的爱情怎么能被撼动呢？真正的爱情有通天的神力，一定会打败所有的门第差距、贫富差距和各种各样的障碍。可是，哈哈，事实证明，原来是我错了。莎士比亚是对的，他们都是对的，原来他们写的不只是故事，他们写的是真理，是谁都撼动不了的伦常、规则和牢笼。我恨这被富贵套上的枷锁和由富贵圈起的牢笼，它们才是杀害爱情的元凶。没有了爱情，我已经成为一具僵尸，我已经没有了奋斗的勇气和力量。"阿盛说。

"侨，你实在是醉了。"比尔说。

阿盛倒在桌上醉过去了。几个人七手八脚扶阿盛上了车，将他送回叶家。

"大少爷？"阿灿跑过来惊讶地说。

"大少爷这是喝酒了？怎么回来都没有说一声呢！"阿灿一边说，一边带他们到客厅。几个人将阿盛送回到房间，扶他躺下来。

"侨喝了很多，心情不太好。好好照顾他，我们先回去了。"比尔说。

"好，谢谢你们了。"阿灿说。

比尔和韦斯特从阿盛的房间出来，迎面看见正在下楼的佐伊。

"你们怎么来了？"佐伊有些惊喜地说。

"来送侨。"比尔小声说。

"我弟弟他怎么了？"佐伊诧异道。

"嘘，喝多了。"比尔说。

佐伊附耳对比尔说了几句话。

"那我等你。"比尔眉飞色舞地说。

"你们两个！"韦斯特说。

"我们先回了。"比尔和韦斯特下楼去了。

阿盛沉沉地睡过去了，叶先生和叶太太回来到他的房间看他，他仍然在沉睡。艾米和荣达也轻轻推门进来看过他，他都在沉睡中。

"伍喜和打电话过来，说侨笙的船今天傍晚前到。没想到船这么早就到了，他居然没有回家，去跟朋友喝了酒。"叶先生有些郁闷地说。

"他心情不好，也是正常的。"叶太太说。

"好吧，阿灿，侨笙什么时候醒来，去叫我一下。"叶江南说。

阿盛又轻飘飘地飞起来。他的身体轻极了，像一片羽毛，他轻而易举就飞上天空，他又看见那些红色的蜂鸟，它们正在向前飞，跟他一个方向，他追逐着那些蜂鸟。忽然那些红蜂鸟转了方向，倒了方向飞回来，终于和阿盛擦肩而过。阿盛继续向前飞，越过树林，越过街道，越过白色的房屋，飞进了薄雾中，依稀可辨芽萝就站在他的面前。她还是穿着那件红色的衣裙，她的头上盖着红盖头，阿盛伸出手去掀红盖头，芽萝却不见了。雾浓重起来，紧紧缠绕着他，让他喘不过气来。那雾气变成了丝网，将他牢牢捆住，那丝网缠绕得越来越紧，他就要窒息，他想喊："芽萝，芽萝，救我呀！"可是却怎么都发不出声音。

阿盛猛地坐起身，大汗淋漓，惊恐地抱紧自己的双臂，坐在床上，一动不动。

阿盛已经没有勇气再去相认。20年来，他已经成为人人敬仰的叶家大少爷，他的亲生父母平日里对他毕恭毕敬，他们早已不在一个世界。他不知道，当他们知道真相之后，心里会是怎样一种心情。他们一定会更加难过的吧！他也没能给芽萝一个好的归宿，他辜负了芽萝的爱。多年来的身份让他纠结，他不知道该如何面对接下来的人生。接下来的人生里没有芽萝，他便是一具空壳，成了虚无。芽萝是他的救赎，可他却救赎不了芽萝。

原来，相认的那一刻便是生命结束的时辰。他等待了20年，就为了这一刻的相认。

天长盼望空翘首，多情都付水东流。此生若不成佳偶，心想透，啲敢贪新忘却旧，坚心除系死方休。观朗月，泪飘红，风流往事总成空。纵有相思无路送，分明今日似飘蓬。阿盛在心中又念起《花笺记》的唱词来。

"芽萝，救我！"阿盛绝望地说，冰冷的泪水流下来。

万籁俱寂。外面，月朗星稀。阿盛一直喜欢这样的夜色，这月光如水，投下的光辉让他想起芽萝绵长的水袖，水袖舞动他的思绪，他会抑扬顿挫地哼唱几句，成调或不成调，给予他很多的灵感，让他写下美妙的曲子。阿盛也会常常想起李白的"床前明月光，疑是地上霜。举头望明月，低头思故乡"。他会惆怅地想到唐山，想到他的下落不明的阿爸和阿妈，不知他们身在何方。即便是寻找不到他们，那清辉也给他的思念涂上了些许蜜糖。而今，此刻，仍然是在这样的夜，阿盛感觉不到丝毫欢愉。乌云正在缓缓逼近，月色已在逐渐暗淡，清辉就要散去，外面的树枝猛烈摇晃，投下的暗黑影子像极了张牙舞爪的恶魔，一切都在预告一场暴风骤雨的到来。所有的生灵都在沉睡，都在休养生息，准备迎接明日新的太阳。只有他一个人在醒着，看着那些恶魔一步步向窗子逼近。他等不到明天的太阳了。

很快，外面狂风呼啸，下起大雨来。

艾米又看见了4岁的小侨笙。小侨笙背着水壶坐在马上，马沿着海边慢慢行走。艾米在不远处看见小侨笙，她向他吹口哨。小侨笙笑着向她张开手臂。艾米向他跑去。海水涨潮了，马忽然掉转了方向，载着小侨笙向海的深处跑去。侨笙回头大喊："姐姐！"艾米惊慌失措大喊："弟弟！你要去哪里！弟弟！"

艾米忽然一阵心脏刺痛，在睡梦中惊醒。外面狂风呼号，大雨激烈地拍打着窗。"弟弟！"她感应到了什么，疯狂跑出房间，跑到阿盛的房间，推开门。她颤抖着手开了灯。

她的弟弟侨笙安静地躺在床上，安然睡去。

"弟弟！侨笙！"她奔过去，推了推他，他没有动。她将手指放在他的鼻下，气若游丝。

"弟弟！来人啊！救命！"艾米大哭着喊道。

阿灿跑进来："大少爷怎么了？"

"他，快救他！"艾米哭喊着。

荣达跑进来："大哥？怎么回事？"

"这是什么？"荣达发现床对面的桌上，放着一个空药瓶，和一页信纸。他的枕旁，是那本《花笺记》。

我已经偷渡人生20载，很长时间了。20年前我就该死在那场大火里了，侨笙的生命延长了20年，我累了。对不住。

"安眠药啊！侨笙吃了安眠药啊！"叶太太跑进来。

"我的儿啊！"叶江南喊道。

"快，叫司机，快去教堂医院，需要抢救！"佐伊说。

"侨笙是不可以死的！侨笙，你不可以死的！"艾米痛哭着。

阿盛在20分钟之后被送到西医院的抢救室进行手术。叶太太和艾米哭作一团。

"是我不好，妈咪，是我没有看护好他，是我没有看护好弟弟。我的弟弟，你一定不要死！是我不好，我就应该跟他去香港的，我怎么能放他一个人去香港，都是我没有看护好他。"艾米一直哭着说。

一个小时后，手术室的门开了。艾米和叶太太忙跑过去。

"怎么样？大夫。"叶太太问。

"叶少爷现在已经脱离生命危险了。叶少爷服了大量安眠药，若不是发现及时，实在是没命了。给叶少爷洗了胃，但是很抱歉，他暂时还在昏迷中，还没有醒来。"医生说。

"哦，太好了太好了。"叶江南说。

"那他什么时候能醒来？"叶太太颤抖着说。

"这个说不好，叶少爷似乎受了什么强烈刺激，导致有一部分脑神经错乱。他一时半会儿还醒不过来，需要调养。药物治疗虽然有效，也只是保证他的身体功能逐渐恢复正常，但是什么时候醒来，也要看患者。也有的患者，他自己不愿意醒来。"医生说。

"啊？怎么会？"叶太太说。

"当然希望叶少爷很快醒来，现在将叶少爷送到病房。"医生说。

"真是谢谢大夫了。"叶江南说。

"叶先生客气了。"医生说。

"侨笙只能活着，你活着我们才能活，你死了，妈咪和爸比就活不成了。你必须好好活着。"艾米说。

几个人谁都没有回家，在医院陪了阿盛一个晚上。第二天清晨，叶江南醒来，忽然问："侨笙在香港不是好好的吗？昨天他回来到底发生了什么？"

"我知道他去了戏院，之后就不知道了。"艾米说。

唐纳和杜襄理忽然匆忙跑进来。

"叶先生，大少爷怎么样了？我刚听说就马上过来看看，戏班子的人也都很惦记。"杜襄理说。

"他没有生命危险了，就是现在还没有醒。"叶江南说。

"哦，那太好了。那什么时候能醒来？"唐纳说。

"不知道，医生也说不知道呢。"叶江南摇摇头。

"担心什么，叶少爷啊，说不准一会儿就醒了呢！"唐纳假装轻松地说。

"对了，杜襄理，你知道侨笙昨天去戏班子都干什么了？"叶江南说。

"昨天恰好我出去了，回来听冯班主说，侨笙去取照片了。"杜襄理说。

"去精美映像馆了吗？"叶江南问。

"对。"

"那照片取回来了吗？"叶江南又问。

"也不知道叶少爷取了照片没有，反正之后他就没回去了。"杜襄理说。

"哦。"叶先生叹息了一声。

此后，叶家人每天都来照顾阿盛，但阿盛像是决绝地要与这个世界分离，一直都没有醒来。

第十五章 叶江南

总在前生结下缘。
古道无缘空对面，
世间离合总由天。

——木鱼书《花笺记》

....

1

....

叶江南是很少回忆的，也是不敢回忆的。他害怕想起多年前的那段噩梦般的日子。算起来，20 年的光阴已经倏然过去了。

1903 年，他还意气风发，他的妻子陈浣也还是那个开朗明媚的女子。那一年，他在旧金山已经小有成就，他已经成为旧金山华人中的佼佼者，已经是美国人听到他的名字都要肃然起敬的成功的华人富商。他已经有足够的经济实力去供养他的妻子、他的两个女儿和他的小儿子。那一年，他的小儿子侨笙 4 岁。他在闲暇之余，常常带上家人一起去骑马、去看赛马，也去看戏和旅行。他给孩子们请最好的老师，要把他们都培养成卓越的人，让他们都成为华人的骄傲。因而，他们在小小年纪都已经学会了唱歌、弹琴、绘画、游泳、骑马、打保龄球，当然，两个大女儿早早地就已经能够通读中国古汉语书籍和熟知英文法文。4 岁的小儿子侨笙，也已经会背诵《三字经》和唐诗宋词。叶江南每日回到家，小侨笙不管在干什么，都会立刻停下，跑过来伸开双臂撒娇地喊着："爸比，抱我！"正在绣花的阿浣便会笑笑说："侨笙，你又要偷懒。"叶江南便会抱起他，让他坐在自己的脖颈上，载着他在屋子里转圈圈："飞喽！"他一边说一边转圈，小侨笙坐在上面咯咯欢笑，整个世界都被这欢乐包围着。

叶江南最喜欢带小侨笙去骑马。骑马也是小侨笙最快乐的事了。艾米和佐伊已经能够独立骑马，并且都骑得很好。第一次带侨笙去骑马，他和他们一样，穿着骑马装，头戴头盔，脚蹬马靴。他的帽子和衣服虽然都是小号的，穿在他的身上却也威风凛凛，小小的孩子竟然有大将之风。他大大的眼睛盯着跑来跑去的马并不畏惧。叶江南拉着一匹马过来，蹲下来问他："这匹马是这马场最好的一匹，跑起来最快，一会儿爸比带你骑上它，你害怕吗？"

"我不怕呀！"小侨笙脆生生地回答。

"哦？你不怕吗？"

"我还敢摸它呢！"小侨笙踮起脚尖就伸手去摸马，却因为他太小了，没有摸到，引来大家一阵笑。

"我现在还小呢，等我长大了我会让它听我话的，你信不信？"侨笙扶了扶帽檐，笃定地说。

"信，我信。哈哈！"4岁的孩童就表现出了无比的勇敢和刚强，让叶江南非常欣慰。

"来吧，我的小英雄！跟爸比骑一圈。"叶江南抱他上马，一拍马背，马立刻驰骋起来。艾米和佐伊也骑马跟在后面。三匹快马飞速奔驰，阿浣从椅子上站起来，兴奋地向他们挥着丝帕，大声地喊着："侨笙！坐稳了！侨笙！坐稳！"

那一年的新年是侨笙度过的最快乐的一个新年。还没到新年，唐人街上的小铺子就已经热闹非凡，新衣、彩纸、灯笼、鞭炮、玩具、糖果、小吃，应有尽有，连算卦的摊子也热闹起来。新年伊始，生活艰辛的人们，在问询自己未来的生活。不论如何，新年总是令人兴奋的。它代表旧的逝去，新的生活到来，因而，整个唐人街都是喜气洋洋的。

按照华人的习俗，阿浣早已给孩子们买好了新衣，又和艾米、佐伊买来许多彩色纸卡，剪好了颜色鲜艳的窗花、彩带，将家里布置一新。叶江南已经给孩子们买好了灯笼和鞭炮。小侨笙已经开始每天晚上提着灯笼到处玩耍，在街上遇见同样提着小灯笼的小孩，总要停住脚步，和对面的小孩对望一番，比对一番，之后说，这是我爸比给我买的灯笼，这是小狗，它很厉害的，比你的厉害。对面的小孩看看自己的灯笼，自觉比不过，便不吭声，走过去。

小侨笙最期待的便是放鞭炮了，看叶江南不急不缓地点燃一支烟，用力吸几口，然后用烟头将一个红色的长龙点燃，再一抖手放开长龙，那长龙便兴奋不已地开始噼噼啪啪地在天空中爆炸，震耳欲聋。叶江南也用烟点燃那硕大的烟花，烟花刚被点燃便猛然飞向天空，在天空中燃烧、爆炸，变成硕大的牡丹花、菊花、各种各样的花朵。侨笙说不上那些花的名字来，毕竟，这世上花的种类实在太多了，他还辨认不清，只知道，它们在空中绽放，实在是奇妙。

新年那一天，格兰特大道的华人敞开家门和店铺，为客人赠送小礼物和小食品。侨笙一路上蹦蹦跳跳收下各家的小礼物，一路乐陶陶喜笑颜开。佐伊和艾米还带侨笙去看了舞狮表演。大头的狮子在唐人街上一边行走，一边舞动，侨笙跟在它们的后面学着狮子的样子摇头摆尾地走来走去，引得路上的人发笑。艾米连忙将他抱起来，他却说："那根本不是狮子，那是人！"艾米大声道："好好，就你聪明！就你胆子大！这么小，这么多人一会儿走丢了怎么办？"

看完了舞狮，一家人便去皇家大戏院看戏。在新年的夜晚，皇家大戏院爆满，叶江南早提前订好了厢房，一家人走进厢房，戏院老板便过来打招呼，又吩咐送上瓜果和热茶。一家人坐下来，一边吃着一边看戏。

叶江南抱着侨笙，给他讲舞台上的那些人和事。

"喜欢吗？"

"喜欢。"

"喜欢哪个？"

"喜欢那个穿红色衣服的。"

叶侨笙坐在叶江南的怀里有一搭没一搭地聊天，直到他沉沉睡去。

那应该是最快乐的时光了。只是，快乐总是短暂的。叶江南无论如何也没想到，一年后，他挚爱的小儿子便离开了人世。

那个新年之后，叶江南要赴纽约几日签署一桩生意，小侨笙执意要跟随他去。叶江南斟酌一番，觉得只要几日便可返回，于是便带侨笙同去。却未料，一路上舟车劳顿，小侨笙已感风寒，叶江南忙于事情却未发现。回程的路上，小侨笙已面红耳赤，发起高烧，咳嗽不止。回到家里，叶江南立即找李博安过来，李博安沉吟良久才叹息说："小少爷，已经染上痨病。"

"我的天哪！"这消息如同晴天霹雳，陈浣立刻瘫倒在沙发上。

"可有解救的办法？"叶江南说。

"叶兄，请恕我无能，此病，实在是无药可医呀！莫说是小孩子得上，大人得上，也是扛不过去。"李博安束手无策。

"这可怎么办？"叶江南绝望了。

"我给开个药方，按照方子去抓药，赶紧给孩子喂服下去，只能是看情况了。"李博安说。

"这不可能啊！我儿子是多强壮的孩子啊！就没有比他更强壮的孩子了！"叶江南号啕大哭。

"唉，车马劳顿，小孩子可能着了凉，又没有及时发现，耽搁了，高烧烧坏了肺部。"李博安叹息说。

大家竭尽全力，小侨笙的病情却越来越重，终于在半年之后离开了人世。之后，陈浣就有些不正常。她整日抱着侨笙的毯子，对艾米和佐伊说："你瞧，你弟弟睡着了，多乖！嘘，你们别吵醒他。"她也会说："你爸比今天去找侨笙了，今天晚上你爸比就能把弟弟带回来了。你说侨笙跑哪儿去了呢？跟我们捉迷藏呢，害得你爸比到处找。这孩子可别闹了，都把家里人给吓坏了，还不快点回家。"叶江南回到家，她也会经常问："江南，侨笙找到了吗？你不是去找侨笙了吗？要不问问警察局吧，这孩子怎么还不回家，该不会遇到坏人了吧？唉，他那么小，你得快点把他找回来啊！""我在找，我一直在找。别急啊，阿浣！侨笙会回来的，你放心，我一定会把他找回来的。"叶江南小心地说。

"真的吗？"每当这时，陈浣便会直愣愣地看着叶江南，眼中充满感激，"江南，你一定把儿子找回来呀！我不能没有他呀！他还那么小，我的儿子。"

李博安开始给陈浣治疗。"叶太太这是心病。药物是一方面，另外还有一方面是她自己。她不敢接受这个事实，这是很难办的。"

"我能怎么办呢？是我害了她。"叶江南难过地说。

"那不如，叶先生，你想过吗？可以领养个孩子，或许能解开她的心结。"李博安说。

"这是个好办法。可是,我上哪里去找另一个侨笙。"叶江南惆怅地说。

"叶先生,功夫不负有心人。这才是解救叶太太的良药。"李博安安慰道。

叶江南是要感谢1906年那场大火的。那场大火将唐人街整个烧毁,蔓延到旧金山的大片区域。叶江南一家是幸运的,他们并未亲历那场大火,彼时他们一家人正在奥克兰的别墅小住。待第二天听到消息,叶先生带着司机开车回到旧金山,叶家在旧金山唐人街的房子也已经被大火吞噬。叶先生惊骇地看到整片的街道上布满残骸,从天空到街上,都已经成为一片废墟。远处浓烟滚滚,还有火势在蔓延。整个旧金山到处是烟尘,已经分辨不出哪里是天空,哪里是烟尘。

"叶先生,我们还是离开这里吧,那边还有火,就快烧到这边来了。"司机说。

两个人躲着不断倒塌下来的残垣断壁向外走,忽然看见前边一处矮墙角落露出一个小小的脑袋。

"那好像是个小孩啊!"叶江南惊讶地说。

那小孩蹲坐在那里,灰头土脸,衣冠不整,窝在墙根奄奄一息。

"该不会是死了吧?"司机说。

"去看看。"叶江南说。

两人走近小孩,叶江南诧异地"咦"了一声。虽然灰头土脸,这小孩的眉眼让他觉得很熟悉。他急切地用手拂掉小孩脸上的灰土,小孩的眉眼和脸蛋露出来。司机惊讶地说:"先生,先生,这,太像大少爷了啊!"

"快,还有气息。"叶江南惊喜地说。

"这小孩命大啊,这,太像了!天哪!"司机不可思议地说。

"真好,真好!"叶江南喜极而泣。

"天哪,先生,太像了,我的天哪!"司机连连感叹。

小孩幽幽睁开眼,叶江南慈爱地看着他说:"不是像,就是,就是,老天恩泽,福佑我叶家,我的儿子,回来了!"

叶江南激动地将小孩抱回家,陈浣一见到他便热泪盈眶,惊喜地问:"这是?这不是?"

"这是我们的儿子呀！"叶江南说。

"真的是，侨笙？"陈浣不敢相信。

"对，就是侨笙。"叶江南肯定地说。

"可是这到底是怎么回事啊？"陈浣怀疑地说。

"侨笙只是被我们弄丢了，我终于又把儿子找回来了！"叶江南又说。

"天哪！这真是太好了啊！真是太好了啊，让我抱抱我的儿！儿啊！娘想你想得好苦啊！你终于回来了！"陈浣不再怀疑，紧紧抱住小孩。

那个小孩虚弱地醒来，之后，他便是他们的侨笙。他们的侨笙重生了。

叶江南是多么感谢这个孩子的到来。叶江南自然知道，他叫阿盛，但他原来叫什么已经不重要了，他可以任意叫天下所有的名字，只是，那是从前，从这一刻起，他就叫叶侨笙，他是叶江南的儿子，是陈浣的儿子。

陈浣不能没有侨笙，没有了侨笙，陈浣就已经丢了半条命。侨笙回来了，所以，陈浣丢掉的半条命也随之归来了。经过李博安耐心治疗，陈浣的病情终于慢慢好起来了，她又变回了从前那个开朗明媚的女子，同时又增添了许多温婉。她处在极大的幸福之中。她又重新仪态万方地宴请那些白人富商的妻子，跟她们谈论中国的瓷器、绘画、文玩珍品。她又重回那个高雅的叶太太，她又重回那个迷人的东方美人。

这一切，都源于侨笙的重生。

这 20 年来，在叶江南和陈浣眼里，阿盛的每一刻都是侨笙的重生，这是神的恩赐和降临。叶江南也不能没有他。

可是，似乎他从来未曾了解过这个孩子。

叶江南在阿盛的床头看到了那本失踪已久的《花笺记》，他便明白了一切。他未曾料到，那个叫芽萝的女伶离开竟然会给他致命一击，竟然伤他到痛彻心扉，不只是痛彻心扉，而是已经无药可医。他瘦削的脸庞，他深凹进去的双眼，和无比憔悴的面容，已经证实了他对那个女孩的爱情。这样的爱情是可怕的，它已经让他失去了精神力和对这人世的希望。他不愿醒来，即便他醒来，他也已经不再是那个叶侨笙。他正在失去叶侨笙，失去这个儿子。他的儿子正在离叶侨笙越来越远。

病床上的他是众人眼中的叶侨笙，叶江南似乎都已经忘记了，他还有一个名字，叫阿盛。不知道他是谁家的阿盛，那一对生他的父母，他们是谁？他们如何就抛弃了这个孩子，将那个小小的他留在那片废墟里？阿盛眼中的犹疑和游离，是他一直想忽略的和故意忽视的，他从不知道他小小的心灵深处，到底藏着多少秘密。他不敢问，也不想问。他笃定地认为，以他给予这个孩子的一切，自然可以让这个小孩心甘情愿忘记前尘往事，快乐地做叶侨笙。更何况，他才只有5岁的年纪，前尘的一切纠缠本就记不清晰，曾经的牵挂和纠缠自会随着岁月的流逝而逝去。他必然成为叶江南最疼爱和最骄傲的儿子。他就是叶侨笙，毫无悬念。

直到他失去了芽萝，他变得不像叶侨笙。他那样的郁郁寡欢，那样的疏离，是叶江南未曾料到的。直到他从香港回来，服下安眠药，叶江南忽然间才忆起阿盛成长这一路的点点滴滴。叶江南实在是太自负了，实在是太刚愎自用了。叶江南从未曾真正走近这个儿子。叶江南这才用力去回忆从前的点点滴滴。他的梦魇，他的长久的梦魇，到底出现过什么？他到底为何所困？或许令他长久陷入梦魇的，并不仅仅是那一场空前绝后的大火，或许那里面还有两个他熟知的面孔，或许那才是导致他痛苦的根源。

可是到底是在怎样的情状下，他会服下一整瓶安眠药，决定与所有的人和事告别的呢？叶江南又想起，在陈浣的生日那天，田惠看见侨笙小时候的大照片几近昏厥，难道只是恰好吗？叶江南站起身，决定去一趟精美映像馆。

叶江南走进田惠的小屋便明白了，他什么都明白了。他看见了那双棕色的皮鞋，是侨笙的鞋。他还是侥幸地问道："这双鞋，我好像见过？"

"可能是大少爷的鞋，叶先生。"田惠小心地说。

"怎么会，在你这儿？"叶江南小心地问。

"说来我也没猜到是怎么回事。那天我在屋里，就觉得有人来了，可等我出去，没看见人，就看见这双鞋放在地上。我猜可能是大少爷的鞋。"田惠小心地说。

"他为什么没进屋？"叶江南又问。

"我在唱戏，嗨，瞎唱的，可能他怕打扰我。"田惠小心地回答。

"徐先生和徐太太没在？"叶江南又问。

"他们都没在，我也没想到大少爷会来。我还想着，等大少爷下一次再过来，我再把鞋还给他，大少爷好多天都没来，这鞋就一直摆在我这里了。"田惠又小心地说。

"他来不了了。"叶江南叹息说。

"他怎么了？"田惠担心地问。

"他，暂时醒不过来了。"叶江南说。

"他到底怎么了？"田惠的声音很着急。

"大少爷服了安眠药，好不容易被救活，现在一直昏迷不醒好多天了。"叶江南缓缓地说。

"啊？天哪！"惠姐一个踉跄，差点跌倒。

"你怎么了？"叶江南说。

"我，没事，就是，我能去看看他吗？"田惠小心地说。

"当然。"叶江南沉默了良久说。

"好。那我这就去叫车。"惠姐一边擦眼泪一边踉跄着向外面走去。

2

荣闵听到阿盛出事的消息，是在几天之后。荣达在电话里只说是大哥出事了，服了安眠药，几乎没命，所幸被救回来，现在昏迷不醒。

荣闵震惊地对电话里喊："你说什么？怎么回事？"

荣达已经挂断了电话。

荣闵立刻对阿康说："备车！"

"去哪儿？"阿康说。

"回旧金山！我大哥差点死了！"荣闵忽然惊慌失措。

"啊？荣闵少爷，你不是跟大少爷不对付吗？"阿康不解地问。

"废话，人命关天，他是我大哥！我啥时候说盼着他死了？"荣闵生气地说。

荣闵赶到医院，推开门，便看见叶江南坐在病床旁，头发一夜间白了许多，一下子老了许多。阿盛躺在病床上，闭着双眼，一动不动。

"大哥，大哥。"荣闵跑过来。

阿盛倔强地不肯醒来。

"荣闵，你回来了正好，我正要找你回来，旧金山大戏院，也交给你去管吧，爸比得照顾你大哥。"叶江南说。

"爸比，你这是怎么了？这才没几天，您怎么变成这样了？"荣闵诧异地说。

"我没事，你好好管戏院。你回家去吧，看看你妈咪，安慰安慰她。"叶江南疲惫地说。

"好，爸比，您保重身体。"荣闵说。

"荣闵少爷，还真被你说中了啊，果然叶先生让你来管旧金山大戏院了，真是恭喜少爷了！"走出病房后，阿康说。

荣闵狠狠用力踢了阿康一脚。

"怎么，我说错了吗？少爷。"阿康不解地说。

荣闵无论如何都高兴不起来，垂头丧气地跟阿康上了车，回到叶家。叶太太正在楼上睡觉，荣闵去了艾米房间。艾米正在哭泣，见他进来，便说："你还有脸回来？"

"二姐，这，大哥，好好的为啥自杀？"荣闵说。

"还不是因为你！"艾米哭着说。

"怎么会因为我呢？二姐，说话凭良心啊，你可别血口喷人，我什么都不知道，怎么就因为我了呢。"荣闵纳闷地说。

"若不是因为你和那蓝灵芝搞得凯莉回来雨夜大闹一场，阿爸也不会辞了蓝灵芝，下令以后不许你们和女伶有私情。芽萝为了不让侨笙为难，便自杀了，到现在下落不明。可是芽萝怎么也想不到，她的离开让侨笙如何能活下去，侨笙自然万念俱灰。"艾米说。

"二姐，是我错了，我怎么知道会有这样的后果。无论如何，我不想让大哥死的，他是我的大哥啊！"荣闵愣了半天才说。

"你走吧，我不想看见你！让我静一静。"艾米哭泣着。

荣闵难过地回洛杉矶去了。隔了几日，他再次回到旧金山，来到医院看侨笙，隔着窗户玻璃见到田惠和袁志强坐在病床边，两个人一边说话一边抹眼泪。荣闵觉得有些奇怪，停住脚步。

"阿盛，其实第一次见到你，阿妈就知道是你了。只是，我怎么敢相信，我无论如何也不敢相信。我和你阿爸找了你整整 20 年，原来我们近在咫尺。我还是应该谢谢老天的。或许我们就不该来美国，如果我们还是在唐山老家，就不会遭遇那场大火，我们就不会分离这 20 年，好长，好长，阿妈也不知道，如何能够找到你，你那么小，甚至不知道你是不是还在人世。"田惠第一次离自己的儿子这样近。这样近距离地看着他，抚摸他的头发、他的脸庞。

"阿盛，我的好儿子，你快醒来，阿爸求你了！你知道这许多年，你阿妈是怎么过的。我们没有一分钟不在想你。我的孩子，我可怜的孩子。"袁志强流着泪说。

荣闵怀里的花掉落在地上。他们……儿子？

他们情真意切，痛哭失声，这完全是真的父母亲情。难道，大哥，和我一样，是爸比领养的孩子？难怪大哥从小到大都是郁郁寡欢的，在欢乐的外表下，总是有一些忧郁，原来他也是残缺的，原来他也有不为人知的痛苦。

荣闵蓦然懂了阿盛这多年都在寻找自己的亲生父母，又无法拒绝叶家的疼爱的感受。他后悔不已。荣闵猛捶胸膛，落下泪来："大哥，对不起！这些年来，我真的是错了。我该如何补偿？如何能够让你醒来？你醒来看看，你醒来惩罚我吧，你来打我好不好？这些年来你一直都在保护我，而我一直都在伤害你。是我错了，我真的错了！你是在惩罚我，才不肯醒来？只要你醒来，我任你惩罚，怎样都行的，大哥！求你醒来！"

"你怎么在这儿？"叶江南的声音响起来。荣闵一看，叶江南从外面走过来，脚步有些蹒跚。

叶江南走到门口，从窗口玻璃看见了里面，转过头对荣闵说："这回，你都知道了吧？"

"我知道了爸比。"荣闵擦了擦眼泪。

"嗯，现在，还嫉妒你大哥吗？"叶江南说。

"不，是我错了，爸比！"荣闵懊悔地说。

"你们都是我的儿子。"叶江南拍拍他的肩膀。

"爸比，大哥他什么时候能醒过来？"荣闵问。

"可能，他觉得想醒来的时候吧！我们，都对不起他。"叶江南泪光闪闪。

"走吧，让他们团聚吧。"叶江南说完向外走去，荣闵跟在后面。

"爸比，我这么多年都错了，我对不起大哥呀！他太可怜了。大戏院我不接，我有何脸面来接？我没有资格，我不配！"荣闵狠狠打了自己两个嘴巴，泪流满面。

"你若不肯接旧金山戏院，那我问问荣达吧。"叶江南说。

荣达傍晚才回来，一身疲惫，刚一进门，便看见叶先生、叶太太和荣闵坐在沙发上等他。

"爸比，您回来了。"荣达说。

"我在等你，好多天没看见你了，你最近在忙什么？"叶江南说。

"爸比，我在帮薇薇呀！"荣达说。

"薇薇？她怎么了？"叶江南说。

"李伯因为前两年的事落下了病根，总是咳嗽头疼。他现在不能像从前一样到处奔波给人治病了，主要是薇薇在中医馆坐诊。荣达不放心薇薇一个人在医馆，经常过去帮忙照顾一下。我说得对吧，荣达？"叶太太说。

"对，对，妈咪什么都知道。"荣达说。

"我是妈咪。"叶太太说。

"爸比是想，让你来接手大戏院。现在你大哥醒不过来，爸比还有很多生意要打理，还要照顾你大哥，你三弟洛杉矶那边也很忙，只有你来接合适。"叶江南说。

"呃，我对戏院没什么兴趣，戏院的事情太复杂了；再说，薇薇这边，她一个人又是坐诊又是照顾李伯，实在有点忙不开。"荣达说。

"是你担心薇薇，别找借口。"艾米从楼上下来说。

"就是，荣达，你的心思大家都知道。两天见不到薇薇，就吃不下饭，已经病入膏肓了。"佐伊说。

"自古有情人终成眷属。荣达，你这样每天出入医馆名不正言不顺的，爸比就成全了你们吧！过几天爸比就跟李伯提亲，给你们定亲。"叶江南沉默了片刻忽然说。

"真的？！"荣达欣喜道。

"真的吗，爸比？"荣闵说。

"真的。唉，爸比希望你们每个孩子都能幸福。只是，爸比，可能也错了。那个女伶，叫什么了？"叶江南说。

"芽萝。"艾米说。

"如果不是芽萝的死，你大哥，怎么会这样？爸比糊涂啊！"叶江南说。

"爸比，据我所知，芽萝……还活着。"艾米吞吞吐吐地说。

"你说什么？"大家惊讶道。

"芽萝，还活着。"艾米又说。

"她还活着，她没死？那太好了，那你大哥有救了，有救了。她在哪儿？"叶太太说。

"还不知道，但她并没死，她被人救了。"艾米又说。

"找到她！一定找到她！"叶江南激动地说。

"好，爸比，这事包在我身上。"艾米说。

"艾米，你说的是真的吗？你怎么知道？那么多警察都没有找到她，活不见人，死不见尸的。你该不是在骗爸比？"叶江南又说。

"爸比，这都什么时候了，我怎么会骗你？芽萝她真的没有死，有人见过她。"艾米又说。

"好，找到她。"叶江南的声音微微颤抖。

"爸比，荣达有事要忙，旧金山的大戏院我还是接过来吧。不过，我也只是代管，等到大哥醒来，我再交还给他，希望大哥能好起来。"荣闵抹着眼泪说。

"好好，荣闵，好儿子，你管起来吧，爸比现在需要你。还有，凯莉怎么样了？自己的事情自己处理好。"叶江南说。

"爸比放心，我会处理好的，也会把大戏院管理好的。爸比，妈咪，你们也要保重身体。既然芽萝还活着，大哥一定会醒过来的。"荣闵说。

"但愿，我的儿子，你要醒来！"叶太太落下泪来。

荣闵接管旧金山东方大戏院遇见的第一件棘手事便是新演员的问题。旧金山东方大戏院前不久刚刚向劳工部提交了新一批演员续约的申请，唐纳正在和劳工部交涉。劳工部有人提出，相对于广泰大戏院，东方大戏院的人数已经饱和，不适宜再为这批演员续约。唐纳已经以东方大戏院的名义与劳工部约好，在星期一会谈。

星期一的早上，荣闵和唐纳前往劳工部。荣闵一路上心事重重，事已至此，他已经做好了被吉尔逊责难和讨伐的准备。到了劳工部门口，唐纳停下来，微笑看着他说："荣闵少爷，你们中国有句话，该来的总会来的，兵来将挡，水来土掩。你准备好要见吉尔逊了吗？"

"我，准备好了。"荣闵说。

"那我们进去吧。"唐纳说。

吉尔逊正在里面等候。

"早！吉尔逊先生。"唐纳和荣闵说。

"你们早！"吉尔逊说。

"想必吉尔逊先生已经看过了我们提交的申请，不知结果如何？"荣闵说。

吉尔逊静静地看了荣闵一会儿，才开口："你们先看一下这份调查。"

吉尔逊将桌上的一份文件推过来。荣闵和唐纳翻开文件。

移民局和劳工部的代表最近对全国各地的中国戏院情况进行了一次个人调查，结果发现，旧金山东方大戏院是国内最重要的中国戏院之一。此外，我们还发现洛杉矶的东方大戏院也属于这一类……

"吉尔逊先生，您的意思是？"唐纳问道。

"你们东方大戏院的申请我看过了。我觉得，东方大戏院一直以来保持了良好的口碑和信誉，也的确为美国政府的经济做出了不小的贡献，这是有目共睹的事实。虽然仍然有人在告你们不当经营，以一些不良手段与广泰大戏院竞争，但我相信，无论是叶先生，还是小叶先生，哦，也就是叶侨笙先生，都是值得信赖的。在他们管理期间，东方大戏院赢得了唐人街华人的尊敬，也赢得了旧金山白人社会的尊敬。叶先生一直以来被誉为唐人街的首席公民，几日前东方大戏院的演员被正式归为非移民外国人的类别，因为叶先生和小叶先生不屈不挠的坚持。祝贺叶先生和东方大戏院！我听说了小叶先生的事情，我为此感到非常难过。虽然这是个迟到的荣誉，但我觉得也很珍贵。希望小叶先生早日康复！"

吉尔逊停顿了一下，又说："现在叶先生把旧金山的东方大戏院交给你了，希望你能跟小叶先生一样，赢得好的口碑和信誉。"

"我会尽力的，我也是叶江南的儿子。谢谢您能这样说。凯莉的事，我很抱歉。"荣闳说。

"别说凯莉。白人女子与华人男子是不能够通婚的，这是美国白人社会一直遵循的规则，而现在，这个规则已经被打破了，白人与华人早已有了通婚的先例。我一直告诫我的女儿，不要和华人男子有瓜葛，因为她有着高贵的血统，她是我的女儿。可是我无论如何没有想到，她会爱上一个华人男子，甚至不顾我的反对和美国社会的规则。事到如今，我有时候怀疑，作为一个美国官员的女儿，到底是凯莉的幸运还是她的不幸。如果凯莉不是我的女儿，或许她至少能够获得一份真诚的爱情。我不清楚你对凯莉的爱情到底有几分是真，几分是假。其中，有没有因为我的身份的原因，如果因为我的身份的存在，造成了我女儿的不幸，我真的很遗憾。我只希望我的女儿幸福。我也知道，我的女儿，不论你做了什么对不起她的事，她都会希望你好，希望东方大戏院顺利，所以，我能为我女儿做的，也就是这些了。"

"谢谢您。"荣闳说。

"不必谢我，是我女儿的心让我这样做的。"吉尔逊说。

"我，对不起凯莉。"荣闳抱歉地说。

"年轻人，我好久都没见到凯莉了。"吉尔逊惆怅地说。

"我也好久没有见到她了。"荣闳说。

"我还有事，再会，唐纳先生，再会，年轻人！再会！"吉尔逊说。

两个人走出劳工部。

"吉尔逊的态度有些出人意料。"唐纳诧异地说。

"这是个难得的好消息，爸比会欣慰的。"荣闳说。

"是啊，这份调查足以证明我们东方大戏院的地位和实力。赶快回去告诉叶先生，让他开心。"唐纳说。

"荣闵少爷，请原谅我多管闲事。你真的对凯莉小姐毫无眷恋了吗？"唐纳又说。

"我，当然。"荣闵心虚地说。

"吉尔逊说的话你听明白了吗？他没想到他的身份给女儿造成了痛苦。荣闵少爷是否想过，假如凯莉不是吉尔逊的女儿，你会爱她吗？你会恨她吗？你会像这样对她不理不问吗？"唐纳说。

"唐纳，你怎么为白人说话？"荣闵不解地问。

"我只是旁观者，或许旁观者看到的，是真的。我们回去吧。"唐纳说。

荣闵一路上都没有再说话。唐纳的话触动了他的神经，他困惑起来，并开始思考。事实上，这段时间以来，他自己越发不认识自己了。凯莉刚刚离开的时候，他是很开心的，他觉得终于解脱了，他终于可以全力以赴奔赴他真正的爱情。他从见到蓝灵芝起，便觉得，那才是他真正的爱情。然而，让他惊讶的是，蓝灵芝听到被辞退的消息，大闹了一通，还打了他几个嘴巴，她拿走了他送的贵重首饰，便决绝地走了，对他毫无留恋之意。这让他无比失落。蓝灵芝走后，他一个人安静下来，他很惊讶地发现，自己开始想念一个熟悉的面容，想念当初那个被他解救的洋娃娃，那个将他视为英雄的洋娃娃。思念如丝如缕，让他阵阵痛楚，之后，思念越发浓烈起来。

荣闵回到洛杉矶，下了车一个人漫无目的地漫步，走了好久突然发现，自己不知不觉竟走到了凯莉的学校。他走上楼，去敲她的门。有人出来，打开门诧异地问他："你找谁？"

"凯莉在吗？"

"凯莉是谁？"

对了，凯莉早已不在这里，这里早已人去楼空，换了主人。可是，凯莉在哪儿呢？他走到楼下又猛地回身上楼，再次敲开那扇门。

女子又打开门，惊讶地看着他。

"那……凯莉，你知道凯莉在哪里吗？"

"你神经病吧！你可以去问警察局。"女子"咣当"一声关了门。

荣闵呆呆地站在门前好一会儿，才踟躇着转身下楼。他失魂落魄。他发现，原来，自己早已爱上了凯莉。他要去寻找凯莉。

荣闵想了两天，终于在第三天中午吃饭的时候，突然疯了一样地大喊："阿康！阿康！"阿康正在打盹，被吓得跳起来："怎么了，三少爷？"

"备车！"

"啊？""备车！我让你去备车，听不懂吗？快！我们走！"

"三少爷，是去哪啊？"

"去乡村唐人街！"

"好，那我们为啥要去那儿啊？"

"你管得着吗？凯莉就在那里。"

"啊？你怎么知道？"

"我知道，她一定在那里，嗨，说什么废话！赶紧的！"

乡村唐人街乐居镇位于萨克拉门托往南25千米处。两个人很快上车，直奔萨克拉门托。

一路上荣闵心急如焚。

"能不能快点，再快点！"

"少爷，现在已经超速了！再快，就要出事了。"

"可是你看天都要黑了！"

"我尽快。"

荣闵和阿康开车到达乐居镇的时候，西边的晚霞红得正盛，整个乡村看起来像吃醉了酒的红色脸庞。从镇的这头走到那头，步行只要十几分钟。车在唐人街停下，荣闵和阿康急急忙忙下了车，沿着街道向前走去。街道两旁商铺林立，还有餐馆、酒吧、理发室、桌球室、电影院和一家药铺。这里大多是在萨克拉门托三角洲劳作的华人单身汉，只有到星期日，白人雇主才会开车载着他们来到这里休闲娱乐，待到夜色浓重再将他们接回农场。这一日并非星期日，因而小镇并不热闹，安静寂寥。酒吧里传出歌声，路上人很稀少。酒吧的旁边是一家"星光电影院"，从窗户可见，里面正在放映黑白默片，有三三两两的华人在观看。荣闳走进一个干果铺子去打听，这街上有没有一个叫凯莉的美国姑娘，长得像洋娃娃一样。

"知道的。这唐人街呀，来了新客，大家都知道的。你说的姑娘，她就住在前边的小旅馆里，已经有些日子了。"

"哦，真的？谢谢伯伯！"

"不谢不谢啦。"

"你看，我就知道，凯莉一定在这里。"荣闳激动地跑了起来，"阿康，你快点！"

他跑到小旅馆的门口，忽然停下脚步。

"怎么了，少爷？"

"等会儿。"

荣闳左右张望，之后跑进一个花店。没一会儿，抱了一束玫瑰出来，又跑回到小旅馆。荣闳抱着鲜花推门走进小旅馆。一个中年女子从后面走出来。

"两位是要住店？"中年女子问。

"我找人。"荣闳说。

"找哪位？"女子说。

"凯莉小姐。"荣闳说。

"凯莉小姐？"女子诧异道。

"对，洋娃娃脸的凯莉小姐，她是住在这儿吧？"荣闳说。

"哦，是的，她是住在这儿，但是她现在不在。"女子说。

"她去哪里了？"荣闳说。

"这个，不知道，具体的地址凯莉小姐并没说。"女子迟疑地说。

"她什么时候回来？"荣闳着急地问。

"不知道，凯莉小姐也没有说。你们找她有什么事吗？"女子说。

"我是接她回去。"荣闳说。

"回去？可是凯莉小姐说她会一直在这里，这里就是她的家。"女子仔细打量荣闳。

"这，怎么可以？我要带她回去，她不属于这里。"荣闳说。

"你们是她的什么人？"女子警惕地说。

"你是让凯莉小姐伤心的人吧？凯莉小姐应该不会愿意跟你回去的。"女子又说。

"为什么？"荣闵惊讶地说。

"她在前不久流了产，那天是我陪她去的医院，她很可怜，你知道吗？"

"凯莉她，流产了？"

"是的。"

"这……我不知道，她还好吗？"

"你觉得呢？"

"我……抱歉，我，我真的不知道，是我不好……"

"她每天都要去教堂祷告，她还去问牧师，她究竟犯了什么错？我还是告诉你吧，凯莉小姐去旅行了，她说她需要去找她自己。她说的我不懂，但我知道，她一时半会儿是不会回来的了，所以你们回去吧，别再来了！"女子气愤地说。

"那，谢谢你，谢谢你照顾她。这束花，麻烦你送到她房间。我会再来的。我会等她回来，直到，她肯跟我回去。"荣闵心情复杂地说。

"唉，男人啊，总是失去了才要去寻回，可是寻得到寻不到就难说喽。"女子叹息道。

"我会再来找她，接她回去。"荣闵用力地说。

荣闵向女子鞠了个躬，之后转身和阿康走出去。

天色已经暗下来了，不远处教堂高高地耸立着。那便是凯莉常去的教堂吧！荣闵想象得到，凯莉跪在地上，向神父祷告的时候是多么绝望。他也想象得到，凯莉躺在病床上的时候，是怎样的心痛。

"对不起，凯莉。"荣闵叹息。

"少爷，那儿有火啊！"阿康忽然说。

荣闵转过头，就见不远处街边燃起一堆篝火来，陆续有人走过来，围着篝火唱唱跳跳，响起欢声笑语。想来，凯莉每日也是站在这里看那热烈燃烧的篝火吧？她也可能就站在篝火旁，看着人们纵情欢笑，他们的疲惫和烦恼在欢腾的篝火中成为灰烬。可是，相对于别人的欢乐，她内心的痛苦恐怕更加沉重，她的人生显得更加惨淡。

"凯莉，你在哪里？"荣闵又说。

"我们走吧。"站了许久，荣闵终于转过头，向前走去。

"少爷，我们，还来吗？"阿康问道。

"当然。"荣闵笃定地说。

3

第二日傍晚，旧金山东方大戏院的演出刚开始，荣闵和阿康来到戏院，就听伙计说，广泰大戏院的任老板来看戏了。

"这不是来看舞台的戏，是来看台下的戏了。"荣闵将手里的扇子合拢，径直向楼上走去。

舞台上的戏正演得热烈。两个战士正打得不可开交。其中一个男伶正在连连翻跟斗，另一个紧追不舍，两人很快又纠缠到一起，胜负难分。台下观众频频叫好。

"好！"厢房里传出喊声。荣闵仰头一看，正是任永贵和秘书阿才，两人一边嗑着瓜子一边大声吆喝着。

"瞧他那得意样！"阿康不乐意地说。

"这是知道我们家里的事，来看我热闹来了。"荣闵说。

荣闵和阿康上了楼直接奔向那个厢房。

"不知任老板过来，有失远迎。"荣闵说。

"咦，这不是三少爷吗？怎么，三少爷不是在洛杉矶吗？听说三少爷忙得很，不仅要管洛杉矶东方大戏院那么大个摊子，还要怜香惜玉，真是大忙人啊！"任永贵说。

"惭愧惭愧，让任老板见笑了。如今我这不光要管洛杉矶的摊子，连旧金山的摊子也得管了。"荣闵说。

"是叶家没人了吗？哈哈。大少爷还能醒过来吗？叶先生的身子骨恐怕……"

任永贵讥讽道。

"家父身体硬朗，多谢任老板挂念，我大哥也只是暂时昏迷，不日就会醒来，我也就是暂时管管而已。"荣闵说。

"唉，想叶先生一世英名，如今这东方大戏院恐怕好日子不多了。"任永贵摇头说。

"任老板多虑了，东方大戏院，会一直红火下去的，不然，任老板岂不是很没意思？"荣闵说。

"对，你家兄弟倒是蛮多的，还有二少爷，还有两个小姐，就怕10个也顶不上一个叶侨笙。东方大戏院呀，没戏喽！"任永贵幸灾乐祸道。

"任老板此言差矣。我爸比英雄一世，只需要几分力气便能把事情都做得很好。"荣闵说。

"好啊，那我们等着瞧！"任永贵一甩袖子，走出厢房。阿才跟在后面。

"任老板慢走！"荣闵说。

"真是趁火打劫！"阿康说。

两日后，广泰大戏院又推出了新的演员，戏桥被一抢而空。东方大戏院的观众比往日少了两成。这可如何是好？荣闵拖着沉重的步子沮丧地回到家，佐伊正在客厅里看书。

"怎么不高兴？谁欺负你了？"佐伊抬眼看了看他说。

"唉，你懂什么？整天就知道看书，我看你看的什么？又是鲁迅，没劲！"荣闵说。

"我不光是在看他写的，我是在思考。"佐伊说。

"思考什么？思考有什么用？"荣闵说。

"当然有用了，先思考才能行动啊！"佐伊说。

"你看吧，看吧！"荣闵烦躁地说。

"荣闵，到底发生了什么？说来听听。"佐伊放下书，走过来。

"也没什么。任永贵今天来看戏了，一顿奚落，还叫板说，东方大戏院好日子不多了。"荣闵说。

"我明白了，让我想想。这个不难，可以去找比尔他们。"佐伊说。

"什么？大哥的乐队？"荣闵惊讶道。

"请他们来助威。"佐伊说。

"这，有点疯狂吧！"荣闵犹豫道。

"你相信我！"佐伊说。

荣闵耸耸肩，难以置信地上楼去了。

第二日傍晚，东方大戏院演出前，荣闵正坐在台下等候演员上台，就听见门口喧嚣起来。他回头一看，就见佐伊带着比尔、韦斯特和保罗走进来，他们抱着各种乐器，后面跟了好多观众一起进来。荣闵站起身来。

"嗨！"比尔热情地打招呼。

"佐伊，你们，这……"荣闵迟疑地看着他们。

"荣闵，你等着看好了！"佐伊信心十足地说。

比尔他们已经上了台，将乐器摆放好后，他们笑盈盈地看着台下。已经到了演出时间，观众纷纷走进来。演员们诧异地躲在幕布后面观看。冯班主急忙跑来问荣闵，这是怎么回事，什么时候开场。

"等一等，我们试一试。等他们演完，我们再开场。"荣闵说。

"好吧，我去跟他们说一声。"冯班主说。

观众已经到齐，大家都好奇地看着舞台，纷纷小声耳语："怎么还不开场？东方大戏院不唱戏了吗？怎么还有白人？"

就听台上的比尔说了句："一、二、三、四，走起！"忽然音乐就响了起来。几个人弹奏起吉他、萨克斯、小提琴，吹起笛子、拍着鼓，比尔还唱了起来。他们的音乐有些慵懒，有些散漫，却有格外的韵味，他们高声哼唱，低声吟唱，他们一边唱一边舞动起来，身体随着音乐摇摆，恣意又率性。台下的观众跟着节奏也不由自主地摇晃起来。

"好！""再来一首！"观众喝彩声不断，几个人又表演两首曲子，观众才作罢。

"大家好！我们是叶侨笙的好朋友，今天是来给东方大戏院助兴的，感谢各位的喜欢！下面，我们还是观看今天的戏曲，谢谢大家捧场！"比尔说。

"好啊！明天还来不来？"有人喊道。

"大家喜欢，我们明天还来。"比尔说。

"好哦！"观众鼓起掌来。

几个人从台上走下来，大幕被徐徐拉开，锣鼓声响起。

几个人走到院子里，荣闵才跑上来说："谢谢你们啊！"荣闵有些兴奋，也有些不好意思。

"现在，你是不是该相信我了？"佐伊说。

"客气了，我们是侨的好朋友。"比尔说。

翌日，东方大戏院的观众又多了起来，戏桥早早就被抢售一空。还没到开演时间，观众就已经挤在门口向里面张望，门一开，便都蜂拥挤了进去。果然，他们没有失望，舞台上几个年轻的面孔正笑意盈盈地等着他们。待他们刚一坐好，舞台上便有人说："一、二、三、四，走起！"音乐声随之而来，如月色，如潮汐，如隐藏的心事，如袅袅的乡愁，又如磅礴的呼啸，都齐聚而来。观众连连喝彩。他们表演完毕，又有精彩的戏曲表演，他们看舞台上的故事，也在看自己的故事。

荣闵坐在后面座位上沉迷于舞台上的演奏，坐在旁边的阿康忽然推了推荣闵，惊讶地附耳过来："少爷，你看，那是牧师吗？"荣闵顺着阿康手指的方向一看，就见一个头戴黑头巾、身披黑袍子的女牧师黑着脸正从侧面过道向外走，她的身后还跟着另一个牧师。这个牧师似曾相识，荣闵想了半天，才想起来："这不是那个克莉丝汀吗？"她向外走来，越来越近，她的面孔越来越清晰。她的整张脸布满皱纹，像被弃掉的皱巴巴的帕子，她的白皮肤看起来像暮色下的森林，黑黢黢的。荣闵咧开嘴乐了："她怎么会来？哦，我知道了，她是听说有白人乐队来中国戏院捧场，觉得白人背叛美国了吧？是觉得不可思议，来求证一下吧？瞧她那不甘心的样子，真是好可笑啊！唉，真是太让她失望了，哈哈！"

广泰大戏院在辉煌了几日之后，又冷清了起来。任永贵难以置信地问究竟是怎么回事。阿才说："是叶侨笙的乐队朋友带着乐器来演奏，观众没看过这么新鲜的，就都抢着去看了。他们演完之后，才开始戏曲表演。一张票看两场演出，观众觉得很划算。"任永贵气急败坏地说："怎么叶侨笙躺在床上还有这么大威力，简直要气死人了！"阿才又问："那这样下去，观众还不都得被东方大戏院抢走了？我们要不也去找找乐队来演出？"任永贵说："到哪里能找到这样的乐队？即便是找到了，东施效颦也太明显了，岂不是很丢人？"阿才犯了愁，问那怎么办？任永贵发狠说："我们再去花钱请新演员！"阿才又说："好像也只能这样了，可是各家都有新演员，东方大戏院也是有的。"任永贵又无奈地说："容我再想想，你就没有好办法？"

东方大戏院的演出很晚才结束，观众的热情很高，演员演出也很精彩。坐上车，荣闵惆怅地对阿康说："阿康，说到底，还是大哥厉害啊，是我小看了大哥和他的朋友。我原以为他们每天都是在胡闹，混个热闹，原来他们真的在做事，在做了不起的事。大哥即便是躺在病床上，人事不知昏迷不醒，他的朋友都能来帮忙，这样的情谊让我羡慕啊！"

"荣闵少爷，您，不嫉妒大少爷啦？"阿康惊讶地问。

"以前是我不懂事，我不嫉妒了，我大哥，他是真的很棒，他真的是很好很好的人。如今虽然我来管理戏院，也还是需要大哥的力量，我很惭愧。"荣闵难过地说。

"荣闵少爷，您别惭愧，您一定行的。"阿康说。

"我会努力的。"荣闵说。

次日清晨，荣闵还像从前一样，早早地就起床，坐在餐桌前等候叶先生和叶太太。艾米和佐伊很快下楼来，好一会儿，叶太太和叶先生才走进客厅。叶先生坐下来看了看阿盛的位子，感慨地说："我们已经好久都没有一家人一起吃顿饭了，荣闵回来吃早饭也已经久违了。"

"爸比，日子长着呢！我也会经常回来陪你们吃饭。"荣闵忽然感觉叶江南老了，他有些哽咽。

"就是，爸比，今天我带你们出去转转，今天的天气很好。"艾米说。

"还是算了，爸比今天和你妈咪去看你大哥。"叶江南说。

"好吧，爸比。"荣闵说。

"对了，东方大戏院最近怎么样？"叶江南问。

"爸比，我有个好消息一直想要告诉你。前日见到吉尔逊，他说我们东方大戏院的演员最近被正式归为非移民外国人的类别了。我们终于胜利了！从此移民局和劳工部不会再为难我们东方大戏院了，这是我们华人的胜利呀！爸比，好不容易！"荣闵又说。

"的确是好消息，你大哥若是知道会很开心的。"叶江南忽然湿了眼眶。

"还有啊，爸比，这几天本来广泰大戏院正等着看我们的笑话，可是您猜怎么着，大哥的乐队朋友这几天来表演了，结果，观众好评如潮啊！每天的戏桥都供不应求，很快被一抢而空。广泰大戏院只能干瞪眼，毫无办法。哈哈！"荣闵说。

"挺好的，荣闵，好好管理吧！只是，唱戏还是根本，那些只是噱头，也只是锦上添花。我们办戏院，宗旨不能变，我们要提供给观众的是高水平的纯正的中国戏，我们东方大戏院是东方艺术的最高殿堂。我们要让唐人街的华人，乃至整个旧金山和美国的白人，都能在这里领略到最高水准的纯正的中国戏。你无论何时都要记得这一点。"叶江南说。

"好的爸比，我记住了。"荣闵点头说。

"做生意，竞争是免不了的，但一定要知道，广泰大戏院也好，任何一家中国戏院也好，我们之间虽有竞争，但不能失了分寸。我们，毕竟都是华人，在这个美国社会，华人是被排挤和欺负的，我们华人如果彼此拆台和互相伤害，那真是让美国人笑话了。华人属于同一个种族，我们之间一定要团结共赢，才能在这个异国社会立足和拥有一席之地，才能在将来改变华人的地位。"叶江南说。

"爸比，您好棒！"佐伊说。

"爸比从来都很棒！"荣达说。

"这些话应该让任永贵来听。"艾米说。

"他是个聪明人，他会懂的。"叶江南说。

"爸比，我明白了。"荣闵说。

第十六章　出走的娜拉

我仍爱这世间
以新的姿态
我仍然爱你
以新的我

——《芽萝·致阿盛 1928》

1

　　艾米辗转找到芽萝的时候，是在电影片场。粤剧社一个成员的妹妹银珠在片场做电影演员，给黄柳霜配戏，偶然看见了芽萝。银珠看过芽萝的戏，非常喜欢芽萝，她见到芽萝，便惊讶地问她怎么不唱戏了。没想到芽萝却说："抱歉，你认错人了，我不是芽萝，我是羽乔，何羽乔。"银珠对艾米说，她也不敢保证何羽乔就是芽萝，只是，她很像，很像很像。

　　那天，阴郁了多日的旧金山好不容易明媚了起来，银珠带着艾米走进了片场。片厂里有些嘈杂，到处都是机器设备，忙碌着的工作人员来回穿梭。银珠带艾米走进一个摄影棚，一群人围成一圈，导演坐在中间摄像机前正喊着："咔！不行不行重来！那个男主角啊，你得配合一下黄小姐。"

　　"是黄柳霜。"银珠兴奋地小声说。

　　"哦。"艾米还是第一次看见大名鼎鼎的黄柳霜，不由得多看了两眼。

"她在哪儿？"艾米说。

"怎么没看见呢？嘿，看见羽乔了吗？"银珠问身旁经过的人。

"羽乔在另一个棚。"有人说。

"哦，我们走。"银珠拉着艾米走出去，又走进另一个摄影棚。于是，艾米见到了正在拍戏的羽乔。她正在拍一场感情戏，确切地说，应该是一场离别戏。

她穿着一件立领格子斜襟旗袍，头上是最流行的波浪卷短发，大而清澈的双眼饱含泪珠。她深情地望着对面的男主角，男主角在她面前跪下来说："对不起，亲爱的，请你留下来吧！"她拉他站起来，哽咽地说："我该走了。"她的泪珠落下来，转身离去。"亲爱的，你别走！别走啊！"

忽然掌声响起来。"好！"导演喊了一声，两个演员停下来。

"哎呀，羽乔虽然是新人，实在是前途不可限量。哈哈，这每场戏都一次过，实在是罕见啊！"导演说。

羽乔仍然还没跳脱出来，急忙说了句"对不起"，便一边擦泪一边跑开了。

"哦，羽乔还是没有走出来，哈，真是情之所至啊！只有真情实感才能演好戏。一颗巨星正在冉冉升起。那我们今天就到这儿吧，明天再继续，大家也要好好加油努力呀！"导演说。

"她哪里是在演戏，她在演她自己，因而生动，因而动情。"艾米轻声地说。

"她是芽萝吗？"银珠问。

"是，千真万确。"艾米肯定地说。

"我带你去找她。"银珠说。

芽萝正在擦眼泪，就听一个声音似曾相识："羽乔，乔木上面的片羽。你还好吗？"芽萝转头一看，艾米倚着门站在门口，她的怀里抱着一个金翠耀眼的凤冠。

芽萝沉默了。

"你还好吗？芽萝。"艾米叹息一声走到她身边，伸手轻抚她散落在额前的秀发，"芽萝，好不容易找到你了。"

"有什么事吗？"芽萝艰难地挤出一句话。

"当然有事。很多事，不知道从何说起。"艾米缓缓地说，"你瞧，这是你的凤冠，是侨笙给你定制的，前些天有人送到家里来的。我从来没见过这样美丽的凤冠，即便是从前的皇妃头上戴的也不过如此了。"

那凤冠用点翠制成，翠羽亮丽如缎，花丝闪闪发光，与翠羽的蓝色交相辉映，珠联璧合；又有珍珠和玛瑙重重点缀，珠光宝气，熠熠生辉。

芽萝又落下泪来。

"芽萝，我们，找个地方说说话？"艾米看了看四周说道。

"我得回去了。"芽萝说。

"我有重要的事要对你说，有关侨笙。"艾米说。

芽萝的手颤抖起来。

"他，他还好吧？"芽萝说。

"你住在哪儿？能带我去看看吗？"艾米说。

"好吧。"芽萝说。

芽萝就住在片场附近的小公寓里，许多片场的工作人员都住在这里。因为拍戏时间不固定，经常会拍到很晚，这里离得近，比较方便。公寓很嘈杂，不断有三三两两的人从身边经过。芽萝带着艾米沿着小公寓的楼梯走上三楼，向左拐走到最里边，便到了。

"这是我的房间。"芽罗一边开门一边说。

艾米皱着眉头走进来，环顾四周，房间里陈设极其简单，只有一床、一桌、一柜、两椅和必要的热水壶、茶杯等。

"这怎么住啊！"艾米摇着头说。

"这很好了。"芽萝说。

"艾米姐，你坐。侨笙，他到底是怎么了？"芽萝问。

"芽萝，你真的一点都不知道？"艾米看着她。

"什么？我不知道啊，他到底怎么了？"芽萝感觉到了异样，慌张起来。

"侨笙，他吞服了安眠药，差点没命。"艾米说。

"啊？"芽萝手里的包掉落到了地上。

"没事了，他被救过来了。"艾米安慰道。

"呜呜……他干吗？好傻。"芽萝落下泪来。

"是啊，好傻，我的弟弟我知道的，就是个傻瓜。"艾米也啜泣起来。

"现在他好了吗？"芽萝哭着问。

"现在，他还在昏迷，醒不过来，已经一个多月了。"艾米止住眼泪说。

"什么？欸……"芽萝忽然感觉一阵恶心，干呕起来。

"我……"芽萝连忙跑进卫生间，蹲在那里一直呕吐。

"你怎么了？芽萝。"艾米跟进来，拍她的背。

"我没事，一会儿就好了。"

芽萝呕吐了好一阵儿，又喘息了一会儿，才无力地站起来。

"芽萝，你是不是，有了？"艾米说。

"对，是侨笙的，所以我没有死。"芽萝说。

艾米抱住了芽萝。

"芽萝，跟我回去吧，我带你回家，也好找人照顾你。"艾米说。

"不用的，艾米姐，我一个人习惯了。"芽萝说。

"可你这万一有个闪失，你还每天拍戏……这里环境实在不好，这儿太不安全了。"艾米说。

"艾米姐，我真的很好。我会把这个孩子生下来，好好抚养他长大。"芽萝挤出微笑说。

"这怎么行？我带你回家，没有人会反对的。"艾米说。

"艾米姐，我真的可以的，我也还有我想要做的事。"芽萝摇摇头说。

"你还要拍戏吗？"艾米问道。

"是的，我还要继续拍戏。毕竟，我也需要养活我自己。"芽萝说。

"可是你真的不需要这么苦着自己，侨笙若是知道了，他会心疼的。"艾米说。

"艾米姐，侨笙跟我讲过娜拉的故事，我不想做娜拉。我很早便开始自己养活自己，很小的时候吃了很多苦学戏，唱戏，直到现在，拍戏。如果让我什么都不做，那我才会不知道怎么才好。我现在这样真的很好。"芽萝说。

"侨笙还在昏迷，你就不打算去看他吗？"艾米说。

"我……不能……"芽萝沉默良久说。

"为什么？"艾米不解道。

"我不能……我很害怕……"芽萝又失控地哭起来。

艾米留下凤冠，失望地走了，她必须去找佐伊。每当这样难过和无措的时刻，只有佐伊能拯救她。

从很小的时候起，艾米就崇拜花木兰，她一遍又一遍地央求陈浣讲起花木兰的故事，每一次她都听得入神，心驰神往。陈浣便会问她："艾米，你喜欢花木兰？""喜欢。""为什么喜欢？""因为她太厉害了，能替她爸比做事，替爸比去打仗。我将来也想当花木兰。""哦？""我也要替爸比做事啊！替阿爸去打仗。""你不用替阿爸去打仗，你只需要替爸比保护好你的弟弟。""我的弟弟？在哪里呀？""在妈咪的肚子里。""那我一定会好好保护好弟弟的。""佐伊，你呢？""我会保护好弟弟和妹妹的。""哦，那还是你厉害呀！你能保护好他们两个？""是的。"佐伊不慌不忙地说。

因而，艾米很早就知道自己要保护弟弟侨笙，因为他是唯一的弟弟，是爸比和妈咪最疼爱和呵护的弟弟。可是那样可爱的弟弟还是早早地离开了人世，她甚至有些歉疚，觉得是自己没有尽到做姐姐的责任，若是当年她能够拦住侨笙，不随爸比去纽约，他便不会染病，过早地离开吧？此后，她没有想到还会再出现一个侨笙，对于新的侨笙，她是很矛盾的。她不希望任何人代替自己的弟弟，可是这个后来的侨笙，真的成了侨笙，她便要用全力去保护这个弟弟，像从前一样。可是她仍然没能护他周全，他还是在生死边缘游荡。她想尽办法，她无计可施。她该怎么办？她只有去找佐伊。佐伊总是安静地置身一隅，她总是将自己埋在书堆里，总是有看不完的书和写不完的东西，从不喧哗，从不慌张。不论发生什么大事，她都气定神闲，从不乱了手脚。相比之下，艾米的花木兰就像是个赝品，在佐伊面前总是露怯。而佐伊常常在听完艾米哭哭啼啼长篇大论的诉说之后，推一推眼镜，想上片刻，很快便说出解决的办法，让艾米喜笑颜开。当然，佐伊也不总是冷静而睿智，侨笙的事也一样让她失了分寸，她再也做不了往日里妈咪眼中的淑女，她经常穿着木屐在房间里烦躁地走来走去，也经常会哭出声来，尽管她努力控制着自己的情绪，但这些躁动和不安的声响，艾米在隔壁听得一清二楚。侨笙的事让所有人都为之崩溃，佐伊也不例外。

有时候艾米会想，侨笙就是个混世魔王，或者，他是孙悟空吧？是前世的孙猴子，转世来叶家寻仇来的吧？将整个家闹腾得天翻地覆，不得安宁。也不知道叶家是如何得罪了这位混世魔王，他竟然这样折磨每个人。她会对病床上的侨笙说："弟弟，你就不要再闹腾了，大家都盼着你快点醒来，你快醒来吧！"可是，侨笙就是打算跟大家闹下去，就是固执地对大家不理不睬。

艾米回到家，佐伊并没有在家。陈浣说："不知道佐伊去了哪里，最近也经常看不见她的身影，不知道在忙什么，粤剧社有很多事情吗？"艾米转身就向外走："粤剧社根本就没什么忙的！我知道她在哪里。""艾米，跟佐伊早点回来，等你们吃晚饭。""不用等了，你们吃吧。"艾米头也不回地出去了。

艾米直奔斯坦福大学去了，她知道，佐伊在礼堂，跟比尔和韦斯特在一起。佐伊和比尔的事已经不是秘密了，只有叶先生和叶太太还蒙在鼓里。艾米也很担心，毕竟，他们的爱情再次涉及了种族问题。爱情实在是个难解的命题，为什么老是要触犯种族问题、阶级问题、贫富问题。这世上的人就不能都一样吗？为什么总是有这么多的分类、等级。艾米叹息一声，摇摇头，向礼堂走去。

离礼堂很远就听见里边的声音。是萨克斯、小号，还有……艾米仔细辨别着听到的声音。咦，怎么还有女声在唱？是佐伊的嗓音呀！艾米放轻了脚步，生怕自己的脚步声淹没了音乐声。没错，是佐伊在唱，她在合着音乐唱。嘿——黝——嘿——，咿——呀——呀——，嘿——黝——嘿——，咿——呀——呀——激烈的砰砰声响起，像是粤剧戏曲中的鼓，节奏明朗，带着力量，又响起了男子的声音嘿——黝——嘿——，咿——呀——呀——，嘿——黝——嘿——，咿——呀——呀——像是比尔的声音，深沉得像是经过岁月沧桑的老者。又有乐声伴奏起调，比尔的声音像来自空旷的草原和磅礴的山川，艾米的眼前仿佛浮现出苍茫大地、传说中的青藏高原，还有神秘的湖泊，隐秘沸腾着的热带雨林，印第安人穿着草裙，热烈地跳起原始的舞蹈，他们拍着手鼓，摇着手铃，载歌载舞，他们的歌声奔放悠长。直到那鼓声、笛声、萨克斯的声音渐渐消融在空气中，仍有余韵回转。是悲壮，是怅然，是豪迈，还是怆然，百转千回，竟然在一首曲子里充分表达。艾米不由得落下泪来。

"真好！"艾米说。

里边也响起啜泣声，之后又有欢乐的声音："我们成功了！"

"是谁？"里面的人问。韦斯特打开门便看到艾米站在门前。

"艾米，你怎么来了？"佐伊问，"别哭。"她立刻明白了艾米的心情。

几个人都又哭又笑。

"我们终于成功了，这首是送给侨的。艾米，别哭。哦，你哭吧，我们也很想哭。"比尔说。

"我们接下来的任务就是把它排练成熟，然后，我们去唱给侨听！告诉他，我们成功了！"保罗说。

"你们做了什么？是侨笙谱的曲吗？"艾米说。

"对，初稿是侨写的，松散而自由的印第安风格。我们还创作了一种全新的乐器爵士鼓，它来自中国乐器的木鱼、钹和鼓，你一定听到了鼓的声音。这是华人的音乐和西方音乐的融合，我们做到了。我们，创作了新的爵士乐。比尔还创作了新的音乐理论。"韦斯特说。

"中国戏曲里面有一种很有意思的音，拨弦滑奏会产生不同层次和音色作曲，我想了很久，才想到，我称它为滑音。滑音概念将是我的全新的音乐体系。华人粤剧中的提纲戏给了我很大启发，提纲戏要每个演员即兴去演绎，因而我把它运用在我的音乐中，这便是新的爵士风格，松散的、自由的、即兴的，以及千变万化的。新的爵士的魅力就在于它的自由和即兴。我要感谢师傅芽萝，是她教会我很多，我要感谢中国戏曲。给我些时间，我会写一本书，来论证我的全新的音乐理论。"比尔激动地说。

"是我要谢谢你，比尔，你在为华人音乐正名。"佐伊说。

"远远不够，我会做得更多。是华人音乐丰富了美国乃至西方音乐，现在华人戏院的影响越来越大，已经成为美国社会不可或缺的音乐呀，好多美国人家庭也在学习中国戏曲呢。"比尔说。

"我爱你比尔。"佐伊说。

"我也爱你，佐伊。谢谢你佐伊，是你给了我很多灵感，当然，最后的灵感，要归功于侨。他还在昏迷，我很痛心，或许我的悲伤启动了一些音乐密码，那些最重要的音符最终诞生了。这是侨的功劳。侨，你是在等待这一刻的吧！"比尔说。

"侨，我们很快就会去唱给你听！"韦斯特说。

"对了，艾米，找到芽萝了？"佐伊问。

"是的，我见到了她，她已经有了身孕。"艾米说。

"什么？"佐伊惊讶道。

"可是她不肯跟我回来。她现在已经是一个冉冉升起的明星，我在片场听导演称赞她。"艾米说。

"不用担心，艾米，她会来的，她一定会来的。"佐伊说。

"真的吗？"艾米难过地说。

"当然。"佐伊笃定地说。

"哦，佐伊，我不能没有你，我必须相信你，不然我要活不下去了。"艾米擦了眼泪。

隔日，他们就带着乐器来到阿盛的病房，医生和护士都来围观。几个人动情地弹起乐器，佐伊和比尔分别唱起：嘿——黝——嘿———，咿——呀——呀———，嘿——黝——嘿———，咿——呀——呀———深沉的声音像从遥远的地方传来，弥漫在病房，包围着阿盛。

一曲唱罢，比尔深情地说："侨，这首歌是你的歌，也是为你而唱，你听到了吗？我打算明天去唱给波特院长听，他也一定会赞赏的。我们真的实现了中西音乐的结合，这是我们的骄傲！侨，我们等着你，快点回来！"

一个星期后的周末晚上，徐太太急匆匆地来到叶家，阿灿开了门，徐太太便风风火火地推门而入。叶太太正在绣花，徐太太进来就将叶太太手里的针线拿开，兴奋地说："别绣了，别绣了，你怎么还在绣啊，又有新电影看了，《新不了情缘》这几天上映，我刚去看了电影。哎呀，真是好看，女主角简直演得绝了！"

"是嘛。"叶太太意兴阑珊地说。

"哎呀，是真的好看！你知道这电影谁演的？"徐太太神秘地说。

"谁？女明星我都不晓得的。"叶太太慵懒地说。

"何羽乔，新明星。可是你看她，那不是芽萝吗？你看这照片。"徐太太说。

"是她，她是在拍电影。"叶太太毫不惊讶地说。

"这么大事我怎么不知道呢？天哪！芽萝活得好好的，怎么就说自杀了，现在人家成大明星了。"徐太太说。

"徐阿婶来了。这人世间这么大，阿婶哪能件件都知道，那还不累坏了？我也去看过了，是很好看。"艾米走过来说。

"哈，你家叶先生嫌弃，我可不嫌弃，我巴不得呢，多好的姑娘。我儿子啊，就要回来了。"徐太太说。

"是很好的姑娘，只是，你家现在可是没可能了。"艾米毫不客气地说。

"那是为啥子啦？"徐太太不解。

"就是没可能了。"艾米肯定地说。

"瞧这孩子，瞎说什么呢？"叶太太瞪了艾米一眼。

"对了，阿浣，我想给儿子物色个姑娘，当然是中国姑娘，最好能像佐伊那样的，贤惠端庄又知书达理。但其实吧，我还是喜欢芽萝那样的，会唱戏，唉，我这辈子就喜欢唱个戏，可惜啊，没那命。找个女伶儿媳我是喜欢的，到时候我们可以一块儿唱戏。"徐太太说。

"到时候啊，让徐叔在家里给你们搭个戏台子。"艾米微笑道。

"这孩子伶牙俐齿的，我可不敢要啊！娶了这样的女孩，我可怕我儿子吃亏，我也吃不消。"徐太太说。

"别呀，阿婶，我很乐意陪你打牌。"艾米笑着说。

"开始还以为艾米和佐伊一样，这时间久了，发现根本不是那么回事，艾米这也太厉害了！简直就是个小辣椒。算了算了，我还是先回了，儿子要回来了，我还有好多事要准备。等他回来，我带他过来跟你们玩。"徐太太败下阵来，匆匆离去了。

"好呀，阿婶，您慢走。"艾米说。

"艾米，你越来越不像话了哦。"阿浣说。

艾米伸了伸舌头。

下个周末，徐太太便带着她的儿子来了叶家。徐太太还在来之前特意打了电话，预告了她和儿子的即将到访。徐鼎文觉得一家人同去实在是过于隆重，便推辞忙于洗片子，没有同去。叶先生特意让几个孩子都留在家里，又叫来李薇薇，吩咐阿灿准备了丰盛的午餐，招待这位从法国漂洋过海归来的年轻人。

徐太太打扮得非常隆重，像是参加一场重要的宫廷盛会。她穿着大红色的丝绒旗袍，罩着彩色的软缎披肩，头发烫得一丝不苟，又打了发蜡，每根头发都像训练有素的士兵，袅娜又整齐地贴在头上，秩序井然。她的脸上因打了腮红的缘故，多了些少女的娇羞，又与艳红的嘴唇相互矛盾。倒是她的儿子看起来很平易近人，他只着一身蓝色休闲西装，里面是一件白色衬衫，并未扎领带。他戴着宽边眼镜，头发齐整，斯文的样子似乎完全不应该有这个花枝招展的母亲。

"来了，来了！哎哟，这是我儿子，徐士谦，昨晚刚到家。"徐太太热情地说。

"哎哟，真是一表人才！快坐，阿灿，给徐太太和士谦倒茶。"叶太太上下打量着徐少爷。

"士谦，这是叶先生、叶太太、荣达、佐伊和……"徐太太一一介绍。

"李薇薇。"薇薇点头说。

"艾米。"徐士谦说。

"你怎么知道她叫艾米？"徐太太惊讶道。

"猜的。"徐士谦看着艾米微微一笑。

"可是你怎么猜得到？真是好奇怪。"叶太太说。

阿灿端来茶水和果盘，放在桌上。

"来，我们一边吃着喝着一边再聊，别干坐着。"叶太太说。

"瞧，士谦啊，还是头一回来叶家，以后就方便了。你们年纪相仿，又都是有知识的人，一定谈得来的。哦，还有叶家二少爷，在洛杉矶呢，在打理洛杉矶东方大戏院。你这次回来，也跟叶家兄弟几个学学，你叶伯伯的生意啊，这几个儿子经营得都很好呢！还有叶家这两位千金啊，那可都是华人中的头筹，百里挑一的好姑娘。你刚回来，还不知道，这美国的华人啊，倒是不少，但是如叶家姊妹一样能代表有教养有品位的女孩子真是不多。"徐太太说。

"法国是浪漫的国度，徐少爷在法国见多识广的，法国漂亮女孩多的是，徐少爷还回来找什么女朋友，法国找不好吗？"艾米说。

"法国是有很多漂亮女孩，海明威在小说里就称法国为最浪漫的国度。他还说，没有真正去过法国，那不算真正生活过。我觉得他说的还是太夸张了吧。"徐士谦说。

"哈哈，这个美国大作家真是好逗。"佐伊说。

"人若是浪漫的，不管在哪都会浪漫。不论是法国、美国、中国，甚至印第安部落。"艾米说。

"哈哈，印第安部落，还怎么浪漫。"徐士谦说。

"草裙舞啊！那不就是浪漫。"艾米说。

"艾米你要逗死我了吗？"佐伊说。

"我还没说完，法国漂亮女孩很多的，法国女孩本身就很漂亮。还有许多外国留学生，也有我们华人留学生，不多，但漂亮的也还是有的。"徐士谦说。

"所以眼花缭乱的吧，那你还回来干什么？"艾米说。

"法国是盛产美人，法国生活也很浪漫，但我已有另一种浪漫。"徐士谦说。

"瞧瞧他们多热闹！他们年轻人就是有共同的话说。"徐太太说。

"飞鸽传书的浪漫。"徐士谦又说。

"你还飞鸽传书？老土。"艾米鄙夷地说。

"我的飞鸽从法国飞到美国。每个星期。"徐士谦盯着艾米说，艾米的脸"腾"地就红了。

"瞎说！"艾米想扭头走开。却被士谦抓住手腕。

"诶，你干什么？"徐太太看呆了。

"妈咪，你不必费心再为我找女朋友了。我早就有女朋友了。我们飞鸽传书已经1年多了。我的信都是写给艾米的。"徐士谦说。

"啊？啊？！"徐太太惊悚地叫了起来。

艾米红着脸，转过身来，沉默了片刻说："徐阿婶，我说了，我很愿意陪你打牌！"

"啊！你个该死的士谦！你，你真是气死我了！敢情你们两个在打情骂俏，就糊弄我个傻子。气死我了，我走了！""可是，不对呀，你们怎么搞到一起的？你明明一直在法国。"徐太太气急。

"妈咪，我两年前加入了粤剧社，我在法国读书也一直在从事华人戏曲的研究。我和艾米，早就认识了，我们志同道合。"徐士谦又说。

"好啊，好啊，我，可是怎么是艾米呢？士谦，艾米她就是个小辣椒，你根本不了解她啊！以后有你受的了。"徐太太乱了分寸。

"哈哈哈！"几个年轻人乐了。

"原来，徐阿婶是胆小鬼。"艾米说。

"我还怕你不成？"徐太太心虚地说。

"徐阿婶心地善良，对我从来都很友好，我有什么理由不对您友好呢？"艾米又说。

"就是，妈咪，我是真的很爱艾米，我们真心相爱。"徐士谦说。

"我早晚被你们气死！"徐太太说。

"徐太太，别生气了，孩子们不懂事，居然这样的大事还敢先斩后奏！"叶太太说。

"这件事怪不得艾米，是我一直没有告诉她，我的爸比和妈咪是谁，她也是最近才知道。你看，那不正说明我们两家缘分不浅？"徐士谦说。

"士谦说的也是。"叶太太说。

"孩子们的事，还是让他们自己去解决吧！"一直沉默的叶先生淡淡地说，"我们老喽，孩子们都长大了，自己的生活，自己有权利去选择。"

大家都惊讶地看向他。

"大家吃饭吧，好饭喽！"阿灿说。

"我想，去看看侨笙哥。"徐士谦说。

"好，吃完饭，让艾米带你去。"叶先生又说。

"吃饭，吃饭！"叶太太说。

2

芽萝的确是回来看阿盛了。那一日叶先生和叶太太中午过来看阿盛，在医院走廊，远远地看见一个戴着黑色网纱帽子的窈窕女子从阿盛的病房走出来，远去了。叶太太去问护士，刚才来看叶少爷的人是谁？护士说，那位小姐说是叶少爷的朋友，她已经来了好久了，一直在病床前哭。

"芽萝还是来了。"叶江南说。

"可是芽萝也没能叫醒侨笙，连她也叫不醒。江南，儿子是不是醒不过来了？"叶太太哭泣着说。

"阿浣，我们等，我们慢慢等，我们等10年、20年。"叶江南说。

"我怕我走了，他都醒不来。"叶太太说。

"他只是睡着了，只是睡着了，看他睡得多好。"叶江南流下泪来，"儿子，阿爸对不住你。"

芽萝乘车在精美映像馆的后门下了车，她来看田惠和袁志强。田惠正在屋子里缝衣服，听见敲门，放下手里的衣服走过去开门，见是芽萝，一阵欣喜。

"女儿，你回来了！你去哪了这么久没有消息？干娘心里怪惦念的。快坐下！"田惠拉着芽萝仔细打量。

"眼睛怎么肿了？谁惹我女儿哭了？是谁，你告诉干娘，干娘给你讲理去！"田惠说。

"我没事，没事的，就是想念你们了，过来看看你们。你们还好吗？"芽萝抱住田惠，紧紧地贴在她怀里，不肯放手。

"唉，我们，还挺好的吧。芽萝，你现在在干什么？是不是受了什么委屈？受了委屈跟干娘说。"田惠又说。

"我挺好的，我在拍电影。"芽萝说。

"哦，真的吗？就能在电影院看见我女儿了？"田惠惊讶道。

"是的，干娘。"芽萝点点头。

"怪不得那天徐太太说在大电影里看见你了，我还以为她在说瞎话。天哪，我这是哪辈子的福气，有个大明星女儿。"田惠有些惊喜。

芽萝忽然看见了柜子上摆放着的棕色皮鞋。这双鞋她很熟悉，阿盛就是穿这双鞋和她一块儿去的香港。她放开田惠，走到柜子前，拿起那双鞋。

"干娘，这双鞋？"芽萝迟疑地问。

"是叶少爷的鞋。"田惠说。

"怎么会在这里呢？"芽萝问。

"说来话长，女儿，如今干娘也不瞒你，我也是最近才知道。大少爷，就是我们找了很多年的儿子阿盛。"田惠说。

"这是，真的吗？"芽萝难以置信。

"是的。"田惠点点头。

"干娘，你知道吗？阿盛他，找了你们整整 20 年。"芽萝落下泪来。

"你怎么知道？你和他？"田惠诧异地问。

"干娘，我有了他的骨肉。"芽萝缓缓地说。

"芽萝啊！原来你们……真是太好了，我们一家人终于团圆了！我，我，实在是太幸福了。只可惜，阿盛他还昏迷，这可如何是好？"田惠悲喜交加。

"医生还在继续治疗。"芽萝说。

"还有希望吗？"田惠问。

"有的，阿妈。"芽萝说。

"那就好，那就好！"田惠又落下泪来。

几日后，芽萝下了片场，刚回公寓，看门的阿婆便跑出来叫住她说："何小姐，有人等你多时了。"

芽萝跟阿婆走进门房一看，是个女孩，年纪不大，似曾相识。

"你是？"芽萝问道。

"我是阿敏呀，芽……何小姐，是艾米小姐让我来伺候您。"阿敏说。

"这怎么行呢？你快回去吧，艾米姐的好意我心领了，我真的不需要。"芽萝说。

"可是，我回去的话艾米小姐会骂我的。再说，何小姐现在有了身子，每日拍戏也很辛苦，实在是需要人好好照料。"阿敏说。

"阿敏妹妹，谢谢你，告诉艾米小姐，我真的能照顾好自己，谢谢她。你快回去吧！"

芽萝头也不回地上楼去了。阿敏只好转身走了。

艾米再次来到芽萝的住处，已经是半年之后，她计算着时间，芽萝应该已经快临产了。那天艾米来到公寓，便看见门房阿婆慌张地从楼上跑下来，一边跑一边喊："快，打电话，叫车，去医院！何小姐要生了！"

"是何小姐吗？"艾米问。

"是。"阿婆说。

"是何羽乔小姐？"艾米又问。

"是啊，还有几个何小姐？"阿婆着急地说。

艾米跑上三楼，芽萝的门虚掩着，她推门跑进去，就见芽萝躺在床上，痛得浑身是汗。

"芽萝，坚持一下！"艾米说。

"姐姐！我好痛！"芽萝说。

"坚持一下，芽萝，车就来了！"艾米说。

"好，好……"芽萝艰难地说。

"来了来了！车来了！"阿婆慌张地跑过来。

艾米迅速将芽萝用毯子裹上，帮两个人抱起她，几个人飞速向楼下跑去，很快上了车，直奔医院。

"姐姐，我害怕……"芽萝说。

"不怕，芽萝，女人都要经历的。"艾米说。

"我怕我生不出来对不起他。"芽萝落下泪来。

"都什么时候了，还想这个，别说话。"艾米说。

"好……疼。"芽萝艰难地说。

很快，芽萝被推进手术室。

"如果有危险，留孩子还是大人？"医生问。

"孩子，让他活下去。"芽萝虚弱地说。

"芽萝！"艾米想要制止。

"这是我唯一能为他做的事了，姐姐。"芽萝说。

"芽萝，谢谢你。"艾米落下泪来。

"姐姐，如果我死了，请你帮我把孩子抚养大，拜托了！"芽萝握住艾米的手，苍白的脸上布满汗珠。

"别胡说，你一定能平安生下孩子来！"艾米说。

芽萝被推进了手术室。

芽萝不知道女人是要经历这样的痛的。她已经痛得神情恍惚，她恍惚地看见自己孤零零地躺在炽热的骄阳之下，太阳太大，让她睁不开眼。她恍惚中觉得自己被汗水浸湿的头发如家乡秋日被风摧残的稻草，摇摇摆摆地零落，她的每一片骨肉也正在被风拆解，一片一片零落。喉咙里在歇斯底里地发出奇怪的叫声，太阳下还有好几个人在打着哑语，看着她就要死去。她什么都听不见，整个世界越来越模糊，像双子峰上的大雾四散弥漫，遮蔽了硕大的太阳，也遮蔽了一切……她就在生死边缘游走。她开始飘荡起来，很快，她飘进阿盛的梦里。她看见远处开始燃起熊熊火光，整条街的人都在狂奔，那火势汹涌，向整条街席卷而来。她看见小小的阿盛一个人孤单地向前奔跑，那火将他身后的楼宇一个一个吞噬，就要追上他的步伐。她用尽全力大喊一声："阿盛！"

她留在了火光里。铺天盖地的红袭来。她死去了。

"哇！"一个男婴坠落人间。

艾米在外面又惊又喜地喊："芽萝！你还好吗？"

手术室的门开了，艾米焦灼地问："她怎么样？妈妈还好吗？"

"她还好，暂时性昏迷，过一会儿就能醒来。"医生说。

"啊，太好了，谢谢你，医生！"艾米感激万分。

"是男孩女孩？"艾米问。

"是个男婴。"医生说。

"你瞧，弟弟，你有儿子了！"艾米喜极而泣。

艾米迫不及待跑下楼，在医院的大厅往叶家打了电话。阿灿从厨房出来拿起电话筒，就听艾米大声喊道："芽萝，生了！男孩！"

"什么？二小姐，你说什么？"阿灿说。

"阿灿姐，告诉我妈咪和爸比，芽萝，她生了！生了个男孩！侨笙，有儿子了！"艾米大声喊道。

"我的天哪！"阿灿惊讶道。

"谁在电话里喊？"叶太太走过来。

"太太，先生，大少奶奶生了！"阿灿喊起来。

"啊！你再说一遍！"叶太太迅速跑过来。

"妈咪，芽萝，她生了！你听！小东西就在里边哭呢！"艾米大声喊着。

"我听到了，我听到了啊！江南，你快听！是侨笙的儿子！"叶太太激动地喊起来。

"我听到了，真好，真好！"叶江南说。

一个月后的一个晴日，一个窈窕的女子抱着个婴孩走进阿盛的病房。她关上门，站定，深情地看着病床上的阿盛，之后走到病床前，轻声说："阿盛，我带儿子来看你了，我们的儿子，满月了。"她将婴孩放到阿盛的身旁，说："你瞧，他长得多像你！"

"阿盛，你不要再沉睡了，看看这些爱你的人吧！你曾以为你被父母抛弃，事实上，你正在抛弃你的父母，两对父母，你也正在抛弃我和我们的孩子。回来吧，你是幸福的，你被这样多的人爱着、惦念着。我们也是幸福的，因你的存在，所以不要让大家的幸福都无影无踪。"

"你会醒来，对吧？没有什么是不能面对的。阿盛，你一直是个勇敢的人，请再勇敢一次，请你醒来。你的双亲，都已年老，他们的时间真的不多了，不要让他们再等待。阿盛，你瞧，我们的儿子出生了，新生活开始了。我打算不再拍电影了，我还是想念东方大戏院，我准备回到东方大戏院，继续踩跷，继续唱戏。我也答应了艾米姐，办一个新的粤剧班，培养华人粤剧人才，也会在唐人街华人学校教粤剧。你一定会开心的吧！我猜，这也是你愿意看到的。我会让儿子每天都陪着你，你实在太孤单了，你有了儿子，以后就不会孤单了。"

"儿子，这是阿爸，你的阿爸！"她将婴孩的小手放到阿盛的手里。

"阿盛，你瞧，他小小的。小儿子，你要努力快快长大，追上阿爸，像阿爸一样博学多闻，将来成为一个了不起的华人。你要加油哦！"芽萝说。

小婴孩忽然睁开眼，扭头看了看身边的阿盛，然后便哭泣起来。

"哦，不哭不哭，妈咪看看宝贝是怎么了？"芽萝抱起他，发现他的裤子湿了，"哦，原来你是尿了，小家伙。"

小婴孩一边哭一边蹬着腿，一边还在继续尿。湿漉漉的脚丫踢到阿盛的手，将尿液淋到阿盛的手上。

"不哭，不哭。"芽萝手忙脚乱地给小婴孩换衣服，扭头却见阿盛的手动了一下。她以为看错了，没有在意，阿盛的手却又动了几下。她停下来。

阿盛的眼角有泪流下来。

"医生！医生！阿盛他醒了！"

"他醒了啊！"

"阿盛！你终于回来了！"

尾声

3个月后的一天，芽萝收到了佐伊从德国寄来的书信：

芽萝，谢谢你，我终于找到了长久以来所困惑的问题的答案。在你和其他的华人女伶身上，我看到了独立又自主的精神，这才是美国社会一直提倡的自由。无论是在经济上或是在职业上，华人女性做到了自由。每一个女伶都是出走的"娜拉"。鲁迅对娜拉出走后的命运难题一直无解，我也一直在长时间地思考这个问题。娜拉出走，和娜拉不出走，到底哪一种命运更值得选择，到底怎样选择，女性才会好过一点。今天，这个答案终于有了。其实无论是小凤尾、青川妹，还是你，芽萝，你们早已作出了答案。你们勇敢地走出去，走向世界，在世界的任何舞台，绽放。你从未放弃寻找自由，和寻找你自己。你也终于在电影和粤剧的广阔世界，找到了盛放的自己。

艾米已经考取律师，她也做出了自己的回答，她会为我们叶家保驾护航。

《圣经》上说，人们注意外表，上帝观察灵魂。虽然我不信上帝，但这句话我很赞同。我深信，我们同为人类，任何民族都没有理由认为自己高于其他民族。因而，无论是我和比尔，还是荣闳和凯莉，我们都拥有相爱的权利。

比尔的音乐理论著作《新音乐资源》即将发行。我和比尔、韦斯特现在在德国演出，不能参加你们的婚礼，我们都惦记着你们，祝福你们幸福快乐！

谢谢你。

因你对我的弟弟侨笙的爱。

因你给我以最好的答案。

〈全书完〉